Alison Lurie

Sommer in Key West

Roman

Aus dem Amerikanischen von Hans-Christian Oeser

Diogenes

Titel der 1998 bei Chatto & Windus, London,
erschienenen Originalausgabe:
›The Last Resort‹

Gedichte von William Wordsworth
zitiert nach der Übersetzung
von Wolfgang Breitwieser
L. Schneider, Heidelberg, 1959
Umschlagfoto: Copyright ©
DAS FOTOARCHIV / Jochen Tack

Für Doris

80/00/44/1
ISBN 3 257 06240 0

Manatis oder Rundschwanzseekühe [auch als Sirenen bekannt] sind Lebewesen, die sich in flachen Küstengewässern, Mündungsgebieten und trägen Flüssen behäbig fortbewegen und sich von Wasserpflanzen ernähren. Sie leben einzeln oder in kleinen Familienverbänden. [...] Die Mitglieder einer Gruppe verständigen sich häufig durch Maul-zu-Maul-Kontakt und, wenn geängstigt, durch eine Art Quieksen [...]. Die Bestände aller drei Unterarten gehen zurück.

The New Encyclopedia Britannica,
15. Auflage

Doch unter vielen ist ein Ding:
Ein Baum; ein Feld noch, dran mein Auge hing:
Die spielen an auf etwas, das verging.

William Wordsworth,
Ode: Ahnungen der Unsterblichkeit

1

In einer stürmischen Spätnovembernacht morgens um drei Uhr erwachte Jenny Walker in ihrem historischen Haus in einer historischen Stadt Neuenglands und merkte an der Neigung der Matratze und der Kühle der geblümten Perkallaken, daß Wilkie Walker, der weltberühmte Schriftsteller und Naturforscher, nicht neben ihr im Bett lag.

Neuerdings wachte Jenny des öfteren auf, ohne ihn vorzufinden. Das erste Mal hatte sie sich, nachdem sie zwanzig Minuten lang halbwach dagelegen hatte, auf Zehenspitzen nach unten geschlichen und ihren Gatten mit einem Becher Tee in der Küche angetroffen. Wilkie hatte nur kurz gelächelt und auf ihre Fragen erwidert, ihm fehle durchaus nichts, es sei alles in bester Ordnung. »Geh wieder zu Bett, Liebling«, hatte er gesagt, und Jenny war seinen Anweisungen gefolgt, so wie sie es schon seit einem Vierteljahrhundert getan hatte.

Nach jener Nacht war sie ihn nicht mehr suchen gegangen, hatte sein Fernbleiben jedoch hin und wieder am folgenden Morgen erwähnt. Dann sagte Wilkie etwa, er habe unter Verdauungsstörungen gelitten und ein Glas Sodawasser zu sich nehmen müssen, oder er habe einen Einfall notieren wollen. Sein Ton besagte, daß es keinen Anlaß zur Sorge gebe. Ja daß ihre Sorge ihm unwillkommen, wenn nicht gar ein Ärgernis sei.

Doch seit sie sich kennengelernt hatten, machte sich Jenny um keinen anderen Menschen und keine Sache in der Welt so viele Sorgen wie um Wilkie Walker. Er war in das Wohnungsamt der Universität Kalifornien in Los Angeles gekommen, wo sie nach ihrer Graduierung arbeitete und darauf harrte, was wohl das Leben als nächstes für sie bereithielt. Es war ein dunstig-heißer Sommermorgen, als Wilkie auf der Bildfläche erschien: der am interessantesten aussehende ältere Mann, der Jenny je zu Gesicht gekommen war, von stattlichem, hohem Wuchs, mit dem vollen Schnurrbart des Forschungsreisenden, dunkelblondem Haarschopf, stahlblauen Augen und einem jäh blendenden Lächeln. Geblendet hörte sie ihn nach einem Zimmer zur Untermiete für sein Forschungssemester im Herbst fragen. Er suche etwas in ruhiger Lage mit Garten – er arbeite nach Möglichkeit gern im Freien, erklärte er –, hoffe aber auch, daß die Universität in weniger als einer halben Stunde zu Fuß zu erreichen wäre. Was zweifellos ein Ding der Unmöglichkeit sei, fügte er mit einem weiteren strahlenden Lächeln hinzu.

Jenny jedoch konnte ihm versichern, daß sie genau das richtige Objekt für ihn habe. Und zwei Tage später, während sie noch immer von Wilkies Auftritt träumte und überlegte, ob sie sich wohl freinehmen könne, um seinen Vorlesungen als Gasthörerin beizuwohnen, tauchte er von neuem auf, um sich bei ihr zu bedanken und sie zum Mittagessen einzuladen.

Jenny wurde erst später klar, wie ungewöhnlich sein Verhalten gewesen war, denn zu der Zeit hegte Wilkie Walker Frauen gegenüber den allergrößten Argwohn. Er war zweimal verheiratet gewesen, beide Male kurz und unglücklich

(»Ich verstehe mich mit den meisten Säugetieren, aber mit unserer Spezies scheine ich Schwierigkeiten zu haben«). Zunächst mit einem reizenden und anmutigen, jedoch völlig unpraktisch veranlagten Mädchen, das er mit einer vornehmen Perserkatze verglich (»ganz Kaschmirfell, große himmelblaue Augen und besondere Diät, aber immer war sie leicht erkältet, konnte kaum einen Kilometer laufen, ohne zusammenzubrechen, und ängstigte sich vor den meisten anderen Tieren«).

Dann, als Reaktion darauf, hatte er sich mit einer jungen Frau vermählt, die zwar ebenso gut aussah und sehr viel kompetenter und robuster war (»gesund und kräftig wie ein Eskimohund«), sich jedoch als zutiefst männerfeindlich entpuppte, namentlich Wilkie gegenüber. Als er sie beispielsweise in einer Zeit der Krise bat, einen seiner Artikel abzutippen, knurrte der Eskimohund ihn nicht nur an, sondern warf das Manuskript in den Küchenabfall, zwischen Eierschalen, ausgepreßte Grapefruits und Krusten gerösteten Roggenbrots.

Bei jenem ersten gemeinsamen Mittagessen erkannte Jenny, daß Wilkie Walker jemand war, dem sie ihr Leben widmen konnte, ja mußte. Und als sie ihn näher kennenlernte, war sie fast schockiert, als sie entdeckte, wie sehr er dieser Hingabe bedurfte; wieviel von seinem Leben er auf Nebensächlichkeiten verschwendete. Wie oft mußte er seine Arbeit hintanstellen, um Aufgaben zu übernehmen, die ein anderer (zum Beispiel Jenny) viel schneller und leichter für ihn erledigen konnte, denn Wilkie hatte kein natürliches Talent zum Einkaufen, zu Hausreparaturen oder zur Führung eines Kontos.

Und nachdem sie geheiratet hatten, erledigte sie alle diese Dinge, und mehr noch: erledigte sie mit Freuden, dankbar. Bald vermochte sie Wilkie auch in anderer Hinsicht zu helfen: Nicht nur tippte sie seine Bücher und Artikel und las Korrektur, vielmehr begleitete sie ihn auch auf Exkursionen, machte Aufzeichnungen und Fotos. Zu Hause half sie ihm bei Bibliotheksrecherchen, kopierte, faxte, brachte Illustrationen bei (oft ihre eigenen Fotos), fertigte Tabellen und Diagramme an. Als Wilkie immer beschäftigter und berühmter wurde, führte sie seinen Terminkalender zu Vorlesungen, Interviews und Besprechungen, buchte Flugtickets und reservierte Hotelzimmer, nahm Anrufe und E-Mails für ihn entgegen und korrespondierte in seinem Namen mit Agenten, Lektoren und Fans.

Wenn Jenny jetzt nachts aufwachte und das Bett neben sich leer vorfand, seufzte sie gewöhnlich, drehte sich um und schlief wieder ein. Doch heute abend fand sie keinen Schlaf. Sie lag in dem antiken Himmelbett, lauschte, wie die kahlen Zweige im Wind an der Fensterscheibe kratzten, und dachte sich, daß irgend etwas nicht stimmte, vor allem mit Wilkie. Seit Monaten schon – um genau zu sein, seit er im vergangenen Frühjahr in den Ruhestand getreten war – hatte er nachts nicht schlafen können, und tagsüber wirkte er immer häufiger rastlos oder erschöpft. Außerdem schien ihm von all den Dingen, die er früher stets in vollen Zügen genossen hatte, keines mehr wirklich Freude zu bereiten. Zum ersten Mal, seit sie ihn kannte, mußte sie Wilkie dazu drängen, mit ihr ins Konzert, ins Kino oder zu Vorlesungen zu gehen. Die meisten Bücher und Artikel über Natur und Umwelt, die, oft von Dankesbriefen und Worten der Wertschätzung begleitet, den Briefkasten füllten, las er nicht mehr. Immer öfter lehnte er es ab, in Ausschüssen und Vorständen zu amtieren, und zögerte es hinaus, Anrufe zu erwidern, selbst dann noch, wenn Jenny ihn mehrere Male sanft daran erinnert hatte.

Was noch besorgniserregender war: Wilkie hatte sein hochbedeutendes neues Buch nicht beendet. *Die Blutbuche*, womöglich die Krönung seines Lebenswerks, war eine umfassende Studie über einen großen Baum auf dem Campus des Convers College; es sollte alle seine Interessengebiete vereinen: Botanik, Klimatologie, Ökologie, Entomologie, Geologie, Geschichtswissenschaft, Bodenkunde und Zoologie. Wilkies Agent und seine Lektorin waren ganz begeistert von der *Blutbuche*, und im Verlagskatalog war das Buch bereits vorangekündigt. Jeden Tag rechnete Jenny damit, daß ihr Mann ihr das Schlußkapitel zur Erfassung im Computer übergäbe, und jeden Tag wurde sie aufs neue enttäuscht.

Außerdem schien Wilkie, was fast das Schlimmste von allem war, das Interesse an seinen Freunden und an seiner Familie zu verlieren. Seit mehr als einem Monat war er nicht mehr im Klub der Fakultät gewesen, und er untersagte ihr, Gäste zum Essen einzuladen. In der vergangenen Woche, als die Kinder zum Thanksgiving nach Hause gekommen waren, hatte er ihnen nur wenig zu sagen gehabt. Auch Jenny hatte er immer weniger zu sagen; und seit fast einem Monat war er nicht mehr mit ihr ins Bett gegangen.

Etwas stimmte eindeutig nicht. Und da dem so war, oblag es Jenny, die Sache wieder in Ordnung zu bringen. Vielleicht, so hatte sie anfangs gedacht, war ihr Mann krank und merkte es nur nicht, weil er kaum je einen Tag in seinem

Leben unpäßlich gewesen war. So hatte er sich stets geweigert, Erkältungen zur Kenntnis zu nehmen: Wenn eine Anstalten machte, ihn zu befallen, strafte er sie einfach mit Nichtachtung, bis sie sich geschlagen gab und davonschlich.

Vor einem Monat hatte Jenny Wilkie zu einer Generaluntersuchung überreden können – indem sie zunächst allgemeine Prinzipien bemühte und schließlich, wie gewöhnlich, Zuflucht zu der Bitte nahm, er möge es ihr zuliebe tun. Wilkie grummelte etwas von Zeitvergeudung, bekräftigte seine Überzeugung, daß Leute, die kerngesund seien, Ärzten tunlichst aus dem Weg gehen sollten, und begleitete sie zu Dr. Felchs Praxis. Dort wurde ihm bestätigt, daß er für einen Mann seines Alters bei bester Gesundheit sei. Bedrängt von Jenny, gab er zu, nachts gelegentlich aufzustehen, erklärte jedoch, er wüßte nicht, was daran so schlimm sein solle, und nahm es nicht hin, daß man es als »Schlaflosigkeit« bezeichnete.

Wie fast alle Einwohner von Convers empfand Dr. Felch gegenüber Wilkie Walker, dem berühmtesten Bürger der Stadt, eine gewisse Ehrfurcht. Mehr Jenny als seinem Patienten zuliebe schrieb er ein Rezept für ein »muskelentspannendes« Mittel aus, dessen Einnahme Wilkie hinterher verweigerte. Das Problem der meisten Leute heutzutage sei, sagte er seiner Frau, daß ihre Muskeln zu entspannt, um nicht zu sagen verkümmert seien.

Obwohl Wilkie die ganze Episode vergessen zu haben schien, ging ein Ausdruck, den Dr. Felch verwendet hatte, Jenny immer wieder durch den Kopf: »für einen Mann seines Alters«. Wilkie war jetzt siebzig. Nicht zum ersten Mal fiel ihr wieder das peinliche Gespräch ein, das sie mit ihren

Eltern führte, nachdem sie ihn zum ersten Mal mit nach Hause gebracht hatte. Wilkie hatte das leichte Zögern bei der Begrüßung offensichtlich nicht bemerkt und wäre überrascht gewesen, hätte er das Gespräch mit angehört, als seine zukünftige Frau hinterher ihre Mutter in der Küche zur Rede stellte.

»Liebling, er gefällt mir ja«, hatte Jennys Mutter beteuert. »Und natürlich weiß ich, wie brillant er ist. Es war ungemein faszinierend, was er da über die südamerikanischen Fledermäuse erzählt hat. Und ich sehe ja, daß er dich wirklich liebt. Aber…« Sie ließ das Wasser in den Ausguß laufen und spülte den Rest des Satzes, falls es denn je einen gegeben haben sollte, damit hinunter.

»Aber was?«

»Nun. Er war schon zweimal verheiratet, das ist immer…« Unter Jennys gekränktem, verärgertem Blick stockte ihr die Stimme. »Und dann… der Altersunterschied. Du bist gerade mal zweiundzwanzig, und Wilkie Walker ist sechsundvierzig, beinahe in meinem Alter. Ich muß immer daran denken, was meine Mutter einmal gesagt hat: Wenn du jemanden heiratest, der sehr viel älter ist, wirst du nie richtig erwachsen. Und wenn du sechsundvierzig bist, wird Wilkie siebzig sein. Ein alter Mann.«

Aber Jenny wollte nichts davon wissen. Wilkie Walker sei anders als andere Menschen, erklärte sie. Er habe mehr Energie, Ausdauer und Enthusiasmus als die meisten ihrer Freunde am College.

Ihre Mutter, für die Taktgefühl beinahe eine Religion war, sprach das Thema nie wieder an. Doch ihre Bemerkungen schwammen in den algigen Tiefen von Jennys Gemüt herum, um gelegentlich wie ein Haifisch an der Oberfläche aufzublitzen. »Siehst du, wie du dich geirrt hast«, hätte sie ihrer Mutter gern bei mehreren Anlässen gesagt, deren letzter ihr eigener sechsundvierzigster Geburtstag im vergangenen Frühjahr gewesen war. »Wilkie ist ganz und gar kein alter Mann geworden. Als wir vorigen Monat die Wandertour in Griechenland mitgemacht haben, hat niemand mit ihm Schritt halten können außer unserem Führer.« Sie sprach es nur deswegen nicht aus, weil ihr Vater im Gegensatz zu ihrer Mutter, die noch bei bester Gesundheit war, nach zwei Herzinfarkten mit vierundsiebzig allzu offensichtlich ein alter Mann war: mit gekrümmten Schultern, kurzem Atem, mühsam sprechend und sich mühsam fortbewegend.

In ihre Erinnerungen vertieft, lag Jenny da, lauschte auf die Zweige, die der Wind gegen die Scheibe peitschte, und rief sich die Unterredungen ins Gedächtnis zurück, die sie jüngst, in den Thanksgiving-Ferien, mit ihren beiden erwachsenen Kindern gehabt hatte.

»Ich sage dir, was es ist, Mama«, hatte Ellen beim Abwasch gesagt. »Ich glaube, Papa leidet unter klinischer Depression.«

Da ihre Tochter mittlerweile Medizinstudentin war und wie viele Medizinstudenten zu willkürlichen Diagnosen neigte, schenkte Jenny ihr Glauben und doch auch wieder nicht. »Ach, Liebling«, hielt sie sie hin, »ich weiß nicht.«

»Das ist jedenfalls meine Meinung«, wiederholte Ellen. »Ich bin erstaunt, daß der Arzt nicht besorgter ist.«

»Dr. Felch sorgt sich ja. Er bewundert Wilkie sehr.«

»Alle bewundern ihn sehr«, erwiderte Ellen. »Darum geht es doch gar nicht.«

Billy (Wilkie Walker jun.) war wie gewöhnlich weniger entschieden, konnte sie aber auch nicht beruhigen. »Ja, eigentlich bin ich auch Ellens Meinung«, gestand er am folgenden Tag, als seine Mutter ihn danach fragte. »Irgend etwas stimmt nicht. Papa scheint sich keine Bewegung mehr zu verschaffen, weißt du? Gestern zum Beispiel wollte er nicht spazierengehen, weil es zu kalt war. Das war mir völlig neu; immer hat er uns in die eisigsten Schneestürme hinausgezerrt. Vielleicht solltet ihr diesen Winter in eine wärmere Gegend ziehen.«

»In eine wärmere Gegend?«

»Ich weiß nicht. Florida zum Beispiel.«

»Ach, Liebling. Dein Vater würde Florida abscheulich finden.« Ein grelles Panorama rosafarbener Strandhotels und Eigentumswohnungen, neonbeleuchtet und von künstlichem neongrünem Rasen umgeben, stieg vor Jennys innerem Auge auf.

»Ich weiß, Mama. Aber ihr könntet es mit Key West versuchen. Das ist anders als das restliche Florida. Eine Art Cape Cod mit Palmen, hat mein Zimmergenosse gesagt, als wir letztes Jahr während der Semesterferien da waren. Und es sollen dort viele Schriftsteller und Künstler wohnen, mit denen Papa sich unterhalten könnte.«

Jenny lag im Bett, ließ diese Stimmen an sich vorüberziehen und überlegte, ob sie nach unten gehen sollte. Aber sie hatte Angst, daß Wilkie nicht erfreut sein würde, sie zu sehen. Eine Weile lenkte sie sich von dieser Furcht mit vertrauten, weniger drückenden Sorgen um ihre beiden bildschönen und hochintelligenten Kinder ab. Sie stellte sich Ellen vor, die Wilkie so sehr ähnelte: hochgewachsen, rotbackig und breitschultrig – und dazu noch, seit frühester Kindheit, immer so selbstbewußt. In letzter Zeit erschrak Jenny manchmal vor ihrer Tochter. Wenn Ellen Ärztin ist, möchte ich keine Patientin von ihr sein, dachte sie. Sie wäre sich so sicher, was mir fehlt. Daraufhin errötete sie im Dunkeln und schämte sich ihrer Treulosigkeit.

Sie stellte sich Billy vor, der ein so hübscher, liebevoller kleiner Junge gewesen war und mittlerweile irgendwie gehemmt und unsicher wirkte. Beide kamen mit ihrem Studium voran, aber manchmal sorgte sich Jenny, daß Billy, isoliert in der fast ausschließlich männlichen Welt der Computer-Hardware, nie eine nette junge Frau kennenlernen und Ellen alle netten jungen Männer in die Flucht schlagen würde. Dann würden sie nie heiraten und Kinder bekommen, die Jenny liebhaben könnte.

Jenny wunderte sich über Menschen, die es nach kostspieligen Attributen wie Swimmingpools oder einem Mercedes verlangte. Sie hatte schon zu viele Gegenstände dieser Art, um die sie sich kümmern mußte. Was sie herbeisehnte, ließ sich mit Geld nicht beschaffen: wenigstens *ein* Enkelkind. Und seit neuestem: daß Wilkie wieder der alte wäre.

Unten rüttelte ein feiner, eisiger Wind an den blasigen antiken Fensterscheiben und fuhr schneidend ins Wohnzimmer, doch Wilkie Walker stellte den Thermostat nicht höher. Eingehüllt in seinen waldgrünen Schlafrock von L. L. Bean, kauerte er in einer Ecke des Sofas, sah sich mit abgeschaltetem Ton die Wettervorhersage an und dachte an den Tod.

Über den Tod dachte Wilkie dieser Tage meistens nach. Über den Tod seiner drei engsten Freunde und Kollegen im

Laufe der letzten paar Jahre; über den langsamen, schleichenden Tod der ihn umgebenden Natur. Über die fortschreitende Zerstörung der Ozonschicht, die tropischen Urwälder, welche gerodet und niedergebrannt wurden, die Vergiftung der Meere, Kriege und Attentate in Afrika und Asien, terroristische Bombenanschläge, Drogenkriege in den großen Städten, den schwefeligen gelbgrauen Schaum auf dem Baird Creek hinter seinem Haus, den zerquetschten Waschbär, den er auf der Straße gesehen hatte, als er gestern nachmittag nach Hause gefahren war, und über seine eigene Rückentwicklung bis zum Ende.

Hätten sie seine Gedanken hören können, hätten Tausende von Fans und viele seiner verbleibenden Freunde und Kollegen seine Schockiertheit und seinen Schmerz ohne Zweifel geteilt, bis auf den letzten Punkt. »Himmel noch einmal, worüber beklagt er sich eigentlich?« hätten sie vielleicht gesagt. Für einen Siebzigjährigen war er gut in Form. Außerdem war er ein gefeierter, vielleicht sogar der gefeiertste populärwissenschaftliche Naturkundler seiner Generation: unter jenen, die die Aufmerksamkeit der Öffentlichkeit auf unsere mutwillige Zerstörung der Erde und ihrer Flora und Fauna lenkten, der beredsamste. Sein bekanntestes und beliebtetes Buch, *Die letzte Salzmarschmaus*, war stets vorrätig, und es gab kaum ein Schulkind in Amerika, das nicht den berühmten ersten Absatz gelesen hatte:

> Man schreibt das Jahr 2000. Im zoologischen Garten einer Großstadt klammert sich ein kleines, hellbraunes, blankäugiges Pelztier inmitten eines künstlichen Schilfbüschels an einen trockenen Halm und starrt auf die

vorübergehenden Menschen. Ein Schild, das auf der anderen Seite des Maschendrahts befestigt ist, weist es aus als

Salzmarschmaus
Reithrodontomys raviventris
»SALTY«

Salty sitzt allein in ihrem Käfig, obwohl sie ihn einst mit ihren Eltern und ihren vier älteren Geschwistern geteilt hat. Soviel man weiß, ist sie die letzte aus ihrer Familie, die letzte ihrer Art: die letzte überlebende Salzmarschmaus der Erde.

Vor allem dieses Buch und diese Passage waren es gewesen, die Wilkie Walker berühmt gemacht hatten. Anders als ihre Namensschwester war *Die letzte Salzmarschmaus* prächtig gediehen und hatte sich im Laufe des letzten Vierteljahrhunderts ungeheuer vermehrt; sie hatte Taschenbuchausgaben, Übersetzungen in sechzehn Sprachen, unzählige Auszüge in Anthologien, gekürzte Fassungen und Bearbeitungen für den Jugendbuchmarkt in die Welt gesetzt. Es hatte einen Dokumentarfilm gegeben, Fernseh- und Zeichentrickfilmfassungen, zuweilen mit einem angehängten Happy-End. »Salty«-Poster und »Salty«-T-Shirts waren in jedem Naturkundemuseum erhältlich, und Spielzeug-Salzmarschmäuse, einige der Größe, Farbe und Form nach täuschend echt, andere in Disney-Manier übertrieben, wurden weithin verkauft. »Salty« war zum kuscheligen Kürzel für die vom Aussterben bedrohten nordamerikanischen Säugetierarten geworden. Sie hatte Wilkie ein Vermögen beschert und seinen Namen zum festen Begriff werden lassen.

Inzwischen jedoch empfand Wilkie, wann immer er sich an sein gefährdetes Nagetier erinnerte, einen Schauder von Selbsthaß und Verzweiflung. Ungeachtet Hunderttausender verkaufter Exemplare hatten seine Bücher in gewisser Hinsicht mehr Schaden angerichtet als Nutzen gebracht. Viele Salzmarschmäuse waren widergesetzlich entführt und als Haustiere verschachert, andere von Zoos erworben worden, die das berühmte Säugetier vorführen wollten. Infolgedessen stand Salty, gerade so wie es Wilkie als Horrorvision an die Wand gemalt hatte, in der Wildnis kurz vor dem Aussterben, und die Welt fuhr in einer biologisch nicht abbaubaren Plastiktüte zur Hölle.

In der vergangenen Woche hatte er einer Redakteurin der Schülerzeitung an der Oberschule des Ortes wieder einmal gegen bessere Einsicht ein Interview gewährt.

»Wie viele Arten, glauben Sie, haben Sie vor dem Aussterben gerettet, Professor Walker?« hatte das Kind, ein pickeliges Mädchen, gefragt.

Müde hatte Wilkie ihr seine Standardantwort erteilt und, seine bekannte Bescheidenheit zur Schau stellend, erklärt, nur einer von mehreren gewesen zu sein, die auf diesem Gebiet arbeiteten. Eigentlich jedoch wollten ihm andere Worte über die Lippen kommen. Ich habe die Spezies Wilkie Walker geschützt, nur die habe ich geschützt, hatte er ihr sagen wollen. Und nicht nur dieses eine Exemplar der Spezies, sondern Hunderte, Tausende von Wilkie-Walker-Imitationen: lärmende, posierende, sentimentale Amateurnaturschützer. Er stellte sie sich als Tiermenschen vor: Horden häßlicher, haariger, unbeholfener, zweibeiniger Ziegenböcke in billigen Freizeitjacken und Stiefeln, die mit schweren Hufen über die Felder und Wälder Nordamerikas hinwegtrampelten, die Flora zertraten und die Fauna erschreckten, die meckerten, knabberten und sich sonstwie aufführten.

Inzwischen war Wilkie klargeworden, daß er durchaus eine bedeutende Entdeckung hätte machen können, wenn er nur bei den seriösen Naturwissenschaften geblieben wäre. Statt dessen war er, entsetzt über das, was in der Welt um ihn herum geschah, zum Popularisierer geworden. Zum Propagandisten. Und ihn hatte das Los aller erfolgreichen Popularisierer ereilt: Er hatte seine Argumente so bestechend vorgetragen, daß sie banal geworden waren. Früher war sein Name benutzt worden, um die Arbeiten von Schriftstellern wie Ed Hoagland und Annie Dillard zu beschreiben und zu empfehlen; mittlerweile wurden ihre Namen benutzt, um sein Werk zu empfehlen. Seine Bücher, die zunächst bei Erwachsenen beliebt gewesen waren, wurden inzwischen vorwiegend von Kindern und Teenagern gelesen, und es waren fast nur noch Schüler und Studenten, die ihn um Interviews baten. Wenn du über siebzig bist, so hatte er mit Verspätung erkannt, will niemand mehr, der in den Medien einen Namen hat, etwas von dir wissen. Deren Einstellung lautet doch: »Wilkie Walker? Lebt der noch?«

Früher hatte Wilkie im Weißen Haus diniert, war bei bedeutenden Konferenzen der wichtigste Redner gewesen und hatte fürstliche Honorare verdient (die er hinterher oft einer guten Sache zukommen ließ). Unterdessen war sein durchschnittliches Honorar geschrumpft. Erst kürzlich war er von dem unverfrorenen jungen Mann mit den Koteletten, der das Geschäft seines früheren und inzwischen im Ruhestand lebenden Vortragsagenten übernommen hatte, daran erinnert worden. »Machen wir uns doch nichts vor«, hatte dieser widerliche junge Mann gesagt, sich in einem protzigen italienischen Restaurant über den Tisch dreist zu Wilkie vorgebeugt und ihm seinen Knoblauchatem ins Gesicht gehaucht. »Natürlich haben Sie einen eingeführten Namen, aber *à la mode* sind Sie längst nicht mehr.«

Wilkies linkes Hüftgelenk, das er sich vor fünf Jahren gebrochen hatte, als er in New Mexico eine Felsenklippe bestiegen hatte, um Eselhasen zu beobachten, schmerzte heute abend sehr; wie er sich auch auf dem Sofa zurechtsetzte, es war unbequem. Er konnte sich ausmalen, wie seine Knochen aussehen mußten, vollgeklumpt mit Kalkablagerungen, die an den benachbarten Muskeln, Sehnen und Nerven rieben. Seine Hüfte würde nie wieder richtig verheilen; vermutlich würde sie sich immer weiter verschlimmern, bis er unwiderruflich steif und verkrüppelt wäre, ständig von Schmerzen geplagt.

Nur, daß er wahrscheinlich gar nicht mehr so lange leben würde. Seit sechs Monaten verspürte er im Unterleib einen intermittierenden Schmerz, und im Oktober hatte er in einer mit Graffiti vollgekritzelten Toilettenkabine der Universitätsbibliothek Blut bemerkt. Er wußte, was das bedeutete: Dickdarmkrebs. Noch spürte er es nicht, aber irgendwo in seinen Eingeweiden war sein Leben angekränkelt und am Verbluten. Als dieser Dummkopf Dr. Felch ihn fragte, ob sein Stuhlgang jemals Blut enthalten habe, hatte Wilkie ihm die Auskunft verweigert. Er wußte um die Risiken: Er hatte sie nachgeschlagen. Er war fest entschlossen, niemals das schwache, erschöpfte Opfer einer Kolostomie zu werden, das sich, zusätzlich geschwächt durch Chemotherapie und Bestrahlung, mit einem am Leib festgebundenen Plastikbeutel voll von eigenem Kot durchs Leben schleppte. Nein. Er würde nichts sagen, bis eine Behandlung ausgeschlossen wäre.

Das Schlimme war nur, daß er sich die Angst, die Schmerzen und die Angst vor den heftigeren Schmerzen, die ihm noch bevorstanden, nicht aus dem Kopf schlagen konnte. Und dieser Mangel an Mut und innerem Abstand schmerzte und ängstigte ihn nur noch mehr. Er war krank vor Selbstekel, wenn er daran dachte, daß er vom Schwinden seiner Gesundheit und – schlimmer noch und beschämender – vom Schwinden seiner Reputation besessen war, da sich dieser Planet und die Lebewesen auf ihm in einer so verzweiflungsvollen Notlage befanden. Auch er war ein Lebewesen, und diese litten und starben, sagte er sich; so war es schon immer gewesen, und so würde es immer sein.

Seine Hüfte tat weh, so weh. Aber niemandem, nicht einmal Jenny gegenüber wollte er es zugeben, noch nicht. Viele Jahre lang war Wilkie Walker in Artikeln und Büchern als stoisch, heroisch, fit und unbesieglich hingestellt worden; Geschichten hatten kursiert, wie er auf der Suche nach seltenen Tieren Blizzards in Alaska, tropische Hitze und Stürme, Trecks durch entlegene Dschungel, Erfrierungen, Tage ohne Nahrung, eine ausgekugelte Schulter, ein gebrochenes Handgelenk überlebt hatte. Im großen und ganzen entsprachen diese Geschichten der Wahrheit.

Doch inzwischen galt Wilkie niemandem mehr als heroisch. Viele Tierrechtler hielten ihn für nachgiebig und naiv, seine Schriften für veraltet und unerheblich. Ökologische Vandalen, die sich vergebens bemüht hatten, ihn für ihre Sache einzuspannen, verachteten und beschimpften ihn, weil er sie nicht darin unterstützte oder sich daran beteiligte, hinterlistig Bolzen in Rotholzbäume zu treiben oder Tierversuchslabore zu zerbomben. Wie etliche von ihnen ihm eigens mitgeteilt hatten, sei es in gedruckter Form oder persönlich, war er nach ihrem Dafürhalten nicht nur ein verschrobener Feigling, der seinen Zenit längst überschritten hatte, sondern ein Verräter an der Umwelt.

All dies ging Wilkie ständig durch den Kopf. Freilich war er entschlossen, sich, vor allem Jenny gegenüber, nicht zu beschweren. Solange er konnte, mußte er ihretwegen stark sein, denn sie war schwach.

Wilkies Miene nahm einen besorgten Ausdruck an. Ein Vierteljahrhundert lang hatte er Jenny inniger und beständiger geliebt als jedes andere Menschenwesen. Doch inzwischen ärgerte er sich auch über sie, denn wenn es sie nicht gäbe, stünde es ihm frei, den naheliegendsten Abgang zu wählen – in seinen jetzigen Wachträumen waren es die Auspuffgase ihres Volvo Kombis. Jennys wegen waren ihm alle diese Auswege versperrt; er wußte, daß sie seinen Freitod psychisch nicht überstehen würde.

Jenny zuliebe mußte er so lange leben und so friedvoll sterben, wie er nur konnte. Er mußte sie schützen und beschirmen, so wie sie ihn geschützt und beschirmt hatte, seit sie sich, vor mehr als einem Vierteljahrhundert, an der University of California in Los Angeles kennengelernt hatten. Seine erste Reaktion, noch stärker als seine Scheu vor ihrer zarten, blassen Schönheit, war sein Erstaunen, daß ein solches Geschöpf – zweifellos ein Geschöpf der Wälder und der Wildnis – in Los Angeles lebte. Als er hörte, daß Jenny in Neuengland geboren und aufgewachsen war, begriff er. Später, als er erfuhr, daß sie von ichbezogenen und ehrgeizigen Eltern gegen ihren Willen nach Südkalifornien verpflanzt und dort sich selbst überlassen worden war, mischte sich in seine romantische Bewunderung eine Art ökologische Donquichotterie. Er schwor sich, daß er diesen schönen, einzigartigen Primaten, um welchen Preis auch immer, erretten und in seine natürliche Umgebung heimführen werde.

Und schließlich setzte er sein Gelöbnis in die Tat um. Er wählte unter drei möglichen, mit Stiftungsgeldern finanzierten Professuren, entführte Jenny in eine unberührte Stadt in Neuengland, kaufte ihr ein unberührtes Haus im Kolonialstil und umgab sie mit Wäldern, Feldern und Blumen. Es gab nichts, was er für Jenny nicht getan hätte, dachte Wilkie. Sie erbat sich so wenig, war so zufrieden, einfach nur mit ihm zusammenzusein. Fünfundzwanzig Jahre lang hatte sie ihn beinahe uneingeschränkt glücklich gemacht. Überdies hatte sie ihn mit etwas beschenkt, was die meisten Leute als die drei größten Geschenke seines Lebens ansahen: zwei gesunde, hübsche, kluge Kinder und (vielleicht noch wesentlicher) Salty.

Jenny war es gewesen, die, als er sie am Ende seiner Vortragsreihe nach San Francisco mitnahm, dem *Reithrodontomys raviventris* einen Namen gegeben hatte. Als sie an jenem ersten wunderbaren Abend kurz nach Sonnenuntergang in einem Park der Bay Area einen Spaziergang machten, erspähte Wilkie eine seltene Salzmarschmaus und zeigte sie ihr. »O Salty, du bist aber schön!« hatte Jenny ausgerufen, als der warme Wind musikalisch durch das blasse Winterried und ihr langes, fahles, riedfarbenes Haar wehte. Und als habe es verstanden, hatte das winzige, blankäugige Geschöpf auf seinem Grasbüschel verweilt und einen Blick wechselseitiger Bewunderung mit ihr getauscht.

Es war nicht Jennys Schuld, daß sich ihre Geschenke am Ende als Fehlschlag erwiesen: daß Salty zu einer Karikatur der Medien verkommen war oder daß Ellen und Billy, früher so ganz und gar zufriedenstellende Kinder, sich zu problematischen, mit Makeln behafteten jungen Erwachsenen entwickelt hatten. Niemand trug die Schuld daran, daß Ellen Wilkies starken Willen und seine Neigung, die Kontrolle zu übernehmen, geerbt hatte, was bei einer Frau so viel weniger charmant wirkt; oder daß Billy Jennys körperliche Schmächtigkeit und ihre Empfindlichkeit gegen die Ansichten anderer geerbt hatte, was bei einem Mann so viel weniger charmant wirkt. In seinen düstersten Augenblicken nannte Wilkie seine Tochter manchmal insgeheim eine aufdringliche, starrsinnige Feministin und Billy einen Waschlappen und ein Computerwrack.

Als er sich in dem kalten Luftzug zusammenkauerte und vor Hüftschmerzen die Zähne zusammenbiß, wollte es Wilkie vorkommen, als stünden ihm nur zwei Möglichkeiten offen. Entweder würde er sich geschlagen geben und einem beliebigen Arzt die Wahrheit über seine Symptome anvertrauen, bewußtseinsverändernde Schmerztabletten einnehmen und den ungewissen, aber schmachvollen letzten Akt seines Lebens durchleiden. Oder er würde Schluß machen, solange es noch möglich war.

Und theoretisch war es möglich. Ein Unfall während

einer Exkursion zum Beispiel... Zu diesem Zweck müßte er Convers den Rücken kehren: Hier gab es keine Bergklippen, keine Seen, die er nicht mühelos durchschwimmen konnte, selbst wenn er Jenny davon abzuhalten vermochte, ihn wie gewöhnlich zu begleiten. Vielleicht ein Autozusammenstoß, bei dem kein anderer zu Schaden käme? Wenn es schneite, eines Nachts, wenn die Straßen dunkel und vereist wären... Falls jedoch sonst niemand darin verwickelt war, mochte es Zweifel hinsichtlich seiner Absicht geben. Und wie konnte er sichergehen, daß ein Unfall nicht mit einem Verhängnis endete, das weit schlimmer ausfiel als sein langsam schwindendes Leben: Gehirnschaden, Koma, Paralyse?

Oben lag Jenny immer noch wach. Schließlich schlüpfte sie aus dem Bett, zog sich einen langen, taubenblauen Morgenrock über ihr weißes, mit Spitzen besetztes Baumwollnachthemd und tappte barfuß die breite, kühle Eichentreppe hinunter.

»Ich konnte auch nicht schlafen«, entschuldigte sie sich. »Meine Güte, ist das hier kalt.«

»Ist mir gar nicht aufgefallen«, log Wilkie. Er betrachtete seine Frau, die den Thermostat höherstellte, und dachte, wie anmutig sie war, wie schön mit ihren blassen, feinen, regelmäßigen Gesichtszügen und ihrem seidigen, nur von wenigen Silberfäden durchzogenen blaßbeigen Haar, das ihr über die Schultern wallte.

»Weißt du was? Ich habe mir überlegt...«, begann Jenny und setzte sich auf die Lehne eines Ohrensessels. Sie hielt inne und wartete auf grünes Licht.

»Ja?«

»Ich habe über diese entsetzliche Erkältung nachgedacht, die ich letztes Jahr so viele, viele Wochen lang hatte. Ich habe mir überlegt, ob wir diesen Winter vielleicht eine Weile in eine wärmere Gegend fahren könnten. Es wäre so schön, all den Viren zu entkommen, die – das weiß ich – schon auf dem Weg nach Convers sind und nach mir Ausschau halten.«

Wilkie sagte nichts.

»Es muß nicht im Ausland sein«, fügte sie hinzu. »In Amerika gibt es Gegenden, die keinen Winter kennen.« Sie blickte auf den stummen Fernsehschirm, der entgegenkommenderweise eine mit Streifen in Regenbogenfarben versehene Wetterkarte der Vereinigten Staaten zeigte. Der gewellte unterste Streifen war leuchtend rot. Wilkie nahm sie kaum wahr; statt dessen erinnerte er sich an ein Interview im Fernsehstudio eines Lokalsenders, in dem er erfahren hatte, daß das auf dem Bildschirm Gesehene eine Lüge ist, ein Konstrukt: Hinter dem Wetteransager gibt es gar keine wirkliche Karte, sondern nur eine leere Wand, vor der er gestikuliert. Genau das tue ich jetzt, hatte er damals gedacht, ich gestikuliere vor einer leeren Wand, während die Zuschauer sich einbilden, daß ich dort etwas sehe.

»Ich habe mir überlegt«, fuhr Jenny fort, »wie's wäre, wenn wir uns für ein, zwei Monate ein Haus in Key West mieteten? Molly Hopkins fährt immer noch jeden Winter dorthin, nicht wahr?« Molly war die Witwe eines Professors für amerikanische Geschichte, der, wiewohl älter als Wilkie, einer seiner engsten Freunde gewesen war.

»Ich glaube, ja«, sagte ihr Mann in einem unbeteiligten, nachdenklichen Tonfall. Key West, dachte er. Eine Insel, umspült vom tiefen, freundlichen, alles verschlingenden

Meer... Hinterher würde jeder annehmen, es sei ein plötzlicher Krampf gewesen oder eine unberechenbare Unterströmung...

»Ich frage mich, ob Molly vielleicht Häuser in Key West kennt, die zu mieten sind.«

Er hätte es doch wissen müssen, hörte Wilkie einige Leute sagen. Warum mußte der alte Narr auch versuchen, so weit hinauszuschwimmen? würden sie sagen. Na, wenn schon.

»Ich könnte ihr schreiben. Oder sogar anrufen.« Jenny blickte von der Wetterkarte auf zu ihrem Gatten, und ihr stockte der Atem. Was sie da sah im flimmernden Licht des Bildschirms, war jemand, den sie kaum wiedererkannte: ein alter, erschöpft wirkender Mensch in den Klauen einer Empfindung zwischen Ärger und Verzweiflung, die Augen zugekniffen, als hätte er Schmerzen, das Kinn starr.

Aber dann veränderte Wilkie seine Sitzhaltung, wandte sich von dem gespenstischen blauen Schein zu Jenny, lächelte ihr verhalten zu und war wieder ganz er selbst. »Warum nicht, meine Liebe?« sagte er. »Wenn du es unbedingt möchtest.«

2

Mitte Dezember in Key West. In den Farben von Weihnachtsgeschenkbändern schäumte über weißverputzten Mauern Bougainvillea, in der sanften Brise wiegten sich Palmen, Sand glitzerte wie Lametta in der Sonne. Straßen, Geschäfte und Restaurants wimmelten von Erwachsenen, die, wie spielende Kinder, mit bunten Shorts, T-Shirts, Turnschuhen und Sandalen bekleidet waren. Ihre Aufmachung war das äußere Anzeichen, daß es ihnen während dieser wenigen Tage oder Wochen freistand, sich zu vergnügen und zu verwöhnen, wie Kinder in den Schulferien. Sie hatten keinerlei Verantwortung, keinerlei Verpflichtungen; sie brauchten nicht für sich zu kochen oder ihre Betten selbst zu machen. Abends blieben sie lange auf, aßen, wenn ihnen danach zumute war, was Kinder lieben, Eltern und Gesundheitsexperten hingegen mißbilligen: Cheeseburger, Hot dogs, Limonaden, Chips, Pommes frites, Pizza und Süßigkeiten.

Tagsüber hielten sich viele von ihnen am Strand auf: planschten im warmen Ozean oder aalten sich auf dem noch wärmeren Sand und sahen zu, wie die Wellen träge ans Ufer schwappten. Andere bummelten die Straßen entlang, besahen sich die Schaufensterauslagen oder schleckten Waffeleis. Die sportlicheren unter ihnen joggten, fuhren Fahrrad, warfen Bälle und schleuderten Frisbees oder tummelten sich im Meer: surften, segelten, schnorchelten, fischten auf hoher See oder tauchten in die Tiefe. Nachts sah man sie in den Gärten von Fischrestaurants speisen oder in Bars sitzen, wo sie sich laute, abgehackte Musik anhörten und laute, abgehackte Bemerkungen tauschten.

Obwohl die meisten Touristen ein komisches Mißgeschick, das ihnen gelegentlich widerfahren mochte, durchaus hinnahmen, war ihnen doch wichtig, daß ihr Urlaub insgesamt erfreulich verlief. Wer Geld für Ferien ausgab, erwarb im Grunde Glück: Wenn man sich nicht amüsiert, fühlt man sich betrogen.

Freilich birgt es Gefahren, wenn man sich allzusehr amüsiert. Das »wirkliche Leben«, in das man zurückkehrt, mag einem im Gegensatz dazu quälend trist und beengt vorkommen. Doch meist ist dies nur ein vorübergehendes, bald überwundenes Gefühl. Ernsteren Konsequenzen sahen sich jene Touristen gegenüber, die gar nicht mehr erst nach Hause fuhren, die die Freiheit und die Freuden von Key West so sehr genossen, daß sie immer länger dortblieben.

Denn unweigerlich geschah es, daß diese, zeitweilig Kinder, erwachsen zu werden begannen. Sie erstanden Immobilien, traten Wohltätigkeitsvereinen bei, nahmen Arbeit an oder investierten in Geschäfte vor Ort. Als Hausbesitzer, Angestellte oder Geschäftsinhaber nahmen sie allmählich die andere Seite des Tourismus wahr. Wenn sie den Plastikmüll sahen, der ans Ufer geschwemmt wurde, oder die Obdachlosen, die in den Gassen nächtigten, verspürten sie den Drang, etwas dagegen zu unternehmen. Sie begannen, zu örtlichen Streitfragen Positionen zu beziehen; lasen die Lokalzeitungen nicht nur, sondern schrieben Leserbriefe an die Redaktion. Einige engagierten sich in der Politik oder kandidierten gar für öffentliche Ämter. Sie engagierten sich für die Rettung des Riffs, für eine Abänderung der gesetzlichen Zoneneinteilung oder dafür, daß Kreuzfahrtschiffe häufiger am Mallory Dock anlegen durften oder auch nie.

Da sie nunmehr Posten innehatten und an Besprechungen teilnahmen, zogen sie nicht länger Shorts, T-Shirts und Sandalen an, sondern trugen statt dessen Hemden und Hosen, vielleicht auch Röcke und Kostüme. Für sie war Key West kein Spielplatz mehr. Die Stadt war zur »wirklichen Welt« geworden – zu einer Welt, in der sie wirkliche Erwachsene waren.

Eine von diesen Extouristinnen war Molly Hopkins, die Witwe von Wilkie Walkers altem Freund. Dreißig Jahre lang waren sie jeden Winter nach Key West gekommen: zunächst nur in den Weihnachts- und Osterferien; später, als sich ihr Mann zur Ruhe setzte, für die sechs Monate und den einen Tag, die sie zu offiziellen Einwohnern eines Staates ohne Einkommenssteuer machten. Zur Zeit wohnte Molly von Oktober bis April in Key West und verkehrte vornehmlich mit anderen Winteranrainern oder mit Vollzeitbürgern wie Lee Weiss, die sie an diesem warmen Dezembernachmittag aufsuchte.

Lee Weiss war früher selbst Touristin gewesen. Vor fünfundzwanzig Jahren war sie, einer plötzlichen Eingebung folgend, auf die Insel gekommen, um eine Woche Ferien von einer bedrückenden Ehe zu machen. Eine unmittelbare Folge dieses Zwischenspiels war, daß sie ihren Mann verließ. In der darauffolgenden Saison kehrte sie zurück, dann blieb sie für immer. Schließlich wurde sie Inhaberin einer erfolgreichen Frauenpension und eine der fest installierten Bewohnerinnen der Insel. Wollte sie sich auf sorgenfreie, kindliche Weise entspannen und erholen, so verließ sie die Stadt – gewöhnlich im August oder September, der Jahreszeit für Hurrikane und dem Tiefpunkt des Fremdenverkehrs – und fuhr nach Europa oder Neuengland.

In der Hochsaison, von Mitte Dezember bis Mitte April, hatte Lee zahlreiche Sorgen und Verpflichtungen. Nun, da sie mit Molly Hopkins auf der vorderen, von Weinranken beschatteten Veranda des Artemis Lodge saß, hatte sie das Gefühl, als sei ihre Bürde soeben noch schwerer geworden.

»Teufel noch eins, wie konntest du nur?« rief sie aus, beugte sich vor und ließ ihr Strickzeug aus Baumwollgarn zu Boden gleiten. »Weißt du denn nicht, was für ein reaktionärer Hammel Wilkie Walker ist?«

»Nein, eigentlich nicht.« Molly, die sich, das Haar auf das geblümte Kissen gebreitet, auf einer Chaiselongue aus Korbgeflecht zurücklehnte, gab einen leisen Ächzer, fast schon einen Seufzer, von sich. Je älter sie wurde, desto größere Ähnlichkeit hatte sie mit der langen Reihe Malteser der Hopkins – besonders mit dem letzten, Lulu, dessen Tod drei Monate zuvor sie überwältigte, wann immer sie sich daran erinnerte. Molly hatte dieselben großen braunen Augen, dieselbe Stupsnase, denselben leicht erwartungsvollen Gesichtsausdruck, dieselben dünnen, schlaffen, weißen Locken.

»Hast du denn nie sein widerwärtiges Buch *Das natürliche Tier* gelesen?«

»Ich weiß wirklich nicht mehr...« Mollys Stimme erstarb. Wie anstrengend die jungen Leute von heute doch sind, dachte sie. Dabei war Lee über fünfzig, und obwohl ihre polynesische Sonnenbräune, ihre gewellte schwarze Mähne und ihr gekräuseltes, magentarotes Muumuukleid Vitalität und Sinnlichkeit ausstrahlten, sah man ihr doch auf den zweiten Blick ihr Alter an. Molly hingegen, der Einundachtzigjährigen, erschien Lee so jung wie inzwischen fast jedermann. Um sie herum gab es so wenige Erwachsene, so wenige vernünftige Menschen waren noch am Leben in dieser Welt.

»Er hat der Homophobie zu Ansehen verholfen«, brummte Lee und starrte auf die spektakulären orangenen und zinnoberroten Blüten der Trompetenwinde, die ihre Veranda teilweise gegen die Straße abschirmte. »Allenthalben wird er von diesen widerlichen Wertkonservativen zitiert. Preisgekrönter Naturwissenschaftler erklärt, *et cetera.*«

»Aber das ist doch nun schon Jahre her. Ich weiß, daß er heute nicht mehr so denkt.«

»Und? Hat er es etwa öffentlich zurückgenommen?«

»Da bin ich nicht sicher...«

»Dann zählt es nicht.«

»Ehrlich gesagt, ist es mir gar nicht in den Sinn gekommen, daß jemand daran Anstoß nehmen könnte«, sagte Molly, erstaunt über die Halsstarrigkeit, mit der ihre Freundin reagierte. Normalerweise brauste diese zwar auf, beruhigte sich aber ebenso rasch wieder. »Und es ist ja nicht so, als würde er hier wohnen.«

»Ja, aber er wird Jacko auf der Pelle hocken. Wie soll denn das gehen? Und es ist ja nicht nur Jacko, ich sorge mich um alle Schwulen und Lesben auf der Insel. Mich selbst eingeschlossen. Sein gottverdammtes Buch hätte mich als Person beinahe zugrunde gerichtet.«

»Wirklich?« Molly verkniff sich die Frage, als was Lee denn sonst hätte zugrunde gerichtet werden können; unlängst hatte sie beschlossen, gegen den Mißbrauch der Sprache durch ihre Zeitgenossen nicht länger einzuschreiten. »Ich hätte gedacht, das sei nicht gar so leicht.«

»Nun ja, ist es auch nicht«, gab Lee zu. »Aber damals am College kanntest du mich noch nicht. Teufel noch eins, ich kannte mich ja selbst nicht. Als ich herausfand, daß ich mich von Frauen angezogen fühle, gab mir die Dozentin, auf die ich so große Stücke gehalten hatte, Walkers Buch. Sagte, es würde mir helfen. Da las ich dann also, wie krankhaft und widernatürlich veranlagt ich sei, denn Tiere seien nicht schwul. Walker zufolge ist alles, was Tiere treiben, natürlich und gut. Homosexualität ist eine Krankheit, die behandelt und ausgerottet gehört. Und dann läßt er sich darüber aus, daß wir irgend so eine vergammelte alte Maus, die niemandem etwas nützt, vor dem Untergang retten müssen.« Sie verfiel in ein brütendes Schweigen.

»Du weißt, daß es Wilkie Walker seit einiger Zeit nicht sonderlich gut geht«, bemerkte Molly schließlich.

»Ach ja? Was fehlt ihm denn?«

»Ich weiß es nicht genau. Aber seine Frau sagte, sie sei der Meinung, daß er sich diesen Winter in einem wärmeren Klima aufhalten sollte.«

»Großer Gott!« Lee knallte ihr Glas Eistee auf den Couchtisch aus Korbgeflecht. »Na schön, soll er sich halt in einem wärmeren Klima aufhalten. Er hat den ganzen Staat Florida zur Auswahl, ganz zu schweigen vom Rest der

Karibik. Weshalb muß er ausgerechnet nach Key West kommen?«

»Ich nehme an, irgend jemand hat es ihm empfohlen. Schließlich kommen viele Schriftsteller hierher.«

Lee zischelte feindselig. »Wann trifft er ein?«

»Ich glaube, am zweiten Januar.«

»Uuuh. Nicht mal ein Monat bis dahin.« Ihre wütende Grimasse entblößte kantige, weiße Zähne. »Gott, es wird abscheulich werden. Ich sehe es schon vor mir. Du wirst ihn zum Essen einladen, und dann werden sich Leute wie Roz Foster um ihn bemühen, weil er berühmt ist, und er wird überall aufkreuzen. Über Schwule höhnen, sich über unsere bedrohte Umwelt verbreiten und vor den Freunden der Bibliothek kleine inspirierte Vorträge über Bubba Biber halten oder wie seine letzte Tierfigur gerade heißt. Und dann noch diese reaktionäre Zicke, seine Frau.«

»Aber Lee.« Molly seufzte wieder. »Jenny ist keine Zicke. Sie ist eine formvollendete Dame.«

»Und wenn schon, manchmal läuft das aufs selbe hinaus. Über sie habe ich auch schon etwas gelesen; sie wird immer in den Interviews erwähnt. Die glückliche, erfüllte Ehegattin und Mutter, die aufopferungsvolle Sekretärin und Rechercheurin. Und irgendein kriecherisches Zitat: ›Ich sehe meine Rolle im Leben darin, dafür zu sorgen, daß Wilkie wahrhaft produktiv sein kann.‹« Lees Stimme klang beinahe schrill, so sehr ereiferte sie sich. »Tut mir leid. Aber wenn ich an diesen Frauentyp denke, gerate ich einfach außer mich.«

Molly schüttelt leicht den Kopf. Habe ich derartige Nichtigkeiten je so schwer genommen? fragte sie sich, als Lee die unemanzipierten Ansichten, Behauptungen und Handlungen dieser Frauen Revue passieren ließ. Das meiste davon hatte ihre Freundin bereits gehört. Vielleicht als Teenager, entschied sie; aber schon damals hatte ich mich dessen geschämt. Ich war in dem Glauben erzogen worden, daß man, außer in den schlimmsten Augenblicken seines Lebens, weder fluchen noch Theater machen soll. Ganz wie in dem alten Vers von Dr. Johnson:

Sofern ein Mann laut »Rüben« schreit,
Doch stumm bleibt, wenn sein Vater stirbt,
Beweist das nicht sein größres Leid,
Wenn eine Rübe ihm verdirbt?

Molly hatte um ihren Vater geweint und – kläglich, herzzerreißend, Monat für Monat – um ihren Mann. Doch seit nunmehr zwei Jahren hatte sie nicht mehr geweint, außer wenn sie allein war und ihre Arthritis sie am ärgsten peinigte. Sie konnte sich nicht vorstellen, sich ernstlich aufzuregen, nur weil jemand, den sie nicht sehen wollte, nach Key West kam. Die Welt war voll von Menschen, die Molly nicht unbedingt sehen wollte, doch räumte sie ein, daß diese wie sie ein Anrecht darauf hatten, den Winter hier zu verbringen.

»Und, was hast du in letzter Zeit so erlebt?« fragte Lee endlich.

»Ach, eigentlich nichts.« Molly lächelte flüchtig. Sie spürte, daß Lees Frage weniger ein Ausdruck von Interesse war als vielmehr der Bereitschaft, eine Weile wohlwollend zuzuhören, statt selbst zu reden. Aber Molly hatte es schon immer langweilig gefunden, sich über ihr Leben zu verbreiten. Nach mehr als achtzig Jahren begriff sie immer noch nicht so recht, weshalb die Leute Spaß daran fanden – ja, darauf beharrten –, so viel von sich zu reden, weshalb sie so erpicht darauf waren, Tatsachen zu wiederholen, die sie bereits kannten. Manchmal fragte sie sich, ob sie vielleicht nicht ganz überzeugt waren, daß sie wirklich existieren, und es sich immer wieder beweisen mußten.

»Hör zu, es tut mir leid, daß ich wegen Wilkie Walker gleich in die Luft gegangen bin«, sagte Lee, die Mollys Schweigen offensichtlich als Tadel auffaßte. »Ich weiß, daß du es nicht drauf angelegt hast, mir das Leben schwerzumachen.«

»Nein. Ich wollte es Jacko leichter machen, das ist alles«, erwiderte Molly. »Seit die Leute aus New York storniert haben, hat er sich bemüht, Alvins Haus zu vermieten, weißt du?«

»Ja, ich weiß«, räumte Lee ein und verlieh ihrer Stimme einen besorgten Tonfall. Seit Jahren hatte sich ihr Freund Perry Jackson, der ebenfalls das ganze Jahr über in Key West ansässig war, seinen Lebensunterhalt teils als Landschaftsgärtner, teils als Hausverwalter eines früheren Liebhabers, eines reichen, kleinlichen und langweiligen alten Mannes namens Alvin, verdient. Er durfte mietfrei in einem Einzimmer-Cottage auf Alvins Anwesen wohnen und verstand von Pflanzen ebensoviel, wie er sich für sie begeisterte. Im vergangenen Monat hatte sich herausgestellt, daß Jacko HIV-positiv war.

»Wie geht es ihm?« erkundigte sich Lee. »Ich habe ihn seit Sonntag nicht gesehen, aber er müßte jeden Augenblick kommen.«

»Ach, er sieht gut aus. Es könnte noch zehn Jahre dauern, was meinst du? Oder länger.«

»Er hat mir erzählt, daß er mit dem Gedanken spielt, im Juli oder August nach Europa zu fliegen.«

»An seiner Stelle würde ich jetzt fliegen«, sagte Molly schleppend.

»Das würde Jacko nie tun«, beteuerte Lee. »Er würde uns doch nicht mitten in der Hochsaison im Stich lassen. Und außerdem herrscht dort drüben jetzt Winter.«

»Trotzdem, ich würde ziemlich bald abreisen«, beharrte Molly. »Solange es mir noch gutgeht.«

»Glaubst du, er wird erkranken? Teufel noch eins... Hat er... Hat er gesagt...?« Ihr stockte die Stimme.

»Nein, nicht doch. Aber man weiß es halt nie. Es könnte noch zehn Jahre dauern oder auch nur zehn Monate.« Vor Mollys geistigem Auge erschien der Tod als eine Art unsichtbar umherfliegender Dinosaurier, wie der Saurier auf dem roten AIR MAIL-Stempel, den sie manchmal benutzte. Oder vermutlich gab es, wenn man es richtig bedachte, eine Kompanie, ein Bataillon oder eine ganze Armee fliegender roter Dinosaurier. Diese dummen, gierigen Reptilien kreuzten ständig über der Erde, und gelegentlich stießen sie wahllos herab, um jemanden mit ihren großen, nach Fleisch gierenden Lefzen zu packen. Und da sie nicht nur dumm, sondern auch unbeholfen waren, ließen sie ihre Beute manchmal in mehr oder minder angegriffenem Zustand (Herzkrankheit, Schlaganfall, Krebs, Diabetes, Oberschenkelhalsbrüche) wieder fallen. Doch angelockt vom Blutgeruch, kehrten sie zurück.

Molly gehörte selbst zu denjenigen, die die fliegenden

Dinosaurier gepackt und wieder fahrengelassen hatten. Infolgedessen hatte sie jetzt schlechte Augen, ein angeschlagenes Herz und lähmende Arthritis. Vermutlich würden die Dinosaurier sie bald für immer holen. Wenn ihre Arthritis besonders schmerzhaft war, hoffte sie, daß es nicht mehr lange dauern würde.

An einem rauhen, eiskalten Tag im vergangenen Frühjahr, als sie gerade wieder in Convers war und der Winter eigentlich schon hätte zu Ende sein sollen, hatte sie auf ihrer Veranda gestanden und auf den eklig schmuddeligen Haufen gefrorenen Schnees gestarrt, den der Pflug der Stadtgemeinde wieder einmal auf ihre Auffahrt geschoben hatte. An ihren schmerzenden Hand- und Kniegelenken hatte sie gespürt, wie anstrengend, ja wie schier unmöglich die Aufgabe sein würde, ihn wegzuschaufeln, um zum Supermarkt zu gelangen. Da hatte sie die Augen zum aschgrau verhangenen Himmel gehoben, der noch mehr Schnee verhieß. »Na schön!« hatte sie laut ausgerufen. »Kommt und holt mich nur, warum nicht gleich jetzt?«

Meistens aber wollte Molly, daß die fliegenden Dinosaurier noch ein bißchen länger fortblieben, denn die Welt war voller Dinge, die sie nicht missen wollte: eine bevorstehende Party, eine neue Detektivgeschichte von Tony Hillerman oder Susan Conant, ein neueröffnetes Thai-Restaurant, ein Besuch ihrer Enkelin, die von einer archäologischen Expedition nach Irland zurückgekehrt war. Außerdem war sie stets gespannt, was als nächstes geschehen würde. Für sie steckte sowohl Convers wie Key West voll interessanter Gestalten und Seifenopern in vielen Fortsetzungen, und das Leben ihrer Kinder und Kindeskinder war wie ein fortlaufender, dichtbevölkerter Comic. Würde sich Captain Tony noch einmal als Bürgermeister aufstellen lassen? Wer waren der Mann und die Frau, die es am hellichten Tag auf dem leeren Grundstück hinter dem Glasgeschäft in der Simonton Street miteinander getrieben hatten? Würde ihr Sohn in sein Büro an der Westküste versetzt werden, und falls ja, würde seine Frau, wie bereits angedroht, sich weigern, ihre Arbeitsstelle aufzugeben? Würde ihre Nichte Clarissa den selbsternannten Druiden ehelichen, den sie kürzlich kennengelernt hatte? Es wäre wirklich jammerschade, wenn sie die nächste Folge verpaßte.

»He, da kommt Jacko ja«, sagte Lee.

Soeben war ein weißer Kleinlastwagen in die Auffahrt zum Artemis Lodge eingebogen. Auf der Motorhaube schossen stilisierte grüne Flammen nach hinten, und die Aufschrift auf dem Schlag lautete GÄRTNEREI GREENFIRE. Dem Wagen entstieg ein schöner junger Mann. Er hatte dunkles, gelocktes Haar, blaugrüne Augen, einen athletischen Körperbau und einen satten goldbraunen Teint. An seinem äußeren Erscheinungsbild ließ sich weder ablesen, daß er krank, noch, daß er schwul war.

Molly betrachtete ihn sorgenvoll. Wie alle, die Jacko kannten, suchte sie ihn stets nach Anzeichen einer Krankheit ab. Bislang hatte es keine gegeben, doch allmählich machte sich die ängstliche Kontrolle in den Beobachtern selbst bemerkbar – eine Übermüdung der Augen und eine Verengung des Gesichtsfelds, wie Molly sie während des Zweiten Weltkriegs bei den Luftspähern am Cape Cod beobachtet hatte. Unterdessen schien Jacko, womöglich unbewußt, fest dazu entschlossen, ihre Wachsamkeit überflüssig zu machen. Noch vor einem Monat hätte er die Stufen zur Veranda gemächlich erstiegen; jetzt kam er heraufgesprungen, indem er zwei Stufen auf einmal nahm.

»Na, wie geht's?« fragte er. »Hallo, Molly!«

»Ach, danke«, anwortete Lee ausdruckslos. »Ich habe nur gehört, daß du Alvins Haus soeben an einen weltbekannten Homophobiker vermietet hast.«

»An einen Homophobiker?« Das mußte Jack erst einmal verdauen. »Meinst du Wilkie Walker?«

»Allerdings.« Lee nickte verdrießlich. »Er hält uns für ekelhaft und widernatürlich. Er hat ein ganzes Buch darüber geschrieben.«

»Das ist doch schon Jahre her«, wandte Molly ein. »Zwanzig Jahre mindestens.«

»Du hast gesagt, er sei ein berühmter Naturwissenschaftler«, protestierte Jacko und sah sie beklommen an; er mochte Berühmtheiten, und manchmal kündigte er seinen Freunden ihre Anwesenheit in Key West an.

»Na und?« knurrte Lee.

Jacko antwortete nicht, doch Molly konnte förmlich, als erschienen sie auf einer Leuchtreklame am Times Square, die Worte HÖR MAL, DAVON WAR MIR NICHTS BEKANNT, ICH BRAUCHTE EINFACH EINEN MIETER durch sein Gemüt ziehen sehen, wenn auch ebenso unausgesprochen. Einer seiner Grundinstinkte bestand darin, Unannehmlichkeiten aus dem Weg zu gehen.

»He, ist es in Ordnung, wenn ich Marlene herauslasse?« fragte er und zeigte auf das Führerhaus seines Lastwagens, in dem sich, die Pfoten aufs Armaturenbrett gestützt, eine plumpe weiße Katze mit grünen Augen aufrichtete.

»Klar doch. Gott sei Dank sind die beiden allergischen Frauen aus Montreal am Sonntag abgereist.«

Die freigelassene Katze folgte Jacko die Stufen zur Veranda herauf und sprang auf die niedrige Rückenlehne eines Schaukelstuhls aus Korbgeflecht, wo sie gerade sitzen blieb und mit dem Schwanz wedelte, während der Stuhl hin- und herschaukelte.

Das würde ein gutes Bild abgeben, dachte Molly gegen ihren eigenen Willen, denn sie hatte die Kunst an den Nagel gehängt. Seit einiger Zeit beschloß sie alle paar Wochen, nicht mehr zu zeichnen; es fiel ihr schwer, das Papier richtig zu sehen, es war zu mühsam und schmerzhaft, den Bleistift zu halten. Außerdem hatte es keinen Sinn. Unter der neuen Geschäftsleitung erwarb der *New Yorker* von ihr keine Vignetten mehr, und ihr Kunsthändler verhielt sich höflich unbestimmt, was Verkaufsmöglichkeiten, und eindeutig entmutigend, was eine Ausstellung anging. Doch dann zog irgend etwas Mollys Blick auf sich: eine Spinne und ihr Netz in einer Ladentür, ein bärtiger, affenähnlicher Mann mit einem lebenden Affen auf der Schulter, eine von abgerissenen schwarzen und weißen Kindern wimmelnde Limonelle.

»Ich will dir gleich sagen, daß ich nicht zu dir kommen werde, solange sich diese Leute auf Alvins Grundstück aufhalten«, warnte Lee Jacko.

»Wirklich? Das ist aber schade«, sagte er gleichmütig.

»Und lade du mich bloß nicht zu einem Treffen mit ihnen ein«, sagte sie zu Molly. »Wenn ich sie sehe, werde ich sie bespucken.«

»Ach ja?« sagte Jacko. »Mrs. Walker auch?«

»Ja. Weil sie auf ihre Art noch schlimmer ist als er. Sie ist eine Verräterin an ihrem Geschlecht. Falls sie überhaupt ein Geschlecht hat, was ich bezweifle. Und Walker ist ein Ekel, das kannst du mir glauben. Du wirst dir noch wünschen, daß du Alvins Haus nie an sie vermietet hättest.« Lee lachte ärgerlich auf, doch Jacko reagierte nicht; er lächelte nur mit dem geduldigen Selbstbewußtsein von Menschen, die mit einem schönen Körper gesegnet sind und wissen, daß sie durch ihre bloße Gegenwart einen Beitrag zur Szenerie leisten.

»Aber ich will dir mal was sagen, Molly«, fügte sie hinzu und lachte etwas unbefangener. »Vielleicht könntest du sie auf dieselbe Art loswerden wie Seymour.«

»Also wirklich, Lee«, sagte Molly. »Wer sagt, daß ich Mr. Seymour losgeworden bin?«

»Teufel noch eins, weiß ich doch nicht«, entgegnete Lee. »Alle. Es heißt, du hättest ihn irgendwie aus der Stadt hinausgeekelt.«

»So war das doch überhaupt nicht.« Molly kicherte leise. »Ich habe nur ein bißchen nachgeholfen.«

»Sie hat ihm weisgemacht, daß das Leitungswasser voll giftiger Chemikalien sei«, verkündete Jacko vom Verandageländer her, wo er eine anmutig lauernde Pose eingenommen hatte, die der seiner Katze ähnelte. »Ganz süß und besorgt war sie. Sie hat erklärt, ihr mache es nichts aus, daß sich die chemischen Gifte langsam in ihrem Körper sammelten, sie habe ja nicht mehr lange zu leben, aber sie finde doch, daß er es wissen sollte.«

»Das würde bei Wilkie Walker nicht verfangen«, sagte Lee. »Was die Umwelt angeht, so ist er vermutlich der Überzeugung, der Fachmann sei er. Nichts von dem, was sonst irgend jemand sagt, würde ihm Eindruck machen.« Sie setzte eine finstere Miene auf. »Wie lange wollen sie denn bleiben?«

»Das ist noch nicht entschieden. Zwei, vielleicht drei Monate.«

»Uuuh, wirklich? Kommt denn Alvin diesen Winter nicht?«

Einen langen Augenblick antwortete Jacko nicht. Er wechselte seine Stellung und rieb sich die blaugrünen Augen. »Ich weiß nicht«, sagte er bedächtig, und dann hastig: »Ich weiß nicht, warum es so ein verdammtes Geheimnis sein muß. Alvin ist... Er liegt mit einem Schlaganfall im Krankenhaus; vielleicht wird er sterben; das hat seine Sekretärin gesagt, als sie heute morgen anrief. Bitte sagt es niemandem weiter.«

»Oh, das tut mir aber leid«, riefen Molly und Lee gleichzeitig aus. Keine von beiden konnte Alvin leiden, aber er war eine feste Einrichtung in Key West, und sie waren ebenso beunruhigt, wie sie es gewesen wären, wenn plötzlich ein häßliches, aber historisches Wahrzeichen des Ortes abgerissen worden wäre.

»Es scheint einfach nicht richtig«, setzte Molly mit einer hilflosen Gebärde hinzu.

»Ja.« Jacko blickte von einer zur anderen und registrierte ihre beschämte Unfähigkeit, wirkliches Mitgefühl zu bezeigen. »Es ist ganz schön hart. Ich werde ihn vermissen. Nun ja, ich denke, ich mache mich lieber mal an die Araliazeen hier.«

Als Jacko mit Gartenschere und Abfalleimer um die Ecke

der Pension verschwunden war, sahen Molly und Lee einander an.

»Alvin ist gar kein so schlechter Kerl«, verkündete Lee schließlich. »Der AIDS-Hilfe stellt er immer einen Scheck aus, auch wenn's nicht viel ist, wenn man bedenkt, was für ein Vermögen er hat.«

»Dem Everglades-Fonds hat er letztes Jahr hundert gestiftet«, sagte Molly. »Viele reiche Leute, die hierherkommen, bringen nicht mal das zustande.«

Nachdem sie sich der Verpflichtung entledigt hatten, über die Sterbenden nur Gutes zu sagen, wandten sie sich dringlicheren Geschäften zu.

»Ja«, sagte Lee. »Aber die eigentliche Frage ist, was aus seinem Grundbesitz wird, falls Alvin wirklich sterben sollte?«

»Ich glaube, er hat Verwandte«, brachte Molly vor. »Es gibt einen Bruder, vielleicht ist es auch eine Schwester.«

»Wenn sie das Haus verkaufen, könnten sie eine ganze Menge dafür bekommen«, äußerte Lee. »Vielleicht könnte es jemand in Eigentumswohnungen umwandeln. Da ist einmal das große Haus mit der Separatwohnung über der Garage, und da ist Jackos Cottage. Und das Badehaus könnte man umbauen; es gibt darin bereits zwei Umkleideräume und Badezimmer und eine Bar.«

»Vielleicht werden ja die neuen Besitzer Jacko als Hausmeister dabehalten«, schlug Molly vor.

»Teufel noch eins, das sollten sie«, sagte Lee. »Er hat den phantastischen Garten praktisch aus dem Nichts geschaffen, mit Fingergräsern und Mergel.« Sie senkte die Stimme. »Aber was soll werden, falls Jacko krank wird?«

»Wenn.«

»Was?«

»Nicht falls«, sagte Molly müde. »Wenn.«

»Da hast du wohl recht. Was für eine Scheiße«, murmelte Lee. »Du weißt, daß Jacko keine Krankenversicherung hat«, fügte sie hinzu. »Letzten Herbst hat er darüber noch gescherzt; hat behauptet, sie bringe nur Ärger, mache einen achtlos. Er sagte, gleich nach dem Abschluß einer Versicherung seien seine Freunde von der Leiter gestürzt oder hätten Kopfgrind bekommen. Wie kann man sich nur so dumm anstellen?«

»Vermutlich konnte er sich eine Krankenversicherung nicht leisten«, vermutete Molly.

»Ja. Gut möglich.« Lee hob ihr Glas, in dem das Eis inzwischen geschmolzen war. »Er hat sich nie auf HIV hin untersuchen lassen, weißt du?« sagte sie. »Nachdem er sich beim Auswechseln eines Fensters in Alvins Gewächshaus in den Arm geschnitten hatte, haben sie einfach, ohne ihn zu fragen, eine Untersuchung durchgeführt.«

»Ich weiß.« Molly seufzte.

»Ich kann das nicht nachvollziehen«, sagte Lee. »Ich könnte es nicht ertragen, es nicht zu wissen. Teufel noch eins, man würde doch ständig daran denken, stimmt's?«

»Ich glaube schon«, sagte Molly. Sie dachte oft an Krankheiten und den nahenden Tod, wenn auch so selten, wie sie es eben vermochte. Denke positiv, ermahnte sie sich immer. Konzentriere dich auf Dinge, die du magst und die du genießen kannst.

Eine Zeitlang schwiegen sie. Molly sah zu, wie der warme Wind die Trompetenwinde zerzauste; in dem hohen Flamboyant, der mit seinem zarten Blattwerk die Straße vor dem Artemis Lodge beschattete, hörte sie Vögel trillern und Insekten summen.

»Es ist so angenehm in Key West«, seufzte sie. »Es hat den Anschein, als könnte hier nie etwas wirklich Schlimmes geschehen.«

»Ich weiß«, erwiderte Lee. »Das habe ich früher auch immer gedacht.«

3

Der überdimensionale Swimmingpool hinter dem überdimensionalen Haus schimmerte am Nachmittag türkisfarben in der Januarsonne. Seit sie in den vierziger Jahren, vor der Eindämmung der Moskitoplage, erbaut worden waren, umgab ein riesiger Käfig aus Maschendraht das Schwimmbassin und das dazugehörige Badehaus. In das Gehege teilten sich zahlreiche Blüten tragende tropische Pflanzen und weiß angestrichene Metallstühle mit tropisch geblümten Kissen, und auf einer Seite spendeten Mango- und Orangenbäume köstlichen, wie mit Juwelen besetzten Schatten.

Jenny Walker lag in einem der doppelt breiten Klubsessel, blätterte träge in *Harper's Magazine* und wußte nichts mit sich anzufangen. Den Ausdruck hatte ihre Großmutter immer verwendet, und für Jenny war er mit einem Gefühl der Schuld und dem cremefarbenen Wollschal ihrer Großmutter verbunden, dessen verschossener, mystisch gemusterter Kaschmir in langen, wirren Fransen endete.

Zu Hause wußte Jenny stets etwas mit sich anzufangen. Selbst wenn sie nicht mit Wilkie arbeitete, gab es immer noch das Haus und drei Morgen Rasenfläche, Garten und Wald, um die sie sich zu kümmern hatte. Es galt, einzukaufen, zu kochen, zu stopfen, Besorgungen zu erledigen und Briefe zu schreiben; Leute kamen zum Mittagessen, zum

Tee und zum Abendessen oder um Wilkie zu interviewen; da waren die Zugehfrau und der Gärtner, die Rechnungen und die Geldanlagen. Und, wann immer sie Zeit hatte, ihre Näh-, Strick-, Web- und Tapisseriearbeiten.

Doch hier, nach der anfänglichen Aufregung des Auspackens, des Auffüllens von Kühlschrank und Speisekammer, nach der Aufstellung von Computer, Drucker, Faxgerät und Anrufbeantworter, gab es plötzlich nichts mehr für sie zu tun. Der Hausverwalter, ein sympathischer junger Mann namens Jacko, der in einem Cottage auf dem Anwesen wohnte, hielt das Haus sauber und sah nach den exotischen Blumen und Sträuchern. Sie hatte keinen Webstuhl und keine Nähmaschine dabei, und es war viel zu heiß, um an dem bestickten Kissen weiterzuarbeiten, das sie mitgebracht hatte, oder an dem Wollpullover nach dem Strickmuster von Kaffe-Fasset. Und oft brauchte sie nicht einmal einzukaufen oder zu kochen, weil sie auswärts aßen.

Am meisten jedoch verstörte es Jenny, daß sie erstmals auch ihrer wahren Lebensaufgabe beraubt war. Jahrelang hatte sie auf die Frage nach ihrer »Tätigkeit« geduldig geantwortet: »Ich helfe Wilkie bei seiner Arbeit.« Wäre sie weniger bescheiden gewesen, hätte sie gesagt: »Bei unserer Arbeit«, denn Wilkies Bücher waren gespickt mit Sätzen, ja ganzen Absätzen, die sie verfaßt hatte. In *Die Blutbuche* etwa war ein Großteil des Kapitels über die Verwendung von Buchenholz und Bucheckern wortwörtlich aus ihren Aufzeichnungen übernommen worden.

Wilkie wußte die Bedeutung ihrer Beiträge zu würdigen: Jedes Vorwort, das er seit *Die Salzmarschmaus* geschrieben hatte, endete mit einer warmherzigen Huldigung an »meine

Frau Jenny, ohne die dieses Buch niemals hätte geschrieben werden können«. Andere erkannten bisweilen den buchstäblichen Wahrheitsgehalt dieser Danksagung: Die Lektorin von *Wölfe des Westens* beispielsweise hatte einmal erklärt, daß Jennys Name zusammen mit dem ihres Mannes auf der Titelseite angeführt werden müsse, nicht nur im Vorwort. Falls Jenny einverstanden sei, so hatte die ziemlich aufgebrachte junge Frau erklärt, werde sie es Wilkie und seinem Verleger mitteilen. »Ach, bitte, tun Sie doch das nicht«, hatte Jenny ausgerufen. »Das will ich nun wirklich nicht. Außerdem stammen die meisten Ideen in dem Buch von Wilkie, auch wenn ich für ihn recherchiert habe.«

Sie wußte, daß in den neunziger Jahren viele Leute ihre Haltung merkwürdig fanden. »Jenny ist ein wandelnder Anachronismus«, hatte im vergangenen Jahr ein großmäuliger, zeitweilig angetrunkener Bekannter gesagt, als er sie bei einem Universitätsempfang vorstellte. »Wie eine viktorianische Ehefrau hat sie ihr Leben ganz ihrem Gatten geweiht.« Und vor Jahren hatte ihre Tochter Ellen, damals in einer der unteren Klassen der High School, frisch infiziert und berauscht vom Feminismus, sie gefragt: »Mama, möchtest du denn nie eine richtige Stelle haben und dein eigenes Geld verdienen?«

»Nein, Liebling«, hatte Jenny geantwortet. »Weil keine Stelle, die ich haben könnte, so bedeutend sein kann wie das, was ich mit deinem Vater vollbringe.«

Doch jetzt wünschte sich Jenny, daß sie irgendeine Arbeit außer Haus hätte. Seit sie in Key West eingetroffen waren, hatte Wilkie sie noch kein einziges Mal gebeten, für ihn zu recherchieren; er hatte ihr immer noch nicht das Schlußkapitel der *Blutbuche* zum Redigieren und zur Erfassung im Computer gegeben. Sie konnte ihn auch nicht dazu überreden, wenigstens die dringendsten Geschäftsbriefe zu beantworten oder Anrufe zu erwidern. »Das hat noch ein Weilchen Zeit. Herrgott, wir sind doch im Urlaub«, sagte er immer.

Ja, dachte Jenny, wie sie so im getüpfelten Schatten am lauwarmen Schwimmbecken lag; doch in der Vergangenheit hatten Wilkie und sie im Urlaub genauso schwer gearbeitet wie sonst auch. Oft kam ihr Computer mit dem Ausstoß an Briefen, Aufsätzen, Vorträgen, Rezensionen und Büchern gar nicht mehr hinterher. Jeden Morgen nach dem Frühstück planten sie ihr tägliches Arbeitssoll, und oft stürzte Wilkie mehrere Male am Tag aus seinem Arbeitszimmer, um die Liste zu erweitern. Doch im Laufe der letzten paar Monate waren diese Besprechungen immer seltener geworden, bis sie gänzlich ausblieben. An den meisten Tagen gab es für Jenny nicht das geringste zu tun. Nach dem Frühstück zog Wilkie sich in das Gästezimmer zurück, das sie ihm als Arbeitszimmer eingerichtet hatte; manchmal erbat er sich zur Mittagszeit ein Sandwich und einen Eiskaffee oder -tee aufs Zimmer, manchmal kam er zu einem kurzen, fast schweigsamen Mittagessen herunter, danach verschwand er wieder, die *Times* unterm Arm. Um fünf tauchte er wieder auf und ging für sein tägliches Bad zum Strand.

Wenn sie Leute trafen, war Wilkie wieder fast der alte; oft unterhielt er sich ungezwungen und ausführlich, gab Informationen und Meinungen zum besten. Doch wenn sie abends nicht ausgingen, lastete das düstere Gewicht der Stille auf dem luxuriösen tropischen Haus. Wilkie, einstmals so herzlich, so gesprächig und vertrauensvoll, redete immer seltener mit ihr und reagierte manchmal kaum noch auf ihre Fragen oder Bemerkungen. Und wenn Ellen oder Billy anriefen, hatte er ihnen offenbar fast nichts zu sagen.

Irgend etwas war nicht in Ordnung, in schrecklicher Unordnung – aber was? Wenn Jenny, die versuchte, ihre wachsende Sorge hinter einem heiteren Tonfall zu verbergen, Wilkie fragte, wie es ihm gehe, wie er sich fühle oder wie ihm Key West gefalle, lächelte er immer nur flüchtig, ohne sie richtig anzusehen, und gab zur Antwort: »Danke, gut.« Beim letzten Mal jedoch, vielleicht war ihr Tonfall nicht heiter genug ausgefallen, hatte Wilkie diese Worte beinahe hervorgeknurrt und hinzugefügt: »Warum fragst du mich das andauernd? Wenn es mir nicht gutginge, würdest du es nicht als erste wissen?«

»Ja, ich denke schon«, hatte Jenny gestammelt.

Daß Jenny in den letzten paar Tagen gemerkt hatte, daß es ihr selber nicht gutging, machte alles nur noch schlimmer. Das gemietete Haus mit seiner luxuriösen, aber übertriebenen und ziemlich vulgären modischen Ausstattung beispielsweise konnte sie bald nicht mehr ertragen. Die meisten Möbelstücke schienen aus zwei Geschäften in der Duval Street zu stammen, die sich auf teuren Kitsch spezialisiert hatten.

Überall gab es viel zuviel Chrom und Leder, zu viele Spiegel und zu viele große und grellbunte Abbildungen tropischer Flora und Fauna, namentlich Flamingos. Einige der kleineren Monstrositäten wie die phallischen dunkelroten Blütenschweife aus Wachs hatte Jenny in eine Besenkammer gesperrt. Aber es gab andere, die sie nicht verrücken konnte, wie den riesigen Couchtisch im Wohnzimmer: eine tonnenschwere, eisgrüne, dicke Glasscheibe, die auf den Köpfen zweier grimassierender Affen aus Gips ruhte.

Waren die Möbel nicht vulgär, so waren sie ungemütlich und förderten die Ungemütlichkeit. Das orangefarbene Ledersofa aus Sitzelementen war zu straff gepolstert und so hart wie die Sofas in den Foyers von Motels; die mit exotischen Blumen und Vögeln bemalten Paravents verstellten den Blick auf das Tun und Treiben anderer Leute im Haus, und die indirekte Beleuchtung und die Lampen mit den schweren Seidenschirmen verdüsterten ihre Mienen. Auf der »schwimmenden Bühne« des riesigen Bettes schliefen Wilkie und Jenny wie Fremde in weitem Abstand voneinander, und wenn er nachts aufstand, hing das Bett nicht durch und knarrte auch nicht, so daß sie es nicht immer merkte, wenn er sich fortstahl.

Selbst die Schallisolierung, die in einem Haus in Key West ein so außergewöhnlicher Vorzug sein sollte, wirkte ungemütlich. Daheim in Convers konnte Jenny selbst bei geschlossener Tür hören, wie Wilkie in seinem Arbeitszimmer umherging oder manchmal bei der Arbeit Tonbandaufnahmen mit Wellen oder Vogelgesang abspielte. Hier kam es ihr vor, als sei er wie vom Erdboden verschluckt, wenn er sich nach dem Frühstück in sein Arbeitszimmer begab.

Was machte Wilkie nur den ganzen Tag dort oben, eingeschlossen in das Zimmer mit seiner kitschigen Kirsch-Vanille-Farbzusammenstellung und dem fernen Blick aufs Meer? Einschlägigen Indizien nach zu schließen, löste er die Kreuzworträtsel der *Times* und das sonntägliche Akrostichon; vermutlich las er den Rest der Zeitung und einige der Zeitschriften, die sie sich gewissenhaft, wie sie war, hatte nachschicken lassen.

Vielleicht machte Wilkie ja auch ein Nickerchen, denn nachts schlief er immer noch schlecht. Oder er schrieb und redigierte *Die Blutbuche*. Doch selbst wenn dem so wäre, weshalb war er dann so schweigsam, so in sich gekehrt? Früher hatten sie sich immer wieder unbeschwert miteinander unterhalten, und wenn Wilkie an einem Buch, einem Artikel oder einem Vortrag schrieb, was praktisch immer der Fall war, hatte er sie an seinen Ideen teilhaben lassen und oft ihre Änderungsvorschläge berücksichtigt. »Du bist mein idealer Leser«, hatte er ihr mehr als einmal anvertraut. »Du hast ein gutes Auge für alles, was wirklich taugt. Und wenn du etwas nicht verstehst, bedeutet es, daß ich mich nicht klar genug ausdrücke.« Jetzt gab es Tage, an denen sie kaum noch miteinander sprachen.

Vielleicht hatte Wilkie eine Schreibblockade, dachte Jenny. Das war bislang zwar noch nie vorgekommen, doch einem Artikel zufolge, den sie gelesen hatte, konnte sie jederzeit über einen kommen, und meist mußte man einfach ihr Ende abwarten. Doch was sollte sie unterdessen den ganzen Tag tun? Ja, was tat sie eigentlich?

Im Grunde genommen nichts. Sie irrte durch die riesigen, unvertrauten Supermärkte, lag in diesem Anti-Moskito-Käfig, las in einer Zeitschrift oder einem Roman und planschte gelegentlich in diesem Viereck viel zu warmen Wassers. Zweifellos war Wilkie ihre Untätigkeit nicht entgangen. Hatte er (nachdem er wieder einmal bestritten hatte, daß ihm etwas fehle oder daß sie ihm irgend etwas Gutes tun könne) ihr nicht erst gestern geraten, auszugehen,

Sehenswürdigkeiten zu besichtigen und Leute kennenzulernen?

Sosehr sie es gewohnt war, Wilkies Anweisungen Folge zu leisten, diesmal hatte sie sich nicht daran gehalten. Obwohl sie mit ihm nur allzugern fremde Weltgegenden bereist hatte, haßte sie es, im eigenen Land die einsame Touristin zu spielen. Einmal hatte sie es versucht: war allein durch Hemingways Haus spaziert und hatte danach allein zwischen Familien und Paaren in einem Boot mit Glasboden gesessen, während der Reiseleiter die Meeresfauna beschrieb, die verschwommen und verworren unter ihren Füßen vorüberglitt. Lange bevor der Tag zu Ende war, wußte sie, daß ihr das Stadtbild von Key West ganz und gar nicht zusagte: die homogenisierten »Touristenattraktionen«, die lärmenden Bars, deren laute Musik und laute Gästeschar sich auf den Gehsteig ergoß, die Geschäfte, vollgestopft mit neonrosa Muscheln und T-Shirts, die mit außerordentlich vulgären Slogans bedruckt waren. Die halbbekleideten Touristen, die sich schlürfend, schmatzend und knutschend durch die Duval Street schoben, verletzten nicht nur ihren Sinn für Ästhetik, sondern erinnerten sie daran, daß Wilkie sie seit ihrer Ankunft kaum angerührt hatte.

Selbst hier, beim Swimmingpool liegend, fühlte Jenny sich nicht wohl. Die feuchte Luft war drückend; die riesigen eingetopften Hibiskuspflanzen – einige davon zwei Meter hoch – mit ihren großen roten und rotgelben Blüten bewirkten, daß sie sich klein vorkam, als sei sie eine der Liliputanerinnen in dem Kinderbuch *Die Borger*, das ihrem Sohn Billy so gut gefallen hatte. Schließlich war sie hier ja auch eine Art Borgerin, wohnte im Haus eines anderen, hielt sich zwischen den überdimensionalen Möbeln eines anderen auf, lag lustlos neben seinem überdimensionalen Swimmingpool. Aus ihr wurde noch eine richtige Beckenrandbummelantin.

Jenny setzte sich jäh auf und schob die Zeitschrift beiseite, die mit flatternden, weiß glänzenden Seiten zu Boden fiel. Wenigstens etwas Bewegung konnte sie sich verschaffen, beschloß sie. Sie würde zum Strand laufen und, wie Wilkie es jeden Tag hielt, ein ausgedehntes, belebendes Bad im Salzwasser nehmen.

Als Jenny, erhitzt und ungeduldig, zum Meer kam, stapfte sie durch den warmen, groben Sand, vorbei an den verschiedenen Warnschildern, die dort aufgestellt waren. Sie hatte sie schon früher gesehen, darunter auch das amüsante, das »berauschende Getränke und Hunde« untersagte. So würdigte sie das handgeschriebene neue Plakat, das in roten Lettern

ACHTUNG! PORTUGIESISCHE GALEEREN!

verkündete, kaum eines Blickes und scherte sich nicht darum. Sie atmete die warme, salzige Luft ein und schritt hinaus in die kühlen, salzigen Wogen. Ja, das war schon viel besser! Sowie das Wasser ihre Knie umspülte, schwamm sie mit kräftigen Stößen hinaus, und ihre zu einem Pferdeschwanz gebundenen fahlen Haare flossen hinter ihr her. Die Verausgabung, die kühle Liebkosung der wogenden grünlichblauen See fühlten sich wunderbar an. Warum war sie nicht schon früher hierhergekommen, statt in dieser besseren Badewanne aus Beton hinter ihrem Haus hin und her zu pflügen?

Sie legte sich auf den Rücken und hob den nassen Kopf. Ein bleicher Himmel über ihr, das weite aquamarinblaue Meer unter ihr, seine Oberfläche gesprenkelt mit weißen Möwen und, in der Ferne, mit handtuchgroßen weißen Segeln. Und obwohl die Wassertemperatur gerade richtig schien, waren keine anderen Badenden in Sicht: nichts als träge Touristen, die im Sand herumsaßen oder auf dem Bauch lagen. Wie faul sie doch aussehen, dachte Jenny und schwamm wieder einen kräftigen Stoß, durch etwas hindurch, das sich wie ein dahintreibendes Gewirr von Seetang anfühlte.

Autsch! An die Rückseite ihres Oberschenkels heftete sich ein versehrender Schmerz. Jenny schrie auf, versuchte zu stehen und ging unter. Sie schluckte Salzwasser und tauchte prustend und planschend wieder auf, sie spuckte Ozean, würgte, dachte Haie!, schrie gegen die brennende, stechende Empfindung an, die sich mit jeder Sekunde verschlimmerte. »Aua! Hilfe!« rief sie.

»Hier. Halten Sie sich an mir fest.«

Aus dem Nichts war dicht neben ihr eine langhaarige Frau aufgetaucht. Sie faßte Jenny mit kräftigen Armen unter und zog sie zum Ufer hin.

»Verdammt, nun schwimmen Sie doch!«

»Mein Bein.« Jenny würgte. »Ich kann nicht...«

»Hier entlang... Gut, hier können Sie stehen.«

Jenny tastete mit ihrem heilen Bein, sie konnte wirklich stehen. Weinend, hustend, spuckend, dankbar auf ihre Retterin gestützt, wankte sie durch die letzten kleinen Wellen und humpelte an Land.

»Mein Bein«, ächzte sie. »Ich weiß nicht, was... Es tut mir leid...« Sie beugte sich zur Seite, um die Wunde in Augenschein zu nehmen. »War das ein Haifisch?«

»Nein, Sie sind nur an eine Qualle geraten«, sagte die Frau. »Kommen Sie, ich habe, was Sie brauchen.« Sie stützte Jenny in einer engen und warmen Umarmung und half ihr den Strand hinauf.

»Warten Sie eine Sekunde. Hier.« Aus dem geräumigen Korb eines alten Fahrrads holte sie ein Glas mit dem Etikett *Adolphs Fleischzartmacher* hervor. »Dann wollen wir mal sehen. Wo tut's denn weh? Ja, die hat Sie voll erwischt.«

Jenny drehte sich um und schaute über ihre Schulter. Es gab keine Bißwunde, kein Blut; doch die Rückseite ihres linken Oberschenkels und ein Großteil des Viertelmondes Hintern, den ihr neuer, hochausgeschnittener, blaßblauer Badeanzug freigelegt hatte, war von einem flammenden Scharlachrot.

»So. Halten Sie still.« Die Frau bestreute freigebig Jennys Gesäß, als wolle sie es grillen. »Gleich werden Sie sich besser fühlen.«

Diese freundliche, starke Frau ist verrückt, dachte Jenny zwischen Tränen und Schmerzen. Ich muß weg von ihr, einen Arzt finden. »Es geht schon. Es geht mir schon wieder besser«, log sie... doch dann stellte sie zu ihrem Erstaunen fest, daß das Brennen tatsächlich nachließ. »He, das wird ja wirklich besser. Danke schön. Was ist denn in dem Glas?«

»Fleischzartmacher, genau wie's draufsteht.« Sie hielt ihr das Glas hin. »Eigentlich ist es das Enzym Papain. Ich führe es immer bei mir, für alle Fälle. Es heißt, man kann auch eine reife Papaya verwenden, wenn man eine zur Hand hat.«

»Ich wußte nicht… Danke.« Jenny schluckte das letzte bißchen Salzwasser und betrachtete ihre offensichtlich doch nicht verrückte Retterin. Die Frau schien etwa in ihrem Alter zu sein, war aber fünfzehn Zentimeter größer, stämmiger gebaut, braungebrannt und sah auf fast zigeunerhafte Weise eindrucksvoll aus. Sie hatte dichtes, triefend nasses, dunkles Haar und trug ein feuerrotes T-Shirt und abgeschnittene Jeans, die jetzt von Salzwasser durchtränkt waren und an ihrer fülligen Figur klebten. »Woher wußten Sie…«

»Ich war draußen auf dem Landungssteg und hörte Sie rufen. Was zum Teufel haben Sie da draußen im Wasser getrieben? Haben Sie denn das Schild nicht gesehen?«

»Was für ein Schild?«

»Portugiesische Galeeren.« Sie zeigte hin.

»Galeeren sind Quallen?«

»Ja. Wo zum Teufel haben Sie Ihr ganzes Leben lang gesteckt?«

»Vorwiegend in Neuengland.« Jenny beantwortete die rhetorische Frage. »Ich bin erst vor zwei Wochen hier angekommen, ich wußte nicht – ich dachte, Galeeren wären Schiffe.«

»Sie haben gedacht, man stellt ein Schild auf, um die Schwimmer vor Schiffen zu warnen?« Ihr Lachen war, wie ihr Leib, kräftig und warm.

»Ich wußte nicht…«, wiederholte Jenny und begann nicht nur Dankbarkeit, sondern auch Ärger und Verlegenheit zu empfinden. Daraufhin fügte sie beschämt hinzu: »Ich meine, ich habe gehört, daß es hier eine Flotte alter Schiffe gibt, da dachte ich… Tut mir leid. Mein Mann wird mich für einen kompletten Idioten halten.«

»Machen Sie sich darum keine Sorgen. Wie fühlen Sie sich jetzt?«

»Viel besser, danke.« Jennys Schenkel und Hüfte brannten zwar immer noch, aber nicht stärker als bei einem mäßigen Sonnenbrand.

»Meinen Sie, Sie können sich jetzt selbst behelfen? Ich muß zurück in meine Pension, damit meine Empfangsdame ihr Kind bei seiner Tagesmutter abholen kann.«

»Ja, bestimmt. Wirklich, es geht schon.«

»Schön. Hier, nehmen Sie. Gehen Sie zu Hause unter die Dusche und tragen Sie noch mehr Zartmacher auf.«

»Nein, das kann ich nicht...«

»Seien Sie nicht dumm, Sie werden's gebrauchen können. Ich weiß nicht, wo Sie untergebracht sind, aber irgend jemand dort hätte Sie warnen sollen. Nächstes Mal, wenn Sie nach Key West kommen... Nehmen Sie eine hiervon.« Sie kramte wieder in ihrem Fahrradkorb und zog eine gedruckte Broschüre heraus.

»Danke. Danke für alles, Sie waren wirklich...« Aber die Frau hatte sich bereits auf ihr Fahrrad geschwungen und fuhr davon. Jenny drehte die Broschüre um und las in rustikalen Großbuchstaben die Wörter ARTEMIS LODGE.

In dem angenehmen Arbeitszimmer, das seine Frau ihm eingerichtet hatte – das letzte von so vielen Arbeitszimmern, dachte er düster, und das unpraktischste –, saß Wilkie Walker brütend da und wartete. Etwas anderes gab es hier für ihn nicht zu tun: Er hatte keinen Grund, den ganzen Tag eingesperrt im heißen Halbdunkel an seinem Schreibtisch zu verbringen, den die heruntergelassenen Rouleaus gegen die gleichgültig gleißende Sonne Floridas abschirmten. Dennoch war seine Anwesenheit unerläßlich. Es kam darauf an, normal zu erscheinen und normal zu arbeiten, so daß niemand, besonders Jenny nicht, je den Verdacht hegen würde, daß der Tod, den er von langer Hand plante, etwas anderes als ein tragischer Unfall war.

Obwohl es in seinem Arbeitszimmer nichts zu tun gab, verspürte Wilkie kein Bedürfnis, es zu verlassen und Key West zu erkunden. In seiner gegenwärtigen Geistesverfassung erschien ihm die Vorstellung einer solchen Expedition anstrengend, bedeutungslos, ja abstoßend. Für ihn war die ganze Welt verschmutzt und verdüstert. Die helle Szenerie draußen nahm sein Bewußtsein nur schwach und verschwommen zur Kenntnis, wie durch einen getrübten, schmierigen Filmstreifen gleich dem, den er sich als kleiner Junge während einer Sonnenfinsternis vor die Augen gehalten hatte. Je weniger er von der Welt sehen mußte, desto besser.

Aber er hatte recht daran getan, nach Key West zu kommen, dachte Wilkie. Es war am besten, wenn sich schlimme Vorfälle in einer neutralen Umgebung ereigneten, so daß sie nicht ein Haus und eine Stadt vergifteten, die mit positiven Erinnerungen angefüllt waren. Außerdem drohten ihm in Convers ständig irgendwelche Unterbrechungen von seiten ehemaliger Kollegen und Studenten, ganz zu schweigen von allfälligen Besuchen seiner Kinder.

Das Weihnachtsfest mit Ellen und Billy war ihn hart angekommen. Da er wußte, daß er sie nie wiedersehen würde, hatte Wilkie sich gezwungen, Zeit mit seinen Kindern zu verbringen, sich mit ihnen auf eine Weise zu unterhalten, die sie als gelassen, beschwingt oder, was ihr ziemlich uninteressantes Leben anging, als väterlich besorgt in Erinnerung behalten würden. Das Ganze hatte ihm keinen Spaß gemacht und, wie er vermutete, ihnen auch nicht. Obwohl er sich Mühe gegeben hatte, nicht allzuviel darüber verlauten zu lassen, mußten sie beispielsweise gespürt haben, daß ihre Berufswahl ihn bedrückte. Zwar hatte er Ellens Wunsch gebilligt, Ärztin zu werden; aber weshalb mußte sie sich ausgerechnet ein Spezialgebiet wie Neurologie aussuchen statt Kinderheilkunde oder Geburtshilfe, wo ihre Kenntnisse eines Tages ihrer Familie und ihrer Gemeinde zugute kommen mochten? Und jetzt hatte Billy Interesse an »Computerkunst« bekundet, wie er es nannte – in Wilkies Augen ein Widerspruch in sich.

Damit es zur Routine wurde und um sich auf seinen tragischen Unfall vorzubereiten, ging Wilkie bereits jeden Nachmittag schwimmen, es sei denn, die Meeresströmungen trieben, wie heute, Quallen an. Jetzt blieb ihm nur noch, den am besten geeigneten Zeitpunkt und Ort festzulegen. Spät am Tag wäre am besten, hatte er entschieden, wenn die Sicht schlecht war und es nicht viele andere Schwimmer gab. Vielleicht gleich nach Sonnenuntergang, wenn es dunkelte, ein starker Wind ging und die flaschengrüne Wasseroberfläche aufgewühlt und kabbelig war. Er mußte unbedingt sichergehen, daß keine Boote oder Windsurfer in der Nähe waren; er wollte nicht schimpflich gerettet werden.

Was die genaue Stelle anging, so konnte Wilkie zwischen vier Stränden wählen, von denen er zwei inzwischen verworfen hatte. Der lange Staatsstrand wimmelte immer von Touristen, und das Wasser war zu flach – er würde mindestens einen halben Kilometer hinauswaten müssen, bevor das Wasser über seinem Kopf zusammenschlug. Der Stadtstrand war schmal, gewöhnlich überfüllt und lag im Blickfeld von Gebäuden. Jetzt schwankte Wilkie zwischen den beiden anderen Möglichkeiten. Am Fort Taylor gab es oft richtige Wellen und mitunter eine gute, starke Unterströmung. Allerdings wurde der Strand bei Sonnenuntergang gesperrt, und das bedeutete, daß er früher aufs Meer hinausschwimmen mußte, womit er das Risiko vergrößerte, gesehen und »gerettet« zu werden.

Der Strand des Landkreises am Ende der Reynolds Street hatte den Vorzug, daß er zu Fuß zu erreichen war und es einen Landungssteg gab, der unmittelbar in tiefere Gewässer führte. Das einzige Problem war, daß dieser Landungssteg ein beliebter Flecken für Leute war, die sich den Sonnenuntergang ansehen wollten. Die meisten gingen wieder, sobald das Spektakel vorüber war, doch gefühlvolle Paare verweilten manchmal länger; er würde warten müssen, bis sie verschwunden waren oder nur noch füreinander Augen hatten.

Jetzt zögerten nur noch zwei Umstände Wilkies Hinscheiden hinaus. Vor allem mußte er sein letztes (vielleicht sein bestes) Buch beenden, *Die Blutbuche*. Er brauchte nur noch über das Schlußkapitel zu befinden. Die wirkliche Blutbuche hatte ihr bestes Alter erreicht und würde vermutlich seine Kinder und, falls vorhanden, seine Enkel überleben. Doch aus dramaturgischen und didaktischen Gründen mußte Wilkie Walkers monumentale Biographie wie alle großen Biographien mit dem Tod ihres Gegenstandes enden. Es gab drei mögliche Schlüsse; sie waren bereits entworfen und lagen in drei numerierten Mappen auf seinem Schreibtisch.

In der ersten Fassung von Wilkies Schlußkapitel erlitt der große Baum einen schleichenden und jämmerlichen Tod: warf frühzeitig sein Laub ab, verlor seine Äste, wurde schwächer und anfälliger für Insekten und Krankheiten. Je älter er wurde, desto mehr wandten sich die Eichkätzchen, die Backenhörnchen und die Vögel, denen er als Habitat gedient hatte, von ihm ab. Eines Frühlings dann sprossen ihm keine Blätter mehr, und er stand als stummes, graues Skelett zwischen seinen grünen Gefährten.

In der zweiten Fassung wurde die Blutbuche von feindlichen Kräften menschlichen Ursprungs zerstört: Luftverschmutzung, saurer Regen und ein beschädigtes Wurzelwerk, das damit zu tun hatte, daß auf dem Campus Gräben für Rohrleitungen ausgehoben wurden – eine Plage, von der das Convers College ständig heimgesucht wurde. Wilkie hatte sich auch überlegt, die Blutbuche fällen zu lassen, um Platz für ein gräßliches neues Gebäude oder Parkhaus zu schaffen; doch war dies nicht nur zu schmerzlich, um es sich auszumalen, sondern auch höchst unwahrscheinlich, wenn man den symbolischen Stellenwert des wirklichen Baumes auf dem Campus von Convers bedachte.

Die dritte Möglichkeit bestand darin, die Blutbuche zum Opfer einer Naturkatastrophe werden zu lassen. Wilkie hatte sich überlegt, seine vegetative Heldin von einem Blitz treffen zu lassen, die Überlegung jedoch verworfen: Einigen Fachleuten zufolge zogen Buchen sehr viel weniger Blitzschläge an als andere Bäume. Er hatte auch die Idee eines – im Norden Neuenglands eher unwahrscheinlichen – Wirbelsturms ausgeschlossen. Statt dessen würde der große Baum in einem großen Hurrikan dramatisch (vielleicht melodramatisch?) umgeknickt werden.

Wilkie war sich von Anfang an bewußt gewesen, daß das Buch in gewissem Sinne von ihm selbst handelte: vom gestürzten König des Waldes. Schließlich war die wirkliche Blutbuche der herausragendste Baum im Convers College und wurde oft in dessen Prospekt und in der Zeitschrift der ehemaligen Studenten abgebildet (wie Wilkie Walker). Vor der Aussicht ihres häßlichen, langsamen und unwürdigen Sterbens schauderte er ebenso zurück wie vor seinem eigenen. Wenn er die symbolische Parallele fortführen wollte, wäre ein tragischer Unfall am angemessensten. Andererseits bedeutete dies, auf die Gelegenheit zu einer letzten durchschlagenden Attacke gegen ökologische Dummheit und Vandalismus zu verzichten.

Was Wilkie ebenfalls zurückhielt, war die Tatsache, daß es hier in Key West niemanden gab, dem sich seine Frau hinterher in ihrer Trauer und Verwirrung zuwenden konnte. Molly Hopkins und ihre Freundinnen waren alle zu alt und gebrechlich, als daß sie sich in praktischen Dingen auf sie verlassen konnte, und wenn Wilkie nicht mehr war, sollte es eine ebenso kompetente wie gütige Person geben, bei der Jenny sich anlehnen konnte. Oft stand er schon kurz davor, Molly zu fragen, ob sie in der Stadt eine solche Person kannte, hatte sich jedoch keinen plausiblen Grund für seine Frage ausdenken können. Wahrscheinlich würde Molly ohnedies niemanden kennen. Ihr Bekanntenkreis ähnelte einem Altersheim: ein jeder alt, und viele sichtbar krank und hinfällig. Andere, wie er, waren zweifellos ihrerseits krank und hinfällig, auch wenn es noch nicht sichtbar war.

Wilkie hatte einen Abscheu vor Ruhesitzen; er hatte sich geschworen, niemals in einen solchen einzuziehen. Doch wie er jetzt erkannte, hatte er, indem er nach Key West gekommen war, nichts anderes getan. Jüngeren Leuten mochte die Insel als Ferienziel dienen oder Saisonarbeit bieten. Für die Alten dagegen war sie nichts als eine tropische Version von Skytop, der entsetzlich vornehmen »Seniorengemeinde«, die kürzlich auf einem Hügel in der Nähe von Convers entstanden war. Allein schon der Name widerte ihn an. Ohne Zweifel war er gewählt worden, um unterschwellig zu suggerieren, daß alle seine Bewohner in den Himmel kämen – was nach Wilkies Ansicht höchst unwahrscheinlich war, wenn er einige von denen, die er kannte, in Betracht zog.

Ein ähnlich berechnender Zynismus, von schönfärberischer, schulterklopfender Sprache maskiert, schien den finanziellen Arrangements von Skytop zugrunde zu liegen. Wenn man der »Gemeinde« beitrat, erwarb man zu einem astronomischen Preis, beinahe doppelt so hoch wie auf dem freien Markt, eine Wohnung oder ein kleines Haus. Dann zahlte man eine monatliche Instandhaltungsgebühr, wiederum doppelt soviel, wie die Standardmiete für eine ähnliche Wohneinheit anderswo betrug. Wenn man nicht mehr »selbständig leben« konnte, zog man in einen zu dem Komplex gehörigen Krankenhausflügel um, und Wohnung oder Haus wurden weiterverkauft. Man selbst (oder die Erben) erhielt keinen Cent.

Insofern spekulierten die Eigentümer von Skytop im Grunde darauf, daß man recht bald Invalide wurde oder starb; je länger man lebte und sein Apartment – oder ein Zimmer im Krankenhausflügel – bewohnte, desto weniger Gewinn für sie. Ein ziemlich riskantes Angebot für die Bewohner, sollte man meinen. Wilkie Walker hielt es zwar nicht für möglich, daß das Pflegepersonal heimlich Euthanasie betrieb, aber gäbe es nicht, wenigstens manchmal, einen unbewußten Hang in diese Richtung?

Mehrere emeritierte Professoren aus Wilkies Bekanntschaft waren in Skytop eingezogen, und wenn er sie besuchte, hatte ihn ihre blinde Selbstgefälligkeit ebenso abgestoßen wie ihre zunehmende Selbstbezogenheit. Für ihn stand fest, daß Skytop, mochte es auch einem vornehmen Motel ähneln, eher Parallelen mit einem kostspieligen Internierungslager aufwies. Wer dort lebte, konnte die Augen nicht davor verschließen, daß hin und wieder einer der Insassen fortgeschafft wurde, um in der Pflege, wie der betreffende Trakt euphemistisch genannt wurde, langsam dahinzusiechen. Man wußte nicht, wann man selber an die Reihe kam, doch je länger man dort wohnen blieb, desto wahrscheinlicher war es, daß man selektiert wurde. Und am Ende wurde natürlich jeder selektiert.

Wenn man nicht umgehend starb, wurde man, verängstigt, erschöpft und erschüttert, wieder in seine luxuriöse Zelle verlegt, und der Form halber waren alle nett zu einem, so wie die Leute zu Mollys Freund Kenneth Foster nett waren, nachdem er in der vergangenen Woche aus dem Krankenhaus entlassen worden war. Doch die Männer und Frauen in den weißen Kitteln kamen immer wieder. Und zuletzt kehrte man nicht mehr zurück.

Etwas später gab es einen geschmackvollen Gedenkgottesdienst mit Blumen und Musik, Ansprachen und einem gedruckten Programm. Hinterher wurde man, Wilkies Besuchen in Skytop nach zu urteilen, ziemlich bald vergessen. Nach ein paar Monaten wurde man nicht einmal mehr erwähnt; neue Häftlinge trafen ein und bezogen die luxuriösen Zellen.

Alles andere, nur das nicht, dachte er; alles andere. Sein Unfalltod durch Ertrinken würde für Jenny und die Kinder nicht leicht zu verkraften sein, doch Schock und Schmerz würden vergehen, und sie würden ihn stets als kräftig, dynamisch, produktiv und kompetent in Erinnerung behalten – nicht als schwachen, weinerlichen, angeschlagenen Invaliden. Und um diese Erinnerungen intakt zu halten, mußte er bald ein letztes Mal aufs Meer hinausschwimmen. Er würde keine Mühe damit haben; seine Hüfte plagte ihn hier kaum noch, sicherlich infolge des warmen Klimas. Doch immer häufiger überfielen ihn nachts plötzlich und mit aller Heftigkeit die Schmerzen in seinen Eingeweiden, und seit ihrer Ankunft in Key West hatte er schon zweimal frische Blutflecken auf dem geblümten Toilettenpapier gesehen – ein grauenhaft wäßriges Rot.

Er durfte nicht zu weit hinausschwimmen, denn um sämtlichen Spekulationen, er sei vorsätzlich verschwunden oder sei getötet worden, ein Ende zu bereiten, wäre es am besten, wenn sein Leichnam aufgefunden würde. Und so irrational es auch sein mochte – unten auf dem Meeresboden, abscheulich angenagt von Fischen, wollte er nicht liegenbleiben. Er wollte auf dem Friedhof von Convers beigesetzt werden, wo er sich einen Grabplatz gekauft hatte, unter einem Grabstein aus Granit und einer hoch aufragenden

Tanne, nicht weit von der Ruhestätte seines alten Freundes Howard Hopkins.

Möglicherweise würde es vorher zu einer Autopsie kommen. Falls ja, würde der Gerichtsarzt den Krebs entdecken, den Wilkie in sich wußte; aber natürlich würde niemand merken, daß er davon gewußt hatte. Allerhöchstens würde jemand – etwa der episkopalische Geistliche in Convers während des Gedenkgottesdienstes – die Sprache auf die göttliche Fügung bringen, daß Professor Walker ein sich hinziehender, schmerzhafter Tod erspart geblieben sei.

Es mußte bald geschehen. Schon war Wilkie, wie er erbittert feststellen mußte, auf einem wichtigen Gebiet nicht mehr zuverlässig kompetent; fraglos würde er seinen Geschlechtstrieb bald ganz und gar einbüßen. In seinem Innern vernahm er eine Stimme, die seit nunmehr fast sechzig Jahren stumm geblieben war: die Stimme seines Großvaters Matthew Wilkie, eines schottischen Einwanderers, nach dem er benannt war. Die Worte hatte er viele Male in seiner Kindheit gehört, wann immer er – und jedesmal widerstrebend – den Bauernhof seiner Großeltern verlassen und mit dem Bus zur Stadt zurückfahren mußte. Jetzt aber hatten sie einen düstereren Beiklang. »Willie-Boy«, sprach die Stimme seines Großvaters, »es ist Zeit zu gehen.«

Wenn bis Ende Januar keine geeignete Freundin aufgetaucht wäre, würde sich Jenny eben ganz auf ihre Kinder stützen müssen, beschloß er. Für die Rolle waren beide nicht ideal, doch gemeinsam mochten sie an das Ideal heranreichen: Ellen wäre tüchtig und Billy mitfühlend und gutherzig.

Und natürlich würde es in Convers viele Freunde geben, die in die Bresche springen und Jenny unterstützen konnten.

Sie würden ihr helfen, ihr Leben fortzuführen und nach und nach in die vielen Verbindlichkeiten und Verpflichtungen hineinzuwachsen, die sie als Wilkie Walkers Witwe und Nachlaßverwalterin erfüllen mußte. Mit Hilfe seines Anwalts und seines literarischen Agenten würde sie es schon schaffen. Sie dachte methodisch: Sie wußte, wo alles katalogisiert war und welche Artikel er gerne wiederabgedruckt gesehen hätte. Sie würde den richtigen Zeitungen das Richtige sagen und sensationslüsterne Journalisten abwimmeln. Sie würde dieser rechthaberischen Analphabetin aus Indiana, die seine »inspirierende Lebensgeschichte« schreiben wollte, jeden Zugang verweigern; sie würde eng und effizient mit dem Professor aus Maine zusammenarbeiten, den Wilkie bereits zu seinem offiziellen Biographen ausersehen hatte. Sie würde instinktiv wissen, welche Papiere dieser junge Mann sehen durfte und welche sie zurückhalten mußte.

Was Jennys Überblick über ihre persönlichen Finanzen anging, so war er sich weniger sicher. Als er sich vor einigen Jahren mit ersten Plänen für den Ruhestand trug, hatte Wilkie versucht, mit ihr über ihrer beider Zukunft zu sprechen. Da sie eine Frau war und vierundzwanzig Jahre jünger als er, sei es statistisch wahrscheinlich, daß er einunddreißig Jahre vor ihr sterben werde, hatte er erklärt. Jenny hatte nichts davon wissen wollen. »Rede nicht so! Du wirst ewig leben«, hatte sie mit zitternder Stimme beteuert. Als er sagte, daß sie diese Dinge irgendwann einmal bereden müßten, rief sie: »Aber nicht jetzt!« und verließ unter einem Vorwand das Zimmer.

Aus praktischen Gründen müßte er das Thema eigentlich

erneut ansprechen und sich mit Jenny über Investitionen und Leibrenten unterhalten. Das aber war längst zu riskant, legte es doch nahe, daß er seinen Tod vorhergesehen – oder schlimmer noch, geplant hatte.

Am besten wäre der Strand des Landkreises, dachte Wilkie. Am 1. Februar würde er sich von dort aus davonmachen. Dies würde ihm genug Zeit lassen, über sein Schlußkapitel zu befinden und eine Fassung letzter Hand zu erstellen. Danach gab es keinen Grund mehr weiterzuleben. Es gab für ihn hier in Key West nichts zu tun, nichts weiter für ihn zu tun in dieser Welt.

4

Auf der von Bäumen beschatteten Holzveranda des Hauses von Molly Hopkins in Key West saß der amerikanische Lyriker Gerald Grass, einst ein Lieblingsstudent ihres Mannes Howard, und trank Eiskaffee. Als Molly ihn vor vierzig Jahren kennengelernt hatte, war Gerry ein ansehnlicher, gutmütiger, aufrichtiger, liebenswerter junger Mann gewesen, der, wie viele meinten, Ähnlichkeit mit dem englischen Dichter Stephen Spender hatte. Möglicherweise unter dem Einfluß dieser Ähnlichkeit war auch Gerry Dichter geworden. Mittlerweile hatte er, wenn er auch nicht (wie Howard es ausgedrückt hatte) zur A-Mannschaft gehörte, viel veröffentlicht, an zahlreichen Colleges und Universitäten gelehrt und sein Kontingent an Preisen und Stipendien erhalten. Wenngleich seine blonden Locken allmählich grau wurden, war er doch immer noch ansehnlich, gutmütig, aufrichtig und liebenswert.

Wie Jenny und Wilkie Walker hatte Gerry auf der Suche nach Unterkunft bei Molly Rat gesucht, und so kam es, daß er und seine jetzige Freundin das Apartment über der Garage von Alvins Haus bewohnten.

»Die Wohnung? Großartig!« antwortete er auf ihre Frage und nahm sich noch eines der Gurken-Sandwiches, von denen er bereits mehr verdrückt hatte, als ihm zustand. »Ich muß mich wirklich bei Ihnen bedanken. Nach unserer letzten Erfahrung hatte ich, was Mietwohnungen in Key West angeht, schon fast aufgegeben. Sie erinnern sich: Es gab keine Handtücher, keine Seife, kein Toilettenpapier, keine Glühbirnen, nichts zu essen oder zu trinken. Der Vermieter hatte uns nichts als Flöhe zurückgelassen. Es stellte sich heraus, daß er drei Katzen und zwei Hunde hatte.« Gerry lachte.

»Ja, ich weiß noch. Howard ist gleich am ersten Abend mit einem Care-Paket zu Ihnen hinausgefahren.«

»Er war wirklich fabelhaft. Gott, wie ich ihn vermisse.«

»Ja«, sagte Molly ein wenig verkniffen. Sie mochte Gerry sehr gern, wollte aber vor seinen Augen nicht die Fassung verlieren.

»Übrigens, in New York bin ich Ihnen in letzter Zeit gar nicht mehr begegnet«, bemerkte Gerry. »Fahren Sie denn noch hin?«

»Nein, ich bin schon seit Jahren nicht mehr dagewesen«, erwiderte Molly, welche die Stadt früher einmal geliebt hatte, sie inzwischen jedoch haßte. Für sie war es eine Stadt des Todes. Nicht nur war Howard dort gestorben, auch die meisten Menschen, die sie in New York gekannt hatte, waren dahingegangen. Die Zeitschriften, die ihre Zeichnungen veröffentlicht hatten, wurden längst von anderen Redakteuren und Art-directors geleitet; wenn sie die Büros betrat, in denen sie früher geplauscht, gelacht, zuviel Kaffee getrunken und ihre Mappe geöffnet hatte, saßen Fremde hinter den Schreibtischen. Fremde wohnten in den Apartments all ihrer Freunde, und wenn sie an ihre Türen klopfte, war sie nicht willkommen. Als Molly das letzte Mal nach New York gefahren war, hatte sie das Gefühl gehabt, in ein paralleles Universum einzutauchen, in dem sie selbst nicht existierte und womöglich nie existiert hatte.

»Mir gefällt New York auch nicht mehr so gut«, sagte Gerry. »Die Stadt ist durch und durch kommerziell geworden. Ich bin froh, daß wir statt dessen hierhergekommen sind. Und es war großartig, die Walkers wiederzusehen. Er ist ein wunderbarer Mann, nicht wahr? Und sie eine bemerkenswerte Frau.« Er griff nach einem weiteren Schokoladenbaiser. »Eine richtige bessere Hälfte. Ich dachte, so etwas gäbe es gar nicht mehr. Eine klassische Schönheit, gebildet, intelligent, phantastische Feinschmeckerköchin. Und zu allem Überfluß führt sie ihm die Bücher, fährt den Wagen, beantwortet Wilkies Briefe und übernimmt für ihn sämtliche Recherchen. Und was immer er gerade glaubt, macht sie ganz natürlich mit. Zum Beispiel habe ich gerade herausgefunden, daß sie noch nie einen Pelzmantel gehabt hat, da sie sich für Tierrechte einsetzt.«

»Wirklich?« Molly, die immer noch zwei besaß – einen uralten, wunderschönen brasilianischen Otter und einen nicht ganz ernstzunehmenden, aber ergötzlichen Ozelot, beide derzeit eingemottet –, versuchte sich zu erinnern. Er hatte recht, sie hatte Jenny noch nie in einem Pelz gesehen.

»Und ich möchte wetten, daß sie ihm vollkommen treu ist.« Er schwieg und schaute Molly an.

»Ja, das möchte ich auch annehmen«, pflichtete sie ihm bei.

»Himmel, wenn ich eine Frau wie sie hätte, wäre mir alles möglich.«

»Leider ist sie vergeben«, sagte Molly und tat Eis in ihr Glas und in ihre Stimme. Ihr fiel ein, was Howard einmal über Gerry gesagt hatte: daß er es nur deswegen nicht bis in die erste Liga der amerikanischen Dichter geschafft habe, weil er Epigone sei. Wenn jemand, den er bewunderte, anfing, Sestinen zu schreiben, Wasserski zu fahren oder ein Reisejournal über eine Fahrt nach Skandinavien zu führen, wollte Gerry das gleiche tun.

»Wissen Sie, so jemanden könnte ich gebrauchen«, gestand Gerry. »So wie's jetzt steht, verliere ich mich ganz in Nebensächlichkeiten. Manuskripte verschicken, Lesungen planen, Flugtickets reservieren, packen und auspacken, Konten führen, Hypotheken zurückzahlen, den Computer reparieren und den Rasen mähen, zum Supermarkt, zum Drugstore und zur Reinigung fahren. Das belastet einen.«

»Könnte nicht Ihre Freundin einiges davon übernehmen?« erkundigte sich Molly.

»Tiffany?« Gerry feixte. »Tiffany ist aber auch zu gar nichts zu gebrauchen. Gestern habe ich an einem Langgedicht geschrieben, es ging mir wirklich gut von der Hand, da habe ich sie gebeten, zu Fausto's zu fahren, um Milch und Tee zu holen. Und womit kam sie zurück? Mit Kondensmilch und Eisteepulver.« Er lachte. »Und dann hat sie gesagt, ich solle gefälligst selbst fahren, wenn ich so verdammt heikel sei.«

»Ich fand sie ziemlich nett«, sagte Molly. »Und sehr niedlich.«

»Niedlich.« Gerry lachte wieder, diesmal weniger fröhlich. »Niedlich steht mir bis hier.«

In der sonnigen, vollgestopften Küche des Artemis Lodge mit dem langen, unbehandelten Kieferntisch, dem bequemen, durchgesessenen Sofa aus Korbgeflecht, den bunten feministischen Wandplakaten und dem gewaltigen Mixgerät packte Lee Weiss ihre Einkäufe vom Waterfront Market aus. Sie trug ein leuchtend fuchsienrotes und mit großen violetten Blumen besticktes wallendes Muumuu und summte den Country-and-Western-Song *Please help me, I'm falling*.

Im Artemis Lodge gab es fünf Doppelzimmer und ein Einzelzimmer, vier davon mit Bad. Von Mitte Dezember bis Mitte April wurden sie für $100 bis $150 pro Nacht oder für $500 bis $700 pro Woche inklusive Frühstück vermietet. Während dieser Monate war die Pension fast immer vollbelegt. Selbst wenn man Steuern, Versicherung, Wäscherei, Putzfrau, Gärtner, Reparaturen und eine Halbtagskraft als Empfangsdame abzog, wäre Lee auch bei einer Zweidrittelbelegung finanziell gut gefahren. Das einzige Problem war, daß sie für Freundinnen oder Bekannte und manchmal auch für Frauen, die sie noch nie gesehen hatte, von denen Freundinnen und Bekannte indes behaupteten, daß sie krank seien oder in einer Krise steckten und sich in einem warmen, erholsamen Ort wie Key West aufhalten müßten, die Miete reduzierte oder sie ihnen sogar ganz erließ.

Als sie gerade von drei Sträußen roter und orangener Nelken das Cellophan entfernte, hörte Lee die Fliegengittertür schlagen und danach rasche Schritte. Dies war nicht das zögerliche Nahen einer Kundin oder des Gastes, den sie in einer halben Stunde zum Mittagessen erwartete, sondern jemand, der sich im Haus auskannte und durch die Eingangshalle vor lauter Eile fast auf sie zugesprungen kam: Perry Jackson.

»Hallo aber auch«, sagte sie – erstaunt, weil es nicht sein regulärer Gärtnertag war.

»Lee, Liebling. Ich mußte einfach rüberkommen. Ich habe die verrücktesten Neuigkeiten.« Jacko, der in verschossenen, abgeschnittenen Jeans und einem dunkelgrünen T-Shirt gegen den Küchentürrahmen lehnte, nahm eine Pose ein, die man für die Seiten eines Modejournals hätte ablichten können. Er war auch modisch dünn: dünner als vor einem Monat, bevor er sich zugezogen hatte, was er »eine blöde Erkältung, nichts weiter« nannte – eine Erkältung, die seinen Freunden viel Sorge bereitet hatte. »Du wirst es nicht glauben.«

»Dann eben nicht.« Sie grinste, stellte einen Liter Kokosnußeis in die Gefriertruhe und knallte die Tür zu. »Erzähl's mir trotzdem.«

»Alvin hat mir sein Haus vermacht.«

»Meine Fresse, wirklich?«

»Wirklich. Eben hat sein Anwalt aus Chicago angerufen.«

»Mensch, das ist ja großartig!« Lee lachte vergnügt. »Magst du etwas trinken? Ein Bier?«

»Bier wäre prima.«

»Du meinst, das ganze Anwesen?« Sie riß den Verschluß einer Dose auf, die wie aus Anteilnahme erregt aufschäumte. »Oder nur dein Cottage?«

»Alles. Es stand in seinem Testament, der Anwalt hat mir einen Teil daraus vorgelesen. ›Perry Jackson, dem einzigen Mann, der mich wirklich um meiner selbst willen geliebt hat, vermache ich meinen Grundbesitz, 909 Hibiscus Street, Key West, Florida, und sämtliche dazugehörigen Gebäude und Einrichtungsgegenstände.‹«

»Hui!« Lee machte auch sich eine Dose auf. »Aber weißt du, eigentlich ist es traurig. Was er da geschrieben hat.«

»Ja. Ich denke mir, so ergeht es vielen reichen Leuten. Sie können nicht glauben, daß irgendeiner sie wirklich mag, besonders, wenn sie sonst nicht viel hermachen.« Jacko fuhr sich mit der Hand durch die untadeligen dunklen Locken.

»Glaube ich auch«, stimmte Lee ihm zu. Sie war der Überzeugung, daß in Alvins Fall diese Ansicht vielleicht zutraf. »Jedenfalls ist es großartig.« Sie stellte einen Karton Vollmilch und zwei Kartons fettarme Milch in den Kühlschrank.

»Ja, aber in Wahrheit…«, sagte Jacko nach einer Pause, sah zu Boden und drehte seine Dose Bier in den Händen.

»Was?«

»In Wahrheit fühle ich mich irgendwie beschissen. Ich habe Alvin nie geliebt, jedenfalls nicht so, wie er meinte. Zuerst war ich von ihm beeindruckt. Ich wußte, daß ich ein Leichtgewicht war, er dagegen ein Mann von Gewicht in der Welt. So selbstsicher, so beherrscht. Wenn er auf die Bermudas oder sonstwohin wollte und es gab keinen geeigneten Flug, hat er einfach eine Maschine gechartert. Das hat mich völlig umgehauen, mit welcher Seelenruhe er so was anging. Genauso wie sein Schwulsein. Und natürlich all die weltgewandten Leute, die er kannte, die Orte, wo er gewesen war. Aber schon als wir das erste Mal zusammen waren, war manchmal schwierig mit ihm auszukommen, weißt du, was ich meine?«

»Ja, ich weiß«, gab sie zu und unterdrückte die Regung, mehr zu sagen, Wörter wie »ichbezogen« und »griesgrämig« zu benutzen.

»Und dann, später, hatte ich wirklich die Schnauze von ihm voll. Als ich von der juristischen Fakultät abging und hierherzog, dachte ich, Menschenskinder, jetzt habe ich für mein Leben ausgesorgt.« Jacko blickte nach unten und betrachtete das kleine, dunkle Loch im Deckel seiner Bierdose.

»Weißt du, es hat durchaus Vorteile, wenn man einen älteren Mann liebt«, fuhr er fort. »Ich kann nicht behaupten, daß ich sie nicht wahrgenommen hätte. Man überspringt all die Jahre, in denen man Anfängerjobs ohne Aufstiegschancen hat, in billigen Buden wohnt, billige Dosen Chilisoße öffnet. Aber es hat auch seine Nachteile. Seine Freunde sind alle älter; sie halten dich für eine Null, und entweder beachten sie dich nicht, oder sie werden zudringlich.«

»Mm«, machte Lee.

»Und dann hatte Alvin soviel Geld, viel mehr, als ich anfangs vermutet hatte. Es gab in meinem Job viel Konkurrenz, von immer jüngeren Typen. So bin ich denn eines Tages einfach ausrangiert oder, wie sagt man jetzt?, abgebaut worden.«

»Abgewickelt«, sagte Lee.

»Mich hat aufgeregt, wie er sich hinterher verhalten hat, als er hierherkam. Wenn er allein war, ging es ja noch, aber meistens brachte er irgendeinen neuen Freund mit, und dann war es so, als wäre ich nur der angestellte Hausverwalter. Du weißt schon. ›Wir sind bei Antonia zum Essen eingeladen, könntest du bitte das Bad und das Schlafzimmer saubermachen.‹ Ich habe nichts gesagt, aber eine Schnute gezogen und hinter ihrem Rücken über sie geflucht.« Jacko seufzte und schüttelte den Kopf. »Und jetzt dieser ganze Grundbesitz. Ich habe schon gedacht, vielleicht sollte ich ihn nicht annehmen.«

»Himmelherrgott!« rief Lee aus. »Bist du von Sinnen? Du

hast Alvin das Gefühl gegeben, geliebt zu werden, allein das zählt. Außerdem wollte er, daß du das Anwesen bekommst. Dem hast du dich zu beugen.«

»Vielleicht hast du recht.« Jacko setzte sich auf einen Küchenstuhl. »Aber weißt du, auf seine Weise war Alvin anständig zu mir. Pflanzen und Gartenarbeit habe ich schon immer gemocht, also hat er mich angeheuert, um sein Anwesen instand zu halten – Gartengestaltung, Wartungsarbeiten und Reparaturen. Er hat mich bei Freunden eingeführt, die einen Gärtner oder Hausverwalter brauchten, und ziemlich bald hatte ich zahlreiche Kundschaft. Und er hat das Cottage nie zurückverlangt; seit Jahren wohne ich hier mietfrei.«

»Du meinst, im Austausch für die Arbeiten, die du auf seinem Anwesen erledigst?«

»Na schön. Du kennst ja Alvin, er hat immer alles billig haben wollen.«

»Er war ein Geizkragen«, sagte Lee.

»Ja. Aber ich verdanke ihm viel. Du kannst dir nicht vorstellen, wie unwissend ich war, als wir uns kennenlernten. Ich hatte noch nie eine Oper gesehen, und Espresso, dachte ich, sei eine Art Luftfracht. Auf der High School war ich in zwei Stücken von Shakespeare und hatte keinen blassen Dunst, daß er bisexuell war. Ich war ein dummes Landei aus Oklahoma.«

»Wirklich?« fragte Lee leicht ungläubig und legte zwei Tomaten zum Ausreifen aufs Fensterbrett.

»Wirklich.« Jacko grinste. »Scheiße, weißt du, ich kann's immer noch nicht fassen. Ich hatte geglaubt, von Alvins Anwalt würde ich einen Brief bekommen, in dem er mir mitteilt, daß ich das Cottage bis Ende des Monats räumen muß.« Er lachte.

So wie sie Alvin kannte, hatte auch Lee nichts anderes erwartet, aber das sagte sie nicht. Statt dessen packte sie für das Frühstück ihrer Gäste drei Dutzend gemischte Croissants und Brioches aus und schlug sie in Kunststoffolie, um sie frischzuhalten. »Und was willst du nun mit dem Grundbesitz anfangen?« fragte sie. »Denkst du daran, das Anwesen oder einen Teil davon zu verkaufen?«

Jacko schüttelte den Kopf. »Nein, wozu? Außerdem könnte es bis zu einem Jahr dauern, ehe der Nachlaß geregelt ist, hat der Anwalt gesagt. Danach – ich weiß nicht. Ich schätze, ich lasse alles auf mich zukommen.« Er nahm noch einen Schluck und stellte die Dose ab. »Als allererstes will ich diesen gräßlichen nachtblütigen Kaktus vor dem Haus loswerden.«

»Ja?« Vor Lees geistigem Auge tauchte ein sperriges, dorniges, kahl wirkendes, graugrünes vegetabiles Monstrum, fast drei Meter hoch, auf. »Hattest du den nicht selbst gepflanzt?«

»Ach wo. Ich sehe nicht ein, wieso ich dreihundertvierundsechzig Tage im Jahr etwas so Häßliches vor Augen haben soll. Der gehörte zum Haus. Alvin hat mir verboten, ihn auszureißen, er empfand eine sonderbare Zuneigung für ihn.« Er lachte. »Und dann werde ich meine Mutter einladen, mich zu besuchen, damit ich dieses Frühjahr nicht nach Tulsa muß.«

»Gute Idee«, sagte Lee. Jacko besuchte zweimal im Jahr seine Mutter, wobei er (nicht immer mit Erfolg) versuchte, sich in die Stadt hinein- und wieder hinauszustehlen, ohne seinen anderen Angehörigen zu begegnen, von denen die meisten ihn und seine Lebensweise heftig mißbilligten. »Ich würde sie gern kennenlernen.«

»Das läßt sich bestimmt einrichten. Ich muß nur erst eines der Ankleidezimmer im Badehaus ausräumen und ein Bett hineinstellen.«

»Kann sie nicht in dem Apartment über Alvins Garage wohnen?«

»Zur Zeit nicht. Das ist an diesen berühmten Dichter aus Kalifornien vermietet. Gerald Grass heißt er.«

»Noch nie von ihm gehört«, sagte Lee, die, obwohl sie sporadisch, aber mit Begeisterung Frauenliteratur las, keinen Versuch unternahm, von männlichen Dichtern gehört zu haben.

»Dann bist du jetzt also Grundbesitzer«, wechselte sie das Thema und verstaute im Kühlschrank einen Cellophanbeutel Riesengarnelen in Eis.

»Jedenfalls werde ich's.« Jackos Lächeln blühte auf und erstarb wieder. »Es ist nur so...«

»Mm?«

»Ich wünschte, ich hätte den Test nicht gemacht, das ist alles. Sonst würde ich jetzt im siebten Himmel schweben.«

»Mm«, wiederholte Lee unverbindlich. Sie glaubte nicht an den Spruch »Was ich nicht weiß, macht mich nicht heiß«. Sie versuchte, sich Jackos siebten Himmel vorzustellen, nicht wie er gewöhnlich in der Kunst dargestellt wurde – mit prallen Wolken –, sondern wie sie ihn in den White Mountains erlebt hatte: dichter hellgrauer Nebeldunst, der die Sicht versperrte. An seiner Stelle hätte ich mich dem Test so früh wie möglich unterzogen, dachte sie.

»Einige meiner Freunde meinen, ich hätte ihn schon vor Jahren machen sollen«, sagte Jacko, womit er, wie schon mehrfach, unter Beweis stellte, daß er offenkundig Gedanken lesen konnte. Er blickte zu den trockenen Schoten des Lebekbaums vor dem Fenster hinüber, die in der Brise schwankten.

»Nun ja, das kann ich verstehen.«

»Ich nicht. An der Universität Oklahoma hatte ich einen Professor, der ständig darauf herumritt, daß Wissen Macht ist. Aber so wie ich darüber denke, verdirbt man mit einer guten Nachricht nur die Überraschung. Und wenn es eine schlechte ist, wozu sie früher erfahren als nötig?«

»Ich würde sie wissen wollen, wenn es eine schlechte Nachricht wäre«, sagte Lee. »Niemand möchte hinter einem Nebelschleier leben.«

Jacko zuckte die Achseln und lächelte fein. Er hatte nicht die Angewohnheit zu widersprechen. »Könnte sein«, sagte er unbestimmt. »Jedenfalls könnte es schlimmer stehen. Ich könnte zwanzig sein.«

»Da magst du recht haben«, sagte Lee mit gerunzelter Stirn. Sie dachte an die jungen Leute in der Stadt, die sie kannte und die zwanzig oder nicht viel älter und bereits krank oder, in einem Fall, gestorben waren.

»So wie's jetzt aussieht, wäre ich, wenn ich meinen Abgang mache, sowieso erledigt. Wenn du erst einmal die Vierzig oder Fünfundvierzig erreichst, ist alles vorbei, sogar für jemanden wie mich.«

»Vorbei, das ist doch verrückt«, protestierte Lee. »Teufel noch eins, ich bin zweiundfünfzig; mein Leben ist noch längst nicht vorbei.«

»Ja, aber ich möchte jung und schön in Erinnerung bleiben.« Jacko grinste lässig, als scherze er nur. »Ich will nicht zusehen müssen, wie aus mir eine alte Schwuchtel wird, die Bars aufsucht, um junge Typen anzubaggern. Ich will nicht, daß die Leute sagen: Du wirst es nicht glauben, aber der war mal so richtig knackig. Ich will kein kranker, häßlicher, alter Mann werden wie Alvin. Und geizig. Ich wäre geizig.«

»Ach, nun mach aber mal halblang, Jacko«, sagte Lee lachend. »Du könntest nie geizig sein; das ist nicht deine Natur.«

»Hör zu«, sagte er zu ihr. »Wenn ich alt und krank und häßlich wäre, wäre ich auch geizig, das kannst du mir glauben.« Er lachte. »Ich will dir eins sagen: Ich werde nicht herumhängen, bis ich dem armen Tommy Lewis ähnele, der sich, an ein Sauerstoffgerät angeschlossen, im Rollstuhl die Straße entlangschieben läßt. Sobald ich weiß, daß es mit mir bergab geht, trete ich ab.« Er lächelte leichthin. »Wie geht's geschäftlich?«

»Gut. Ausgebucht. Gestern habe ich wieder mal zwei Flamingo-Badetücher eingebüßt, das ist alles. Es waren die Frauen aus Southampton in dem Zimmer mit dem großen Balkon.«

»Ja?«

»So ist es immer. Es sind die reichen Gäste, die Sachen mitgehen lassen. Die denken, was für hübsche Tücher, der wird's nichts ausmachen, was sind schon ein paar Dollar?«

»Du könntest ihnen eine Rechnung schicken.«

»Ja, vielleicht sollte ich das. Manchmal zahlen die Leute, wenn sie glauben, daß sie wiederkommen wollen. Oder sie beschließen, das nächste Mal woanders zu wohnen. Vielleicht kann ich es als Verlust von der Steuer absetzen.« Sie lächelte.

»Du schaust gut aus heute, weißt du das?« sagte Jacko.

»Du auch«, erwiderte Lee, wenn auch mit weniger Nachdruck; Jacko sah immer gut aus. »Die Sache ist die«, fügte sie hinzu und versuchte erfolglos, ein breites, verlegenes Lachen zu unterdrücken, »ich habe auch eine Neuigkeit. Ich glaube, ich habe mich verliebt.«

Jacko zog die Augenbrauen hoch. »Ach, wirklich? Kenne ich sie?«

»Nein.«

»Eine von deinen Frühstück-und-mit-aufs-Zimmer-Tussis?« Jacko grinste. Mitunter kam es vor, daß Lees Gäste ihr ein erotisches Abenteuer vorschlugen, oft mit derselben leicht verlegenen, wollüstigen Hoffnungslosigkeit, mit der sie um zusätzliche Kopfkissen oder um ein Frühstücksei baten. Hin und wieder tat sie ihnen den Gefallen.

»Nein.«

Jacko registrierte Lees Gesichtsausdruck und daß sie die Flasche Tonic, die sie in der Hand hielt, anders umklammerte, als würde sie gleich zur Waffe werden. »Tut mir leid«, sagte er. »Also, willst du mir davon erzählen?«

»Ja, natürlich, ich...« Sie setzte sich an den Küchentisch, holte Atem und schwieg.

»Also gut. Zum Beispiel, wie habt ihr euch kennengelernt?«

»Teufel noch eins, irgendwie war es lächerlich. Und irgendwie romantisch. Vorgestern bin ich mit dem Fahrrad zum Stadtstrand gefahren, um zu baden, aber das Quallenschild war aufgestellt, und so bin ich nur auf den Landungssteg hinausgelaufen. Es war niemand im Wasser bis auf diese eine Frau, und plötzlich fing sie an zu schreien. Da bin ich ins Wasser gesprungen, habe ihr an den Strand geholfen und ihr da, wo sie sich verbrannt hatte, Fleischzartmacher aufs Bein geschüttet. Sie hat wunderschöne Beine, so lang und weiß und glatt, und dieses unglaublich lange, seidige Haar, nicht blond, sondern das blasseste Blaßbraun. Sie war fürchterlich erschrocken und zitterte am ganzen Leib. Sie wußte nichts von Quallen; sie dachte, sie sei von einem Hai oder dergleichen angefallen worden.«

»Du hast sie also gerettet, und sie ist dir in die Arme gesunken.«

Lee warf Jacko einen raschen, zornigen Blick zu. »Natürlich nicht. Sie hat mir gedankt, und ich bin wieder nach Hause geradelt. Ich wußte nicht, ob ich sie in dieser Welt je wiedersehen würde, aber gestern morgen ist sie hier aufgekreuzt, um sich mit einer schönen weißen Schmetterlingsorchidee zu bedanken. Da draußen vor dem Fenster kannst du sie sehen.« Sie zeigte hin.

»O ja. Herrlich«, pflichtete Jacko ihr bei. »Findest du nicht, daß die Blumen, die die Leute einem schenken, ein Zeichen sind? Der Autohändler, mit dem ich früher einmal ausgegangen bin, hat mir eine von diesen Orchideen geschenkt, die wie ein Knäuel großer, brauner Spinnen aussehen, äußerst selten und kostbar, wie er sagte. Ich hätte mir gleich denken sollen, daß ich die Fliege war, aber…«

»Weißt du, irgendwie erinnert er mich an sie, dieser lange Stiel mit sahneweißen Blüten«, unterbrach ihn Lee und sah lange aus dem Fenster.

»Und was ist dann passiert?« fragte Jacko seufzend.

»Nichts. Nun ja, vielleicht alles. Ich weiß es nicht. Sie kommt heute zum Mittagessen. Wir haben uns noch nicht einmal geküßt, aber es ist ja noch Zeit. Sie wird zwei Monate hierbleiben. Sie hat ein Haus in der Nähe von Higgs Beach gemietet. Ich weiß nicht, ob sie schon jemals eine ernsthafte Beziehung mit einer Frau gehabt hat, aber ich hoffe, daß sie für so etwas offen ist.« Lee, die immer noch den Orchideenstiel betrachtete, fiel in Trance.

»Mm«, half Jacko nach.

»In vieler Hinsicht ist sie mir sehr ähnlich; sie bewundert dieselben Filme und Bücher, sie strickt und webt – als sie meinen Webstuhl sah, war sie ganz aufgeregt. Ich glaube, in Key West wird sie sich sehr wohl fühlen; bisher hat sie jeden Winter frierend irgendwo in Neuengland verbracht. Das einzige Problem ist, daß sie verheiratet ist. Aber es hörte sich so an, als wäre die Beziehung mehr oder weniger tot. Er ist viel älter als sie, ein Professor emeritus.«

»Ach?«

»Und noch etwas, das mir irgendwie romantisch vorkommt, ich weiß noch nicht einmal ihren Nachnamen. Nur Jenny.«

Zum ersten Mal lächelte Jacko nicht mitfühlend; statt dessen zog er die Stirn kraus. »Du sagst, ihr Mann sei Professor emeritus, viel älter?«

»O ja. Vielleicht um zwanzig oder dreißig Jahre. Sie kann nicht viel älter als vierzig sein.«

»Und sie sind zum ersten Mal hier, in einem Haus in der Hibiscus Street?«

»Ja – woher weißt du das? Bist du ihnen irgendwo begegnet?«

Jacko sah zu Boden, aus dem Fenster, zur Eingangshalle und schließlich zu Lee. »Ich glaube, ich sollte dir reinen Wein einschenken«, sagte er.

»Reinen Wein einschenken?«

»Ich weiß den Nachnamen deiner Freundin.« Jacko sah wieder weg und räusperte sich. »Sie heißt Walker. Jenny Walker.«

»Walker.« Lee zog ein finsteres Gesicht.

»Sie wohnen in Alvins Haus.«

»Was willst du damit sagen? Du meinst, sie ist… Ach du Scheiße.«

»Du hattest gesagt, eine schlechte Nachricht wolltest du immer unbedingt hören«, sagte Jacko in weinerlichem Tonfall und duckte sich, als wolle sie ihm an den Kragen.

»Ist schon gut.« Lee biß die Zähne zusammen. »Teufel noch eins, ich sollte dir dankbar sein. Wahrscheinlich hast du mir eine Menge Kummer erspart.«

»Hoffentlich. Mensch, tut mir wirklich leid.«

»Kein Problem«, sagte Lee, so unbeschwert sie konnte. »Frauen gibt's wie Sand am Meer.«

»Das stimmt«, erwiderte Jacko, dem der Sand noch stets eine reiche Ernte beschert hatte. Er lächelte erleichtert.

In Jackos Gegenwart unterdrückte Lee mit Mühe ihre wahre Reaktion auf seine Neuigkeit. Doch sobald sie allein war, verfinsterte sich ihre Miene. Jenny Walker, sagte sie bei sich. Seit vier Jahren die erste Frau, die ich wirklich lieben könnte. So schön, so sanft, und von Willa Cather hat sie alles gelesen. Nur daß sie mit Wilkie Walker verheiratet ist und vermutlich genauso denkt wie er. Bestimmt wählt sie Republikaner und hält alle Homosexuellen für krankhaft.

Am besten rufe ich sie gleich an und sage das Mittagessen ab, überlegte Lee. Ein ganzes Pfund Riesengarnelen für nichts und wieder nichts, und deswegen bin ich eigens nach Stock Island gefahren. Gottverdammte Scheiße. Sie drehte sich zum Schrank um, nahm einen angeschlagenen Frühstücksteller vom Stoß und schleuderte ihn gegen die Kellertür, wo er mit einem gewaltigen Knall zerschellte.

Es ist wie eine grauenvolle Rache, dachte Lee. Ich hatte gesagt, wenn ich Wilkie Walkers Frau begegne, werde ich sie bespucken. Und bei Gott, als wir am Strand waren, habe ich sie doch tatsächlich bespuckt. Ich habe ihr Bein mit Fleischzartmacher bestreut, und weil ich wollte, daß es schneller geht, habe ich mir auf die Finger gespuckt und das Salz verrieben. Vor ihr tauchte ein lebhaftes Bild von Jennys Oberschenkel und halbentblößtem Hintern auf: weiß, glatt, kalt vom Meer und mit roten Streifen überzogen. Ja! dachte sie.

Nein. Du kannst sie nicht lieben, du liebst sie auch nicht, redete Lee sich ein, als sie die Schranktür öffnete, um Besen und Kehrschaufel hervorzuholen. Es handelt sich um kognitive Dissonanz. Die Theorie, daß man jemanden, dem man geholfen hat, natürlich überschätzt, denn je wundervoller sie sind, desto wundervoller und wichtiger war es, ihnen zu helfen. Niemand möchte glauben, daß er eine verklemmte, homophobische Republikanerin vor panischer Angst und Quallen errettet hat.

Doch sosehr sie sich auch bemühte, Lee vermochte Jenny nicht die Rolle einer verklemmten homophobischen Republikanerin zuzuweisen. Gut, sie war die Frau dieses selbstzufriedenen alten Arschlochs Wilkie Walker. Aber sie war auch schön, intelligent und begehrenswert. Daß sie vor Jahren Wilkie Walker geheiratet hatte, bewies nicht das Gegenteil; andere intelligente Frauen hatten ähnliche Fehlgriffe getan.

Als Lee die Tellerscherben auf die Schaufel fegte, kamen ihr Erinnerungen. Sie erinnerte sich, wie sie als Erstsemester unter dem Einfluß ihrer Englischdozentin und von Wilkie Walkers dummem Buch noch vor ihrem Universitätsabschluß geheiratet hatte, um ihre »neurotische Neigung« zu Frauen zu überwinden. Und was die Sache noch schlimmer machte: Als wollte sie ihre Schuldgefühle und ihre Entschlossenheit, »normal« zu werden, bekräftigen, hatte sie ausgerechnet einen konservativen Presbyterianer aus dem ländlichen Ohio erwählt, der Walkers Auffassung von der Homosexualität als einer unglückseligen Krankheit teilte.

Mit einem Seufzer erinnerte sich Lee an einige der Sätze, die ihr Mann noch vor ihrer Ehe über die von ihm so genannten »Devianten« von sich gegeben hatte, an sein Unbehagen auf ihrer Hochzeitsreise, als in einem Restaurant zwei offensichtlich schwule Männer an ihren Nachbartisch geführt worden waren. Sie erinnerte sich an seine politischen Ansichten und an seinen Gesichtsausdruck, als er ihr höflich zu verstehen gab, ihren Verwandten aus Brooklyn würden Ferien auf dem Lande nicht zusagen, ging er doch von der Annahme aus, sie als urbane Juden brächten für das ländliche Amerika – weiß, angelsächsisch, protestantisch – kein Verständnis auf.

Sie erinnerte sich, wie unbeholfen sie sich vorgekommen war, als sie Ohio besucht hatte; das verlegene Zucken in den Mienen seiner Angehörigen, wenn sie den Namen einer gewöhnlichen Blume oder eines Baumes nicht wußte. Wenn sie sich näher kennenlernten, würde sie in Jennys Gesicht bestimmt denselben Ausdruck wahrnehmen.

Andererseits aber vielleicht auch wieder nicht. Möglicherweise stimmte Jenny ja Wilkie Walker nicht in allem zu. Immerhin hatte sie nichts Positives über ihn verlauten lassen: höchstens, daß sie mit Lee nicht zu Abend essen könne, weil sie ihrem Mann sein Abendessen vorsetzen müsse, daß sie jedoch jederzeit zum Mittagessen kommen könne, weil er den ganzen Tag in seinem Arbeitszimmer sitze und meist ein Sandwich auf dem Schreibtisch liegen habe. Und damals am Strand hatte Jenny gesagt, ihr Mann werde sie für einen »kompletten Idioten« halten, weil sie die Warnung vor den Portugiesischen Galeeren mißverstanden hatte.

Vielleicht war sie ja wenigstens kein kompletter Idiot, was ihren Mann betraf. Vielleicht befand sie sich in demselben Zustand wachsenden Unbehagens und wachsender Ernüchterung, der Lee aus ihrer eigenen Ehe noch so gut in Erinnerung war. Vielleicht brauchte sie Hilfe, um sich der klammernden, nesselnden Quallenpersönlichkeit Wilkie Walkers widersetzen zu können. Vielleicht konnte Lee sie noch einmal retten, diesmal vor ihm.

Lee öffnete den Kühlschrank, nahm die Riesengarnelen heraus und gab sie mit einem halben Glas Weißwein und einer Handvoll frischer Kräuter in einen Topf. Sie mußte sehr behutsam vorgehen. Womöglich stimmte Jenny mit allem, was Wilkie Walker dachte und sagte, überein. Womöglich war sie vollkommen glücklich mit ihm. Aber wenn sie es nicht war…

Vor Jahren, zermalmt, zerschunden und zerschlagen von der Ehe – am Ende sogar im wahrsten Sinne des Wortes, auch wenn sie zugeben mußte, daß sie es ihm zur Zeit der endgültigen Zerrüttung gründlich hatte heimzahlen können –, hatte Lee alle Hoffnung aufgegeben, an der homophobischen Welt weißer, angelsächsischer Protestanten je Rache nehmen zu können. Damals verfügte eine sechsundzwanzigjährige lesbische Graduierte und alleinstehende Mutter aus Brooklyn in jener Welt über keinerlei Macht. Aber jetzt… Nun, wir werden ja sehen.

Sie stellte den Herd ab und nahm den Deckel von der Pfanne. Die Garnelen waren jetzt nicht mehr grau, hartschalig und eiskalt, sondern von einem köstlich dampfenden Blaßrosa.

5

An einem warmen Tag im Februar besah sich Jenny Walker in Alvins postmoderner chromgelber und chromblitzender Küche die Überreste des Dinners vom Vorabend, ihres ersten in Key West. Sämtliche waagrechten Flächen waren übersät mit Tellern, Tassen, Gläsern, Besteck und Kochtöpfen für acht Gäste, alles mit den getrockneten Spuren von selbstgemachtem Käsedip, Krebscremesuppe, Hähnchen *au citron*, tropischem Obstsalat, Käsesahnetorte, dreierlei Wein und Cocktails überzogen.

Das Geschirr stehenzulassen war nicht Jennys Idee gewesen und entsprach auch nicht ihren Gewohnheiten. Doch nachdem die Gäste aufgebrochen waren, hatte Wilkie ihr kaum Zeit gelassen, die Essensreste wegzuräumen, vielmehr darauf bestanden, daß sie zu ihm ins Bett käme – etwas, was er schon seit Jahren nicht mehr getan hatte.

Natürlich war dies wunderbar; zugleich aber war es ein weiteres Beispiel für das sprunghafte Verhalten ihres Mannes im Laufe der letzten Monate. Er schlief wieder unregelmäßig; fast jede Nacht war er, wenn Jenny erwachte, verschwunden. Als sie dies am folgenden Morgen einmal erwähnte und ihn erneut fragte, ob er sich über irgend etwas gräme, wäre er beinahe aus der Haut gefahren. »Ich würde mir wirklich wünschen, daß du nicht ständig danach fragst«, hatte er sie in einem Ton angeraunzt, daß Jenny zurückschauderte und ihr die Knallbonbons einfielen, die ihr an Kindergeburtstagen immer Angst eingejagt hatten. »Du machst dir zu viele Sorgen, weißt du?« hatte er hinzugefügt, weniger aufbrausend und mit einem nachsichtigen, aber ungeduldigen Lächeln, als spräche er mit einem furchtsamen Kind. Es war dasselbe Betragen, das er ihr gegenüber jetzt öfters an den Tag legte, als wisse er etwas, das sie nicht wußte, vielleicht etwas Entsetzliches.

Doch so sonderbar, so distanziert er sich ihr gegenüber auch verhielt, mit dem Rest der Welt schien Wilkie wieder in Berührung zu kommen. Er las wieder seine Korrespondenz und nahm Einladungen an, Artikel zu verfassen, Vorträge zu halten und Konferenzen zu besuchen – diesmal ohne die Sorge um Honorare und Reisekosten, der er im vergangenen Herbst so gereizt Ausdruck verliehen hatte. »Das hat weiter keine Bedeutung, Liebling. Schließlich kann ich's mir leisten«, sagte er, als Jenny ihn darauf hinwies, daß in dem Schreiben über das Symposium in Washington kein Flugticket erwähnt wurde.

Wilkie hatte auch dem gestrigen Dinner zugestimmt und war die meiste Zeit über umgänglich und beschwingt gewesen. Vor Einfällen und Ansichten wäre er beinahe übergeschäumt – einige davon, wie sein ausführliches Lob für Mollys verstorbenen Gatten, fast übertrieben optimistisch; andere auf hämische Weise pessimistisch, etwa als er die Zukunft der Wälder des Nordostens schilderte. Doch kurz nach zehn, als sie bei Brandy und koffeinfreiem Kaffee zusammensaßen, war er in ein so geistesabwesendes Schweigen verfallen, daß ihre Gäste sich veranlaßt sahen, aufzustehen und zu sagen, es sei an der Zeit, sich auf den Heimweg zu machen.

Wilkie verbrachte weiterhin den größten Teil des Tages in seinem Arbeitszimmer; inzwischen aber wußte Jenny, daß er wirklich arbeitete, denn am Montag vormittag hatte er sie zur Bücherbeschaffung in die Bibliothek geschickt. Freilich war seine Wahl bizarr, ja verstörend gewesen. Die Bände über Krankheiten von Pflanzen, Tieren und Menschen sowie diejenigen über das Sterben und den Tod ließen vermuten, daß sich *Die Blutbuche* zu einer Tragödie, einer Warnung an die Welt auswuchs; daß das letzte Kapitel noch viele andere Verluste und Untergänge mit einschließen würde. Wie jedoch waren die Bücher über den Golfstrom und andere Meeresströmungen oder die über letztwillige Verfügungen und Urheberrecht zu erklären?

Bald würde sie es herausfinden, denn gestern, kurz vor Eintreffen ihrer Gäste, hatte Wilkie ihr eröffnet, daß *Die Blutbuche* beinahe abgeschlossen sei. Er müsse noch einige wenige Änderungen vornehmen, hatte er gesagt, doch in wenigen Tagen stehe das Manuskript für sie bereit. »Ach, das sind ja wunderbare Nachrichten!« hatte Jenny ausgerufen und ihn im Überschwang geküßt. Vor lauter Freude und Erleichterung hatte sie fast gelacht. Er hatte ihren Kuß nicht erwidert.

Er wird ja doch wohl nicht böse auf mich sein, versuchte sie sich gut zuzureden, als sie die getrocknete Krebscremesuppe von Alvins teurem und gräßlich grün-orangenem Art-déco-Geschirr abkratzte. Er hat sich einfach nur abgerackert, mehr noch als gewöhnlich. Schließlich hat er ein bedeutendes Buch zu Ende geschrieben – vielleicht sein bedeutendstes. Wahrscheinlich war er deswegen so sonderbar und distanziert gewesen. Deswegen hatte sein Schweigen, hatte seine Abwesenheit wochenlang auf ihr gelastet wie ein Stein, deswegen war er von ihr weggerückt, wann immer sie sich ihm im Bett genähert hatte.

Aber vielleicht war ja jetzt alles vorüber. Gestern abend hatte Wilkie sie leidenschaftlich umarmt und sie fast ins Schlafzimmer gezerrt. Schwer atmend vor freudiger Erwartung, hatte Jenny ihm geholfen, ihr mit blaßbraunen Blättern und Farnen bedrucktes Abendkleid aus Chiffon abzustreifen; als er sich zu ihr beugte, um ihre Brüste zu küssen, hatte sie ihm die Haare zerwühlt, sich an ihn gedrängt, all die intimen, liebevollen Dinge getan, nach denen sie sich seit Wochen gesehnt hatte.

Am Ende hatte sie von ihnen beiden, wie es in den letzten paar Jahren häufiger geschehen war, den vollkommeneren Genuß gehabt. Zweifellos waren der Gin, der Wein und der Brandy, den Wilkie getrunken hatte, die vorgerückte Stunde und der anstrengende Abschluß seines Buches daran schuld. Und wahrscheinlich war er einfach nur verkatert, als er heute morgen so ärgerlich ausgesehen und kaum ein Wort mit ihr gewechselt hatte. Doch nichts davon war wesentlich, sagte sich Jenny. Wesentlich war, daß sie wieder miteinander geschlafen hatten und *Die Blutbuche* beinahe abgeschlossen war.

Und wenn sie abgeschlossen wäre, würde es so viel für sie zu tun geben: die Redaktion der Endfassung; die Überprüfung der Fußnoten und Zitate; die Suche nach Illustrationen; die Abfassung der Bildunterschriften; die Korrespondenz mit Wilkies Agenten, mit seiner Lektorin und seinem Vortragsagenten – ihr gemeinsames Leben würde wieder beginnen; würde wieder abgerundet und zufriedenstellend sein.

Sie hatten eine schwierige Phase durchgemacht, gestand Jenny sich ein. Ihre Tochter Ellen hatte womöglich recht gehabt: Wilkie hatte unter Depressionen gelitten oder war zumindest sehr mit sich beschäftigt gewesen. Und auch Billy hatte recht gehabt: Es hatte Wilkie gutgetan, nach Key West zu fahren. Und ihr ebenso. Der von ihr angeführte Vorwand hatte sich bewahrheitet: Seit ihrer Ankunft hatte sie sich keine einzige Erkältung zugezogen. Außerdem hatte sie eine interessante neue Bekanntschaft gemacht.

Nein, keine Bekanntschaft, dachte Jenny: Lee Weiss war ihr bereits eine Freundin. Es überraschte sie, weil Lee so anders war als ihre anderen Freundinnen, doch hatte Jenny sie bereits ebenso gern oder noch lieber als die meisten Frauen, die sie in Convers kannte. Es war eine andere Art der Beziehung als jede, die sie von zu Hause her kannte, weil sie nichts damit zu tun hatte, daß sie Mrs. Wilkie Walker war. Lee schien sich für Wilkie überhaupt nicht zu interessieren, vermutlich weil sie sich aus Natur und Umwelt nichts machte. Wenn Jenny ehrlich war, mußte sie gestehen, daß Lee gegen den Umweltschutz eingenommen war – das erste Mal seit Jahren, daß Jenny einen solchen Menschen kennengelernt hatte. Gewiß gab es davon viele, doch naturgemäß liefen sie den Walkers nicht eben oft über den Weg.

Lee hielt mit ihren Ansichten – oder Vorurteilen, wie Wilkie sie genannt hätte – nicht hinter dem Berg. Als Jenny erwähnte, daß ihr Mann vermutlich mehr als jeder andere in Amerika dazu beigetragen habe, gefährdete Tierarten zu schützen, zeigte sich Lee unbeeindruckt. »Die Sache ist die«, hatte sie gesagt, »ich bin in Brooklyn aufgewachsen. Die gefährdetste Tierart dort ist der *Homo sapiens*. Und noch gefährdeter ist *Femina sapiens*.«

Aber es müsse doch wohl möglich sein, sich um Menschen und um Tiere zu kümmern, hatte Jenny ziemlich schockiert eingewandt.

»Vielleicht«, hatte Lee gesagt. »Aber im wirklichen Leben kommt es meistens nicht dazu. Nehmen wir zum Beispiel an, es gebe einen häßlichen, nicht eßbaren Fisch, der nur auf dem Riff vor Key West vorkommt, und Sie sagen mir, daß Sie ihn vor dem Aussterben bewahren wollen. Na schön, warum auch nicht, sage ich. Doch dann stelle ich fest, daß Sie das Fischen und Schnorcheln verbieten wollen, so wie es einige Schwachköpfe hier vorschlagen. Wenn Sie das tun, wird die Hälfte der Typen, die auf Mietbooten arbeiten, ihren Job verlieren, darunter gute Freunde von mir. Ich denke, was wir hier schützen sollten, das sind die Menschen.«

Als Jenny bei einer wunderbaren, aus frischen Garnelen und Avocadosalat bestehenden Mahlzeit in Lees Küche diese ketzerischen Bemerkungen hörte, lächelnd und leichthin vorgetragen, sperrte sie den Mund auf und sah sich außerstande, etwas zu entgegnen.

»Wissen Sie, was meine Mutter immer gesagt hat?« fuhr Lee fort. »Sie hat gesagt, daß man sich um Menschen, die man noch nie getroffen hat, nicht soviel kümmern dürfe wie um die eigenen Angehörigen und Freunde. Und ich denke, für Fische gilt das erst recht.«

Ziemlich schlimm, daß ich mich nicht dagegen verwahrt habe, dachte Jenny, als sie das Geschirr in den Spülautomaten geräumt und grünes, umweltfreundliches Spülmittel in den Plastikbecher gegeben hatte. Ich habe Lee nur gesagt, daß ich ihr nicht zustimmen könne, und das Thema danach auf sich beruhen lassen. Warum bin ich nicht energischer, nicht bestimmter aufgetreten? Wäre Wilkie dabeigewesen, wäre er erstaunt, wenn nicht gar verärgert gewesen. Er hätte mich für einen Feigling gehalten.

Tatsächlich hatte sie Wilkies Ideen Lee gegenüber kaum noch erwähnt. Aber es war nicht aus Feigheit geschehen, sagte sie sich, als sie einen weiteren Stapel mit Essensresten verkrustete Töpfe in die Spüle stellte. Sondern weil ich wußte, daß meine Argumente sie nicht überzeugen würden – jedenfalls noch nicht. Ehe wir uns nicht besser kennen, würden sie sie nur verstimmen, sie vielleicht sogar abstoßen.

Lee war auch noch in anderer Hinsicht anders als Jennys Freundinnen in Convers: Nicht nur hatte sie keinen Partner, es schien ihr auch nichts auszumachen. Lee war verheiratet gewesen, doch die Ehe hatte nicht funktioniert oder jedenfalls nicht sehr lange gedauert, auch wenn sie in Boston eine erwachsene Tochter hatte. Dann hatte sie eine Zeitlang mit einer Frau zusammengelebt, aber auch das war nicht gutgegangen. Zur Zeit schien sie mit niemandem ein Verhältnis zu haben oder haben zu wollen. Sie hat Unglück in der Liebe gehabt, und jetzt hat sie alle Hoffnung aufgegeben, hatte Jenny gedacht, als sie davon erfuhr, während ich Glück gehabt habe und mit einem berühmten Mann verheiratet bin. Doch anders als Jennys geschiedene, verwitwete oder ledige Freundinnen in Convers schien sich Lee gar nicht so unglücklich zu fühlen und sich auch nicht selber leid zu tun; sie ließ auch nicht erkennen, daß sie Jenny um ihr Leben beneidete. »Endlich kann ich so leben, wie ich es möchte«, hatte sie gesagt.

Auf gewisse Weise war es befriedigend, jemanden zu kennen, der sie nicht höher schätzte, nur weil sie mit Wilkie verheiratet war. Meistens konnte sich Jenny dessen durchaus nicht sicher sein. Ja, dachte sie, mit Ausnahme von Lee Weiss sind meine Eltern und meine Kinder die einzigen Menschen auf der Welt, die mich um meiner selbst willen mögen – und unsere Reinemachefrau in Convers, die Wilkie überhaupt nicht leiden kann, weil sie Streit mit ihm hat, wegen der Papiere auf seinem Schreibtisch, die sie immer durcheinanderbringt.

Es war nicht einmal so, daß die meisten Menschen es darauf anlegten oder damit rechneten, von Jennys Verbindung mit Wilkie zu profitieren. Aber ihr war schon vor längerem aufgefallen, daß, wenn sie neue Leute kennenlernte, ziemlich bald das Gespräch darauf kam, wie sehr sie Wilkies Arbeit bewunderten und wie gern sie ihn kennenlernen würden. Und wenn Jennys neue Freunde Wilkie trafen, blickten sie, solange er sich im Zimmer aufhielt, zu ihm hin und nicht zu Jenny, und die meisten ihrer Äußerungen waren an ihn gerichtet. Wenn es sich um eine Freundin handelte, setzte sich diese manchmal neben Wilkie und gurrte ihn auf irritierende Weise an.

Es wirkte beruhigend, mit jemandem zusammenzusein, der sich so nie verhalten würde. Lee hatte nicht ein einziges Mal den Wunsch geäußert, Wilkie kennenzulernen, und als Jenny sie zum gestrigen Dinner einlud, hatte sie unter dem Vorwand abgelehnt, im Artemis Lodge bleiben zu müssen, für den Fall, daß Gäste einträfen.

»Ach, das ist aber schade. Aber vielleicht können Sie ja ein andermal kommen«, hatte Jenny sie getröstet.

»Bestimmt, vielleicht«, hatte Lee erwidert, und in diesem Augenblick war irgendwie klargeworden, daß sie nicht das geringste Verlangen verspürte, Wilkie Walker kennenzulernen. Jenny hatte sich bei dem kindischen Gedanken ertappt: Sie macht sich überhaupt nichts aus ihm, sie ist meine Freundin, ganz mein. Und wenn sie Lees Ansichten über den Umweltschutz in Betracht zog, war es vielleicht besser, daß die beiden einander nicht begegneten.

Es machte immer wieder Spaß, sich mit Lee zu treffen. Sie kannte so viele erstaunliche Anekdoten über Key West, seine Geschichte und die absonderlichen Gestalten, die früher hier gelebt hatten oder immer noch hier lebten. Die Leute nannten den Ort »Letzte Zuflucht«, hatte Lee gesagt. Nicht nur weil er am Ende der Key-Inseln lag, sondern weil man hierherzog, wenn man andernorts nicht zurechtgekommen war.

Lee war Therapeutin gewesen, bevor sie Artemis Lodge gekauft hatte. »Ja. Ein Doktorat in Seelenberatung«, hatte sie gestanden. »Aber nach zwei, drei Jahren hatte ich mich völlig verausgabt. Schließlich ging mir auf, daß ich den Rest meines Lebens womöglich damit verbringen würde, den ganzen Tag über, vierzig Stunden die Woche, in einem Kabuff in Brooklyn Heights zu hocken, und jede Stunde kommt ein anderer unglücklicher Mensch ins Kabuff. Und den meisten von ihnen würde ich nicht wirklich helfen können, weil sie, genau wie ich, in New York in irgendeiner zerstörerischen Arbeits- oder Lebenssituation steckten. Außerdem litten die meisten von ihnen früher oder später an Übertragung. Sie fingen an zu projizieren und glaubten, in mich verliebt zu sein, oder sie haßten mich oder hielten mich für ihre Mutter.

Allmählich kam ich mir vor wie ein durch und durch mit Wasser vollgesogener großer Schwamm. Nicht von der Art, wie man sie bei Fausto's kauft, sondern von tränenreichem Salzwasser und kiesigem Sand triefend wie die, die die Taucher hier zutage fördern. Als ich in jenem ersten Winter nach Key West kam, um eine Woche Urlaub zu machen, dachte ich, he, genau das könnten all diese armen Bekloppten gebrauchen: ein bißchen Licht, Sonne und Luft. Dann dachte ich, Teufel noch eins, genau das könnte auch ich gebrauchen.«

Therapeutin gewesen zu sein erwies sich als nützlich, wenn Nachbarn oder Gäste Schwierigkeiten machten. »Es ist ganz einfach«, hatte Lee erklärt. »Man braucht nur ihre letzte Äußerung zu wiederholen, und schon meinen sie, man habe Mitgefühl, und das entschärft die Situation ein wenig.«

Da Lee Therapeutin gewesen war und Wilkie nicht kennenlernen wollte, hatte Jenny das Gefühl, über ihn reden zu können, ohne ihm untreu zu werden. Sie hatte noch nicht viel von ihm erzählt, nur davon, wie er sich in den vergangenen Monaten verhalten hatte und daß sie sich Sorgen mache. »Ja«, hatte Lee bemerkt, »es klingt, als mache er sich um irgend etwas Sorgen.«

Mit Lee konnte man sich mühelos über alles unterhalten. Sie war an Dingen interessiert, für die sich Wilkie, schon bevor er sich so sonderbar aufführte, natürlich nie begeistert hatte: Romane und bildende Künste, Kochen und Wohnraumgestaltung, Nähen und Handarbeiten. In ihrem Schlafzimmer hatte Lee einen großen Webstuhl aufgebaut, und sie besaß Kataloge und Muster für alle möglichen Kleider, die sich – für ein warmes Klima – aus Baumwolle, Seide und künstlichen Chenillegarnen anfertigen ließen. Sie hatte Jenny zu einem Geschäft in der Duval Street mitgenommen, in dem es diese Garne gab, und ihr ein Strickmuster für einen Pullover geliehen.

Außerdem war Lee so attraktiv; es war die reinste Freude, sie einfach nur anzuschauen. Dafür, was man den Leuten gegenüber empfand, sollte das keinen Unterschied machen, doch genau das tat es. Es war schön, einer Frau zuzusehen, die sich so anmutig zu bewegen wußte, die so strahlende, karamelfarbene Haut und so dichtes, glänzendes dunkles Haar hatte – Haar, das rot aufglühte, wenn sie auf ihrer breiten Vorderveranda in der Sonne saß.

»Hallo.«

Jenny sah von dem Topf auf, den sie gerade scheuerte. In der offenen Terrassentür stand Tiffany (Tiff), die derzeitige Freundin des Dichters Gerald Grass, den sie und Wilkie seit Jahren oberflächlich kannten. Sie begegneten einander häufig bei offiziellen Anlässen, und auf Umweltschutzkundgebungen, wo Wilkie als Redner aufgetreten war, hatte sie ihn einige Male lesen hören – wobei er nicht eigentlich las, es war vielmehr eine Art Gesang. Beim letzten Mal hatte Gerry seinen Gesang auf indianischen Trommeln begleitet, die mit Perlen und Federn geschmückt waren. Manchmal wurde er im Fernsehen oder von Zeitungen und Zeitschriften zur Rolle der Lyrik im Protest gegen die Gesellschaft befragt und zusammen mit Folksängern und Rockstars auf Fotos abgebildet.

Im allgemeinen hatte Wilkie nichts gegen Gerry. Mochte er auch ein bißchen naiv und theatralisch sein, sein Herz saß am rechten Fleck. Allerdings konnte Jenny nie ganz vergessen, daß er seine Frau, die sie wirklich gern gehabt hatte, vor zehn Jahren verlassen und durch eine Reihe immer jüngerer Frauen ersetzt hatte.

Seit der vorigen Woche logierten Gerry und Tiff auf dem Anwesen im Apartment über der Garage, und gestern abend waren sie zum Dinner gekommen.

»Ach, hallo.« Jenny drehte den Wasserhahn zu. Sie war nicht sonderlich erfreut, Tiff zu sehen, die ihr auf eine durchsichtig kalifornisch-blonde Art hübsch und liebenswert uninteressant erschien. Auf der Party hatte Tiff sich kaum geäußert, dafür aber eine Unmenge sehr guten Chardonnays getrunken.

»Das war aber eine wirklich köstliche Zitronenkäsesahnetorte, die Sie uns da gestern abend vorgesetzt haben«, sagte Tiff. »Wo hatten Sie die nur her?«

»Nun ja, von hier, denke ich«, gestand Jenny. »Ich habe sie selbst gebacken.«

»Wirklich? Mein Gott, so etwas brächte ich nie zustande.« Sie stieß ein fast mädchenhaftes Gekicher aus. »Ich dachte schon, Sie hätten sie aus einem dieser Feinschmeckerkataloge. Ich meine, sie war so gut.«

»Danke sehr«, sagte Jenny und lächelte, um ihrem Ton, der ihre Ansicht widerspiegelte, ihre Käsesahnetorte sei vermutlich besser und ganz bestimmt frischer als jede Käsesahnetorte aus dem Katalog, die Schärfe zu nehmen.

»Gerry hätte es gern, wenn ich auch so backen und kochen könnte. Aber ich bringe nichts als Kindergerichte zustande. Sie wissen schon, Hamburger und Spaghetti«, fügte Tiff hinzu. Jennys Lächeln faßte sie als Einladung auf, einzutreten und sich auf einem von Alvins Küchenhockern aus

Chrom und gelbem Plastik niederzulassen. »Und selbst dann verbrennt mir manchmal alles. Aber ich sage immer, wenn er eine Köchin haben will, soll er eine einstellen, stimmt's?«

»Ich denke schon«, pflichtete Jenny ihr gleichmütig bei.

»Man kann nicht alles haben, sage ich ihm. Manchmal behauptet er, sich wegen meines Aussehens mit mir angefreundet zu haben, aber ich glaube, eigentlich war es, um seine Steuererklärung kostenlos ausgefüllt zu bekommen.« Sie kicherte.

»Sie füllen Gerrys Steuererklärung aus?« fragte Jenny verblüfft.

»Aber sicher. Ich kann jedem die Steuererklärung ausfüllen. Ich bin gelernte Steuerberaterin.«

»Wirklich?« Jenny musterte Tiff erneut: ihr enges, rotes T-Shirt mit dem U-Ausschnitt, die engen weißen Shorts und das gekräuselte goldene Haar.

»Aber jetzt bin ich im Urlaub, fragen Sie mich also nichts.«

»Keine Bange«, sagte Jenny ausweichend.

»Tut mir leid. Es war nicht so gemeint, wie's klang. Es ist nur so, daß normalerweise um diese Jahreszeit jeder, den ich kenne, hinter mir her ist, um sich kostenlos beraten zu lassen. Und im März und April wird's noch schlimmer. Ich meine, es wäre ja in Ordnung, wenn ich noch arbeiten würde, dann könnte ich ihnen sagen, daß sie mich im Büro anrufen sollen.«

»Mm-hm«, murmelte Jenny unbestimmt. Sie stellte wieder das Wasser an; dann, als sie merkte, daß dies unfreundlich wirkte, drehte sie den Hahn wieder zu. In dem verlegenen Schweigen, das darauf folgte, fiel ihr Lees Technik wieder ein. So wiederholte sie denn versuchsweise: »Sie würden ihnen sagen, daß sie Sie im Büro anrufen sollen.«

»Ja. Aber als ich letztes Jahr bei Gerry eingezogen bin, hat er mich gezwungen, meinen Beruf an den Nagel zu hängen. Er sagte, er könne es nicht aushalten, mich mit einem Computer zu teilen. Er sagt, er brauche meine volle Aufmerksamkeit.« Der letzte Satz klang äußerst ressentimentgeladen.

»Er braucht Ihre volle Aufmerksamkeit«, murmelte Jenny, warf Tiff erneut einen Blick zu und versuchte, sie sich als geeignete Gefährtin eines etablierten amerikanischen Lyrikers in den Fünfzigern vorzustellen. Wenn es etwas gab, das sich noch weniger für diese Rolle eignete als eine im Haushalt inkompetente Sexbombe, dann eine im Haushalt inkompetente Steuerberaterin, dachte sie.

»Ja. Damals, als ich ihn auf einer Party in L.A. kennenlernte, fand ich das so großartig. Die Leute vom Film, die da waren, ich meine die Männer, wollen doch immer nur von sich selbst reden. Und wenn sie dich überhaupt eines Blickes würdigen, dann richten sie ihn auf deine Titten, damit mußt du rechnen.«

»Damit mußt du in L.A. rechnen«, sprach Jenny mitfühlend nach und erinnerte sich eigener Erfahrungen von früher. Lee hatte recht, dachte sie; ihre Technik funktioniert.

»Ja. Aber Gerry war anders. Er sah ebenso gut aus wie all die Schauspieler dort, aber er blickte mir gerade in die Augen; das fand ich so großartig. Nur komme ich mir heute so umzingelt vor.«

»Sie kommen sich…« Jenny hielt inne und verschluckte

den Rest der Wiederholung, weil ihr einfiel, daß sie schließlich nicht Tiffanys Therapeutin war.

»Aber so sind die Männer eben, wissen Sie. Je wichtiger sie sich finden, desto mehr Zeit fordern sie für sich. Ich meine, nehmen wir doch Sie, nicht wahr? Wie Mrs. Hopkins gesagt hat, ist Ihr Mann für Sie eine Vollzeitbeschäftigung.«

»Mmph.« Diesmal bedeutete Jennys Gemurmel nicht Zustimmung. Sie erkannte Tiffs Ton; es war der einer typischen Feministin. Sie hätte ihn schon vorher erkannt, wenn Tiff anders gekleidet gewesen wäre oder sich anders ausgedrückt hätte.

Immer wieder in den Jahren ihrer Ehe, besonders nachdem die Kinder zur Schule gingen, hatten viele wohl- und übelgesinnte Menschen hin und wieder angedeutet, daß Jenny den Forderungen eines Chauvinistenschweins eine mögliche Karriere opfere. Sie belehrten sie, sie liehen ihr Bücher, sie forderten sie auf, sich Gruppen von Frauen anzuschließen, die zusammenkamen, um sich über ihre Ehemänner zu beschweren. Einmal war Jenny zu einer dieser Sitzungen hingegangen und hatte entdeckt, daß es in etlichen Fällen Anlaß zu mancherlei Klage gab und daß, als sie selbst nicht klagte, die anderen Frauen ihr dies als heimliche Arroganz auslegten.

Theoretisch, als moderne, aufgeklärte Frau, unterstützte Jenny die Frauenbewegung, gelegentlich, wenn man sie überredete, auch mit einem Scheck. Dabei hatte der Feminismus für sie privat nichts bewirkt, ließ die von ihr gewählte Lebensweise nur seltsam erscheinen und entfremdete sie ihren Freundinnen. Sie stimmte ja mit ihnen darin überein, daß es keinen Grund gab, weshalb die meisten Männer nicht im Haushalt und bei der Kindererziehung helfen konnten. Doch Wilkie Walker war nicht wie die meisten Männer: Er war einzigartig, unersetzlich. Die Arbeit, die sie gemeinsam vollbrachten, mochte die Welt verändern, hatte sie bereits verändert. Jenny wollte diese Arbeit nicht zugunsten irgendeiner theoretischen »Karriere« aufgeben müssen.

Leider hatte diese Überzeugung sich zwischen Jenny und viele Frauen gedrängt, die enge Freundinnen hätten bleiben oder werden können. Doch wenn sie sich ihr gegenüber kühler verhielten oder jedenfalls sich nicht für sie erwärmten, so sah Jenny es ihnen nach. Sie begriffen nicht; sie waren mit gewöhnlichen, ersetzbaren Männern verheiratet, mit Männern, deren Arbeit, falls nötig, von jemand anderem versehen werden konnte.

»Wie auch immer, es war ein wunderbares Essen«, nahm Tiff, die Jennys Schweigen vielleicht registriert hatte und einen Rückzieher machen wollte, den Faden wieder auf. »Und Sie waren so lieb zu dem alten Kerl, der seinen Wein auf dem Sofa vergossen hatte.«

»Ach, das war doch nichts. Wenn man gleich genügend Salz draufstreut, hinterläßt Wein keine Flecken.«

»Nein, wirklich? Das wußte ich gar nicht. Aber jedenfalls waren Sie furchtbar nett zu ihm. Ich wünschte, ich könnte so sein, aber manchmal habe ich die Mümmelgreise gründlich satt. Himmel, das tut mir aber leid. Ich meinte nicht Ihren Mann. Aber all diese langweiligen alten Schriftsteller, die Gerry kennt und die immer herumhängen und entweder so tun, als ob ich nicht da wäre, oder die versuchen, sich auf diese langsame, schleichende Art an mich heranzumachen. Manchmal habe ich das Gefühl, den Verstand zu verlieren.

Ich meine, ich nehme an, Sie haben mit den gleichen Problemen zu kämpfen, oder nicht?«

»Manchmal«, gab Jenny widerstrebend zu. Gestern abend erst war, als sie die Käsesahnetorte servierte, ein ältlicher Kunstkritiker namens Garrett Jones in die Küche gekommen, hatte ihre Kochkünste gelobt, auf allzu freundschaftliche Art den Arm um sie gelegt und ihr einen Schmatzer gegeben. Da Garrett offensichtlich zuviel getrunken hatte und nur zeitweilig Gast im Haus der Fosters war, hatte sie nicht protestiert; aber sie hoffte, ihm nie wieder zu begegnen.

»Und die Frauen sind noch schlimmer. Sie tun freundlich, aber meistens sind sie nur an Gerry interessiert. Die eine Hälfte von ihnen, die Alten, verübeln es mir, daß ich nicht Cynthia bin – Sie wissen schon, seine Exfrau. Und die anderen verübeln es mir, daß ich sie davon abhalte, sich ihm an den Hals zu werfen. Ich wette, bei Ihnen ist das auch so.«

»Nein, nicht ganz«, sagte Jenny, die von dieser Karikatur der Gedanken, die sie selbst in jüngster Zeit hatte, irritiert war. Sie räumte einen weiteren Stapel schmutziger Töpfe und Pfannen in die Spüle.

»Und wenn ich Gerry davon erzähle, sagt er, ich sei überempfindlich oder paranoid. Manchmal denke ich, daß er genauso wird wie all die anderen alten Säcke.«

»Wirklich?« fragte Jenny, und diesmal verlieh sie ihrer Stimme einen eindeutig frostigen Tonfall. Sie drehte das Wasser wieder auf.

»Das brauche ich mir nicht gefallen zu lassen, habe ich ihm gesagt. Wenn er nie wirklich für mich da ist, brauche ich doch nicht bei ihm zu bleiben, stimmt's?«

»Ich denke, nein«, sagte Jenny. Sie drehte den Hahn so

stark auf, daß warmes Spülwasser auf ihr weißes Strandkleid spritzte.

»Na ja, wie auch immer«, sagte Tiff mit schwacher Stimme über den Lärm des Wassers hinweg, das auf das Aluminium trommelte. »Ich schätze, ich gehe jetzt besser. Ich denke, wir sehen uns noch.«

»Ja«, räumte Jenny ohne Begeisterung ein. »Ich denke schon.«

Als er bei der Reynolds Street anlangte, wandte sich Wilkie Walker um und warf dem Haus einen letzten langen Blick zu. Das Gebäude bedeutete ihm nichts – ein Ferienmietshaus im unbestimmbaren Stile Floridas, umgeben von einer weißverputzten Mauer, die von dorniger Bougainvillea überwachsen war. Hinter dieser Mauer jedoch befanden sich die beiden Dinge, die ihm von allen Dingen der Welt am meisten am Herzen lagen: sein Buch und seine Frau.

Was das Buch anbelangte, so hatte er die richtige Entscheidung getroffen, sagte sich Wilkie, als er unter einer Kokospalme auf dem von Unkraut überwucherten Bürgersteig stehenblieb. In der vergangenen Woche hatte er eine Weile gezögert, nachdem er einen äußerst ärgerlichen Brief gelesen hatte, in dem er gebeten – ja aufgefordert – wurde, sein Büro, das ihm als Professor emeritus in Convers zur Verfügung stand, für sechs Monate zu räumen, damit das Gebäude ausgebaut und ein Computerzentrum darin untergebracht werden könne. Mehrere Tage lang hatte er mit dem Gedanken geliebäugelt, sich zu rächen, indem er den Verfasser des Briefes – zwar nicht namentlich, aber doch so, daß jeder an der Universität ihn erkennen konnte – des Mordes an der Blutbuche bezichtigte. Deren Wurzelwerk werde von dem Bau eines so häßlichen und unsinnigen Zentrums langsam, aber verhängnisvoll beschädigt werden.

Am Ende hatte Wilkie den Gedanken jedoch verworfen. Er mußte an seine Hinterbliebenen denken: an seine Familie, seine Freunde, seine Kritiker und Leser. Einige von ihnen würden die Blutbuche zweifellos mit ihm in Verbindung bringen. Wenn er schilderte, daß der Baum von menschlicher Dummheit zerstört werde, mochten sie denken, Wilkie Walker sei der Überzeugung, ebenfalls von feindseligen und unwissenden Menschen in den Tod getrieben worden zu sein. Zwar entsprach dies teilweise der Wahrheit, doch würde es ihn schwach, wenn nicht gar paranoid erscheinen lassen.

Wenn die Blutbuche hingegen in einem schweren Sturm umstürzte, würde jedermann allenfalls vermuten, daß Wilkie mit Präkognition begabt sei, da Bäume keinesfalls Selbstmord begehen. Aus diesem Grund hatte er die endgültige Fassung dieses Endes heute zusammen mit dem vollendeten Manuskript mitten auf seinen Schreibtisch gelegt und die anderen weggeräumt. Dabei hatte er Bedauern darüber empfunden, daß er auf die beiden anderen Fassungen, die ausgezeichnete Passagen enthielten – eigentlich einige der besten, die er je verfaßt hatte –, verzichten mußte. Aber er wußte, daß er die richtige Wahl getroffen hatte.

Um Jenny machte er sich größere Sorgen. Er hatte vorgehabt, ihre letzten gemeinsamen Tage denkwürdig und intim zu gestalten, sie in jeder Hinsicht glücklich zu machen. So hatte er sogar dem Dinner zugestimmt, das sie geben wollte. Aber auf die langen, vertraulichen, entspannten Gespräche mit ihr, die er sich hier in Key West ausgemalt hatte, hatte er verzichten müssen. Das Problem bestand darin, daß Wilkie, wann immer sie allein waren, versucht war, Andeutungen zu machen, was ihm durch den Kopf ging. Es bestand sogar die Gefahr, daß er ihr in einem plötzlichen Anfall von Schwäche alles erzählen könnte, wie er es, mehr oder weniger, so viele Jahre hindurch getan hatte. Gleichzeitig stieg eine irrationale Wut auf Jenny in ihm auf, weil sie nicht wußte, was ihm durch den Kopf ging – irrational, insofern er alles in seiner Macht Stehende getan hatte, damit sie nur ja nichts bemerkte.

Und da ihm dies gelungen war und Jenny nicht wußte – und nicht einmal ahnte –, was ihm durch den Kopf ging, tat sie Dinge, die ihn ärgerten. Andauernd versuchte sie, seine Aufmerksamkeit auf unbedeutende Ereignisse im Land oder am Ort oder auf angeblich komische Zeitungsberichte und Karikaturen zu lenken. Sie schlug ihm gesellschaftliche und kulturelle Veranstaltungen vor und wollte, daß er sich am Telefon mit seinen Kindern unterhielt. Erst gestern hatte sie ihn gedrängt, mit ihr ins Kino zu gehen, ihm die Kritiken vorgelesen und ihm erzählt, irgendeine neue Freundin von ihr habe den Film wunderbar gefunden. Einen Augenblick lang hätte Wilkie seiner Frau gegenüber fast so etwas wie Feindseligkeit empfunden. Als er sie über den Frühstückstisch hinweg anblickte, ähnelte sie nicht mehr der verklärten menschlichen Ausgabe einer Salzmarschmaus. Statt dessen erinnerte sie ihn an ein anderes Geschöpf, das durchaus nicht vom Aussterben bedroht war, sondern sich jedes Jahr vermehrte: *Sorex araneus*, die gemeine Waldspitzmaus mit ihrem schrillen, dünnen, piepsigen Stimmchen.

Doch dieses Gefühl war von kurzer Dauer. Heute hatte

es ihn zutiefst geschmerzt, Jenny ohne ein Zeichen verlassen zu müssen, und im Geiste hatte er viele letzte Ansprachen erprobt: beiläufige Wendungen, die sich nach dem *fait accompli* mit Bedeutung anreichern würden. Am Ende hatte er aus Furcht, er könnte zusammenbrechen, der Regung widerstanden und lediglich ausgerufen: »Ich gehe jetzt wieder baden.« – »Dann bis nachher«, hatte Jenny zurückgerufen und sich kaum umgeschaut; und halb erstickt hatte er erwidert: »Gut.«

Seine letzten Worte – sein letztes Wort – an Jenny war eine Lüge gewesen. Freilich eine notwendige. Was jetzt geschehen würde, mußte sich wie ein tragischer Unfall ausnehmen. Alle mußten sagen: Aber Wilkie Walker war doch gar nicht deprimiert; er war voller Tatendrang und Zukunftspläne. Hatte er nicht erst am Vorabend…

Gestern hatte er vorgehabt, Jenny leichthin, doch zärtlich zu küssen, wenn er auf dem Weg zum Strand an ihr vorüberkäme, ihr vielleicht zu dem Dinner und zu dem, was darauf hätte folgen sollen, innig zu gratulieren. Das war es, was ihn seitdem stärker kränkte und heftiger an ihm nagte als der gelegentliche ziehende Schmerz in seinem Unterleib. Nicht nur seine letzten Worte an seine Frau, auch ihre letzte bedeutungsvolle Begegnung war unecht und belanglos gewesen. Gestern nacht – ihre letzte gemeinsame Nacht – hatte er Jenny noch einmal lieben wollen. Er hatte es mit aller Macht versucht, sich angestrengt, es herbeizwingen wollen – vergebens: mehr als vergebens.

»Liebling, es macht doch nichts. Wirklich, es war sehr schön«, hatte Jenny gesagt, als er, eine wütende Entschuldigung murmelnd, endlich schlaff in ihren Armen lag, eine schwere, schwitzende Last aus trägen Knochen, Muskeln und Fleisch. Wilkie tat diese Worte ab. Natürlich mußte sie dergleichen sagen, aus Höflichkeit, aus Liebe. Schweigend hatte er sich von ihr abgewandt und zu schlafen vorgegeben.

In weniger als einer Stunde würde er all dies für immer vergessen; nur Jenny würde es nie vergessen. Ihre letzte intime Erinnerung an ihn würde stets dies unbeholfene, demütigende Versagen sein.

Er könnte ein paar Tage warten und noch einmal versuchen, mit ihr zu schlafen – früher am Abend und nüchtern. Aber angenommen, er würde erneut versagen? Außerdem war heute seine vorerst letzte Chance im Meer. Dem Wetterbericht zufolge näherte sich eine massive Kaltfront; heute nacht würden die Temperaturen auf unter fünfzehn Grad fallen, und es war mit schweren Regengüssen zu rechnen. Wenn er erst morgen, unter solchen Bedingungen, hinausschwamm, würde man ihn für geistesgestört halten.

Wilkie blickte wieder zu dem Haus, wo Jenny saß und nichtsahnend in einem Buch las. Ganz zu schweigen von dem großen Schock und Verlust, würden auf sie vielerlei Pflichten zukommen. So würde sie etwa sämtliche Artikel, Vorträge und Konferenzen absagen müssen, die der Beweis für Wilkies Absicht waren weiterzuleben. Glücklicherweise hatte sie in Key West eine neue Freundin gefunden, eine Frau, die in Brooklyn als Therapeutin tätig gewesen war und jetzt hier eine Pension betrieb. Durch keine dieser beiden Tätigkeiten empfahl sie sich Wilkie Walker, doch hatten sie auch ihre Vorteile. Diese Lou? Lil? – oder so ähnlich – kannte sich vermutlich vor Ort aus und war dafür ausgebildet, mit Krisen und mit Kummer umzugehen.

»Hallo! Wilkie!«

Undeutlich drang an sein Ohr, daß jemand seinen Namen rief. Als er sich umwandte, erkannte er in der Gestalt, die ihm vom anderen Ende der Straße zuwinkte, Gerry Grass, der auf ihrem Anwesen ein Apartment bewohnte und gestern abend zum Dinner gekommen war. Wilkies erster Gedanke war, daß man ihn zu einem Notfall rief. Doch als Gerry näher auf ihn zugaloppierte, stellte sich heraus, daß er grinste, eine Badehose mit Hawaiimuster trug und ein Badetuch – daß er demnach vorhatte, Wilkie zum Strand zu begleiten.

Wilkies erste Regung war, sich umzudrehen und davonzurennen. Er hatte mehr als zwei Straßenblocks Vorsprung und würde lange vor Gerry zum Meer gelangen. Aber wie würde sich ein solcher Fluchtversuch ausnehmen, wenn er Jenny und der Polizei angezeigt würde? Er fühlte Zorn und Verbitterung in sich aufbranden. Bisher hatte er gegen Gerry, dem er bei vielen öffentlichen Anlässen begegnet war, nichts einzuwenden gehabt. Er war damit einverstanden gewesen, ihn und sein derzeitiges Häschen zum Dinner einzuladen – je mehr Zeugen es dafür gab, daß er sich nicht mit Selbstmordgedanken trug, desto besser, hatte er gedacht.

»Gehen Sie schwimmen?« erkundigte sich Gerry, als er ihn keuchend einholte.

Wilkie bejahte widerstrebend; es abzuleugnen und kehrtzumachen würde überaus sonderbar wirken. Es kam ihm in den Sinn, daß man, wenn man unkonventionellerweise danach strebte, sich von einer schmerzhaften und beengenden Zukunft zu befreien, konventioneller denn je werden mußte. Handlungen, die, wenn man weiterlebte, ohne Kommentar zur Kenntnis genommen wurden, waren bedeutungsschwer, sofern sie dem Tod vorangingen.

Müde begann er die Reynolds Street zum Meer hinunterzugehen. Gerry lief mit federnden Schritten neben ihm und machte mit seinem Mund Geräusche. Früher hatte Wilkie ihn für einen Mann von einiger Intelligenz und vernünftigen Ansichten gehalten. Gerry hatte begeistert zwei seiner Bücher rezensiert, und Wilkie hatte in seinen Schriften mehr als einmal aus Gerrys leidenschaftlichen Naturgedichten zitiert.

Seit Gerry jedoch vor etlichen Jahren seine liebenswerte Frau (eine alte Anhängerin Wilkies) verlassen hatte und nach Südkalifornien gezogen war, schien er zu einer Art New-Age-Freak geworden zu sein. Obwohl Wilkie wußte, daß er auf die Sechzig zuging, hatte er sich gestern abend, um der Mehrheit zugehören zu können, als ›mittelaltrig‹ bezeichnet, so wie manche reichen Leute sich zur ›Mittelschicht‹ zählen.

»Schwimmen Sie jeden Tag? Großartig!« sagte Gerry zu ihm. »Wissen Sie, vorigen Monat habe ich in L. A. einen wirklich interessanten Knaben kennengelernt, der das empfiehlt. Er sieht Schwimmen als eine Form aktiver Meditation an; sagt, daß es hilft, den Geist zu durchlüften und sich auf natürliche Rhythmen einzustellen.«

Kretin, dachte Wilkie und warf Gerry einen Seitenblick zu. Früher war er ihm als ein normales Exemplar des *Homo sapiens* erschienen. Jetzt verriet seine athletische Stattlichkeit Atavismus. Hatten Gerrys Hängeschultern, sein leicht vorstehender Oberkiefer und die feinen, graumelierten Haare, die sich über seinen Ohrmuscheln kräuselten, nicht etwas von einem anthropoiden Affen?

»He, das ist aber ein ungewöhnlicher Baum – der hat ja zwei verschiedene Arten Blüten«, bemerkte Gerry und blieb stehen, um einen Zweig herabzuziehen. »Wie heißt er?«

»*Hibiscus tiliaceus*. Hier in der Gegend wird er Mahoe genannt«, antwortete Wilkie mechanisch. Ihm fiel die niedrige, affenähnliche Position des Daumens an Gerrys Hand auf. Genetisch oder ein Atavismus? »Die Blüten sind erst gelb, dann werden sie dunkelrot.«

Wie konnte er, wenn sie erst einmal im Wasser waren, Gerry abschütteln? Ein schwerwiegendes Problem. Wenn er den Abstand zwischen sich und ihm schnell genug vergrößerte, konnte er sein Vorhaben vielleicht immer noch ausführen. Gerry war zehn bis zwölf Jahre jünger; andererseits hatte er ein sehniges Aussehen; den festen Körperbau und die glatten Muskeln eines Schwimmers hatte er nicht.

Als sie in Sichtweite des Strandes waren, wechselte Gerry das Thema und fing an, sich über seinen Vortragsagenten zu beschweren. Der Kerl verschaffe ihm keine interessanten Aufträge mehr, und die Honorare seien gesunken. Vielleicht müsse er seinen Agenten wechseln. Wer denn Wilkie betreue, wollte er wissen, und ob er diese Person empfehlen könne?

»Nun ja, das kommt drauf an«, erwiderte Wilkie ungnädig und überquerte die Straße. »Wir müssen uns mal darüber unterhalten.« Du armes Schwein, dachte er. Geht's mit dir also auch bergab? Die Welt ist deiner überdrüssig, nur weißt du's noch nicht.

Als sie den Landungssteg erreichten, stand eine niedrige Sonne am rosa Himmel, und es gab das übliche Kontingent von Leuten, die sich den Sonnenuntergang anschauen wollten. Gefolgt von Gerry, stieg er die schlüpfrige Holztreppe hinunter, stürzte sich in das kühle, schäumende, an- und abschwellende Meer und schwamm los, dem Horizont entgegen.

Obgleich sich Wilkie die allergrößte Mühe gab, wich sein unerwünschter Gefährte mit seinem unbeholfen spritzenden Kraulstil nicht von seiner Seite. Wie er erkannte, als er einen Mundvoll dickflüssigen Salzwassers verschluckte, bestand das Problem darin, daß er noch nie so weit hinausgeschwommen war, auch wenn er nun schon wochenlang jeden Tag gebadet hatte. Absichtlich hatte er es vermieden, seine Geschwindigkeit und Entfernung zu vergrößern, denn er begriff: Je größer seine Ausdauer, desto länger würde das Ganze in Anspruch nehmen, und desto größer wäre das Risiko einer unerwünschten Rettung.

»Herrlich, nicht?« schrie Gerry.

Wilkie antwortete nicht; es war ihm klargeworden, daß, wenn er jetzt Anzeichen des Ertrinkens zeigen sollte, Gerry nahe genug neben ihm schwamm, um sich eifrig seiner Rettung zu widmen. Zum ersten Mal in seinem Leben spürte er die Versuchung, ein anderes Kapitalverbrechen als Selbstmord zu verüben. Vielleicht kann ich ihn mit ins Verderben reißen, dachte er. Wir sind doch jetzt weit genug draußen; Zeugen wird es dort nicht geben. Ein rascher Würgegriff von hinten, und wenn ich Glück habe, gehen wir beide unter. Soll er doch die Einheit mit der Natur finden, von der er gestern abend gebrabbelt hat.

Eine kalte Welle der Erregung hob Wilkie höher als die herannahende Woge, dann ließ sie ihn wieder fallen. Der Plan war zu riskant. Wenn er fehlschlug, würde sich Jenny nicht einem tragischen Unglücksfall gegenübersehen, sondern einem dem Ertrinken entronnenen Mann, der des Mordversuchs bezichtigt würde.

Gerry, der planschend weiterschwamm, zeigte keinerlei Ermüdungserscheinungen, doch Wilkie geriet allmählich außer Atem; die Wellen, die gegen seinen Kopf und seine Arme schlugen, waren eisig. Wenn er jetzt nicht umkehrte, würde er in Schwierigkeiten geraten. Womöglich würde er von diesem anthropoiden Affen, der nicht ganz richtig im Kopf war, gar noch schmählich gerettet.

6

An einem kühlen, windigen Februarabend wartete Perry Jackson (im Ort Jacko genannt) auf dem sogenannten Internationalen Flughafen von Key West auf die Maschine seiner Mutter. Der schäbige limonengrüne Löschbetonbau mit den Schaltern der Fluggesellschaften und Autoverleihfirmen und den Ständern voller Ferienbroschüren war überfüllt. Abgesehen von den Reisenden und den Leuten, die sie abholten oder verabschiedeten, wimmelte es von Taxi- und Lieferwagenfahrern und von Angestellten der Fluggesellschaften, Autoverleihfirmen, Cafés, Andenkenläden und Reinigungsfirmen. Daneben gab es eine Reihe von Arbeitslosen und Arbeitsunfähigen, die nur herumtrödelten.

Bis auf die Passagiere waren alle salopp gekleidet; meist in Shorts, Jeans und T-Shirts. Die T-Shirts der Einheimischen empfahlen allerlei kommerzielle Produkte von außerhalb der Inseln. Demgegenüber trugen mehrere abreisende Touristen T-Shirts, auf denen für örtliche Geschäfte geworben oder Key West als Ferienort (New Moon Saloon, Waterfront Market, Island Paradise usw.) beworben wurde.

Jacko, in einem verblichenen roten T-Shirt mit dem Signet eines bekannten Pflanzendüngemittels, lehnte an der Wand am Flugsteig 2, der in Wahrheit der einzige Flugsteig in dem kleinen Flughafen war. Er plauderte mit zwei Bekannten und sah auf lässige Weise schön, aber zerstreut aus. Vor drei Tagen war er nach einem kurzen, jedoch überaus unerfreulichen Zwischenspiel mit Viruspneumonie aus dem Krankenhaus von Key West entlassen worden. Antibiotika hatten diese binnen achtundvierzig Stunden zum Verschwinden gebracht, doch obwohl er sich körperlich wiederhergestellt fühlte, war er beunruhigt. Dieser Virus, argwöhnte – nein, wußte – er, war das erste Anzeichen jenes anderen und tödlicheren Virus, den er in sich trug. Ein Anzeichen der Krankheit, des Todes. Er stellte sich einen kleinen, sehr häßlichen, ganz in Schwarz gekleideten Mann vor, der, das bleiche Gesicht von violetten Flecken gezeichnet, einem schwarzen Flugzeug entstieg und über den Flugsteig 2 auf ihn zutrat.

Jacko bemühte sich, nicht daran zu denken, und wandte seine Aufmerksamkeit einem Bekannten zu, der mit Schnekken in seinen Farnen zu kämpfen hatte.

»Bier«, riet er, als sein Gegenüber Atem schöpfte. »Nachts stellst du Untertassen mit Bier raus, und sie kriechen hinein, besaufen sich und ertrinken. Glückselig.«

»Du willst mich wohl auf den Arm nehmen?«

Jacko schüttelte den Kopf. Einen schlimmen Augenblick lang malte er sich die Viren in seinem Blutkreislauf als schwerfällige, halb trunkene Schnecken aus.

»Was für eine Biersorte?« Jackos Freund hob die Stimme, um gegen den Lautsprecher anzukommen, der die Ankunft der Maschine mit Jackos Mutter bekanntgab.

»Ganz gleich. Van glaubt, am besten schmeckt ihnen Miller's, aber meine saufen alles. He, ich muß los. Bis demnächst.«

Die Fluggäste, die hereinmarschiert kamen, ließen sich in zwei deutlich voneinander unterschiedene Spezies einteilen. Ein paar waren Ortsansässige, die kurz fortgewesen waren: Sie sahen entspannt und gesund aus, waren nur leicht belastet mit Gepäck und, wegen des immerwährenden Sommers von Key West, auch nur leicht bekleidet. Die anderen waren Touristen aus dem Norden, blaß und geschwächt von monatelanger Kälte und Finsternis und von der stundenlangen Flugreise. Sie schleppten sich mit Bordcases ab und hatten mit Schichten schwerer, dunkler Mäntel, Jacken, Pullover und Schals zu kämpfen. In der ungewohnten Hitze begannen einige bereits zu schwitzen und sahen aus, als wären sie einer Ohnmacht nahe. Sie erinnerten Jacko an die Obdachlosen, die er in den Städten des Nordens gesehen hatte, Menschen ohne Hoffnung, die ihre geringe Habe hinter sich herzogen oder vor sich herschoben und ihre gesamte Garderobe am Leib trugen.

Lächelnd trat er vor, um eine dieser traurigen Seelen zu umarmen: eine kleine, hübsche, aber verwelkte Frau Anfang Sechzig mit gelockten grauen Haaren und einer liebevoll-besorgten Miene.

»Mamachen! Hast du's geschafft.« Mit einer vertrauten Geste hob Jacko sie hoch und wirbelte sie herum – wie er es zum ersten Mal triumphierend an seinem dreizehnten Geburtstag getan hatte, als er seine Mutter endlich überragte.

»Oh, Perry, mein Liebling«, keuchte sie, als er sie sanft absetzte. »Ich hatte solche Angst, daß du mich nicht abholen würdest.«

»Natürlich hole ich dich ab«, sagte Jacko unerschütterlich. Seine Mutter wußte nichts von seiner Krankheit oder seinem Krankenhausaufenthalt, doch zuweilen schien sie Dinge zu ahnen, von denen man ihr nichts erzählt hatte. Es war auch bezeichnend für sie, daß sie kleine, unbegründete Ängste ausdrückte.

»Es ist nur, daß bei Flugzeugen soviel schiefgehen kann, weißt du? Ach, danke. Barbie hat meine kleine Tasche...« Sie deutete auf jemanden.

Jacko drehte sich um. Hinter ihm stand eine große, blonde, kräftige Frau in einem unkleidsamen puderrosafarbenen, wattierten Regenmantel, in der er überrascht und ohne Freude seine Cousine Barbie Mumpson Hickock erkannte.

»Hi, Perry. Ja, ich bin mitgekommen. Mama wollte irgendwie, daß ich mich um Tante Dorrie kümmere, weißt du? Ich meine, sie dachte... Es war so eine Entscheidung in letzter Minute, verstehst du?«

»Ja, ich verstehe.« Jacko lächelte mühsam. »Nun denn, willkommen in Key West.«

Es hatte keinen Sinn mehr, jetzt noch Einwände geltend zu machen oder zu fragen, weshalb man ihn nicht früher informiert hatte, dachte er, als er seine Angehörigen durch die Menschenmenge zur Gepäckausgabe führte. Seine Tante Myra, die fürchterliche Schwester seiner Mutter, hatte ihre Tochter absichtlich mitgeschickt. Und auch nicht erst in letzter Minute, was immer Barbie darüber dachte.

Wie so oft in der Vergangenheit war es Tante Myra geglückt, ihm seine langweilige Cousine aufzuhalsen. Jackos Kindheitserinnerungen waren voll von derartigen Vorfällen: Szenen, in denen Barbie Mumpson, zwei Jahre jünger als er und von Geburt an unbeholfen, ihm das Leben vergällte. Auf

Wanderungen war sie hinter ihm und seinen Freunden hergestolpert; beim Volleyball hatte sie allen im Weg gestanden; und wenn bei Familientreffen Baseball gespielt wurde, hatte sie ihnen immer das Spiel verpatzt. Im Laufe der Jahre war ihr trauriges rundes Gesicht auf verschiedenen Altersstufen im Fotoalbum seiner Mutter verewigt worden: oft tränenüberströmt oder von Moskitostichen, Giftsumach oder Akne entstellt.

»Also, Perry, du kümmerst dich um deine Cousine Barbie.« Der ärgerliche Befehl hatte durch die ersten zehn Jahre seines Lebens gehallt, und die nächsten zehn waren noch schlimmer gewesen. Als er an die High School kam, verlangte Tante Myra von ihm, daß er in der Tanzstunde Barbies Partner war und mit ihr ins Kino und auf den Schulball ging. Später, am College, wurde er gezwungen, seine Cousine zu Basket- und Footballspielen einzuladen und sie geeigneten Männern aus seiner Studentenverbindung vorzustellen.

»Das ist nun wirklich nicht zuviel verlangt, Liebling«, sagte seine Mutter immer (wobei sie schwach Tante Myra nachplapperte). »Schließlich hast du keine feste Freundin.«

Obwohl Jacko die meisten Menschen mochte oder zumindest duldete, hatte ihn dieser lange erzwungene Umgang gegen Barbie Mumpson eingenommen, besonders nachdem er in seinem letzten Studienjahr den Verdacht geschöpft hatte, daß Tante Myra Pläne schmiedete, sie miteinander zu verheiraten. Die Vorstellung ängstigte ihn, nicht zuletzt deswegen, weil er aus Erfahrung wußte, daß Tante Myra ihren Willen in der Regel durchsetzte. Unter anderem die Angst davor, daß es ihr gelingen könnte, hatte ihn dazu getrieben, Tulsa den Rücken zu kehren und nach Key West zu ziehen.

»Wo bist du untergebracht?« fragte Jacko Barbie, während sie am Gepäckförderband warteten.

»Mensch, Perry, ich weiß nicht. Mama hat sich gedacht, du könntest uns beide in dem Haus unterbringen, das du, wie uns Tante Dorrie erzählt, geerbt hast. Tut mir leid.«

»Mir auch«, log Jacko. »Ich wohne immer noch im Cottage des Gärtners. Alvins Haus ist bis April vermietet.«

»Ach, das wußte ich nicht...« Barbies Stimme erstarb oder ging im Lärm der Gepäckstücke unter, die auf das Förderband geworfen wurden. »Vielleicht kann ich mir irgendwo ein Zimmer nehmen. Ich brauche nichts Ausgefallenes; ich kann bei irgendwem auf dem Sofa schlafen...«

Auf meinem Sofa schläfst du nicht, schwor sich Jacko, als er die beiden kleinen Taschen seiner Mutter zu seinem Kleinlaster trug und es Barbie überließ, ihre große über den Parkplatz zu schleifen. Mein Gott noch mal, ich brauche meine Privatsphäre. Jackos Cottage bestand nur aus einem geräumigen Zimmer – auf einer Seite war ein Hochbett, darunter Kochnische und Bad. Obwohl er es nie längere Zeit mit jemandem teilte, hatte er mitunter Gäste, die über Nacht oder übers Wochenende blieben.

Na schön, sagte Jacko zu sich selbst. Mußt du halt für Barbie etwas zum Übernachten auftreiben. Vielleicht ist ja bei Lee ein Zimmer frei. Sein Mut sank, als er sich vergegenwärtigte, wie unwahrscheinlich dies in der Hochsaison, wie unwahrscheinlich es überhaupt war, irgendwo in Key West an einem Wochenende abends um halb neun ein preisgünstiges Zimmer zu finden. Und wenn er nichts auftreiben konnte, würde er morgen ein Bett kaufen und es im anderen Ankleidezimmer des Badehauses aufstellen müssen.

Könnte es sein, daß Tante Myra nach all der Zeit immer noch Pläne schmiedete, ihn und Barbie zu verkuppeln? Seit nunmehr fünfzehn Jahren wußte sie, daß er schwul war, doch Myra Mumpson weigerte sich häufiger, Tatsachen zur Kenntnis zu nehmen, die ihr nicht in den Kram paßten. Nein, erinnerte er sich mit einem Seufzer der Erleichterung, inzwischen war Barbie ja unter der Haube; seit mindestens zwei Jahren war sie mit irgendeinem Politiker verheiratet. Manchmal schickte ihm seine Mutter Ausschnitte aus der Lokalzeitung von Tulsa, auf denen Barbie und ihr Mann im Wahlkampf oder bei offiziellen Empfängen zu sehen waren.

Aber wenn nicht dies, was dann? Tanta Myra hatte Barbie doch sicherlich nicht hierher entsandt, nur um nach seiner Mutter zu sehen. Mamachen war zwar nicht so schrecklich tüchtig wie ihre Schwester, doch ohne Begleitung nach Florida zu fliegen, dazu war sie allemal imstande. Also, was zum Teufel hatte seine Cousine in Key West verloren?

Am folgenden Morgen kam Barbie Mumpson zu vorgerückter Stunde aus dem Gästezimmer von Molly Hopkins' viktorianischem Hexenhaus in Key West geschlichen. Sie sah zerzaust und unordentlich aus, aber immer noch besser als am Vorabend, als Molly sie aufgenommen hatte. Das Wetter war naß und nieselig geworden, und die damit einhergehende Luftfeuchtigkeit hatte Barbies blonden Locken mehr Elastizität verliehen; ihr Gesicht, der kreidigen Grundierung beraubt, war von liebenswerten Sommersprossen übersät. Statt des gräßlichen beigen Polyesterkostüms und der zweigetönten Pumps, in denen sie angekommen war, trug sie ein schlichtes kariertes Baumwollkleid und Sandalen. Eigentlich sieht sie ja ganz hübsch aus, dachte Molly.

»Ach, hallo. Tut mir leid«, murmelte Barbie. »Ich habe wohl verschlafen.«

»Nicht weiter schlimm.« Molly unterdrückte einen Seufzer, der fast ein Gähnen war. Sie fühlte sich heute morgen müde und schmerzhaft steif – zweifellos eine Folge davon, daß sie ihre gewohnte Schlafenszeit weit überschritten hatte, um auf Jacko und Barbie zu warten. In ihrem Alter machte sich mangelnder Schlaf sofort bemerkbar. »Möchten Sie frühstücken?«

»O ja, gern. Ich meine, wenn's Ihnen nicht zu viele Umstände macht.«

»Mir macht es keine Umstände«, sagte Molly. »Sie können es sich selbst richten. Ich zeige Ihnen, wo die Sachen stehen.«

»Tut mir leid.« Barbie trottete hinter ihr her in die Küche. »Eigentlich brauche ich nur eine Tasse Kaffee. Und vielleicht Cornflakes oder so etwas?«

»Cornflakes gibt es nicht«, sagte Molly, die Getreideflocken jeder Art verabscheute. »Aber der Kaffee steht schon bereit, und im Kühlschrank ist Toastbrot, hier.«

»Oh, danke. Tut mir leid, ich bin so dumm. Ich wollte früher aufstehen, ehrlich.«

»Warum?« fragte Molly und wünschte, ihr Gast würde sich nicht dauernd entschuldigen. »Sie machen doch hier Urlaub, oder?«

»Ja... Nein...« Barbie holte aus dem Kühlschrank einen Laib Rosinenbrot und eine Butterschale. »Na ja, irgendwie schon, denke ich. Aber eigentlich soll ich mir hier Dinge durch den Kopf gehen lassen.«

»Ah.« Molly erinnerte sich daran, was Jacko gestern abend am Telefon gesagt hatte: »He, ist ja richtig Klasse, daß du sie unterbringen kannst. Aber hör mal, ich sollte dich warnen: Meine Cousine Barbie kann ein richtiger Langweiler sein. Mein ganzes Leben lang hat sie mir die Ohren vollgejammert, bis ich aus Tulsa weggegangen bin. Bei ihr läuft immer alles schief, und wenn du sie auch nur leise ermunterst, schüttet sie dir gleich ihr ganzes Herz aus.«

»Es handelt sich, nun ja, um meine Ehe«, fuhr Barbie ohne weitere Aufforderung fort.

»Ah.« Trotz, vielleicht auch wegen Jackos Warnung verspürte Molly einen Funken Interesse. »Mögen Sie Saft?«

»O ja. Danke.« Barbie schenkte sich ein, wobei sie ein wenig verschüttete, und nahm einen Schluck. Um ihren weichen, ziemlich großen Mund entstand ein orangefarbener Rand.

»Hier.« Molly hielt ihr eine Papierserviette hin.

»Oh, danke. Tut mir leid. Normalerweise bin ich wirklich nicht so unbeholfen. Es ist nur so, daß ich ganz durchgedreht bin, wegen Bob und allem. Ich meine, es ist eine schwere Verantwortung, wie Mama meint.«

»Ehen können schwierig sein«, bemerkte Molly gleichgültig, obwohl sie selbst andere Erfahrungen gemacht hatte; sie und ihr Mann hatten die Ehe als ein glückliches Bündnis gegen die Welt angesehen.

»Ja... Nein... Ich meine, sicher. Ich denke, das gilt für alle. Aber in meinem Fall handelt es sich auch um eine öffentliche Verantwortung. Ich meine, mein Mann ist Bob Hickock.«

Sie verstummte, offensichtlich wartete sie auf ein Zeichen des Erkennens. »Man nennt ihn den wilden Bob Hickock.«

Molly legte die Stirn in Falten. Ein Country-Rock-Star? Ein Sportler?

»Der wilde Bob Hickock, der Kongreßabgeordnete«, erklärte Barbie. »Er ist ja erst seit einer Legislaturperiode in Washington, aber er hat sich schon einen Namen gemacht. Ich dachte, daß ihn jeder…«

»Ich kümmere mich nicht mehr um Politik«, sagte Molly und verkniff sich den Zusatz *Gott sei Dank*. Nicht mehr an sieben Tagen der Woche die *Times* lesen zu müssen, unter besonderer Berücksichtigung des Leitartikels und der Gastkolumnen, war für sie eine der wenigen positiven Folgen von Howards Tod (vielleicht die einzige).

»Sehen Sie, Bob steht Großes bevor. Sagt jedenfalls Mama, und die muß es wissen, weil ihre Familie seit Urzeiten in der Politik ist. Bob könnte es weit bringen, sagt sie. Er ist ein Naturtalent. Wenn er vor Zuhörern auftritt, erdrücken sie ihn fast vor lauter Anhänglichkeit.«

»Wirklich?«

»Alle. Geschäftsleute, Pfadfinder, die Alten im Pflegeheim, wer auch immer.« Barbie, die immer noch die beiden Schnitten Rosinenbrot in der Hand hielt, sah sich um.

»Der Toaster steht da drüben.«

»Oh, danke.« Sie hantierte an den Knöpfen herum. »Sehen Sie, die Sache mit Bob ist die: Er sieht wirklich gut aus, ist 1,90 groß, hat eine schöne, tiefe Stimme. Und richtig lockiges Haar und diese sexy Augenbrauen, wie zwei blonde Raupen. Das klingt blöd. Ich meine, Raupen sind ja nicht sexy, aber wissen Sie, bei Bob schon, glauben Sie mir.«

»Ich glaube Ihnen«, sagte Molly, wenn auch ohne Überzeugung.

»Mama hat ihm gesagt, ihrer Meinung nach sollte er sie vor jedem Fernsehauftritt stutzen lassen, aber Bob will nicht. Er liebt seine Augenbrauen. Manchmal streichelt er sie – so.« Als sie es vormachte, fiel Molly auf, daß Barbies blonde Augenbrauen ziemlich mickrig waren.

»Das muß hübsch sein, mit so jemandem verheiratet zu sein«, sagte Molly und dachte, wie wenig Freude sie selbst daran gehabt hätte.

»Weiß nicht. Die Sache ist nur die, ich lasse ihn jedesmal im Stich. Ich will's ja nicht, wirklich, aber…« Der Toast sprang hoch; sie schrak zusammen und errötete.

»Hier.« Molly schob Barbie die Butter hin.

»Es ist… Da ist zum Beispiel diese Geschichte mit dem Essen«, fuhr Barbie fort. »Sehen Sie, als ich etwa vierzehn war, habe ich aufgehört, Fleisch zu essen. Tiere habe ich schon immer gern gemocht, und plötzlich kam's mir unmoralisch vor, verstehen Sie? Aber einen Monat nach unserer Hochzeit waren wir bei einem Barbecue, tausend Dollar pro Person, und irgend so eine Journalistin fragte, ob mein Steak nicht in Ordnung wäre, warum ich es nicht essen würde. Da habe ich den Grund genannt, und sie hat's in ihrer Zeitung gebracht. Mama war furchtbar wütend. Sie sagte: ›Warum hast du der Frau nicht einfach gesagt, du hättest keinen Hunger oder du machst eine Diät?‹« Den mit einer Kuh geschmückten Deckel der Butterschale aus englischem Porzellan in der Hand, blickte sie hilflos zu Molly.

»Weshalb hätten Sie das tun sollen?« fragte diese. »Vegetarierin zu sein ist doch nichts Verkehrtes.«

»Aber manchmal eben doch. Ich meine, für viele Leute, besonders in Gegenden mit Viehzucht, ist es eine Beleidigung, wenn man kein Rindfleisch ißt. Irgendwie ist es unpatriotisch.« Barbie kicherte traurig. »Das Problem ist, wenn mich irgend jemand etwas fragt, denke ich nie zuerst nach, sondern platze immer gleich mit der Wahrheit heraus, verstehen Sie?«

»Ich sehe schon, für die Frau eines Politikers mag das ein Nachteil sein«, sagte Molly. Sie verlor die Geduld, nahm Barbie die beiden Toastscheiben aus der Hand, bestrich sie mit Butter und legte sie auf einen Teller.

»Oh, danke. Tut mir leid, ich bin heute so dumm...«

»Warum schenken Sie sich nicht Kaffee ein?« schlug Molly vor und deutete auf den Kaffeekocher, der zu mehr als der Hälfte gefüllt war. Wenn ihre Arthritis sie wie an diesem Morgen peinigte, versuchte sie gar nicht erst, den schweren, glatten Glasbehälter anzuheben, sondern schöpfte die heiße Flüssigkeit mit einer Suppenkelle. Aber es widerstrebte ihr, ihre Methode vor Fremden zu demonstrieren, selbst wenn diese sich so ungeschickt wie Barbie Mumpson anstellten.

»Oh, danke.« Barbie goß sich ein, dann ließ sie sich mit ihrem Becher Kaffee, dem sie große Mengen Zucker und fettarme Milch beigegeben hatte, schwerfällig am Küchentisch nieder. »He, der Toast schmeckt aber jamjam.«

Du bist ein richtiger Kindskopf, dachte Molly. »Vielleicht sollten Sie lernen, sich ab und zu mit einer Notlüge zu behelfen«, schlug sie in gleichmütigem Ton vor.

»Ja, das raten mir alle«, sagte Barbie seufzend. »Nur fallen mir meistens keine ein. Aber das ist noch nicht alles.«

»Mm.« Molly ließ sich auf einem Stuhl nieder.

»Es ist...« Barbie kaute an ihrem Toast. »Die Sache ist die, jeder liebt Bob so sehr, daß er natürlich alle möglichen Gelegenheiten hat.«

Er hintergeht dich, übersetzte Molly. »Ich verstehe.«

»Dann passieren diese Geschichten. Mama meint, es wäre meine Schuld. Sie sagt, ich wüßte nicht, wie ich das Interesse meines Mannes wachhalten kann.«

»Wirklich?«

»Ich hab's versucht, ehrlich. Ich habe alle diese komischen Bücher gelesen, bin nach Dallas gefahren und habe mir silberne Spitzenunterwäsche gekauft, von denen die Verkäuferin von Neiman-Marcus geschworen hat, sie wäre der letzte Schrei. Sie werden mir nicht glauben, was das gekostet hat. Aber als Bob mich darin sah, hat er einen Lachanfall gekriegt und behauptet, ich würde aussehen, als hinge ich in einem Spinnennetz.«

»Das war aber gar nicht nett«, sagte Molly und gab sich Mühe, nicht selbst in Lachen auszubrechen oder auch nur zu lächeln.

»Nein«, sagte Barbie, als wäre sie erstaunt. »Ich glaube nicht.« Sie zwinkerte rasch, als wäre ihr etwas ins Auge gekommen, dann schluckte sie. »Sehen Sie, da gibt es diese Person namens Laverna, die er kennt. Sie ist sehr glamourös, war mal Revuegirl in Las Vegas. Als Bob für den Kongreß kandidierte, schwor er, daß alles vorbei wäre und wir in Washington gemeinsam ein neues Leben beginnen würden. Aber vergangenen Monat habe ich herausgefunden, daß sich auch Laverna in Washington aufgehalten hat, denn ich habe die Nummer gewählt, die er bei seiner Vorzimmerdame hinterlassen hatte, und wer hat abgehoben? Sie!«

»Ah«, sagte Molly, diesmal mit mehr Mitgefühl.

»Bob sagte, es sei alles ganz anders. Ob ich nicht der Meinung sei, Laverna habe das Recht, die Hauptstadt der Nation zu besuchen wie jeder andere patriotische Amerikaner auch? Ich sagte, ja, schon, aber was er denn um zehn Uhr abends bei ihr zu suchen hätte. Dann fing ich an zu weinen, und er sagte: ›Schatz, du bist hysterisch. Warum fährst du nicht für eine Weile nach Tulsa, bis du dich wieder im Griff hast?‹ Da habe ich mir ein Flugzeugticket gekauft und bin nach Hause geflogen.«

»Mm.«

»Ich habe die ganze Zeit geheult, und die Flugbegleiterin mußte mir andauernd Papiertaschentücher bringen. Ich habe Mama gesagt, daß es keinen Zweck hat, daß ich mich scheiden lassen will. Aber sie meinte, ich sollte mir die Sache in Ruhe überlegen. Und sie wollte, daß ich aus der Stadt verschwinde, weil sie mir zutraut, daß ich zusammenbrechen und irgendeinem Journalisten gegenüber alles ausplappern könnte, wie ich das immer tue. Außerdem hätte dann Tante Dorrie auf ihrer Reise nach Florida jemanden dabei. So konnte sie zwei Fliegen mit einer Klappe schlagen. Mama ist gut darin.«

»Das macht sie gern, Fliegen totschlagen«, sagte Molly, die sich von Barbies Mutter eine ungünstige Meinung gebildet hatte.

»Ja… Was? Nein, es ist ein, wie heißt das doch gleich?, ein Sprichwort.«

»Wirklich?« sagte Molly und vermochte ihren gleichmütigen Tonfall beizubehalten.

»Was meinen Sie denn, was ich tun soll?« Barbie starrte sie mit weit aufgerissenen Augen an.

»Nun ja.« Molly zögerte. Fast ihr ganzes Leben lang war sie für ein künstlerisch begabtes und entzückendes Leichtgewicht befunden und nur selten nach ihrer Meinung zu ernsten Angelegenheiten gefragt worden. Doch kaum war sie alt geworden, hielt man sie für weise – vielleicht ein Relikt aus verflossenen Zeiten, als das bloße Überleben bis ins hohe Alter nahelegte, daß man nicht nur Glück gehabt hatte, sondern auch klug war.

»Mama meint, bevor ich etwas Einschneidendes unternehme, soll ich mir ganz sicher sein. Sie sagt, daß die meisten Männer so sind wie Bob. Wenn man ihnen die Gelegenheit gibt, betrügen sie ihre Frauen nach Strich und Faden. Sie sagt, ich soll an meine Zukunft denken, wie es ohne ihn sein würde. Und es gäbe keine Garantie, daß ich beim nächsten Mal besser dran wäre, in meinem Alter.«

»Wirklich?« sagte Molly, der Barbie kaum der Adoleszenz entwachsen schien. »Wie alt sind Sie denn?«

»Ich bin sechsunddreißig. Und wahrscheinlich trifft es zu, was Mama sagt. Ich meine, wenn ich Bob verlasse, kann ich es mir aus dem Kopf schlagen, je wieder in Washington zu wohnen und die Gattin eines prominenten Mannes zu sein.«

»Wenn Sie sich das vom Leben erhoffen«, sagte Molly.

Barbie starrte ins Leere und entgegnete nichts.

»Also, was wollen Sie nun tun?« erkundigte Molly sich so sanft wie möglich.

»Weiß nicht. Ich muß darüber nachdenken. Mama meint, wenn ich mich dafür entscheide, bei Bob zu bleiben, wird sie ihm sagen, daß er mich richtig behandeln muß.«

»Glauben Sie, das wirkt?«

»Ja, vielleicht. Schließlich hat Bob ihr alles zu verdanken.

Sobald wir verlobt waren, hat sich Mama ganz hinter ihn gestellt. Sie hat eine Menge Geld für seinen Wahlkampf aufgetrieben und ihm zu Wahlkampfprofis und Lobbyisten verholfen.«

»Verstehe.«

»Jedenfalls sagt sie, daß wir jetzt gute Karten haben, denn es könnte Bobs Karriere wirklich schaden, wenn die Leute die Sache mit Laverna herausfinden, zumal es in seinem Wahlkreis eine Menge wiedergeborener Christen gibt.«

»Sie meinen, sie würde ihm damit drohen, seine Wähler über Laverna zu informieren?« hakte Molly nach. Das Bild, das sie sich von Myra machte, fiel immer ungünstiger aus.

»Ja. Wahrscheinlich würde sie es nur an die Medien weitergeben, das geht schneller. Aber sie meint, wenn Bob auf die Vernunft hört, wird sie Laverna für immer loswerden.«

»Wirklich? Wie denn?«

»Weiß nicht. Aber ich schätze, wenn sie es wollte, könnte sie es auch. Sie kennt Leute, die das für sie tun würden. Wahrscheinlich kennt sie sogar in Washington welche.«

Molly starrte ihren Gast an. War es denkbar, daß diese naive junge Frau von einem Mordvorhaben sprach? »Leute, die was tun würden?«

»Ach, Sie wissen schon.« Barbie mampfte ihr getoastetes Rosinenbrot. »Ich meine, es braucht ja nicht gleich so drastisch zu sein«, fügte sie hinzu, als sie endlich Mollys Tonfall und Gesichtsausdruck registrierte. »Mama meint, bei jemandem aus diesem Milieu gibt es immer irgendwo eine Anklageschrift oder irgend etwas in ihrer Vergangenheit, womit sie nicht herausrücken wollen.«

»Wirklich?«

»Ja. Zum Beispiel Drogen. Oder Mama denkt, daß Laverna vielleicht früher Nutte war. Jedenfalls ist sie nicht der Typ, den ein Kongreßabgeordneter heiraten könnte, selbst wenn er es wollte. Sehen Sie, in der Politik braucht man eine Frau aus gutem Hause und mit den richtigen Beziehungen.«

»Wie Sie«, sagte Molly. Wieder unterdrückte sie einen Seufzer.

»Na ja, so in etwa. Nur daß ich immer alles verkehrt anstelle, wie ich Ihnen schon sagte.«

»Es klingt ja ganz so, als sähe Ihre Mutter es gern, daß Sie verheiratet blieben«, äußerte Molly.

»Ja, ich denke schon«, räumte Barbie ein. »Sie meint, wenn ich mir nicht sicher bin, könnte ich mir gut zureden, daß ich es für Oklahoma tue.«

»Also wirklich!« rief Molly aus. Diesmal gab sie sich keine Mühe, ihren Tonfall neutral zu halten. »Und haben Sie das Gefühl, daß Sie Oklahoma etwas schuldig sind?«

»Weiß nicht.« Barbies Stimme zitterte zwischen Geflüster und Gejammer. »Auf gewisse Weise schon, denke ich. Ich meine, zu etwas anderem tauge ich wohl kaum.«

Molly widersprach ihrem Gast nicht; ihr Mitgefühl hatte sich in matte Ungeduld verwandelt. Barbie war ein »I-Ah«, wie Mollys Mann nach dem Esel aus *Pu der Bär* Leute zu bezeichnen pflegte, die sich aus freien Stücken dafür entschieden, hilflos und niedergeschlagen zu wirken. Weshalb sollte ich dich bedauern? dachte sie. Du hast alles, was mir abhanden gekommen ist: Jugend, Gesundheit, Schönheit – zumindest eine dralle, blonde panamerikanische Niedlichkeit – und eine Zukunft. »Ich lege mich ein wenig aufs Ohr«, sagte sie. »Wenn Sie sonst noch etwas essen wollen, bitte bedienen Sie sich.«

Später am Tag parkte Jacko seinen Lastwagen vor Mollys Haus in der Altstadt. Er hatte einen Großteil des Morgens damit verbracht, ein Bett für seine Cousine Barbie zu erstehen, es nach Hause zu befördern und in Alvins Badehaus zu wuchten. Dann hatte er sich etwas zu essen gegrapscht und war losgefahren, um, solange seine Mutter ein Nickerchen machte, eine seiner regulären Gartenarbeiten zu versehen.

»Hi«, sagte er, als Molly zur Tür kam. »Ist Barbie da?«

»Nicht mehr. Sie ist mit der Muschelbahn unterwegs.«

»Verdammte Scheiße.« Jacko zog ein Gesicht. Die Muschelbahn war die benzingetriebene Nachbildung einer altmodischen Lokomotive, die vier gelb angestrichene, offene Wägelchen hinter sich herzog. Eigentlich gab es mehrere fast gleich aussehende Bahnen, die den ganzen Tag über Touristen um die Insel kutschierten, während der Zugführer über eine Lautsprecheranlage die örtlichen Sehenswürdigkeiten schilderte.

»Komm herein«, sagte Molly besänftigend. »Sie müßte bald zurück sein. Möchtest du einen Eistee?«

»Nein.« Jacko knurrte fast. »Ach, na gut, warum auch nicht? Tut mir leid, ich habe scheußliche Laune. Aber es war nett von dir, Barbie bei dir übernachten zu lassen. Ich weiß nicht einmal, ob ich mich schon bedankt habe.«

»Natürlich hast du dich bedankt. Hier, bitte. Komm, wir setzen uns draußen hin.«

»Die Muschelbahn«, wiederholte Jacko, folgte Molly

durchs Haus und auf die Seitenveranda. »Das ist genau, was Barbie tun würde.«

»Sie war ganz erpicht darauf«, sagte Molly, die sich noch nie in die Bahn gesetzt hatte, obwohl diese ständig an ihrem Haus vorbeizuckelte. An dem Tag, als sie und ihr Mann eingezogen waren, hatte der Lautsprecher die Aufmerksamkeit der Touristen auf einen hohen tropischen Baum mit rissiger, sich schälender Rinde gelenkt, der neben dem Haus wuchs. »Zu Ihrer Linken, genau vor uns, sehen Sie das schöne Exemplar eines der einheimischen Bäume von Key West. Es handelt sich um einen Balsambaum, *Bursera simaruba*, aber die Einwohner nennen ihn den Touristenbaum, weil er immer rot ist und sich schält.«

Als Molly und ihr Mann den Scherz zum ersten Mal gehört hatten, hatten sie gelacht. Bald darauf hörten sie ihn ein zweites Mal, und dann in regelmäßigen Abständen bis zum Sonnenuntergang. Es nutzte nichts, die Fenster zu schließen; durch die nicht isolierten Wände des Hauses war der Lautsprecher deutlich zu hören. Höfliche Anrufe im Büro des Muschelzugs im Laufe der folgenden Wochen blieben erfolglos; die Frau, die die Anrufe entgegennahm, schien der Auffassung zu sein, daß Molly sich geehrt fühlen solle, daß ihr Baum Aufmerksamkeit errege.

Nachdem sie den Scherz wochenlang etwa alle zwanzig Minuten gehört hatten, überlegten sich Molly und ihr Mann, den Baum fällen zu lassen. Es stellte sich jedoch heraus, daß der Balsambaum eine geschützte Pflanzenart war; jeder Baumchirurg, der ihn fällte, würde seine Konzession verlieren und hohen Schadenersatz zahlen müssen, und die Hopkins ebenso. Ein Bekannter schlug vor, Reinigungsmittel in das Wurzelwerk zu schütten, doch der Balsambaum schien Reinigungsmittel zu mögen.

Nachdem sie schließlich die Genehmigung der Vereinigung für Geschichte und Denkmalschutz erwirkt hatten (ein langwieriger Prozeß), errichteten Molly und ihr Mann einen Zaun, der ihnen zwar die Aussicht versperrte und den Garten verdüsterte, dafür aber den Baumstamm verdeckte. Eines denkwürdigen Tages gegen Ende der Saison fuhr die Muschelbahn schweigend vorüber.

»Ich habe für Barbie ein Zimmer im Badehaus hergerichtet«, sagte Jacko. »Sie wird dir nicht mehr lange auf den Wecker gehen.« Er stellte sein Glas ab. »Und mir auch nicht.«

»Vielleicht kann sie deine Mutter unterhalten, solange du zur Arbeit mußt – ihr die Touristenattraktionen zeigen.«

Jacko schüttelte den Kopf. »Das würde Mamachen gar nicht behagen. Sobald sie ausgeruht ist, wird sie mitkommen und mir bei der Gartenarbeit helfen. Sie ist geschickt mit Pflanzen: Meine Kenntnisse habe ich zum größten Teil ihr zu verdanken.«

»Wird Barbie mitkommen?«

»Nicht, wenn ich's verhindern kann. Sie muß sich schon um sich selbst kümmern.«

»Es hat den Anschein, daß sie genau das nicht vermag«, sagte Molly.

»Ach, wirklich?« Er lachte. »Du weißt, ich habe dich gewarnt, daß sie irgendeine rührselige Geschichte auf Lager haben würde. Was war's denn diesmal?«

Molly zögerte. Sie überlegte, ob sie Barbies Geheimnisse einem so teilnahmslosen Publikum anvertrauen durfte. Aber er würde sie ja ohnehin bald erfahren. »Man muß Mitleid mit ihr haben«, hob sie an.

»Wer sagt das?« Jacko wies den Imperativ von sich.

»Das Problem ist vor allem ihr Mann. Er hat eine Affäre mit einem Revuegirl aus Las Vegas. Barbie möchte ihn verlassen, aber wenn sie sich scheiden läßt, wird der Skandal seiner politischen Karriere schaden.«

»Wieso sollte sie sich darüber den Kopf zerbrechen?«

Molly hob die Schultern. »Ich weiß nicht, ob sie's tut, aber anscheinend ihre Mutter.«

»Ja, die, natürlich.« Jacko blickte finster drein. »Tante Myra ist ganz besessen von Politik. Ihr Großvater war Senator, und sie ist der Meinung, jedes männliche Familienmitglied müsse die große Tradition fortführen. Mich hat sie praktisch gezwungen, Jura zu studieren, und als ich mein Studium abbrach, war sie völlig entrüstet. Und als bekannt wurde, daß ich schwul bin, wollte sie mich zu einem Klapsdoktor schicken, damit ich geheilt würde und niemand davon erführe. Weil ich dann auch Senator werden könnte.«

Molly unterdrückte einen leisen Seufzer. Obwohl es noch nicht Zeit zum Abendessen war, fühlte sie sich schon müde. All die Geschichten, all die Gefühle, dachte sie, wie sie es schon oft gedacht hatte. Als Howard noch lebte, war es ihr natürlich vorgekommen; sie war Teil davon gewesen. Jetzt hatte sie manchmal den Eindruck, als lebe sie im Nachspann zu ihrem eigenen Leben und sehe nur noch, was anderen Leuten widerfahre.

»Ich könnte dich mir als Senator gar nicht richtig vorstellen«, bemerkte sie und warf einen Blick auf Jackos violettes T-Shirt und die ausgefranste, abgeschnittene Jeans.

»Da hast du verdammt recht.« Er lachte. »Hör zu, ich fahre jetzt besser nach Hause; Mamachens Nickerchen ist bestimmt zu Ende. Sag meiner Cousine, diesem Püppchen, sie soll mich anrufen, wenn sie zurück ist.«

7

Etwa eine Woche später saß Jenny Walker im Vorderzimmer des Artemis Lodge hinter dem Schreibtisch mit der Glasplatte, auf dem sich das Fremdenbuch, ein Stapel Broschüren und eine Vase mit orangefarbenen Lilien befanden. Es war ihr dritter Tag als Lees vormittägliche Aushilfskraft an der Rezeption und zugleich ihre erste bezahlte Stelle seit fünfundzwanzig Jahren. Sie wäre zufrieden gewesen, unentgeltlich auszuhelfen, doch Lee hatte auf dem gängigen Stundenlohn bestanden. »Teufel noch eins, nein. Ich käme mir ja wie ein Geizhals vor. Außerdem tun Sie nicht mir, sondern Polly Alter einen Gefallen. Die hat sich völlig aufgerieben, hat versucht, hier zu arbeiten und zugleich ihre Ausstellung nächsten Monat vorzubereiten.«

Aber eigentlich, hatte Jenny erklärt, tat Lee ihr einen Gefallen. Wenn sie nicht hier wäre, würde sie zu Hause vor sich hin brüten. Am Tag nach dem Dinner hatte Wilkie ihr wieder die kalte Schulter gezeigt. Jeden Tag schloß er sich in sein Zimmer ein, und wenn er endlich herauskam, war es so, als säße er immer noch darin. Das letzte Kapitel seines Buches behielt er immer noch für sich, um weiter daran herumzubessern, so daß es für sie nichts nachzuprüfen, zu kommentieren oder zu tippen gab. Als sie wieder einmal gefragt hatte, ob sie ihm nicht irgendwie zur Hand gehen könne, hatte er gesagt, es werde für sie bald reichlich zu tun geben.

Seine dünne Stimme und der distanzierte Tonfall veranlaßten Jenny nicht zum ersten Mal zu der Überlegung, ob er ihr wohl wegen irgendeiner Sache böse war. Doch als sie dies schüchtern andeutete, stritt ihr Mann es ab. »Sei doch nicht albern«, hatte er gesagt, aber auf eine Weise, die seiner Leugnung zu widersprechen schien.

Irgend etwas stimmte nicht, sagte Jenny zu Lee; etwas Schwerwiegendes. Wilkie hatte noch nie so über einem Buch gegrübelt, sich noch nie so eingeigelt. Erst gestern hatte sein neuer Lektor sich nach dem Werdegang des Manuskripts erkundigt. Seinen Brief hatte er an Jenny adressiert statt an ihren Mann – vor dem er sich, vermutete sie, wie so viele Menschen, wohl ein wenig fürchtete.

Jenny, die wußte, was es hieß, sich vor Wilkie Walker ein wenig zu fürchten, hatte die Weiterleitung der Nachfrage taktvoll bis nach dem Abendessen hinausgeschoben, wenn er für gewöhnlich in gelösterer Stimmung war. Aber ihr Takt hatte nichts geholfen. Zwischen seinen Augenbrauen hatte sich eine steile Falte gebildet, und er hatte den Ausdruck »verfluchte Einmischung« gebraucht. Theoretisch bezog sich die »Einmischung« auf den Lektor; doch als Wilkie die Worte hervorknurrte, kam Jenny der düstere Gedanke, daß sie auf sie selbst gemünzt waren. Ihre Gegenwart war ihm irgendwie unliebsam geworden, jede Äußerung von ihr unwillkommen. Vielleicht lag es daran, daß sie ihm vorgeschlagen hatte, mit ihr nach Key West zu fahren, sagte sie zu Lee. Vielleicht war er kreuzunglücklich hier und schob ihr die Schuld zu.

Oder vielleicht handelte es sich um etwas anderes, das sie verbrochen hatte, etwas, woran sie sich nicht einmal mehr erinnern konnte. Oder darum, wie sie war, etwas, wofür sie nichts konnte. Und jetzt schlich sich wieder die leise Furcht ein, die Jenny schon Jahre zuvor gequält hatte: die Furcht, eines Mannes wie Wilkie Walker nicht würdig zu sein. Wie seine erste Frau war sie nicht eben eine Intelligenzbestie: Auf dem College war sie nie über eine Zwei hinausgekommen. Unredlicherweise hatte Jenny, obwohl sie wußte, wie verkehrt es war, ihre geistige Schwäche und ihre Noten vor ihm geheimgehalten, mit der falschen Ausrede, daß es ohnehin nicht darauf ankomme, weil Wilkie Walker aus ihrem Leben ebenso märchenhaft verschwinden werde, wie er in dasselbe eingetreten war. Und dann hatte er um ihre Hand angehalten, und es war zu spät gewesen.

Während ihrer Verlobungszeit und eine Zeitlang nach der Hochzeit hatte Jenny befürchtet, daß Wilkie irgendwie herausfinden würde, wie gewöhnlich sie in Wahrheit war. Jetzt, in diesem häßlichen, teuren Haus in Florida, hatte sich diese häßliche Furcht erneut eingestellt. In ihrer Sorge hatte Jenny sich vor zwei Tagen Lee anvertraut. Was, wenn Wilkie verspätet herausgefunden hatte, wie gewöhnlich und wie unwürdig sie seiner war, hatte sie gesagt. Weil sie schon so lange zusammen waren, würde er vermutlich kein Wort darüber verlieren. Er würde sich nur langsam von ihr abwenden, wie er es in den vergangenen Monaten ja auch wirklich getan hatte. Vielleicht würde er sich in seiner tiefen Enttäuschung auch von ihren Kindern abwenden und schließlich sogar von anderen Menschen.

Lee hatte sich all das aufmerksam angehört, wie immer mit dem nötigen Ernst. Doch kaum hatte Jenny ausgeredet, war sie, statt wie sonst eine nachsichtige oder beruhigende Bemerkung von sich zu geben, an die Decke gegangen.

»Sie sind ja wohl nicht recht bei Trost!« rief sie. »Was zum Teufel soll das heißen, Sie seien Wilkie Walkers nicht würdig? Wenn Sie wissen wollen, was ich denke – ich denke, daß er verdammt viel Glück hat, Sie zu haben, und wenn er das nicht kapiert, dann ist er ein...« Lee hielt inne und schluckte einen stärkeren Kraftausdruck hinunter, bevor sie den Satz beendete: »...ein vollkommener Trottel. Und Sie sind überhaupt nicht gewöhnlich. Sie sind einer der ungewöhnlichsten Menschen, denen ich je begegnet bin.«

Trotz ihrer Bestürzung und Niedergeschlagenheit mußte Jenny lächeln, als sie sich an den warmherzig-empörten Gesichtsausdruck erinnerte, mit dem Lee dies geäußert hatte.

Es war wunderbar, jemanden wie Lee zu kennen, selbst wenn diese sich irrte. So muß eine wirkliche Freundin sein, dachte sie; jemand, der größere Stücke auf dich hält als du selbst. Jemand, den du wirklich magst; nein, liebst. Der dich ebenfalls liebt, wenn andere, die dich lieben sollten, es nicht tun. »Ich habe das Gefühl, Ihnen alles anvertrauen zu können«, hatte sie vor zwei Tagen zu Lee gesagt, »und nie sagen Sie, ich sei unartig.«

»Mir geht's genauso«, hatte Lee lächelnd erwidert – obwohl es Jenny völlig klar war, daß Lee sich einen Dreck darum scheren würde, ob jemand sie unartig fand.

Draußen regnete es wieder, nun schon seit fünf Tagen hintereinander, und die Luft war von Feuchtigkeit gesättigt. Seit einer Woche war es zu kalt und naß, um schwimmen zu gehen, und heute morgen war Jenny in einem dichten, diesigen Nieselregen aus dem Haus gegangen, der die Palmen auf der Straße einhüllte. Ihre Haare, die sie sich vor dem Frühstück gewaschen hatte, waren immer noch nicht trocken. Sie zog das weiße Gummiband aus ihrem Pferdeschwanz und ließ ihre Haare auf das weiße T-Shirt fallen, wo sie offen, fahl und von der Feuchtigkeit leicht gewellt liegenblieben.

Drei Stunden mal drei Vormittage mal zwölf: einhundertundacht Dollar pro Woche, Jennys erstes selbstverdientes Geld, seit sie zweiundzwanzig gewesen war. Sie brauchte es nicht: Die Walkers hatten ein gemeinsames Konto, und Wilkie stellte ihre Ausgaben nie in Frage. Aber bei dem Gedanken, einhundertundacht Dollar ausgezahlt zu bekommen, freute sie sich. Und sie waren so leicht verdient – sie brauchte nur dazusitzen, das Telefon zu bedienen, Reservierungen entgegenzunehmen, sich mit kleineren Beschwerden zu befassen, die die Gäste haben mochten, sowie Stadtpläne und Informationen über Ausflugsfahrten, Geschäfte und Restaurants zu verteilen.

Lee zufolge befand sich Key West mitten in »unserem regulären Zehntagewinter«, wie sie es ausdrückte. »Teufel noch eins, ich habe nichts dagegen«, hatte sie Jenny am Morgen gesagt. »Vielleicht verjagt er einige Touristen, aber mir gibt er Gelegenheit, Atem zu schöpfen, ehe in den Frühlingsferien die erste Welle von Universitätsstudenten eintrifft.«

Nur zwei von Lees Gästen hatten sich von dem Wetter vertreiben lassen, aber die dageblieben waren, zeigten sich verärgert und enttäuscht. Sie gaben vor zu scherzen, aber im Grunde machten sie Jenny für den Regen verantwortlich (»Schauen Sie mal hinaus! Wie können Sie uns das nur antun?«).

Den ganzen Morgen hatte sie ihr möglichstes getan, um ihnen andere Aktivitäten vorzuschlagen: eine Besichtigung der Parfümfabrik oder des Aquariums oder, falls es aufhörte zu regnen, einen Besuch im Delphinasyl oder eine Kajakfahrt durch die Mangrovensümpfe wie die, die Jackos Mutter und seine Cousine heute unternahmen. Doch nichts davon schien Lees Gäste zu interessieren. Das störte Jenny, und als Lee mittags zurückkam, sagte sie es ihr.

»Ach, machen Sie sich keine Sorgen«, beruhigte Lee sie lächelnd und schleuderte perlende Regentropfen aus ihrem dichten, dunklen Haar. Sie trug einen knallorangen Poncho aus Nylon, der an jeder anderen abstoßend grell gewirkt hätte. »Wer hat denn heute gemeckert? Bitsy und ihre asiatische Freundin von Zimmer 4?« Sie öffnete die Fliegengittertür, zog den Poncho über den Kopf und schüttelte ihn auf der Veranda aus. Wie wunderbar sie aussieht, dachte Jenny, wie sie das Zimmer mit Helligkeit erfüllt!

»Ja, die. Und die beiden netten Lehrerinnen aus Connecticut. Sie wollten nichts von dem unternehmen, was ich ihnen vorschlug.«

»Sieht ihnen ähnlich. Ach, nun schauen Sie doch nicht so drein, das ist nun wirklich nicht Ihre Schuld. Sie müssen verstehen, weshalb manche Leute nach Key West kommen: um nichts zu tun. Natürlich könnten sie genausogut zu Hause herumtrödeln, aber das erlaubt ihnen ihr Über-Ich nicht. Besonders nicht den Typen aus Neuengland.«

»Ach, Lee.« Jenny sah errötend auf. »Deswegen bin ich aber nicht gekommen, ehrlich.«

Lee schenkte ihr ein wunderbares, tiefes Lachen. »Das weiß ich doch. Ich rede nicht von Schneefinken wie Ihnen.

Bei denen ist es meist die Angst vor dem Winter, denke ich.«

»Ich habe ziemliche Angst vor dem Winter gehabt«, sagte Jenny und verstummte. Sie erinnerte sich daran, daß sie am meisten davor Angst gehabt hatte, welche Wirkung die dunkler werdenden Tage und die sinkenden Temperaturen auf Wilkies Gemütszustand haben mochten. Aber sie hatte beschlossen, ihren Mann heute nicht zu erwähnen: Sie wollte nicht immerfort jammern.

»In Key West sind Sie vor dem Winter sicher«, sagte Lee mit seltsam belegter Stimme. »Zu meinem Glück.« Sie beugte sich vor, legte einen Augenblick lang ihre warme Hand auf Jennys bloße Schulter und streifte mit ihrem warmen Mund Jennys Gesicht.

»Zu meinem auch«, erwiderte Jenny, als das Telefon klingelte. Die Stellen, wo Lee ihre Schulter und Wange berührt hatte, schienen zu glühen, als hätte sie ein Streichholz daran gehalten.

Eigentlich fühle ich mich in Key West durchaus nicht immer sicher, dachte sie, als Lee in die Muschel sprach; aber hier schon. Das ist sonderbar, denn die Pension ist voll von Fremden. Aber es sind alles Frauen; das macht sie sicher. (»Nur an Frauen zu vermieten war eine der besten Ideen, die ich je in meinem Leben gehabt habe«, hatte Lee ihr in der vergangenen Woche anvertraut. »Keine ernstlichen Gewalttätigkeiten, keine Pißlachen auf den Badezimmerböden, keine geräuschvollen Biergelage, und wenn Frauen sich betrinken, zerschlagen sie normalerweise nicht das Mobiliar.«)

»Na gut, Sie achten auf die Wettervorhersage und sagen mir Bescheid.« Lee legte auf und räusperte sich. »Noch so eine Kundin, die möchte, daß ich ihr Sonnenschein garantiere«, sagte sie und lachte. »Sehen Sie, das Problem ist folgendes: Die meisten Leute können nicht zugeben, daß sie sich in den Ferien auf die faule Haut legen wollen. Das kommt daher, daß es den moralischen Grundsätzen zufolge, denen die meisten Amerikaner anhängen, Sünde ist: die Todsünde der Faulheit und Trägheit. Aber in einem Ferienort gelten andere Regeln. Solange es heiß und sonnig ist, darf man sich, vor allem in Wassernähe, fast aller Kleidungsstücke entledigen, stundenlang herumliegen und nichts tun, und es zählt nicht. Trägheit wird zum ›Sonnenbad‹ umdefiniert, selbst wenn man sich ein Handtuch übers Gesicht legt und sich über und über mit Sonnenschutzcreme einschmiert. Und wenn's bewölkt ist, beschweren sie sich natürlich.«

»Da haben Sie recht.« Jenny lachte.

»Und ob. Sehen Sie sich die Sache mal an, wenn Sie das nächste Mal an den Strand gehen oder an einem Motel-Swimmingpool vorbeikommen. Die meisten Leute tummeln sich gar nicht im Wasser, sie liegen flach ausgestreckt daneben. Das Flugticket und die Zimmermiete könnten sie sich sparen, wenn sie zu Hause bleiben, Telefon und Fernseher abstellen und sich im Schlafzimmer langlegen würden oder, falls es warm genug ist, im Garten. Und abends könnten sie genauso wie hier in teure Restaurants gehen.«

»Wenn Sie das in meiner Gegend täten, würden die Leute denken, Sie wären krank«, sagte Jenny. »Ich meine, Sie wissen schon, geisteskrank.«

»Ganz bestimmt. Und ich bin ganz dafür. Wenn jeder wüßte, wie dumm und überflüssig es ist, in der Sonne zu liegen, abgesehen davon, daß es der Haut schadet, würde ich wahrscheinlich Pleite machen.« Sie lachte. »Kommen Sie, wir essen gemeinsam zu Mittag. Von gestern abend ist noch ein ziemlich guter Fischeintopf übrig, und ich kann uns einen Salat machen.«

»Oh, ich kann heute nicht«, sagte Jenny. »Ich muß zurück. Vielleicht das nächste Mal.«

»Klar«, sagte Lee. »Na, dann bis Montag.«

Ich hätte zum Mittagessen bleiben können, dachte Jenny, als sie die Treppe vor der Pension hinabstieg. In Wahrheit hatte sie Angst davor gehabt, zum Mittagessen zu bleiben; Angst davor, daß sie wieder damit anfangen würde, über Wilkie zu klagen und Lee anzuöden, die von ihm schon angeödet war, obwohl sie sich noch nicht begegnet waren. Und Angst davor, sich anmerken zu lassen, wieviel Lee ihr bedeutete. Denn was war, wenn Lee nicht genauso empfand? Schließlich hatte Lee eine Menge Freundinnen in Key West; sie liebte und brauchte Jenny bestimmt nicht so wie umgekehrt.

Seit Tagen hatte es mit wenigen Unterbrechungen geregnet, und auf das Landschaftsbild wirkte sich das verheerend aus. Um sich von seiner besten Seite zeigen zu können, benötigte Key West Sonnenschein, hatte Lee gesagt, und sie hatte recht: Bei schlechtem Wetter wirkte die Insel trist, schäbig und hinfällig. Die niedlichen, kleinen, weißgestrichenen Hexenhäuschen sahen jetzt grau aus und blätterten ab; die meisten bunten Blumen waren zu Boden gepeitscht worden, und die üppigen tropischen Bäume hingen wie Klumpen schweren, feuchten Spinats über die schlecht asphaltierten Straßen.

Weil Key West auf Korallenkalk gebaut war, hatte Lee erklärt, lief das Regenwasser nur sehr langsam ab. Als Jenny am Morgen zu Fuß zur Arbeit gegangen war, hatte sich überall in den verstopften Rinnsteinen schmutzig-graues Wasser gesammelt, so daß die Passanten jedesmal, wenn ein Auto vorüberfuhr, naßgespritzt wurden. An einigen Stellen, etwa an der Ecke United Sreet/Simonton Street, stand das Wasser mehr als einen halben Meter hoch und war voller durchweichtem Abfall, der durch den Schlamm dahintrieb, zwischen steckengebliebenen Mietwagen, deren Motoren abgesoffen waren.

Statt nach Hause zu gehen, steuerte Jenny auf die Bücherei von Key West zu, einen großen, von triefendem exotischem Blattwerk umgebenen Bau mit rosa Anstrich. Gewöhnlich waren die Säle mehr oder weniger leer, heute jedoch waren sie überfüllt von Menschen, die sonst die Läden der Duval Street oder den Strand entlanggeschlendert wären. Es gab auch einen deutlich erkennbaren Anteil an Obdachlosen: Männer und ein paar Frauen, die, um der Polizei aus dem Weg zu gehen, tagsüber, wenn es warm war, normalerweise auf einer Parkbank oder unter einem Busch schliefen und sich nachts, wenn es kalt wurde, wach hielten. Ein halbes Dutzend von ihnen, vom Regen ins Innere der Bücherei getrieben, saßen zusammengesackt auf Stühlen, täuschten vor, in Zeitungen oder Zeitschriften zu lesen, oder dösten unverhohlen vor sich hin.

Jenny zog den steifen, klatschnassen Londoner Regenmantel aus, den sie nie nach Key West hätte mitnehmen sollen. Er war nicht nur zu fein, er hielt auch den tropischen Regen nicht ab, der aus allen Richtungen gleichzeitig zu kommen schien, nicht zuletzt aus der Horizontalen. Sie schüttelte ihr feuchtes Haar aus, dann näherte sie sich zögernd der Ausleihe.

In Convers hatte sich das Personal der Universitätsbibliothek fast umgebracht, Jenny behilflich zu sein – einmal nahezu buchstäblich, als Mrs. Ormondroyd und eine ihrer Assistentinnen zusammenstießen: Beide waren, Bücher für Wilkie im Arm, zwischen den Regalen hinter der Ausleihtheke hervorgetreten. Hier ging es anders zu. Die Bestände waren viel kleiner, und die meisten Titel, die Wilkie benötigte, mußten über die Fernleihe bestellt werden. Zwar waren die Bibliothekarinnen zuvorkommend, doch hatte sich bald herausgestellt, daß sie es nicht als vorrangig ansahen, über eine Ausleihkarte für Ortsansässige Bücher für einen Kurzzeitbesucher zu beschaffen. Als Jenny erfuhr, daß keine ihrer Bestellungen eingetroffen sei, war sie nicht weiter überrascht.

Wilkie hingegen würde es äußerst mißfallen, soviel wußte sie. Früher war er stets langmütig gewesen, wenn sich ein Buch oder eine Information nicht umgehend beschaffen ließ. Doch in letzter Zeit war er von nervöser Ungeduld beherrscht und erwartete, daß alles, was er brauchte, auf der Stelle zur Verfügung stand. »Sag ihnen, daß Professor Walker es jetzt benötigt, noch diese Woche«, hatte er heute morgen von einem Buch über Gezeiten, Meeresströmungen und Schiffahrt um die Key-Inseln behauptet – Themen, die, wie Jenny fand, mit der *Rotbuche* nun aber auch gar nichts zu tun hatten.

Es war nicht billig, dachte Jenny. Wie immer tat sie alles in ihrer Macht Stehende, alles, was Wilkie von ihr verlangte.

Aber sie tat es ohne Freude und ohne gerechten Lohn. In der Vergangenheit hatte Wilkie sie stets mit Lob und Komplimenten überschüttet: für alles, von ihrem weichen Rührei bis hin zur Entdeckung einer verlorengegangenen Fußnote. »Liebling, du bist ein wahres Wunder«, pflegte er zu sagen, manchmal mehrmals am Tag. Doch jetzt war er in sich gekehrt und wußte nichts zu würdigen. Und er war undankbar: Als sie am Mittwoch mit der gewünschten Zeitschrift nach Hause gekommen war, hatte er sie ihr ohne ein Wort des Dankes aus der Hand gerissen.

In Key West wurden Bücher manchmal wieder in die Regale eingeräumt, auch wenn sie ausdrücklich darum gebeten hatte, sie für Wilkie zu reservieren. In der Hoffnung, daß dem auch diesmal so war, ging Jenny zwischen den Regalen hindurch in das schattige Eckchen, wo die Florida-Sammlung verwahrt wurde. Doch die Lücke auf dem obersten Regalbrett war immer noch da. Wilkie würde außer sich sein, wenn sie zurückkam. Er würde das Gesicht aufsetzen, das sie in letzter Zeit immer öfter an ihm beobachtet hatte, erst heute morgen am Frühstückstisch wieder, im regenfeuchten Licht, das von der Terrasse kam: das Gesicht eines distanzierten, übelgelaunten Mannes, der nicht einmal antwortete, wenn sie ihn um die Limettenmarmelade bat. »Ich glaube, er hat mich satt«, hatte sie am Mittwoch zu Lee gesagt, und zum ersten Mal hatte Lee sie nicht zu beruhigen versucht. »Schon möglich«, hatte sie gesagt. »So sind Männer nun einmal.«

Die an einen Zeitschalter angeschlossene Leuchtstoffröhre über den Bücherregalen ging aus, und Jenny saß im Halbdunkel. Sie lehnte die Stirn gegen eine Bücherreihe und fing lautlos an zu weinen. Ihre fahlen, feuchten, seidigen Haare bildeten einen Vorhang vor ihrem Gesicht.

»Hallo, Jenny? Sind Sie's?« Die Leuchtstoffröhre begann wieder zu summen, und Jenny hob müde den Kopf. Sie erblickte einen Mann, der etwa zehn Jahre älter war als sie und einen wasserdichten grünen Poncho trug. Er war hochgewachsen und schlaksig, hatte gelocktes graublondes Haar, warme braune Augen und große rötliche Ohren. Als sie genauer hinsah, erkannte sie Gerry Grass.

»Ach, hallo«, brachte sie schwach heraus und strich sich das Haar zurück.

»He – Ihnen fehlt doch nichts?«

»Nein, nein.« Sie schluckte ihre Tränen hinunter und setzte, als ihr klar wurde, daß ihr Gesicht naß und ihre Augen gerötet waren, ein schwaches Lächeln auf. »Ja, doch, ich habe ziemlich heftige Kopfschmerzen«, behalf sie sich. »Nebenhöhlenentzündung. Das Wetter, schätze ich.«

»Das hört sich aber gar nicht gut an. Ich weiß, wie das ist. Als ich in Ottawa wohnte, hatte ich jeden Winter Nebenhöhlenentzündung; redete ich mir jedenfalls ein. Aber inzwischen glaube ich, daß es nicht nur am Klima, sondern an der Langeweile lag.«

»So?« sagte Jenny unbestimmt. Nun geh schon, was hält dich hier, dachte sie und lächelte flüchtig und abweisend.

»Es ist komisch, wissen Sie, die Wirkung, die schlechtes Wetter hier hat«, fuhr Gerry fort und fühlte sich durchaus nicht abgewiesen. »Es regnet ein paar Tage, und alle Welt ist deprimiert oder wütend oder beides.«

Jenny sah Gerry an. Sie überlegte, ob dies auch auf ihn zutraf.

»Ich schätze, Sie haben gehört, daß Tiffany auf und davon ist«, fügte er wie als Antwort auf ihre Frage hinzu.

»Nein, das wußte ich nicht.«

»Vorgestern. Ich dachte, Wilkie hätte es Ihnen gesagt.«

»Er hat mir nichts davon erzählt«, antwortete Jenny mit gerunzelter Stirn. Sie dachte: Er erzählt mir überhaupt nichts mehr, er redet kaum noch mit mir. »Sie meinen, sie hat Key West verlassen?«

»Mm-mm. Und mich. Es ist, nun ja, aus zwischen uns.« Er sagte das mit halb aggressiver, halb jämmerlicher Unverhohlenheit, und für einen Augenblick sprach aus dem Mund des mittelaltrigen Gerald Grass der junge Hippie-Dichter, der er einstmals gewesen war.

Erzähl mir bloß nicht davon, dachte Jenny. Laß mich in Frieden, siehst du denn nicht, daß ich selber Sorgen habe? Doch automatisch folgte sie den Benimmregeln. »Ach, das tut mir aber leid«, rief sie aus und fragte sich, weshalb dies die normale und meist die einzig mögliche höfliche Reaktion auf die Nachricht von einer Trennung war. Manchmal, wie etwa jetzt, könnte die natürliche Reaktion ja auch lauten: »Mensch, herzlichen Glückwunsch!«

»Je nun.«

»Tut mir leid«, wiederholte sie, obwohl es ihr durchaus nicht leid tat und sie nicht einmal erstaunt war, daß Tiffany ihn verlassen hatte. Das einzige, was sie einigermaßen überraschte, war der Kummer, den Gerry zur Schau trug. Wenn ich mit Tiffany zusammen wäre, dachte Jenny, würde ich mir wünschen, daß sie mich verläßt.

»Ich schätze, es mußte so kommen. Die Beziehung war, wie sie sich ausdrückte, verkorkst.«

»Könnten Sie bitte etwas leiser sein?« zischte eine der Bibliothekarinnen vom entgegengesetzten Ende des Bücherregals zu ihnen herüber. »Andere Leute versuchen zu lesen.«

»Tut mir leid«, entschuldigte sich Jenny erneut mit gesenkter Stimme. Sie merkte, daß sie die Wendung diesmal ehrlich meinte.

»Jedenfalls hat sie sich vorgestern aus dem Staub gemacht«, sagte Gerry, ohne seine Stimme merklich zu senken.

»Sie aber bleiben in Key West«, murmelte Jenny und trat in dem Bemühen, das Gespräch zu beenden, zur Seite.

»Ja. Bis auf weiteres.«

»Bitte.« Es war wieder die Bibliothekarin.

»Verwünscht. Hören Sie, würden Sie gern irgendwo zu Mittag essen?« flüsterte Gerry. »Ich muß mich hier in der Gegend aufhalten, bis die Leute im Kopierladen das Manuskript zu Ende kopiert haben, das ich eben dort abgegeben habe.«

»Hm…«, setzte Jenny an und formulierte im Geist eine höfliche Absage, während sie Gerrys nasses gelocktes Haar, sein nasses trauriges Gesicht betrachtete. Doch in diesem Augenblick fiel ihr ein alter Ausspruch ihrer Mutter ein: Wenn du dich fürchterlich fühlst, Liebling, besteht die beste Abhilfe darin, jemand anderem etwas Gutes zu tun. »Na schön. Warum nicht?«

»Da ist ein Weißer Reiher«, brummte der Führer im ersten Kajak mit dem flachen, näselnden Akzent Mittel-Floridas.

Die untersetzte, kleine Witwe, die hinter ihm saß und schwächlich paddelte, sagte nichts. Aber ihre Nichte Barbie, eine große, weich aussehende junge Frau in einem rosa

Sweatshirt mit dem aufgedruckten Bild eines Waschbären rief aus: »Ach, wirklich?«

Wilkie Walker, der den nachfolgenden Kajak paddelte, eifrig, wenn auch unbeholfen unterstützt von Barbie, zog ein finsteres Gesicht. Er war kein Ornithologe, aber er wußte sehr wohl, daß der Vogel, der da in der Untiefe zu ihrer Linken stand, kein Weißer Reiher war, sondern ein Silberreiher. In einem früheren Lebensabschnitt hätte er den Irrtum aufgeklärt, hätte Genugtuung darüber empfunden, ihn aufzuklären. Jetzt scherte er sich einen Dreck darum. Er scherte sich höchstens darum, wie er die Tage und Nächte überstehen sollte, bis das Wetter aufklarte und er sein letztes Bad im Meer nehmen konnte. Heute freilich würde es dazu nicht kommen, dachte er. Zwar hatte der Regen vorübergehend nachgelassen, doch über den Key-Inseln hingen noch immer schwere, kalte, walfischfarbene Wolken.

Wilkie hatte sich zu Meeressäugetieren oder -pflanzen nie sonderlich hingezogen gefühlt: Einem Amateurastrologen zufolge, dem er unglücklicherweise einmal über den Weg gelaufen war, ließ sich dies damit erklären, daß es in seinem Sternbild kein Wasserzeichen gab. Nicht aus Interesse war er auf diesen Ausflug mitgekommen, sondern um die Zeit totzuschlagen. Je mehr kalte, nasse Tage aufeinanderfolgten, desto weniger hatte er die Nerven – noch den Nerv. Es gab Momente, wo er mit dem Gedanken spielte, statt auch nur eine Stunde länger in seinem Arbeitszimmer zu verbringen, lieber seinem Leben auf schwächliche, stümperhafte Weise, mit Hilfe von Gas oder einer Bluttat, ein Ende zu setzen.

Als er es gestern nachmittag im Arbeitszimmer nicht mehr ausgehalten hatte, war er ins Wohnzimmer gegangen.

Jenny hatte auf dem Sofa gesessen und ein gräuliches Wollknäuel verstrickt, aus dem, wie sie erläuterte, eines Tages ein Pullover für ihn werden sollte – ein Pullover, den er natürlich niemals mehr tragen würde. In ein paar Tagen, nach seinem tragischen Ableben, würde sie das Strickzeug beiseite legen. Wahrscheinlich jedoch nicht für immer. Jenny war eine praktisch veranlagte Hausfrau: Sie haßte Verschwendung und beendete unfehlbar alles, was sie sich vorgenommen hatte. Es war nicht unwahrscheinlich, ja sogar höchst wahrscheinlich, daß sie eines Tages, sei es Monate oder gar Jahre später, ihre Handarbeit wiederaufnehmen und abschließen würde. Jemand anders, vermutlich ihr Sohn Billy, würde den grauen Pullover tragen.

Aber konnte er sicher sein, daß es Billy wäre? Jenny war immer noch eine vergleichsweise junge Frau. Nach seinem Tod würde sie immer noch schön, anmutig und charmant sein, eine bewunderungswürdige Köchin und Haushälterin, eine begabte Rechercheurin und Lektorin. Und sie wäre hinreichend versorgt – darum hatte er sich gekümmert. Gewiß würde man ihr den Hof machen. Es war nicht ausgeschlossen, daß sie wieder heiraten würde, erkannte Wilkie – nicht aus Leidenschaft, das war nicht ihr Stil, aber aus Zuneigung, aus Einsamkeit und aus dem Verlangen nach einem Gefährten und Beschützer. In vieler Hinsicht war Jenny eine altmodische Frau. Gerade das liebte er an ihr, und gerade das hatte er, wie er zugeben mußte, geduldet und kultiviert. Aber wenn er nicht mehr war, wäre sie genau aus diesem Grunde in Gefahr.

Eine Woge kalter, gegenstandsloser Eifersucht überspülte Wilkie und sorgte dafür, daß er seinen nächsten Paddelschlag verpatzte und eine, wenn auch kleinere Woge kalten Salzwassers in den Kajak und auf Barbie Mumpson spritzte. »Entschuldigung«, murmelte er und blickte sich flüchtig um.

»Ach, das macht nichts.«

Wilkies Miene verfinsterte sich. Er merkte, daß er auf alles und jeden – sogar auf seine Frau – wütend war, weil sie weiterleben durften, während er sterben mußte. Eben jetzt zum Beispiel war er wütend auf Barbie Mumpson, ihre Tante und den Fremdenführer. Vor allem aber war er wütend auf Perry Jackson. Jackson, der Verwalter des Hauses, das sie gemietet hatten, hatte Wilkie den heutigen Ausflug aufgeschwatzt. Jacksons Mutter und Cousine Barbie seien bei ihm zu Besuch, hatte er erklärt, und er habe für sie einen Ausflug zum Delphinasyl auf Sugarloaf Key und danach eine Kajakfahrt durch die Mangrovensümpfe organisiert; ob Wilkie nicht mitkommen wolle?

Die Einladung war nicht aus Freundlichkeit ergangen, dachte Wilkie jetzt. Jackson hatte lediglich jemanden mit Wagen gebraucht, der seine langweiligen Verwandten zu den Key-Inseln chauffierte, damit er nicht selbst fahren mußte. Und er, Wilkie, hatte zugestimmt, um für ein paar Stunden seinem Arbeitszimmer zu entrinnen.

Jacksons Mutter Dorrie schien eine arglose, stille kleine Frau zu sein. Aber Cousine Barbie hatte sich sogleich als Fan von der schwärmerischsten Sorte erwiesen. »Wilkie Walker!« hatte sie verlegen und begeistert zugleich gekreischt, als sie sich trafen. »Sie sind Wilkie Walker, ich meine, Sie sind's wirklich, ich kann's immer noch nicht fassen! Seit meinen Kindertagen sind Sie mein Held. Ich habe alles gelesen, was Sie je geschrieben haben… Und jetzt mache ich mit Ihnen tatsächlich einen Ausflug in die Natur, ich kann's nicht fassen!«

Um diesen Gefühlserguß zu bremsen, hatte Wilkie verkündet, während der Autofahrt nicht reden zu wollen – vermutlich die letzte längere Fahrt, die er je unternehmen würde, dachte er. Es war ihm auch gelungen, Barbie im Delphinasyl aus dem Weg zu gehen, das eine Angestellte, eine Bekannte von Perry Jackson, ihnen zeigte.

Natürlich hatte Barbie ihrer Führerin, einer hochgewachsenen, attraktiven, athletisch gebauten, ungeschminkten Frau namens Glory Green in Jeans und Baumwollpullover und mit grauem Pferedeschwanz – ein Typ, der Wilkie vertraut war –, prompt erklärt, daß sie Wilkie Walker vor sich habe. Zu Barbies offenkundiger Enttäuschung zeigte sich Ms. Green von dieser Neuigkeit unbeeindruckt. Möglicherweise hatte sie noch nie von ihm gehört, dachte Wilkie, oder hielt nicht viel von dem, was sie wußte. Schließlich war dies immer häufiger der Fall. Vielleicht lag es auch einfach an ihrer Art, unterkühlt, ausdruckslos, selbst wenn sie von der Arbeit des Asyls erzählte.

Barbie Mumpson machte all das mehr als wett. Sie gurrte gefühlsselig und stieß angesichts der verletzten Delphine ein empörtes »Oooh!« aus. Sie war entsetzt über die Leidensgeschichte eines jeden Tieres, als sie hörte, daß die Delphine aus Fischernetzen befreit oder aus kommerziellen Aquarien gerettet worden waren, wo man sie ausgehungert hatte, damit sie der gaffenden Menge Kunststücke vorführten.

Wilkie, der etwas abseits stand, beobachtete Barbies Darbietung – auf ihre Art war sie ebenso mechanisch wie die der

Delphine, dachte er. Tierasylen gegenüber hatte er stets gemischte Gefühle. Natürlich war er für den Artenschutz, und die meisten Organisationen, die sich bemühten, bestimmte Tiere zu züchten und wieder in die Wildbahn zu entlassen, fanden seine völlige Billigung. Aber er hatte auch Orte gesehen, die nicht viel mehr als bessere Zoos oder Themenparks waren – oder, noch schlimmer, Schaukästen zu dubioser Spendenbeschaffung.

Jede karitative Organisation war potentiell Interessenkonflikten ausgesetzt, hing doch der Lebensunterhalt ihrer Direktoren und Angestellten von einer fortgesetzten Versorgung mit jenen unglücklichen Individuen ab, denen geholfen werden sollte. Gesellschaftliche Einrichtungen waren auf Klienten angewiesen, Drogenberater auf Drogensüchtige; und das gleiche traf auf Unternehmen zur Rettung von Tieren zu. Würden kommerzielle Delphinarien geächtet und sämtliche Netze biologisch abbaubar, so müßte das Asyl, das sie heute morgen besucht hatten, seine Pforten schließen. Und ließ der Nachschub erst einmal nach, läge es natürlich nahe, die verletzten Tiere so lange wie möglich in Obhut zu behalten, zu bemuttern und wie Schoßtiere zu behandeln.

Es verblüffte Wilkie, als er merkte, daß sich Glory Green, im Gegensatz zu vielen anderen Führern, dieser Probleme offenbar bewußt war.

»Ja«, hatte sie auf Barbies entsetzte Fragen geantwortet. »Das kommt immer wieder vor. Wenn nicht, müßten wir schließen... Nein, im Grunde genommen können wir es nicht verhindern. Wir müssen warten, bis sie so schwer verletzt sind, daß sie in den Delphinarien nicht mehr erwünscht sind.« Ihr Ton war düster, aber beherrscht, als habe sie schon so viel Grausamkeit gegen Tiere miterlebt, daß sie, wie Wilkie, kaum mehr etwas dabei empfinden konnte.

»Aber wenn es den Delphinen bessergeht, werden sie wieder ins Meer gelassen«, brachte Barbie eifrig vor.

»Ja, gewöhnlich schon. Alle außer Lady Edna.« Glory Green wies auf einen großen Delphin, der in ihrer Nähe schnuppernd am Beckenrand entlangschwamm, langsam unter- und wieder auftauchte, als vollführe er die abgedroschenen Zirkusnummern einer Unterwassershow. »Die ist schon zu lange hier und von den Fischen abhängig, die ihr zugeworfen werden. Jetzt ist es für sie zu spät.«

»Ach je«, sagte Barbie. »Wollen Sie damit sagen, daß sie nie wieder in der Wildnis leben kann?«

»Nein.« Glory schüttelte den Kopf. »Das würde sie nicht überleben, dazu ist es zu spät.«

»Ach, das ist aber traurig. Glauben Sie, es macht ihr viel aus?« Barbies Stimme zitterte. »Glauben Sie, sie vermißt das Meer?«

»Früher habe ich das geglaubt. Aber jetzt denke ich, daß wir nicht wissen können, was Tiere wirklich empfinden.« Glory warf Wilkie Walker einen Blick zu, der erraten ließ, daß sie mit seinen frühen, populäreren Büchern vertraut war und womöglich eine kritische Meinung dazu hatte. »Manchmal habe ich den Eindruck, daß sie womöglich gar keine Erinnerung mehr daran hat, wie es dort draußen im Ozean war. Sie kennt nur noch ihre hiesige Umgebung. Als ich in Südkalifornien lebte, sah ich eine Menge Schauspieler, die schon bessere Tage gesehen hatten. Schmierenkomödianten, die sich aus ihrer alten Trickkiste bedienten und irrsinnige

Angst hatten, aus L. A. wegzumüssen oder eine reguläre Stelle anzunehmen. Sie können einem leid tun.« Wieder warf sie Wilkie einen beiläufigen Blick zu.

Sie hat mich durchschaut, auch wenn es ihr nicht bewußt sein sollte, dachte Wilkie, während er durch die gewundenen, flachen Wasserläufe des Mangrovensumpfes paddelte. Er versuchte, das monotone Blabla des Führers so weit wie möglich auszublenden. Wahrscheinlich könnte ich auch nicht mehr allein in der Wildnis überleben. Ich bin ein alter Schmierenkomödiant wie dieser dicke alte Delphin, Lady Edna. Genauso fühle ich mich auch, wenn ich vor ein Publikum trete – daß ich nur noch in die Trickkiste greife. Es ist Zeit, wieder ins Meer zurückzukehren, allerhöchste Zeit.

»Oh, die Sonne kommt heraus!« quiekste Barbie Mumpson, als goldene Lichtstrahlen durch die regenschwere Wolkendecke brachen und das schimmernde aquamarinblaue Wasser und die glänzenden dunkelgrünen Mangrovengruppen überfluteten. »Ist es nicht herrlich?«

Wilkie antwortete nicht. Auf ihn wirkte die Szene unecht und grell, wie das Bilderbuch eines Kindes, das mit billigen Wachsmalstiften koloriert war. Er hätte es vorgezogen, wenn der Tag im Einklang mit seiner Stimmung bewölkt geblieben wäre.

Tiere haben es doch gut, dachte er nicht zum ersten Mal. Einrichtungen wie das Delphinasyl pflegen nur einige wenige Tiere über ihre natürliche Lebensdauer hinaus. Bei den Menschen dagegen, in den sogenannten zivilisierten Ländern, werden die Alten, die Kranken, Verletzten und Untauglichen künstlich am Leben erhalten. Infolgedessen ist die Welt mit einer Bevölkerung überladen, die in einem früheren, natürlicheren Zeitalter schon Jahre vorher zugrunde gegangen wäre. Elende, vergreiste, sieche Individuen werden in irgendeiner erbärmlichen Institution wie dem Heim für knochendürre, kranke alte Kühe, das er in Indien gesehen hatte, über ihre natürliche Lebensdauer hinaus am Leben erhalten.

Wir sind die heiligen Kühe dieser Erde, hatte er damals gedacht, verehrt und versorgt, wenn wir längst hätten sterben sollen – weit lieber gestorben wären. Wenn er nicht rechtzeitig abtrat, würde ihm das gleiche widerfahren. Aber er würde rechtzeitig abtreten. Es konnte sich nur noch um wenige Tage handeln.

»Oh, seht mal!« quiekste Barbie vom Bug des Kajaks her. »Was ist denn das große Ding da bei dem Baum, das sich unter der Wasseroberfläche bewegt?«

»Mal sehen.« Der Führer in dem anderen Kajak bremste ab. »Weiß nicht… Könnte ein Manati sein.« Zum ersten Mal sprach er nicht im Tonfall eines Führers, sondern voll menschlichem Interesse.

»Was ist das?«

»Ach, das ist eine Art großer Fisch. Tummelt sich gern in warmen Gewässern.«

»Die Rundschwanzseekuh ist kein Fisch, sondern ein Säugetier«, sagte Wilkie ungeduldig, aus seiner Starre gerissen. Er lenkte den Kajak sanft zum Ufer hin. »Es ist mit dem Dugong des Indischen Ozeans verwandt.«

»Hui!« flüsterte Barbie, als sie näher kamen. »Schau nur, Tante Dorrie, kannst du's sehen? Dieses große, goldengraue Ding zwischen den Mangroven, das wie eine riesige in der Schale gebackene Kartoffel aussieht?«

»Ja, Liebling. Lebt es noch?«

»Bestimmt. Ich meine, ich glaube schon.«

Wilkie stöhnte leise vor sich hin. Der letzte Tag meines Lebens, dachte er, und den muß ich ausgerechnet mit zwei dummen Gänsen in einem Sumpf in Florida verbringen.

»Und ob es lebt«, sagte der Führer und senkte die Stimme, als sie näher kamen.

»Fürchterlich groß, nicht wahr?« wisperte Tante Dorrie nervös.

»Sie können mehr als dreitausend Pfund wiegen, einige von ihnen. Aber Sie brauchen keine Angst zu haben, es sind Pflanzenfresser. Fressen nur Seetang und so.«

»Hui!« hauchte Barbie begeistert.

Ja, es war eindeutig ein Manati: sogar ein ziemlich prächtiges Exemplar – eigentlich die erste Rundschwanzseekuh, der Wilkie außerhalb eines Aquariums begegnete. In der trägen Strömung des teefarbenen Wassers konnte er den breiten, graugolden gesprenkelten Rücken des Tieres sehen und die sanfte Bewegung seiner Schwanzflosse, als es im Schilfgras wühlte.

Während sie, mittlerweile so gut wie lautlos, dem Ufer zutrieben, wurde das Tier von irgend etwas erschreckt – vielleicht von dem Schatten des Kajaks auf dem Sand. In einem plötzlichen Spurt, den man ihm nicht zugetraut hätte, schoß es davon und zog solche Wasserblasen und -wirbel hinter sich her, daß die Boote heftig schaukelten.

»Ja, das war ein echter Florida-Manati«, sagte der Führer ehrfürchtig. »Von den Burschen sieht man heute nicht mehr allzu viele. In meiner Kindheit hat's von denen nur so gewimmelt.«

»Wirklich?« fragte Barbie. »Wie kommt es, daß sie weitergezogen sind?«

»Ich schätze, genaugenommen sind sie nicht weitergezogen. Sie sind eher am Aussterben. Sie sind ziemlich dumm, verstehen Sie. Dauernd haben sie sich in Netzen verheddert und sind von Bootsschrauben zerstückelt worden. Bei dem alten Burschen da konnte man richtige Narben sehen.«

»Ach, wie traurig«, jammerte Barbie.

»Und außerdem pflanzen sie sich auch nicht mehr so fort wie früher. Oder wenn sie's tun, werden die Jungen krank und sterben. Na ja, jedenfalls haben Sie heute einen gesehen.« In die Stimme des Führers hatte sich ein Ton törichter Selbstzufriedenheit eingeschlichen, als habe er das Ganze eingefädelt. »Sie können es Ihren Freunden daheim erzählen... He, Ma'am. Fehlt Ihnen etwas?« Er sprach Jackos Mutter im Bug des Kajaks an, die zusammengesackt war und ihr Paddel hilflos im salzigen Seegang treiben ließ.

»Nein, danke... Ich...«, sagte Dorrie unter piepsigen Ächzern; Wilkie konnte ihr Gesicht nicht sehen. »Es geht schon wieder... Mir ist etwas schlecht...«

»Es ist etwas stürmisch. Es kommt ein Wind auf«, pflichtete der Führer ihr bei. »Aber Sie halten durch, ja? In fünf Minuten sind wir am Landungssteg.« Er beschleunigte den Paddelschlag und lenkte den Kajak über das offene, kabbelige Wasser des Golfs.

Dorrie sagte nichts, sie schien noch weiter in sich zusammenzusacken. Barbie in dem anderen Kajak hörte ebenfalls auf zu paddeln, setzte sich auf und starrte vor sich hin.

»Sind Sie etwa auch seekrank?« fragte Wilkie. Er versuchte erfolglos, besorgt statt gereizt zu klingen.

»Nein, es geht schon«, sagte sie. »Und ich glaube auch nicht, daß Tante Dorrie seekrank ist. Es hat damit zu tun, was der Führer über die sterbenden Manatijungen gesagt hat, weil sie wegen Perry so betrübt ist. Nun ja, ich auch, aber für mich ist es nicht so schlimm, weil ich nicht seine Mutter bin.«

Erzähl mir bloß nicht davon, dachte Wilkie; aber Barbie hörte seine stumme Bitte nicht.

»Sie ist so, seit Perry uns gestern abend erzählt hat, daß er krank ist. Ich meine, er ist ja noch nicht richtig krank, aber das wird noch kommen, weil es immer soweit kommt, wenn man HIV-positiv ist.« Barbie hob wieder ihr Paddel und tauchte es unbeholfen ins Wasser.

»Entschuldigen Sie.« Jetzt war es Wilkie, der aufhörte zu paddeln. »Wollen Sie damit etwa sagen, daß Perry Jackson, unser Gärtner, AIDS hat?«

»Hm-hm, ja. Wußten Sie das nicht? Ich meine, Perry hat doch gesagt, daß jeder hier unten Bescheid weiß.«

»Nein, nicht jeder«, bellte Wilkie. Seine erste Reaktion auf die Nachricht war Angst – nicht um sich selbst, aber um Jenny. Der Mann war jede Woche in ihrem Haus ein und aus gegangen und hatte saubergemacht. Es war durchaus möglich, daß er irgendwo einen Blutfleck, eine Absonderung hinterlassen hatte… Aber er durfte nicht wahnhaft werden: Der Virus überlebte, wie er oftmals gelesen hatte, nicht länger als ein paar Sekunden außerhalb seines Wirts. Jenny war sicher. Es war Jackson, über den, wie über ihn, die Todesstrafe verhängt war.

»Ich fühle mich so sonderbar und verwirrt«, sagte Barbie plötzlich und verpaßte wieder ihren Paddelschlag. »Ich meine, ich muß dauernd an Perry denken, und ich fühle mich schrecklich. Aber dann denke ich, daß ich eine Rundschwanzseekuh gesehen habe, und bin wirklich glücklich. Und ich habe Sie kennengelernt, und auch das ist wunderbar. Ich weiß, ich werde diesen Tag mein ganzes Leben lang in Erinnerung behalten.«

Müde blickte Wilkie auf seinen neuesten, und zweifellos letzten, Fan: ihre unordentlichen blonden Locken, ihr zerdrücktes rosa Sweatshirt. Eine seltsame, aus Ironie und Gutmütigkeit zusammengesetzte Regung überkam ihn. »Ja«, sagte er, »ich auch.«

8

Am bewölkten, von Nieselregen durchsetzten Morgen des nächsten Tages saß Lee an ihrem Eßzimmertisch, machte ihre Buchführung und versuchte, nicht an Jenny Walker zu denken. Es gab eine Menge anderer Dinge, an die sie denken konnte, sagte sie sich. Zum Beispiel: Weswegen war die Wäschereirechnung diese Woche so niedrig und die Telefonrechnung so hoch? Oder weshalb war sie selbst heute so gedrückter Stimmung, während sie gestern noch so gehobener Stimmung gewesen war?

Das war leicht zu beantworten: Gestern war sich Lee einen Augenblick lang beinahe sicher gewesen, daß Jenny ihre Gefühle erwiderte. Als sie vom Einkaufen nach Hause gekommen war, hatte Jenny für einen Gast, der sich eine Bindehautentzündung zugezogen hatte, einen Arzt aufgetrieben und mehrere andere Gäste besänftigt, die das Artemis Lodge für das schlechte Wetter verantwortlich machten. Dankbar, impulsiv hatte Lee sich über den Tisch gebeugt, an dem Jenny saß, und sie geküßt. Dabei hatte sie ihren Mund nur um ein weniges verfehlt. Ihre Lippen hatten Jennys kühle, glatte Haut berührt; ihr dunkles, wippendes Haar hatte sich mit Jennys fahler, silbriger Mähne vermengt, die gestern nicht zu einem Pferdeschwanz zurückgebunden gewesen war. Alles mögliche hätte sich daraus ergeben können, wenn nur nicht das Telefon geklingelt hätte.

Ich muß es ansprechen, hatte sie beschlossen, während sie eine Frage nach Zimmerpreisen beantwortete. Wenn Jenny aufschreit und davonrennt, dann lieber jetzt, bevor ich mich so sehr in sie verliebe, daß ich es nie verwinden würde. Wenn wir zu Mittag essen, werde ich sagen...

Doch mit ihrem ruhigen, reizenden Lächeln hatte Jenny die Einladung zum Mittagessen ausgeschlagen und erwidert: »Ich muß zurück zu...« Sie hatte den Satz nicht beendet, aber bestimmt nur aus natürlichem Taktgefühl, weil sie gespürt hatte, daß Lee nicht schon wieder den Namen ihres Mannes hören wollte.

Als Jenny am Mittwoch davor in der Pension gewesen war, hatte sie für Lees Geschmack viel zu häufig von ihm gesprochen. Beim Mittagessen hatte sie sich wieder über die geistige und körperliche Verfassung dieses sturen, selbstzufriedenen Egoisten erregt. Schlimmer noch, Jenny hatte die Schuld für Wilkie Walkers kaltes, mürrisches und feindseliges Betragen bei sich selbst gesucht und sich Vorwürfe gemacht, bis Lee endlich nicht mehr an sich halten konnte und ihn beinahe ein Arschloch geschimpft hätte.

Gestern hatte Lee sich den Namen Wilkie Walkers nicht ein einziges Mal anhören müssen. Heute dagegen hatte sie ihn bereits mehrere Male vernommen, weil Jackos Cousine Barbie Mumpson es offenbar nicht lassen konnte, ihn zu erwähnen.

Es hatte sich herausgestellt, daß man Barbies Tante Dorrie keine Gesellschaft zu leisten brauchte. Nachdem sie sich von dem Ausflug erholt hatte, begleitete sie Jacko jeden Tag zur Arbeit. O nein, der Regen mache ihr nichts aus, sagte Dorrie; sie sei selber Gärtnerin. Außerdem sei sie, wie sie sich mit dem verschämten Lächeln von Menschen ausdrückte, die sich des Slangs einer jüngeren Generation befleißigen, angesichts der Vorzüge eines frostfreien Klimas »völlig von den Socken«. »Ich kann's nicht fassen!« hatte sie ausgerufen. »Es ist, als würde man auf dem Mars gärtnern, all diese wunderschönen fremden Pflanzen. Und alle Pflanzen, die ich bei mir im Haus habe, gedeihen hier im Freien, und zwar haushoch!«

Barbie hätte mitkommen können, doch Jacko ließ es nicht zu. Da sie in diesem Wetter nicht zum Strand gehen konnte und die in Häusern gebotenen Touristenattraktionen alle abgeklappert hatte, war sie dazu übergegangen, in einem mißvergnügten und hilflosen Zustand im Artemis Lodge herumzuhängen.

»Hör zu, wenn sie dir zur Last fällt, schmeißt du sie raus«, hatte Jacko zu Lee gesagt. »Sag ihr, sie soll sich in ein Café oder so was setzen.«

Statt dessen hatte Lee ihr Arbeit gegeben. Barbie war kräftig, willig und trotz ihrer Beteuerungen, wie tolpatschig sie sei, geschickt mit den Händen. So hatte sie schon Mollys launischen Toaster instand gesetzt, und heute morgen hatte sie die Jalousie im blauen Zimmer des Artemis Lodge mit neuen Schnüren versehen. »Das habe ich von Papa«, hatte sie erklärt. »Der konnte fast alles reparieren. Er pflegte zu sagen, wenn man sich die Zeit nimmt, etwas wirklich genau anzusehen, kann man vermutlich ausknobeln, wie es funktioniert.«

»Ach ja?« fragte Lee lachend. »Vielleicht können Sie meinen Geschirrspüler ausknobeln. Bei dem läuft oft das Wasser nicht ab.«

»In Ordnung«, sagte Barbie voller Ernst. »Jedenfalls kann ich's versuchen. Haben Sie die Bedienungsanleitung?«

»Ich bin nicht sicher. Ich werde mal nachsehen«, hatte Lee gelogen und sich gefragt, ob sie das Risiko eingehen solle.

»Ich meine, wahrscheinlich schaffe ich's nicht, aber man kann nie wissen. Auf der High School habe ich einen Berufsberatungstest gemacht, und der kam mit der Empfehlung zurück, ich solle mich mit der Reparatur kleinerer Geräte befassen. Mama war fuchsteufelswild.« Barbie kicherte.

Sie sieht schon besser aus als bei ihrer Ankunft, dachte Lee. Trotz ihrer stämmigen Figur und ihrer wenig schmeichelhaften Kleider (schlechtgeschnittene weiße Shorts und ein sackartiges, lavendelfarbenes T-Shirt) ist sie eigentlich recht hübsch.

Zur Zeit herrschte Stille im Zimmer, weil Barbie zu weit entfernt war, um sich unterhalten zu können. Sie stand im Speisesaal auf einer Trittleiter und putzte ein hohes neugotisches Fenster, schob sich aber stetig näher an Lee heran.

Die Wäschereirechnung war fast um die Hälfte niedriger und die Telefonrechnung höher: zweihundertneunundsiebzig Einheiten und sieben Anrufe bei der Vermittlung zuzüglich Mehrwertsteuer... Nun ja, es konnte sein, daß wegen der Kälte und des Regens keiner von Lees Gästen schwimmen gegangen war und sandige, mit Teer beschmierte Badetücher zurückgebracht hatte; statt dessen waren sie in der Pension geblieben und hatten Jenny oder Polly gebeten, ihre Reisebüros anzurufen, um ihren Rückflug umzubuchen.

»Soll ich auch die Fenster hier drinnen putzen?« fragte Barbie.

Lee zögerte. »Gerne«, sagte sie schließlich, »das wäre fabelhaft.« Um sie von einem Gespräch abzuhalten, fügte sie hinzu: »Sieben mal fünfundfünfzig ist dreihundertfünfundachtzig, und...«

»Wissen Sie, ich kann's immer noch nicht fassen«, verkündete Barbie, die sich davon durchaus nicht abhalten ließ, und zog die Trittleiter ans nächste Fenster. »Da wohne ich doch praktisch bei Wilkie Walker nebenan. Gestern war ich stundenlang mit ihm zusammen, und er hat mit mir geredet, als wäre er ein ganz gewöhnlicher Mensch. Was habe ich doch für ein Glück! Mrs. Hopkins hat sogar noch mehr Glück, sie kennt Professor Walker schon seit Jahren, nicht wahr?«

»Ich glaube, ja«, sagte Lee.

»Sie hat bestimmt tolle Geschichten auf Lager.« Barbie starrte durch die mit kalkweißem Putzmittel verschmierte Fensterscheibe ins Leere.

»Könnte sein«, stimmte Lee ihr zu und runzelte angesichts der Telefonrechnung die Stirn. »Ich weiß nur noch, daß Molly immer sagt, auf dem College habe Walker bei allen nur *World War II* geheißen.«

Barbie hörte auf zu sprühen. »*World War II?*« fragte sie im Tonfall eines Menschen, der eine weit zurückliegende historische Epoche benennt – die es für sie zweifellos war. »Kapiere ich nicht.«

»Wegen seiner Intitialen. Wilkie Walker. *WW*. Er soll die Hölle auf Rädern gewesen sein.«

»Professor Walker ist überhaupt nicht so«, wandte Barbie ein. »Und ich wette, daß er auch nie so war. Vermutlich ist das nur irgendein dummer alter Scherz. Ich wünschte, Sie würden ihn kennenlernen; dann würden Sie es selbst sehen.«

Lee machte sich diesen Wunsch durchaus nicht zu eigen.

»Jedenfalls ist er nicht so, ganz und gar nicht. Er ist ein sehr einfühlsamer Mensch. Manchmal stelle ich mich etwas dumm an, wissen Sie, und als ich paddelte, habe ich uns dauernd ins Schilf manövriert, aber er hat mich nie angebrüllt oder so.«

»Mm«, murmelte Lee und rechnete eine Zahlenkolonne zusammen.

»Und er wußte so gut Bescheid über Delphine und diesen seltenen Meeressäuger, den wir gesehen haben. Er nennt sich Manati.«

»Sie haben einen Manati gesehen?« fragte Lee in dem Bemühen, Barbie von ihrem Lob für *WW II* abzulenken. »Wie sah er denn aus?«

»Nun ja, es war eine Art – eine Art Seehund, schätze ich, nur viel größer. Irgendwie faßförmig und blaß-bräunlich-gräulich mit einem runden Gesicht und borstigen Barthaaren. Und einem ernsten, weisen Gesichtsausdruck… Eigentlich hatte er eine gewisse Ähnlichkeit mit Professor Walker.«

»Wirklich?« Im Geist verglich Lee die Bilder von Seekühen, die sie im Greenpeace-Laden gesehen hatte, mit jüngeren Fotos von Wilkie Walker. »Ja, ich verstehe, was Sie meinen.« Sie lachte.

»Auch darüber wußte er Bescheid. Es ist nicht sein Spezialgebiet, aber wissen Sie, Tiere hat er schon immer geliebt und studiert. Schon als kleiner Junge. Mir ging's ganz ähnlich, obwohl ich natürlich nicht so genial bin wie er. Ich habe immer streunende Katzen und aus dem Nest gefallene Vögel, Eidechsen und Käfer mit nach Hause gebracht. Mama hat sich richtig über mich geärgert.« Auf der Ausdrucksskala rutschte Barbies Ton von Begeisterung zu Niedergeschlagenheit ab.

»Mama spielt mit dem Gedanken, vielleicht auch nach Key West zu kommen, wissen Sie?« setzte sie hinzu.

»Ach ja?«

»Ja. Aber vielleicht läßt sie's ja bleiben.« Ihre Miene hellte sich auf.

»Das klingt ja ganz danach, als würden Sie darauf hoffen«, sagte Lee.

»Nun ja. Ich meine, ich weiß, daß es Mama hier nicht gefallen würde.«

»Oh? Wieso denn nicht?«

»Ach, wissen Sie. Hier gibt's überall so, Sie wissen schon, so merkwürdige Leute. Außerdem gefallen Mama bis auf Oklahoma und Washington die meisten Orte nicht. Europa fand sie irgendwie widerwärtig. Und es würde ihr echt schwerfallen, jetzt wegzukommen, wo sie doch in Tulsa so engagiert ist.«

»Also kommt sie wahrscheinlich nicht«, mutmaßte Lee.

»Weiß nicht. Als sie hörte, wie die Lage hier ist, hat sie gesagt, sie will sich's überlegen.«

»Oh? Wie ist denn die Lage hier?«

»Ach, wissen Sie.« Barbie polierte eine Fensterscheibe. »Ich meine, Perry sagt, daß jeder in Key West Bescheid weiß, aber daheim hatten wir keinen blassen Schimmer.«

»Keinen blassen Schimmer?« fragte Lee voller Verzweiflung.

»Ich meine, daß er so krank ist.«

Lee zog die Stirn kraus und legte Bleistift und Taschenrechner beiseite. »Wollen Sie mir etwa weismachen, daß Jackos Mutter nicht wußte, daß er HIV-positiv ist? Ich dachte, sie wäre deswegen gekommen.«

»Mm-mm.« Barbie legte die Küchenrolle auf die oberste Stufe der Trittleiter. »Er hat es ihr erst vorgestern abend gestanden. Wir aßen Eis in der Eisdiele, die Sie uns empfohlen hatten, im Flamingo Crossing. Tante Dorrie wäre beinahe zusammengebrochen. Sie ließ ihre Eiswaffel fallen, wurde kreidebleich und zitterte am ganzen Leib, als wäre sie diejenige, die krank ist oder im Sterben liegt. Perry hat ihr immer wieder versichert, so schlimm sei es doch gar nicht. Ich meine, er fühlt sich ganz gesund und hat immer noch eine Menge guter Zellen in seinem Blut. Aber es war, als könnte Tante Dorrie ihn nicht hören. Sie weinte unaufhörlich, und ihr ganzes Kleid war mit Mangoeis beschmiert. Es war furchtbar.«

»Ja, ich verstehe.« Lee versuchte sich vorzustellen, wie es wäre, wenn sie erführe, daß ihre Tochter, eine angehende Stadtplanerin in Boston, AIDS hätte.

»Seitdem ist sie dauernd so weinerlich. Als wir gestern die Rundschwanzseekuh gesehen haben, hat Tante Dorrie kaum was gesagt, sie war die ganze Zeit über nicht auf der Höhe. Und ich schätze, daß sie auch nicht genügend schläft, denn letzte Nacht und in der Nacht davor habe ich sie draußen herumgehen hören.«

»Glauben Sie, daß sie sich besser fühlen würde, wenn Ihre Mutter hier wäre?«

»Ich weiß nicht. Vielleicht. Ich meine, Mama ist ihre große Schwester, und normalerweise verläßt sich Tante Dorrie auf sie. Und Mama ist bei allem immer obenauf. Anders als die meisten Menschen verliert sie in einer Krisensituation nicht den Kopf. Oder wie sie es ausdrückt, sie sieht die größeren Zusammenhänge. Deswegen ist sie ja auch in geschäftlichen Dingen und allem so erfolgreich.«

»Ich verstehe. Eine Art Generalistin.«

»Ja, schon. Auf gewisse Art ist Mama wie ein General. Wenn es ein Problem gibt, stürzt sie sich darauf, findet sämtliche Einzelheiten heraus und führt eine Lösung herbei. Zum Beispiel hat sie mich gestern abend über meinen Cousin Perry ausgefragt – ob er eine Krankenversicherung abgeschlossen hat, wann er zuletzt beim Arzt war und was der genaue Befund war. Nur konnte ich ihr nichts Genaues antworten. Dann wollte sie etwas über die Pension wissen, wo sie liegt, wie viele Gebäude es gibt, wo Tante Dorrie und ich untergebracht sind und wie groß der Swimmingpool ist. Sie wollte sich unsere Situation hier im Geist ausmalen, schätze ich.«

»Ich verstehe.« Lee schoß der Gedanke durch den Kopf, daß Barbies Mutter als dynamische Grundstücksmaklerin mit der hypothekarischen Belastung oder dem Verkauf von Jackos Besitz rechnete, um seine Arztrechnungen bezahlen zu können.

»Nur war ich ihr dabei auch nichts nütze. Ich habe die Dinge nicht so im Griff wie Mama. Sie wurde ziemlich ungeduldig mit mir, wie sie es immer ist.« Barbie seufzte und fing wieder an, die Scheibe zu putzen.

»Sie wird oft ungeduldig mit Ihnen.« Lee legte die Stirn in Falten. Sie ärgerte sich über sich selbst, weil sie wieder auf ihre Therapeutinnenmasche verfiel. Sie hatte sich vorgenommen, mit Barbie, die offensichtlich eine abhängige Person war, anders zu verfahren.

»Die Sache ist die, ich bin für sie eine einzige Enttäuschung. Das setzt mir zu, weil sie schon von so vielen Leuten enttäuscht worden ist.«

»Ist dem so?« fragte Lee skeptisch. Jacko zufolge war Barbies Mutter eine reiche Frau, eine äußerst erfolgreiche Grundstücksmaklerin und eine einflußreiche Kraft in der Republikanischen Partei ihrer Stadt.

»Ja, schon. Zum Beispiel von Gary, das ist mein Bruder. Mama war ganz versessen darauf, ihm zu einer politischen Karriere zu verhelfen, aber das hat nicht geklappt, weil die Leute, Sie wissen schon, die Wähler sich nicht mit ihm anfreunden konnten.«

»Was macht er denn statt dessen?« Lee stellte sich Barbies Bruder als ein männliches Pendant von ihr vor: blond, arglos, tolpatschig und desorientiert.

»Ach, der ist ein großer Erfolg in Tulsa. Ölfeldverpachtung und Bankgeschäfte. Er hat einen Sinn für Abschlüsse, darin ähnelt er Mama.«

»Ich verstehe.« Lee korrigierte ihr Bild.

»Und Papa hat sie ebenfalls enttäuscht. Er war ein so großartiger Kerl, jeder hat ihn gern gemocht. Aber er besaß weder Mamas Geschäftssinn, noch wollte er in die Politik, wie sie es gern gehabt hätte. Dann, vor rund zehn Jahren, war er in einen schrecklichen Verkehrsunfall verwickelt, bei dem ein Mann ums Leben kam. Daraufhin ist er mit seiner Schwester, die in Fort Worth wohnt, nach England gereist und nie wieder zurückgekommen.« Barbie begann zu würgen.

»Sie meinen, er hat seine Familie im Stich gelassen«, sagte Lee trocken in dem Bemühen, Barbies Tränen abzuwenden.

»Aber nein!« Das Manöver zahlte sich aus: Barbie wechselte von Schmerz zu Entrüstung. »Das hätte Papa nie getan. Sehen Sie, er hatte ein Herzleiden, und er ist einfach... einfach fortgegangen und irgendwo in England gestorben.« Barbies Ton wurde wieder weinerlich.

»Aber Ihr Mann ist in der Politik, nicht wahr?« fragte Lee, um einen Sturzbach zu verhindern. »Ich glaube, Jacko hat gesagt, daß Ihr Mann in den Kongreß gewählt worden ist. Das muß Ihre Mutter doch freuen.«

»Ja, schon. Ich meine, zuerst hat sie sich mächtig gefreut. Aber jetzt ist sie irgendwie auch von ihm enttäuscht, wegen dieser Frau...«

»Ich habe davon gehört«, sagte Lee. »Molly meint, daß Sie deswegen hierhergekommen sind, um die Sache zu überdenken und zu einem Entschluß zu gelangen, ob Sie Ihren Mann wieder aufnehmen wollen.«

»Ja. Das stimmt.«

»Und, wie haben Sie sich entschieden?«

»Ich... Nun ja, ich schätze, ich bin noch nicht soweit.«

Lee seufzte, wie so oft wütend über die Unentschlossenheit und Schwäche heterosexueller Frauen gegenüber offensichtlich beschissenen Ehemännern.

»Ich meine, vielleicht wäre es für ihn ohnehin nicht so gut. Es ist so, wie Mama sagt: Ich sollte ein Gewinn für seine Karriere sein, statt dessen bin ich zu einer Belastung geworden. Mama sagt, daß er mich immer noch liebt. Aber ich weiß nicht, ob ich ihr glauben soll.«

»Ich denke, die Frage lautet eher, ob Sie ihn noch lieben?«

»Ich schätze...« Barbies Stimme zitterte. »Ich meine, früher bestimmt. Ich konnte mein Glück nicht fassen, daß ein so wunderbarer Mensch mich heiraten wollte. Aber nachdem Mama ihn im Wahlkampf unterstützt hatte und er in die Landesregierung gekommen war, hat er sich irgendwie geändert. Es sind Dinge geschehen, die mir gar nicht gefallen haben.«

»Ihr Mann fing an, Affären zu haben«, warf Lee ein, um den Gang der Erzählung zu beschleunigen.

»Nein, damals noch nicht.« Barbies Stimme zitterte. Sie sah auf sie hinab und ließ ihr Fensterleder sinken. »Oder jedenfalls wußte ich nichts davon. Und meistens war er richtig süß zu mir. Aber dann wurde er allmählich gemein zu anderen.«

»Oh? Wie denn?«

»Da gab es zum Beispiel eine Firma namens Tumbleweed Investment Consultants, in die Bob irgendwie verwickelt war und die pleite ging.« Barbie stieg hinunter und zog die Trittleiter zum nächsten Fenster. »Eigentlich waren es seine Partner, die die Firma leiteten, aber als die Neuigkeit bekannt wurde, waren sie nirgendwo aufzutreiben. So klopften denn die Leute, die in die Firma investiert hatten, an unsere Tür. Bob war nicht zu Hause, aber sie sagten, sie würden auf ihn warten. Es war August und richtig heiß draußen, da habe ich sie eingelassen und ihnen Limonade vorgesetzt. Sie haben mir erzählt, daß ihnen die Angestellten von Tumbleweed so nett vorgekommen waren und geschworen hatten, es sei eine sichere Anlage.«

Barbie hörte auf, die Fensterscheibe zu besprühen, und setzte sich auf die oberste Stufe von Lees Leiter. »Sie waren so traurig«, sagte sie. »Ein Typ arbeitete bei der Post und hatte ein geistig zurückgebliebenes Kind, und dann war da diese alte Schullehrerin, die eine Hypothek auf ihr Haus aufgenommen hatte, um Tumbleweed-Aktien zu kaufen. Ich dachte mir, daß Bob ihnen helfen würde, und ließ sie im Wohnzimmer sitzen, bis er nach Hause kam.«

»Ich verstehe. Und was geschah dann?«

»Es war richtig schlimm. Inzwischen saßen rund zehn oder zwölf überall im Wohnzimmer und im Arbeitszimmer. Bob lächelte höflich, aber ich merkte, daß er verstimmt und ärgerlich war. Er hat sie sozusagen aus dem Haus gescheucht. Hinterher sagte er, daß sie mich reingelegt hätten, daß sie alle Betrüger und Jammerlappen seien. ›Sie haben ihr Geld eingezahlt‹, sagte er, ›sie haben das Risiko auf sich genommen. Sie hätten sich auch eine CD oder so kaufen können, aber sie wollten schnell hohe Gewinne erzielen, stimmt's?‹ – ›Also‹, sagte ich, ›ich denke schon.‹ Darauf Bob: ›Glaubst du, irgendeiner von diesen Typen würde uns helfen, wenn wir pleite wären?‹ Und ich mußte zugeben, daß das unwahrscheinlich war. Denn so sind die Menschen nun einmal, meistens. Selbst danach dachte ich immer noch, wir könnten irgend etwas unternehmen, wenigstens für zwei, drei von ihnen, die wirklich in der Klemme saßen. Aber Mama sagte, das sei nicht möglich. Sie erklärte, Bob müsse wirklich vorsichtig sein, denn wenn er einen auszahle, würden auch die anderen ihr Geld zurückverlangen, das sei nur gerecht, und wenn wir sie alle bezahlten, würden wir Bankrott machen. Außerdem würde es in den Zeitungen schrecklich aussehen – als gäbe Bob zu, daß er verantwortlich sei für das, was mit Tumblewood geschehen war, obwohl er von nichts gewußt hatte. Dann würden ihn die Leute abwählen, vielleicht würde er seines Amtes enthoben, und all die wichtigen Dinge, die er für den Staat erreichen wolle, würden zunichte gemacht. Mama sagte, wenn wieder jemand vorbeikäme, sollte ich so tun, als wäre ich nicht zu Hause. Wenn ich es nicht für Bob tun könnte, sagte sie, dann für Oklahoma.«

»Und, haben Sie ihren Rat beherzigt?«

»Ja.« Barbie hob traurig die Schultern. »Aber es war furchtbar, wissen Sie. Wochenlang haben die Leute angerufen und sind vorbeigekommen, jedenfalls kam's mir so vor. Das Telefon hörte gar nicht auf zu klingeln, sie haben an der Tür geläutet und geklopft und am Gartentor gerüttelt. Manchmal sind sie über die Mauer gestiegen und ums Haus gelaufen und haben durch die Fenster hereingestiert. Ich bin so oft wie möglich ausgegangen, aber manchmal mußte ich einfach nach Hause. Ich fing an, die Vorhänge zuzuziehen, so daß das Haus den ganzen Tag im Dunkeln lag. Aber einmal war es ruhig, und ich glaubte schon, sie wären alle fort, da habe ich die weißen Brokatvorhänge im Wohnzimmer aufgezogen, und nur ein paar Zentimeter von mir entfernt war das Gesicht eines Mannes, der seine Nase gegen die Fensterscheibe preßte. Er sah aus wie ein Ungeheuer. Ich kreischte, und durchs Fenster hindurch schrie er mich an. Um ihn nicht sehen zu müssen, zog ich den Vorhang wieder zu, und dann saß ich einfach da, ich weiß nicht, wie lange. Ich war völlig ausgeflippt.« Barbie seufzte und verfiel in Schweigen.

»Lee? Bist du da?« Die Haustür schlug zu, und Jacko trat ein. Sein gelber Gummiponcho troff vor Regen.

»Ich bin hier. Wie geht's?«

»Bestens«, sagte Jacko vieldeutig.

»Du siehst naß aus. Möchtest du einen Kaffee, um dich aufzuwärmen?«

»Nein, ich kann nicht lange bleiben, Mamachen sitzt draußen im Wagen. Ich wollte dir nur das Allerneueste berichten. Tanta Myra kommt.«

»Wirklich? Wann?«

»Morgen. Wenn Myra sich erst einmal etwas in den Kopf gesetzt hat, verliert sie keine Zeit. Ich würde nur zu gerne wissen, was zum Teufel sie hier will.«

Statt einer Antwort zeigte Lee mit einer Kopfbewegung auf Barbie, die hinter der Leiter kauerte und die unteren Scheiben eines der Fenster wischte.

»Ach, meine Cousine Barbie!« Jacke warf ihr einen müden Blick zu. »Jetzt kapiere ich«, sagte er plötzlich und noch unfreundlicher. »Du kleines Biest. Du hast deiner Mama erzählt, ich sei krank, stimmt's?«

»Ich... Ah...«, blökte seine Cousine und zog sich weiter hinter die Trittleiter zurück.

»Ich hätte es mir denken können.« Jacko lachte auf. »Deswegen hat dich Myra nach Key West geschickt, damit du mir nachspionieren kannst, stimmt's?«

»Nein... Ich...«, murmelte Barbie.

»Ach, Scheiße. Jedenfalls wird's ihr hier nicht gefallen, soviel steht fest«, sagt Jacko zu Lee. »Weshalb also kommt sie? Und sie steigt für vier Nächte in der Casa Marina ab; die ist nicht billig.«

»Vielleicht macht sie sich Sorgen um ihre Schwester«, vermutete Lee. Oder um ihren Neffen, fügte sie stumm an und warf Jacko einen Blick zu. In seinem vor Nässe glänzenden Poncho, mit seinen Locken, die mit diamantenen Regentropfen benetzt waren, sah er schön und sportlich aus wie eh und je, wenn auch aufgebrachter, als Lee ihn jemals erlebt hatte.

»Die doch nicht«, sagte Jacko. »Der einzige Mensch, um den Myra sich je Sorgen macht, ist sie selbst. Wenn sie nach Key West kommt, will sie etwas. Myra will immer irgend etwas. Das Problem ist, man findet es nie heraus, bis es zu spät ist.« Er zuckte die Achseln. »Na ja, ich fahre jetzt lieber nach Hause.«

»Warum bleibst du nicht mit deiner Mutter zum Mittagessen hier?« fragte Lee. »Ich habe Currykürbissuppe und eine ganze Menge kaltes Huhn im Kühlschrank.«

Jacko schüttelte den Kopf. »Du bist ein Prachtkerl, aber nein danke. Mamachen ist völlig erledigt, und wir sind beide patschnaß. Ich rufe dich später an.«

Als die Tür hinter ihm ins Schloß fiel, wandte sich Lee wieder Barbie zu, die immer noch wie ein Häufchen Elend am Fenster kauerte und eine Flasche Glasputzmittel und einen Stoß Papierwischtücher umklammerte. Jetzt sah sie nicht mehr aus wie eine hübsche junge Frau: Ihr Erscheinungsbild glich eher dem einer mißbrauchten Obdachlosen. Lee überlegte, ob sie ihr sagen sollte, daß sie Jackos Haltung mißbillige, dann verwarf sie den Gedanken. Vielleicht war Barbie ja tatsächlich losgeschickt worden, um ihm nachzuspionieren; woher wollte sie das wissen?

»Was glauben denn Sie, was Ihre Mutter in Key West will?« fragte sie statt dessen und versuchte, Mitgefühl in ihre Stimme zu legen.

»Weiß nicht.« Barbie erhob sich langsam. »Aber ich schätze, daß sie es kriegen wird, was immer es ist. Mama kriegt immer alles, was sie will.«

»Wirklich?« fragte Lee ungläubig. »Wie schafft sie das nur?«

»Weiß nicht«, wiederholte Barbie trübsinnig. »Irgendwie schafft sie es immer.«

Das werden wir ja sehen, dachte Lee. »Vielleicht ist Key West eine Ausnahme«, sagte sie. »Wenn Sie mit dem Fenster fertig sind, kommen Sie jedenfalls und essen mit mir Currykürbissuppe.«

9

Zum ersten Mal seit einer Woche ergoß sich wie blasser Sirup die Sonne über Key West. Die Insel nahm wieder ihren Reiseprospektglanz an: flimmernder blauer Himmel, Straußenfedernpalmen, lachs- und scharlachrote Hibiskusblüten und sonnengebräunte, strahlende Touristen. Unter diesem blauen Himmel stieg Molly Hopkins ziemlich langsam und unter Schmerzen ihre Vordertreppe hinab und brach zu dem Restaurant auf, in dem sie sich zum Mittagessen verabredet hatte. Das schöne, warme Wetter hatte ihre Arthritis abgemildert, aber beim Gehen hinkte sie immer noch. Sie würde sich ein wenig verspäten, wie in letzter Zeit des öfteren.

Vielleicht hätte sie doch lieber fahren sollen, auch wenn es sich nur um sechs Blocks handelte, dachte Molly unglücklich. Wahrscheinlich sollte sie sich überhaupt nicht in Key West aufhalten, so ganz auf sich angewiesen. Wäre sie zu Hause in Convers gewesen, hätte sich während der entsetzlichen letzten Woche ihre Reinemachefrau Sally Hutchins um alles gekümmert. Sally, die seit mehr als dreißig Jahren bei Molly in Diensten stand, wäre jeden Morgen vorbeigekommen, hätte Lebensmittel eingekauft und wäre zum Drugstore, auf die Post und in die Bücherei gegangen. Wenn es Molly schwergefallen wäre, aus dem Bett zu kommen, hätte Sally ihr das Mittagessen gebracht, ihre sperrigen

Kopfkissen glattgestrichen und die mit rosa Samt bezogene Wärmflasche gefüllt.

Aber in Key West gab es niemanden wie Sally: In der Wintersaison bot der Fremdenverkehr verläßlichen Menschen so viele Stellen, daß jeder, der keine hatte, aller Wahrscheinlichkeit nach pflichtvergessen oder untüchtig war. Wie fast alle, die sie kannte, beschäftigte Molly einen Reinigungsdienst. Einmal in der Woche fiel ein Aufgebot fremder, mit Mops und Staubsaugern bewaffneter Frauen, von denen die meisten kein Englisch sprachen, über ihr Haus her und verschwand eine Stunde später wieder.

Wenn Molly in Key West erkrankte, war sie auf Freundinnen angewiesen, was sie unangenehm berührte und bedrückte. Vor zwei Tagen etwa hatte sie Lee Weiss bitten müssen, eine Dose schwarze Bohnensuppe zu öffnen, weil ihre Hände zu schwach waren, um den Dosenöffner zu bedienen. Vielleicht war es an der Zeit, Key West aufzugeben und die wenigen Winter, die ihr noch blieben, daheim zu verbringen. Lange, kalte, eisige Winter, in denen sie ans Haus gefesselt und verkrüppelt wäre, nicht nur wenn das Wetter regnerisch wurde, sondern nahezu die ganze Zeit.

Unter einer chronischen Krankheit zu leiden war so, als dringe jemand bei einem ein, dachte Molly. Ihre Großmutter in Michigan pflegte von dem Tag zu erzählen, als sich eine ihrer Kühe losgerissen und ins Wohnzimmer verirrt hatte. Sie hatten furchtbar lange gebraucht, um sie wieder hinauszubefördern. Genauso stand es um Mollys Arthritis: Es war, als sei eine große, alte Kuh in ihr Haus eingedrungen und wolle sich durchaus nicht daraus vertreiben lassen. Sie saß einfach da, beanspruchte einen Platz in ihrem Leben und machte alles so mühsam. Von Zeit zu Zeit muhte sie laut und hinterließ Kuhfladen, und Molly, die um sie herumschlich, mußte sich mit ihr abfinden.

Wenn andere Menschen die Kuh erstmals bemerkten, zeigten sie sich unruhig und besorgt und schlugen Strategien zur Vertreibung des Tieres aus Mollys Wohnzimmer vor: Medikamente, Ärzte und Heilverfahren, von denen einige der herrschenden Lehrmeinung entsprachen, andere der New-Age-Philosophie. Sie gaben Anekdoten von Freunden zum besten, denen es auf die eine oder andere Weise gelungen war, ihre Kühe loszuwerden. Nach einer Weile jedoch erschöpften sich ihre Anregungen. Dann taten sie meist so, als sei die Kuh gar nicht vorhanden, und hatten es lieber, wenn Molly ebenso tat.

Vor sich sah Molly jetzt Henry's Beach House, welches kein Strandhaus war, sondern ein berühmtes Restaurant. Freilich war sein Ruhm auf eine exklusive Klientel beschränkt. Obwohl das Restaurant in teuren Illustrierten besprochen wurde, bekamen die meisten Touristen in Key West es nie zu Gesicht. Es lag in einer versteckten Straße mit geräumigen Privathäusern und war äußerst diskret ausgeschildert. Als Howard noch lebte, pflegten er und Molly zwei-, dreimal im Monat dort zu speisen. Sie genossen die ausgezeichneten Meeresfrüchte und die elegante altmodische Einrichtung: meergrün-weiße Sonnenschirme, meergrünes Porzellan und Leinenservietten. Das Restaurant tauchte auch auf mehreren ihrer Aquarelle auf, im Zuckerbäckerstil, für den sie so bekannt war.

Wider bessere Einsicht befand sich Molly auf dem Weg zu einem sonntäglichen Mittagessen mit Jackos Tante Myra

Mumpson. Obwohl sie dem Anlaß entsprechend sorgfältig gekleidet war – geblümte blaßrosa Seide und ein Strohhut mit Seidenblumen –, fühlte sie sich unbehaglich. Jacko zufolge war seine Tante ein wahrer Teufel. Allerdings machte das Teuflische an ihr sich nicht an der Oberfläche bemerkbar; Myras äußeres Erscheinungsbild wirkte eher konventionell, ja beruhigend. In dem Wissen, daß sie Dorrie Jacksons ältere Schwester war, hatte Molly mit einer grimmigen, ältlichen Dame gerechnet. Myra wirkte jedoch mindestens ein Jahrzehnt jünger als ihre Schwester – von weitem sogar noch jünger. Sie war eine stattliche, gesund aussehende Frau mit fachmännisch geschnittenem und eher zu stark leuchtendem rötlichbraunem Haar. Ihre braune Haut glänzte straff wie mit Kleidern vollgestopftes teures Ledergepäck (mindestens ein Facelifting, befand Molly).

»Aber weshalb sollte deine Tante mich zum Mittagessen bitten?« hatte Molly gefragt, als Jacko die Einladung überbrachte. »Wir kennen uns doch kaum.«

»Weshalb nicht? Tante Myra möchte in jeder Stadt, die sie bereist, die wichtigen Leute kennenlernen...«

»Aber ich bin doch...«, versuchte Molly einzuwerfen.

»Ich habe ihr erzählt, du seist eine berühmte Künstlerin und eine einflußreiche Person am Ort.«

»Jacko, also wirklich! Du weißt doch, daß das nicht stimmt.«

»Ich habe alle meine Freunde angepriesen«, erklärte er. »Ich will nicht, daß sie denkt, ich kenne nur Gesindel.«

»Ja, aber trotzdem...«

»Vielleicht will sie ja etwas von dir«, äußerte Jacko. »Tante Myra will immer irgend etwas.«

Wahrscheinlich hätte ich nein sagen sollen, dachte Molly. Doch Neugier und ihr Wunsch, nach Tagen vollkommener Gefangenschaft aus dem Haus zu gelangen, hatten ihren Argwohn bezwungen. Außerdem habe ich nichts, das Myra Mumpson wollen könnte, dachte sie und humpelte unter den riesigen Sapotill- und Mangobäumen auf dem unebenen Gehsteig entlang. Als Howard noch lebte, saß er im Vorstand der Vereinigung für Geschichte und Denkmalschutz und in einer ganzen Reihe anderer Vorstände, die mit Geschichte, Literatur und Bildung zu tun hatten, und oft wollten die Leute etwas von ihm, aber das war Jahre her.

Vier Jahre schon. Manchmal kam es ihr vor wie gestern: Es schien, als könne Howard jeden Moment aus dem Garten hereintreten, die weißen Flügelspannen der *Times* vor sich ausgebreitet, und ihr lächelnd einen Artikel, der seine Aufmerksamkeit erregt hatte, vorlesen. In anderen, düstereren Augenblicken kam es ihr vor, als wären die vierundfünfzig Jahre ihrer Ehre nur ein langer glücklicher Traum gewesen – als sei Molly noch immer die einsame, linkische Kunststudentin, eine überzählige Person, wo immer sich Paare versammelten. Denn inzwischen war sie ja wieder eine einsame, linkische, überzählige Person. Der einzige Unterschied bestand darin, daß sie nicht mehr von einer glänzenderen Zukunft träumte.

Als Molly der Gastwirtin durchs Restaurant auf die sonnenhelle Veranda folgte, sah sie, daß Myra Mumpson es verstanden hatte, sich einen reizvollen Tisch mit unverstelltem Blick auf die türkisfarben schimmernde See zu sichern. Vielleicht hatte sich die Gastwirtin von ihren Kleidern beeindrucken lassen: weiße kunstseidene Ferienbekleidung der auffällig-modischsten Art und reichlich Goldschmuck.

»Wie schön, Sie zu sehen!« rief Myra und erhob sich halb unter dem grün-weißen Sonnenschirm. Sie wirkte forsch, leicht überschwenglich, und man merkte ihr die vertrauliche Unkompliziertheit der Südstaatlerin noch an. »Warum setzen Sie sich nicht hier neben mich, damit wir bei all dem Lärm nicht brüllen müssen?« Sie wies auf die salzigen, gischtglänzenden Wogen, die unterhalb des Geländers gegen die Mole klatschten.

Obwohl das Restaurant überfüllt war, bewirkte irgend etwas an Myra, daß sie sofort bedient wurden. Fast schlagartig stellte sich ein schmächtiger, hübscher junger Chinese in frischem weißem Hemd und kurzen, abgeschnittenen Jeans ein. »Ich heiße Dennis«, verkündete er mit einem gewinnenden Lächeln und reichte ihnen Speisekarten von der Größe einer Boulevardzeitung. »Ich bin heute Ihr Kellner.«

Myra bestellte eine Flasche Asti Spumante, bestand darauf, daß Molly gleichfalls davon trank, und begann mit den üblichen Touristenthemen: Wetter, Reisen, Restaurants und Unterkunft. Die Casa Marina, eines der teuersten Hotels der Stadt, bezeichnete sie als »erstaunlich komfortabel«.

»Das einzige, was ich von Key West wußte, war aus diesem alten Film mit Burt Lancaster, *Die tätowierte Rose*«, vertraute sie Molly an. »Unbefestigte Straßen, Hütten und umherlaufende Hühner. Aber so ist es gar nicht.« Sie stieß ein lautes, musikalisches Lachen aus.

»O nein«, pflichtete Molly bei.

»Ich verstehe nur eins nicht – wieso gibt es so viele T-Shirt-Läden?«

»Die Leute sagen, so viele seien es eigentlich nicht.« Molly senkte die Stimme und ihr Weinglas, das zu ihrem Erstaunen beinahe leer war. »Ich habe gehört, daß einige gar keine richtigen Läden sind. Eigentlich sind es Waschanlagen zur Drogengeldwäsche, wissen Sie?«

»Ach ja?« Myra beugte sich interessiert vor.

»Dahinter steckt die Idee, daß niemand richtig feststellen kann, wie viele handbemalte T-Shirts sie verkaufen oder wie hoch ihre Marge ist. Auf diese Weise können die Inhaber Hunderte oder Tausende von Dollar mehr angeben, als sie tatsächlich einnehmen. So heißt es jedenfalls; ich weiß nicht, ob es zutrifft. Aber in der Duval Street sind die Ladenmieten in den letzten paar Jahren unglaublich in die Höhe geschossen.«

»Mm-mm.« Myra nickte wissend. »Bei uns zu Hause habe ich etwas Ähnliches erlebt. Eine Zeitlang bringt es eine Menge Geld ein, aber am Ende verfallen die Grundstückspreise.«

»Im Grunde haben sie schon den ganzen Stadtteil ruiniert. Die meisten Leute, die ich kenne, betreten ihn gar nicht erst, wenn sich's verhindern läßt.«

»Ja, das hätte ich mir denken können. Aber Gott sei Dank hat Key West mehr zu bieten«, sagte Myra lebhafter. »Es gibt einige sehr schöne Wohngegenden. Große Grundstücke, sehr attraktive Häuser und Gärten. Sie zum Beispiel haben ein wunderbares Haus hier. Natürlich habe ich es nur von außen gesehen, aber die tropischen Pflanzen und die elegante Doppelveranda habe ich wirklich bewundert.«

War Myra an einer Einladung gelegen? War sie etwa darauf aus? Molly nahm sich vor, keine auszusprechen; physisch war sie ja auch gar nicht in der Lage, Gäste zu bewirten.

»Und ein hübsches Zuhause verdienen Sie ganz bestimmt«, fuhr Myra fort und hob ihr zweites – oder war es ihr drittes? – Glas Wein. »Wissen Sie, ich hatte keine Ahnung, daß Sie M. Hopkins sind, bis mein Neffe mir davon erzählte. Diese wunderwunderschönen Umschlagillustrationen für den *New Yorker*, mit den viktorianischen Häusern und Gärten und all diesen komischen Katzen!« Wieder stieß sie ihr perlendes Lachen aus. »Die waren so viel ansprechender als die häßlichen Karikaturen, die die inzwischen auf den Umschlägen haben.«

»Danke.« Molly dachte ebenso, hätte es aber niemals ausgesprochen.

Ihr Kellner tauchte wieder auf und begann die Tagesgerichte herzusagen. »Kreolischer Garnelensalat«, wiederholte Myra und sah ihn strahlend an. »Das klingt ausgesprochen verlockend. Oder sollte ich lieber fritierte Muscheln nehmen? Ich habe gehört, das sei die Spezialität von Key West. Was meinen Sie?«

»Der Garnelensalat ist heute ausgezeichnet«, sagte er mit einem, wie es Molly vorkam, zweideutigen orientalischen Lächeln.

»Verstehe.« Myra lachte. »Na schön, ich nehme den Garnelensalat.«

»Ein Kellner nach meinem Geschmack«, sagte sie, als er sich entfernt hatte. »Die fritierten Muscheln sind fürchterlich, nehme ich an.«

»Ich glaube, ja.« Molly hörte sich kichern. War es der Wein? Zum Mittagessen oder auf leeren Magen trank sie eigentlich nicht mehr.

»Ich wollte mich bei Ihnen bedanken«, sagte Myra und

schenkte sich ein weiteres Glas ein. »Dafür, daß Sie so freundlich zu meiner armen, verwirrten Tochter waren.«

»Das war ich...«

»Daß Sie sie buchstäblich von der Straße aufgelesen haben, wo Sie sie doch nicht einmal kannten. Barbie hat mir alles erzählt.«

»Es war doch nur für eine Nacht.« Vielleicht will sie ja doch nichts von mir, dachte Molly; vielleicht will sie sich nur erkenntlich zeigen.

»Ich weiß nicht, wieso sie nicht in ein Motel hätte gehen können; sie hat doch Kreditkarten«, fuhr Myra fort. »Aber so ist Barbie nun einmal. Sie hat nie richtig gelernt, auf eigenen Füßen zu stehen. Oder wie man mit einem Ehemann umgeht, das arme Kind. Ich höre, sie hat Ihnen alles darüber erzählt.«

»Nun ja, ein wenig«, gab Molly zu.

»Er ist Kongreßabgeordneter, wissen Sie, also fürchterlich beschäftigt, arbeitet abends oft länger. Aber Barbie hatte die Vorstellung, daß er sich amüsiert, und kam zu ihrer Mutter gerannt.« Sie seufzte. »Man sollte nicht meinen, daß sie sechsunddreißig ist.«

»Nein«, stimmte Molly zu und fragte sich, ob Myras Version die richtige war. Schließlich waren die geschilderten Vorfälle dieselben. Es war wie eine dieser modernen Skulpturen, dachte sie, man braucht das Ding nur um ein paar Grad zu drehen, und schon sieht es ganz anders aus.

»Aber ich denke, um seine Kinder macht man sich ständig Sorgen, ganz gleich, wie alt sie sind.«

»Mm«, murmelte Molly unverbindlich, denn sie machte sich keine Sorgen mehr um ihre Kinder, die alle in den Fünfzigern und arriviert waren. Statt dessen machten sich ihre Kinder seit Howards Tod Sorgen um sie.

»Und jetzt hat sich Barbie in den Kopf gesetzt, eine gefährdete Walroßart retten zu wollen. Dabei ist sie in Wahrheit überhaupt nicht gefährdet. Heute morgen habe ich das Empfangsfräulein in der Casa Marina danach gefragt.« Myra stieß ihr heiteres, lautes Lachen aus.

»Nicht Walroß«, berichtigte Molly. »Seekuh. Aber wissen Sie, selbst wenn sie offiziell nicht als gefährdet gilt, glaube ich doch, daß ihr Vorkommen in Florida zurückgeht.«

»Dachte ich's mir doch. Sie ist nicht geschaffen für die moderne Welt.« Myra lachte wieder, dann stieß sie einen leise zischenden Seufzer aus. »Seit ihrer Kindheit fühlt sich Barbie im Umgang mit Tieren wohler als mit Menschen, wissen Sie? Auf dem College war sie ganz versessen auf Wale. Andauernd spielte sie Schallplatten mit den komischen Geräuschen, die sie von sich geben, wie Ballons, die unter Wasser quietschen und platzen, bis ich beinahe den Verstand verloren hätte. Und dann mußte sie nach Alaska fliegen, mit einem Boot ausfahren und nach ihnen Ausschau halten.« Myra verdrehte die Augen zum Himmel, um verblüffte Verzweiflung anzudeuten. »Was ich nie verstanden habe – wieso hat sie sich nie wegen irgendwelcher gefährdeter Tiere oder Pflanzen in Oklahama ereifert?«

»Vielleicht gibt es keine«, legte Molly nahe.

»Ach, bestimmt. Und wenn nicht, werden die Umweltschützer welche erfinden. Aber es macht nichts, denn ich habe ihr eine Standpauke gehalten, und in ein paar Tagen fliegt sie mit mir zurück nach Washington... Oh, danke.

Der sieht aber wirklich appetitlich aus.« Dies zu ihrem Kellner Dennis, der ihr soeben einen üppig garnierten Garnelensalat vorgesetzt hatte.

»Wollen Sie die Wahrheit wissen?« fuhr Myra fort, nachdem sie von dem Salat gekostet und ihn für gut befunden hatte. »Ich bin froh, Barbie von hier wegzuholen. In Key West herrscht eine Atmosphäre, die mir nicht behagt. All die Bars, die betrunkenen Nichtstuer und streunenden Katzen überall. Es ist ein gottloser Ort.«

»Ach, das glaube ich nun wirklich nicht«, sagte Molly, die sich fragte, ob Myra eine von diesen christlichen Wertkonservativen war, von denen es im Mittleren Westen so viele geben sollte. »Allein in Key West gibt es vierundvierzig Kirchen, ich habe sie einmal gezählt. Der jüdische Tempel und die Zen-Buddhisten noch nicht mitgerechnet.«

»Wo Not herrscht, gibt es viele Tempel«, sprach Myra, als zitiere sie. »Nach Einbruch der Dunkelheit brauchen Sie doch nur die Hauptstraße entlangzugehen, dann begreifen Sie, wovon ich rede. Sie haben gesagt, daß Sie nie dorthin gehen, aber ich will Ihnen eins sagen: Es ist widerwärtig. Die Besäufnisse und Schlägereien, die man erlebt, und die teuren Häuser, besudelt mit Exkrementen und Erbrochenem.«

»Das sind doch nur die Touristen«, erklärte Molly. Von Myras Schilderung, die keine Rücksicht auf die Konventionen von Tischgesprächen nahm, fühlte sie sich selbst leicht angeekelt. »Manchmal treiben sie's ein bißchen wild, aber schließlich sind sie im Urlaub.«

»Das ist keine Entschuldigung. Ich verstehe ja, daß jeder hin und wieder mal Pause machen muß. Aber es herrscht hier eine lockere, perverse Atmosphäre, auf die man in den meisten amerikanischen Ferienorten nicht stößt. Wissen Sie, was ich gestern auf dem Strand von Casa Marina gesehen habe?« Myra beugte sich vor und senkte die Stimme. »Ich habe zwei Männer sich küssen sehen, in aller Öffentlichkeit haben sie sich abgeknutscht. Und beide waren halb nackt. In Tulsa würden sie das nicht wagen, das kann ich Ihnen versichern.«

»Vermutlich nicht«, sagte Molly, die noch nie in Tulsa gewesen war und jetzt noch weniger Verlangen verspürte, dorthin zu fahren.

»Nein. Und ehrlich gesagt, mache ich mir aus der Landschaft nichts«, vertraute Myra ihr an. »Alles so feucht und überwuchert.« Sie schüttelte vor Mißfallen leicht den Kopf. »Und es gibt nicht einmal einen guten Golfplatz.«

»Nein«, pflichtete Molly ihr bei. Ihr fiel eine Theorie ihres Mannes ein, derzufolge sich Reisende stets von Landschaften angezogen fühlten, die die innere Geographie ihres Gemüts widerspiegelten. Ruhigen, ausgeglichenen, zur Trägheit neigenden Menschen war am behaglichsten in Ebenen oder an klaren, friedlichen Seen. Etwas unternehmungslustigere Typen fühlten sich zwischen geschwungenen Hügeln und an schäumenden Bächen zu Hause; wohingegen ganz Abenteuerlustige und Angespannte instinktiv auf alpine Kliffs und Klippen, tiefe Schluchten und das Tosen herabstürzender Wasserfälle ansprachen. Vielleicht gab es auch Leute, die ihre Szenerie naß oder, wie Myra, trocken bevorzugten.

Während des Essens kam Myra wieder auf das Thema Grundbesitz zu sprechen. Früher wäre Molly voller Interesse darauf eingegangen, doch inzwischen war sie darüber hinaus. Vermutlich würde sie nie wieder ein Haus mieten, kaufen oder umbauen. Sie ließ ihre Blicke zu dem sonnengebleichten Himmel schweifen, zu dem Meer, auf dem das Licht wie die Scherben eines zerbrochenen Spiegels funkelte, und zu den Dreiecken ihres vorzüglichen getoasteten Truthahnsandwiches, deren jedes von einem in rotes Cellophan gehüllten Zahnstocher durchbohrt war.

»...und als ich von dem Zustand unseres armen Perry erfuhr, begriff ich, daß ich kommen mußte«, sagte Myra gerade, als Molly ihr wieder zuhörte. »Ich war wirklich erleichtert, als ich herausfand, daß er ein so beträchtliches Stück Land geerbt hat, Ruhm sei dem Herrn. Barbie ist so unbestimmt, besonders am Telefon, und meine kleine Schwester war vor Sorge hysterisch. Und wenn es um praktische Dinge geht, schnappt sie weiß Gott immer völlig über, die Arme.« Myra hob den Blick zur Unterseite des leinenen Schirms empor, als rufe sie den Himmel auf, diese Unfähigkeit zu bestätigen.

»Ach«, murmelte Molly. Ihr kam in den Sinn, daß nicht Myras Schwester, sondern diese selbst übergeschnappt war. Wo steckte Dorrie, und was trieb sie den ganzen Tag?

»Wenn Perry darauf angewiesen wäre, würde ich ihm natürlich unter die Arme greifen«, fuhr Myra fort. »Obwohl meine Mittel, offen gestanden, begrenzt sind. Mein Mann ist vor zehn Jahren ganz überraschend gestorben, und er war nicht gerade ein treusorgender Familienvater.« Ein Schatten huschte über ihr Gesicht, und ein entsprechender Schatten über Mollys. Sie ist wie ich Witwe, dachte Molly. War mir ganz entfallen.

»Mein Beileid«, murmelte sie in der Hoffnung, Myra

würde merken, daß ihr Mitgefühl dem Verlust, nicht der mangelnden Vorsorge galt.

»Sobald ich Perrys Haus sah, wußte ich, daß ich mir um ihn keine Sorgen mehr zu machen brauche – das heißt, in finanzieller Hinsicht. Das ist eine wahre Goldgrube. Es gibt auf dem Grundstück bereits drei Eigentumswohnungen und genügend Platz für mindestens zwei weitere, trotz der lächerlichen Bebauungsgesetze, die sie hier haben. Vornehme Gegend, großer Swimmingpool, alter Garten, Parkmöglichkeiten: eine sichere Geldanlage. Natürlich erfordert das Grundstück einige Arbeit, aber ich schätze, bei den gegenwärtigen Preisen ist es mindestens zwei Millionen wert.«

»Wirklich?« Molly merkte, daß sie Jackos Situation noch nie aus diesem Blickwinkel betrachtet hatte.

»Jemand muß eine Schätzung vornehmen, um das Testament zu regeln. Aber Perry weiß anscheinend überhaupt nicht Bescheid. Hat keine Ahnung, wie er seine Interessen und natürlich die seiner Familie wahren muß.«

»Ich schätze, er hat andere Dinge im Kopf«, sagte Molly.

»Oh, ich weiß.« Myra schluckte; ihr Gesicht wurde länger. »Natürlich sorge ich mich sehr um seine Gesundheit; deswegen habe ich ja auch alles stehen- und liegenlassen und bin nach Key West gekommen. Und meine arme Schwester ist am Boden zerstört. Es ist eine Tragödie.«

»Ja«, pflichtete Molly bei und fand Myra sympathischer. Sie war vulgär und voller Vorurteile, doch offenbar hatte sie ein gutes Herz. Auch wenn Jacko sie nicht leiden konnte, war sie doch, als sie hörte, daß er krank sei, herbeigeeilt, um bei ihm zu sein. Vielleicht könnte ich ja doch eine kleine Cocktailparty für sie geben, dachte Molly. Ich schulde so vielen Leuten eine Einladung, und es gibt da diese neue Lieferfirma, von der Kenneth sprach...

»Wenn ich daran denke, was aus Perry hätte werden können«, sagte Myra. »Er hatte den Namen dazu, das Aussehen und die Persönlichkeit; in der Politik gab es nichts, das er nicht mit der richtigen Unterstützung hätte zuwege bringen können. Ich hatte so große Pläne für ihn.« Sie seufzte. »Aber dann ging er nach Key West und war wie hypnotisiert von diesem ekelhaften alten Mann, ging von der juristischen Fakultät ab und beschloß, schwul zu werden. Wenn er mein Sohn wäre, hätte ich es ihm nicht durchgehen lassen, aber Dorrie ist schon immer zu sanftmütig gewesen. Trotzdem hätte es mir fast das Herz gebrochen.«

»Ach«, murmelte Molly. Vor ihr geistiges Auge trat eine andere Ausgabe von Perry Jackson: ebenso charmant, ebenso beliebt, aber heterosexuell und ein erfolgreicher Anwalt und Politiker. Er hätte eine richtig nette Frau geheiratet, hätte entzückende Kinder und würde bis ins hohe Alter leben wie alle anderen auch. Wäre das nach allem nicht besser?

»Ich frage Sie nicht gern danach, aber Dorrie zuliebe muß ich es«, fuhr Myra fort, senkte die Stimme und beugte sich gleichzeitig vor, um das lautstarke Durcheinanderreden der Leute am Nachbartisch auszublenden. »Wieviel Zeit hat er noch?«

»Ich weiß nicht«, gab Molly zu. »Ich glaube nicht, daß irgendeiner es weiß.« Vielleicht ist es das, was Myra will, dachte sie und versuchte, verbindlich zu bleiben. »Wenn er Glück hat, könnten es zehn Jahre sein. Und vielleicht hat man ja bis dahin ein Heilmittel gefunden.«

»So Gott will«, sagte Myra. »Aber hat Perry schon irgendwelche Symptome? Diese entsetzlichen violetten Flecken, die man kriegt, oder Lungenentzündung?«

»Nicht, daß ich wüßte.« Noch während sie log, zuckte Molly vor Widerwillen zusammen. Sie war in dem Glauben erzogen worden, daß nette Leute bei Mahlzeiten nicht in allen Details Krankheiten erörterten – und, wenn möglich, zu anderen Zeiten auch nicht. Aber schließlich war Myra seine Tante; sie hatte ein Anrecht darauf, die Wahrheit zu erfahren. »Er macht sich Sorgen um etwas«, gab sie zu. »Die Anzahl seiner sogenannten T-Zellen, glaube ich.«

»Ja, ich habe davon gehört. Wenn sie abnehmen, ist das ein schlechtes Zeichen. Nun ja, unser aller Leben liegt in den Händen des Herrn.« Myra wühlte in einer weißen Handtasche aus Eidechsleder mit goldenem Bügel. »Stört es Sie, wenn ich rauche?«

»Oh, wenn Sie warten könnten…«, setzte Molly an. Seit Howard auf Lungenkrebs diagnostiziert worden war, haßte sie den Anblick von Rauchern – wie sie den Tod einsogen und ausatmeten.

Doch Myra hatte bereits eine Zigarette zwischen ihren glänzenden, rot angemalten Lippen und schnippte an einem goldenen Feuerzeug. Bald stieg, wie das graue Ektoplasma, das bei viktorianischen Séancen aus dem Körper des Mediums austrat, ein schmutzigweißer Dunstschleier auf und umkreiste ihren Kopf. Mach nur weiter so, und du könntest noch vor Jacko draufgehen, dachte Molly – vielleicht sogar noch vor mir.

»Hören Sie mal, wenn ich etwas bestelle, haben Sie's verdammt noch mal zu bringen, ja?« Die lauten Stimmen am

Nachbartisch, die sie schon seit einiger Zeit zu überhören versucht hatten, schwollen weiter an. Sie blickte sich nach den Gästen um: zwei Paare mittleren Alters in bunter Ferienkleidung, bei der Blau und Anilingelb überwogen. Der größere Mann mit dem hochroten Gesicht, der geschrien hatte, war offensichtlich betrunken.

»Bitte, Al!«

»Sachte, Al!« riefen die anderen.

»Es tut mir leid, Sir, aber ich habe nur…«, begann Dennis, ihr Kellner.

»Ist mir scheißegal, was Sie haben.« Die Stimme des Manns übertönte Dennis' Erklärungen und die Vorhaltungen seiner Begleiter und zog die Aufmerksamkeit der Gäste an den Nachbartischen auf sich. »Vor fünfzehn Minuten habe ich bei Ihnen ein weiteres Bier bestellt, und es ist immer noch nicht hier. Und diese gottverdammten Fritten, oder wie immer Sie sie nennen, sehen aus und schmecken wie Kacke.«

»Es tut mir sehr leid, Sir. Wenn Sie etwas anderes bestellen möchten, bringe ich Ihnen die Speisekarte…« Dennis wollte sich davonstehlen.

»He, du, komm her!« brüllte der Mann noch lauter. Dennis zog sich weiter zurück. »Verdammt noch mal, ich rede mit dir, du dummes kleines Schlitzauge!«

Verständlicherweise gehorchte Dennis nicht. Statt dessen brach er in Tränen aus und taumelte zur Küche. Viele Gäste beglotzten die Szene, und an Als Tisch erhob sich ein Chor von Stimmen, die versuchten, ihn zu beruhigen und ihm gut zuzureden.

Augenblicks eilte ein hochgewachsener, korpulenter, gutgekleideter Herr, in dem Molly den Geschäftsführer von Henry's Beach House erkannte, auf den Tisch zu, gefolgt von zwei anderen Kellnern. »Worum geht es?« erkundigte er sich gewandt.

Der Chor wandte sich ihm zu und versuchte, die Situation zu erklären, doch Als Stimme übertönte ihn.

»Ihr dummer Kellner hat meine Bestellung vergessen. Also habe ich mich beschwert, und er hat mich beleidigt.«

»Ich bedauere den Vorfall sehr«, sagte der Geschäftsführer begütigend.

»Das stimmt nicht«, beharrte eine Frauenstimme – Myras Stimme, wie Molly erkannte. Obwohl sie es ziemlich genoß, Szenen in der Öffentlichkeit beizuwohnen, war es ihr ein Greuel, in eine verwickelt zu werden. Doch Myra, die vielleicht selber schon leicht beschwipst war, fuhr fort, Dennis in Schutz zu nehmen. »Der Keller war sehr höflich, und das ist mehr, als ich über den da sagen könnte...« Mit ihrer qualmenden Zigarette zeigte sie direkt auf Al.

Ein paar junge Schüler an einem anderen Tisch ergriffen Myras Partei. »Ja, das stimmt!« riefen sie. »Er hat sich danebenbenommen. Er hat einen rassistischen Schimpfnamen verwendet...«

Als Gesicht verfärbte sich noch dunkler, und er schien aufs Doppelte seiner normalen Größe anzuwachsen. »Du hältst die Klappe, du alte Ziege, misch dich bloß nicht ein!« sagte er zu Myra mit einer unbeholfenen Drohgebärde, die ein Glas von seinem Tisch fegte. Die Frau neben ihm wollte noch danach greifen, verfehlte es jedoch, so daß es zwischen den beiden Tischen auf den Holzplanken zerschellte, wobei die Coca-Cola verspritzte.

»Jetzt schau dir an, was du angerichtet hast, du Esel!« rief die Frau und zeigte auf Mollys Seidenrock, auf dem plötzlich ein häßlicher brauner Fleck zu sehen war.

Die Miene des Geschäftsführers gefror. Sich über einen Kellner zu beschweren ist eine Sache; einen Gast zu beleidigen und die öffentliche Ruhe zu stören eine andere.

»Es tut mir leid, Sir«, sagte er, diesmal jedoch in drohendem statt beschwichtigendem Tonfall. »Ich fürchte, ich muß Sie und Ihre Begleitung bitten, das Restaurant zu verlassen.«

»Ach ja, wer sagt das?« Das Quieksen seiner Begleiterinnen und das Knurren des anderen Mannes am Tisch nicht beachtend, begann Al sich aufzurichten. Womöglich verpaßt er dem Geschäftsführer oder Myra noch eins, dachte Molly und bekam es mit der Angst zu tun. Oder erschießt sie gar noch, wer weiß? Das ist schließlich Süd-Florida. Sollte sie sich unter dem Tisch verstecken?

Aber Al blieb einfach stehen, groß und schwankend. Anscheinend registrierte er, daß ihm außer dem Geschäftsführer noch zwei muskulöse Kellner gegenüberstanden.

»Schon gut, schon gut, wir gehen!« rief er. »Mit Freuden. Gottverdammtes Schwulenrestaurant! Scheißfraß!« Gefolgt von den beiden Frauen, wankte er, weiterhin fluchend, zwischen den beschirmten Tischen hindurch dem Ausgang zu. Der andere Mann, der zurückgeblieben war, warf einem der Kellner nervös eine Handvoll Geldscheine und, dem Klang nach, eine Entschuldigung hin.

»Die Störung tut mir sehr leid«, sagte der Geschäftsführer zu Myra und Molly. »Ich möchte Sie bitten, den Vorfall zu vergessen.«

»Ach, schon in Ordnung«, sagte Myra lächelnd. »So was

passiert halt.« Ihr Gesicht war gerötet, und ihre Augen leuchteten wie nach einem erfolgreichen Kampf.

Mollys Herz klopfte immer noch. Ich bin zu alt für so etwas, dachte sie. Sie schöpfte tief Atem und ließ langsam die meergrüne Serviette sinken, die sie umklammert hatte, als hätte diese sie retten können.

»Ist bei Ihnen alles in Ordnung?« fragte Myra.

»Aber ja«, log sie. »Nun ja, ich war ein wenig besorgt. Ich dachte, der Mann würde auf jemanden einprügeln.«

»Ach, da bestand keine Gefahr. Der Typ hat von Anfang an geblufft. So jemand redet nur und handelt nicht.«

Ja, aber diese Art Gerede ist Handeln, dachte Molly.

»He, nun schauen Sie sich Ihr Kleid an.« Myra zeigte darauf. »Sie sollten es sofort in die chemische Reinigung bringen und die Rechnung ans Restaurant schicken.«

»Nun...«

»Und wenn's mit denen Scherereien gibt, sagen Sie's mir.«

»Mm-mm«, stimmte Molly zu, beschloß aber insgeheim, das Gegenteil zu tun. Myra hat ein gutes Herz, dachte sie, und wie sie den Kellner in Schutz genommen hat, ist bewunderungswürdig. Zugleich aber ist sie jemand, mit dem man sich besser nicht in der Öffentlichkeit zeigt. Howard hatte immer gesagt, wenn es sich in Ehren vermeiden lasse, sei es besser, mit säbelrasselnden Menschen keinen Umgang zu pflegen, da stets die Gefahr bestehe, daß man sie nicht mehr abschütteln könne. Das gleiche Prinzip finde auch auf die Politik und auf säbelrasselnde Länder Anwendung; es war die Kernthese eines seiner Bücher.

Angenommen, der unflätige, lärmende, betrunkene Mann

hätte, was nicht unwahrscheinlich war, eine Waffe bei sich gehabt und Myra erschossen – oder aus Versehen gar Molly. Er wäre, solange dieses noch andauerte, aus ihrem Leben nicht mehr wegzudenken gewesen und auch nicht aus dem ihrer Kinder.

Du kannst mit mir auf ein Gläschen nach Hause kommen, dachte sie und betrachtete Myra, wie sie dasaß am warmen, glitzernden Meer, umhüllt von Rauch und Selbstzufriedenheit. Aber ich werde nie wieder mit dir Mittag essen gehen.

An demselben warmen Nachmittag besichtigten Jacko, seine Mutter und seine Cousine zwischen den überwucherten Ruinen eines alten Backsteinforts am Meer die Schau der Orchideengesellschaft von Key West. Jackos Interesse an der Ausstellung war beruflicher Natur: Viele seiner Kunden besaßen Orchideen, und die Pflege und Vergrößerung ihrer Sammlungen gehörte zu seinen Aufgaben. Heute benötigte er neue Exemplare für eine Frau, die Cattleyas von der Sorte liebte, die sie zu längst vergangenen Debütantinnenbällen getragen hatte, außerdem ein halbes Dutzend prächtiger Hängepflanzen zur Ausschmückung eines neuen Nobelrestaurants.

Dorrie, Jackos Mutter, war vor Entzücken wie betäubt. Von einem laubgrünen Schlapphut gegen die grelle Sonne beschirmt, huschte sie unter leisen Freudenschreien von einem Exponat zum anderen.

»Oh, Perry, schau nur! Was für eine wunderschöne lachsrote Ascada! Eine so große habe ich ja noch nie gesehen, sie schaut aus, als wäre sie von rosa Schmetterlingen bedeckt. Und die große braungoldene Knorpellippe da unter dem

Bogen, wie ein Wespenschwarm. Oder ein Hornissenschwarm. Weißt du, als ich noch ein ganz kleines Mädchen war, tauchte in der Sommerküche auf der Ranch einmal ein Hornissenschwarm auf. Genauso golden und glänzend. Ich hielt ihn für eine Heerschar winziger Engel. Ich erinnere mich noch daran, wie sie im Zickzack flogen, und an das Geräusch – als sei das ganze Zimmer voller Geiger und alle Welt am Tanzen.«

»Ja.« Jacko blickte lächelnd auf seine Mutter hinab.

»Und all diese Orchideen, das schaffen sie ohne jede Erde – sie gedeihen und blühen einfach. Es muß hier irgend etwas besonders Nahrhaftes in der Luft liegen, meinst du nicht?«

»Bestimmt, wahrscheinlich«, pflichtete Jacko bei. Er dachte, daß die Luft in Key West auch bei seiner Mutter etwas ausgelöst hatte. So froh und munter hatte er sie seit Jahren nicht mehr erlebt – seit dem Tod seines Vaters nicht. Aber vielleicht war es ja nicht nur Key West – vielleicht war es der Vorschlag, den er ihr gestern abend unterbreitet hatte: daß sie noch einen Monat bleiben solle, wenn möglich noch länger.

Eine großartige Idee – weswegen war sie ihm nicht schon vor Jahren gekommen? Das war leicht zu beantworten: Bevor er Alvins Anwesen erbte, hatte es für Mamachen keine Bleibe gegeben. Sein Cottage bestand nur aus einem Zimmer, und ein Hotel konnte er sich nicht leisten. Ebensowenig seine Mutter, die schon seit Jahren nicht sonderlich wohlhabend gewesen war – und jetzt, wie er annahm, kurz davorstand, ganz und gar von ihrer schrecklichen Schwester Myra abhängig zu werden.

Aber so weit würde es nicht kommen, denn jetzt konnte er sich um sie kümmern. Morgen würde er mit der Arbeit am Badehaus beginnen und es richtig komfortabel einrichten. Er würde das Badezimmer anstreichen – lavendelblau, Mamachens Lieblingsfarbe – und einen neuen Kühlschrank anschaffen. Sie benötigte eine bessere Leselampe, und ein Schaukelstuhl wäre auch schön. Vielleicht konnten sie am Samstag mit Janice Stone, die dort immer fündig wurde, zum Flohmarkt gehen.

»Oh, Perry, Liebling, nun komm und schau dir diese wunderschönen Vandas an!« rief Dorrie, und Jacko folgte ihr zu einem Beet mit blaßvioletten Orchideen, deren Blütenblätter in einem dunkleren Violett gehalten waren.

Barbie Mumpson blieb ein, zwei Meter hinter ihren Angehörigen zurück, und während sie in der feuchten Hitze dahinschlurfte, sah sie mürrisch und verschwitzt aus. Unter den Armen ihres gelb-weiß karierten Hemdblusenkleids hatten sich nasse, klebrige Flecken gebildet, und ihre heißen, geschwollenen Füße in den weißen Pumps schmerzten. Ermüdet von den Anstrengungen der Packerei und von dem Wissen, daß sie in wenigen Tagen in Washington bei Bob sein würde, es sei denn, sie brächte den Mut auf, zum Strand hinunterzulaufen und sich vorher zu ertränken, hatte sie schlecht geschlafen.

Barbies Mutter hatte behauptet, in Washington werde sich schon alles wieder einrenken. »Mit Bob wirst du keine Probleme mehr haben«, hatte sie versprochen. »Ich habe ihm eine hübsche Gardinenpredigt gehalten. Ihn die Furcht des Herrn gelehrt.« Das Problem war nur: Barbie wollte nicht, daß Bob nett zu ihr war, nur weil er in der Furcht des

Herrn lebte oder in der ihrer Mutter. Das sei keine Liebe, hatte sie ausgerufen; es war nicht einmal wie in einer Ehe, jedenfalls hatte sie sich diese anders vorgestellt, als Bob um ihre Hand anhielt.

Mama hatte gesagt, Barbies romantische Vorstellungen seien unerheblich. Im Guten wie im Schlechten sei ihr Platz an der Seite ihres Mannes; so stehe es schon in der Bibel geschrieben. Es sei ihre Aufgabe, die Gefährtin ihres Mannes zu sein, besonders in der Politik, wo eine Ehefrau wichtiger Bestandteil des öffentlichen Images sei. Aber für Bobs Image wäre sie ohnehin keine Hilfe, dachte Barbie. Sie würde wieder alles verpfuschen und die Sache für ihn nur schlimmer machen, und alle wären wütend auf sie, wie sie es immer waren.

»He, Barbie. Wenn du genug gesehen hast, warum gehst du nicht mit Mamachen etwas trinken?« fragte Jacko. »Ich muß noch den Preis einiger Pflanzen aushandeln. Da drüben unter dem großen Banyan gibt's Soda und so weiter.«

»Na schön«, fügte sie sich lustlos. Sie hatte schon längst genug gesehen. Wie so manche Tierliebhaber (zu denen Wilkie Walker nicht gehörte) hatte Barbie für Pflanzen nichts weiter übrig. Für sie waren sie nichts als Lebensraum und Futter; es war wichtig, sie zu erhalten, um das Überleben von Säugetieren und Vögeln zu sichern, aber an und für sich waren sie uninteressant. Viele der ausgestellten Orchideen wirkten auf sie beinahe unheimlich – die verdrehten, troddeligen Formen, die zitternden Fühler, die dicken, fleischigen Blütenblätter, die sonderbaren Farbtöne: neonviolett, hellgrün, beefsteakfarben.

»Ach, herrlich, nicht?« murmelte Tante Dorrie wenige

Minuten später, als sie sich mit einem Pappbecher Eistee auf eine Bank sinken ließ. Die Sonne sickerte durch ihren grünen Hut und verlieh ihren hübschen, aber erschöpften Gesichtszügen eine pflanzenähnliche Farbe.

»Mm-mm«, brachte Barbie zustande. Sie nahm einen Schluck Cola.

»Herrlich«, wiederholte Dorrie. Gemächlich ließ sie ihren Blick über die exotischen Blütenblätter und die nicht minder exotischen Kleider einiger anderer Besucherinnen schweifen. »Weißt du, Liebling, ich war so unglücklich wegen Perry. Aber jetzt weiß ich, daß er alles überstehen wird, was auch immer geschieht. Ich habe so innig für ihn gebetet, und vergangene Nacht habe ich endlich alles Jesu anheimgegeben und Ihm gesagt, jetzt liegt alles an Dir. Und als ich vorhin die schöne, große, goldene Orchidee sah, war sie wie eine Verheißung. Es könnte sogar sein, daß die Ärzte noch rechtzeitig ein Heilmittel für Perry entwickeln.«

»Mm-mm«, murmelte Barbie. Auch sie hatte seit ihrer Kindheit immer mal wieder gebetet, und einige Male hatte sie versucht, ihr Leben Jesu anheimzugeben, aber geklappt hatte es nie. Einmal, als sie fünfzehn war, war sie der Sache wenigstens nahe gekommen, in der neuen Baptistenkirche, in die ihre Freundin Nancy ging. Die Orgel spielte, und durch die rosa und grünen Fenster schien die Sonne. Alle beteten und wiegten sich, und der Geistliche rief sie auf, nach vorn zu treten und den Leib des Herrn zu empfangen.

Barbie versuchte es, aber sie kam nicht auf den Gang hinaus. Sie konnte sich nicht von der Vorstellung frei machen, daß der Herr ihr Leben gar nicht wollte. »Sein Auge ruht auf dem Sperling«, sang die Gemeinde, »und ich weiß, daß

Er über mich wacht.« Aber Barbie kam es immer so vor, als ruhe zwar das Auge des Herrn auf ihr, doch sei es Ihm herzlich gleichgültig, was Er da sah. Wenn sie morgen früh ertrank, wäre es Ihm völlig schnurz, weil sie in der Welt ohnehin zu nichts nütze war.

»Ich habe die Pflanzen, Mamachen«, sagte Jacko herzutretend. »Ich belade jetzt den Wagen.«

»Ich helfe dir, Liebling.«

»Nein, du bleibst hübsch hier sitzen. Oder sieh dich noch ein bißchen um, wenn du magst. Barbie wird mir helfen.«

Draußen in der Sonne war es heißer denn je. Wegen der Menschenmenge hatte Jacko weit unten auf der Strandstraße parken müssen. Als er und Barbie, schwer beladen mit Pflanzen, Töpfen und Orchideendünger in Tüten, zu seinem Kleinlaster kamen, waren sie verschwitzt und gereizt.

»He, so doch nicht!« rief er, als sie ein schweres Plastiktablett mit Ablegern anhob; aber es war schon zu spät. Erschrocken ließ Barbie die Pflanzen aus der Hand gleiten, einige fielen auf den Bürgersteig und knickten ab.

»Gott, was für ein Trottel.«

»Tut mir leid«, ächzte sie.

»Ja.« Jacko stellte die Pflanzen wieder auf das Tablett, ließ die Ladeklappe herab und schob es auf die Ladefläche. Dann lehnte er sich schwer atmend gegen den Wagen.

»Perry, du siehst furchtbar aus«, sagte Barbie taktlos zu ihm. »Du weißt, was Mama sagt. Sie sagt, die Arbeit, die du verrichtest, ist für einen kranken Menschen nicht gut, die ganze Zeit im Freien, in der heißen Sonne, in diesem feuchten Klima, sagt sie.«

»Ach, wirklich?« keuchte Jacko.

»Mm-mm. Sie findet, du solltest dein Anwesen verkaufen und nach Tulsa zurückziehen.«

»Ja, hat sie mir schon gesagt. Was meinst du dazu?«

»Weiß nicht«, erwiderte sie verlegen. »Mama sagt...«

»Ach, scheiß drauf«, unterbrach Jacko sie. »Weißt du, was du bist, mein Püppchen? Du bist doch bloß ihr Mundstück.«

»Ihr was?« fragte Barbie dümmlich. Sie wußte, was ein Mundstück war. Die Trompete, die sie in ihrer High-School-Band gespielt hatte, wenn sie bei Footballspielen aufs Spielfeld marschiert waren, hatte eines. Sie hatte eine hübsche rote Uniform mit goldenen Tressen und fransenbesetzten Schulterstücken getragen und sich meistens nicht einmal verspielt. Noch Jahre danach bewahrte sie ihre Trompete in einem mit grünem Plüsch ausgeschlagenen Kasten auf dem obersten Regal ihres Wandschranks auf, und manchmal, wenn sonst niemand im Haus war, holte sie sie hervor und spielte eine Melodie. »Was willst du damit sagen?«

»Damit will ich sagen, daß Tanta Myra dir jeden Satz vorschreibt«, erwiderte Jacko. »Mein Gott, du weißt aber auch gar nichts.«

»Du weißt auch nicht soviel«, gab Barbie zurück und schluckte Tränen des Zorns hinunter. Seine spöttische Miene, von Kindesbeinen an vertraut, trieb sie zum Äußersten. »Zum Beispiel glaubst du, daß Mama dich nach Tulsa holen will, damit du genesen kannst. Aber das ist ihr gleichgültig, sie will nur dein Anwesen an sich reißen, damit sie es der Republikanischen Partei vermachen kann.«

»Sei nicht albern«, sagte Jacko und schenkte Barbies bestens vertrautem Weinen keine Beachtung. »Ich werde doch Tanta Myra nicht Alvins Haus geben.«

»Nein«, beharrte Barbie noch immer schluchzend. »Aber sie denkt sich, daß du bald stirbst und alles Tante Dorrie hinterläßt, und aus der kann Mama alles herausschlagen. Das hat sie schon immer.«

»Du weißt nicht, wovon du redest«, sagte Jacko, aber seine Miene verriet Beunruhigung.

»Und ob ich das weiß«, sagte Barbie würgend. »Warum, glaubst du, hat Tante Dorrie wohl ihr Haus gegen diese kleine gesichtslose Eigentumswohnung draußen beim Einkaufszentrum eingetauscht? Das war Mamas Idee, als sie Geld für Bobs Wahlkampf brauchte.«

»Nun aber langsam.« Jacko wischte sich mit einem grünen Taschentuch übers Gesicht. »Willst du damit sagen, Myra hat Mamachen dazu überredet, unser Haus zu verkaufen?«

»Mm-mm.«

»Und warum hat sie nicht ihr eigenes Haus verkauft?«

»Ach, das könnte sie nie. Das brauchte sie für Spendenkampagnen und Empfänge. Tante Dorries Haus eignete sich nicht für Partys, dafür lag es zu weit draußen auf dem Land.«

Fast eine Minute lang sagte Jacko nichts. »Klasse«, brachte er endlich heraus. »Große Klasse. Danke.« Er schlug die Ladeklappe zu, dann zog er die Stirn kraus. »He, was ist mit der anderen Cattleya passiert, die ich eben gekauft habe?«

»Hä?«

»Die große, weiße Orchidee, die in der Mitte orange ist. Die ich dir zum Tragen gegeben habe.«

»Weiß nicht.« Barbie betrachtete teilnahmslos die geparkte Wagenreihe. »Wahrscheinlich habe ich sie stehenlassen.«

»Ach du Scheiße«, sagte Jacko. »Du bist aber auch zu wirklich gar nichts nütze. Na schön, warte hier auf mich.« Im Laufschritt rannte er die Straße hinunter.

Einen Augenblick hielt sich Barbie an seine Anweisungen; dann fing sie wieder an zu weinen und lief auf der Strandstraße in die entgegengesetzte Richtung: aus keinem anderen Grund als dem Bedürfnis, Jackos Anschuldigungen und ihrem ewigen Elend zu entfliehen, und der undeutlichen Vorstellung, sich und alle ihre Sorgen im Meer zu ertränken.

Die Sonne schien, es wehte ein warmer Wind, das Wasser schimmerte tiefviolett und in einem klaren, blassen, flüssigen Grün, aber Barbie nahm nichts davon wahr. Sie hielt erst an, als sich auf ihrem Weg ein Hindernis in Gestalt eines mit Büchern und Broschüren überfüllten Klapptisches und eines handgemalten Plakats auftat, auf dem in großen, grünen Lettern stand: RETTET DEN MANATI.

Sie erstickte ihre Tränen, blieb stehen und starrte die Erscheinung an, danach den jungen Mann, der im Schatten einer Kokospalme hinter dem Klapptisch auf einem Klappstuhl saß. Er hatte gelockte wasserstoffblonde Haare, eine große, sonnenverbrannte Nase und trug eine dunkle Sonnenbrille.

»Hey«, sagte sie schließlich und wischte sich mit dem Handrücken über die Augen. »Angenommen, ich möchte Manatis retten, was muß ich tun?«

»Sie unterschreiben diese Petition«, sagte er und schob ihr ein Klemmbrett hin.

Bedächtig nahm Barbie den Stift zur Hand, den er ihr reichte: »Das ist alles?«

»Nein. Wenn Sie möchten, könnten Sie uns richtig helfen.« Als er seine Sonnenbrille abnahm, um sie besser sehen zu können, traten wäßrigblaue, von blasserer, ungebräunter Haut umrandete Augen zutage, die ihm das Aussehen eines Surfers oder eines Waschbären verliehen.

»Zum Beispiel wie?« fragte sie und unterzeichnete die Petition mit ihrem Namen und (nach einigem Nachdenken) mit Jackos Anschrift.

»Nun, Sie könnten uns ein paar Dollar geben«, schlug er vor. Offenkundig schätzte er Barbie als einen Menschen ohne beträchtliche Geldmittel ein. »Oder Sie könnten Umschläge adressieren, am Mallory Dock Flugblätter verteilen oder Plakate kleben. Vielleicht sich irgendwo mit dieser Unterschriftensammlung hinter einen Tisch setzen, so wie ich.«

»Ja?« fragte sie gedankenverloren.

»Wenn es Sie wirklich interessiert, könnten Sie nächste Woche mit mir zu der Versammlung gehen.«

»Ja. Das könnte ich tun«, sagte Barbie gedehnt. »Sicher doch. Ich würde gern den Manati retten.«

10

Später, als die Sonne noch wärmer schien, lag Jenny auf der Chaiselongue neben dem Swimmingpool, von Maschendraht vor Insekten geschützt, die es seit der Eindämmung der Moskitoplage gar nicht mehr gab. An diesem Nachmittag wirkte das Anwesen vernachlässigt: Jacko war mit den Gärten anderer Leute beschäftigt und hatte keine Zeit gehabt, den tropischen Abraum zusammenzukehren, der während der Regenwoche angefallen war.

Jenny hatte den Swimmingpool und das Haus, das dazugehörte, gründlich leid. Sie wäre gerne bei Lee Weiss gewesen, auch wenn sie sie bereits am Freitag gesehen hatte und morgen wieder sehen würde.

Doch bei dem Gedanken, daß Lee womöglich nicht nur überrascht, sondern auch ein wenig gelangweilt dreinschauen würde, wenn sie unerwartet das Artemis Lodge beträte, empfand sie beinahe so etwas wie Entsetzen.

Weshalb konnte sie nicht statt dessen mit Wilkie am Strand spazierengehen? hatte sie sich zugeredet. Schließlich war er ihr Mann, und gewöhnlich gingen Ehepaare gemeinsam am Strand spazieren. Als Wilkie um die übliche Zeit aus seinem Arbeitszimmer herunterkam, hatte sie ihn darauf angesprochen.

»Ich dachte, ich könnte mit dir schwimmen gehen«, hatte sie gesagt und dabei nervös lächelnd seinen Arm berührt.

Wilkie blieb wie vom Donner gerührt stehen. Er sah seine Frau sonderbar an, grimmig, als sei er drauf und dran, sie zu schlagen. Dann sagte er in dem knappen, beherrschten Tonfall eines Professors, der auf eine offensichtliche Schwachstelle in der Argumentation einer Studentin aufmerksam macht: »Aber du bist noch nicht soweit.«

»Ich ziehe sofort meinen Badeanzug an; es dauert nicht lange«, versprach sie.

»Tut mir leid«, murmelte ihr Mann. »Ich kann nicht warten. Vielleicht ein andermal.« Dann zwängte er sich an ihr vorbei, ging durchs Wohnzimmer und zur Tür hinaus.

Kraftlos, wie betäubt stand Jenny an der Treppe und hielt sich, um nicht zu stürzen, an dem häßlichen Chromgeländer fest. In letzter Zeit war Wilkie oft sehr schroff zu ihr gewesen – so barsch, so grob jedoch noch nie. Vielleicht liebt er mich nicht mehr, dachte sie. Vielleicht liebt er mich schon seit langem nicht mehr.

Und vielleicht liebe auch ich ihn nicht, schoß es ihr plötzlich durch den Sinn. Wie kann man jemanden lieben, der so kalt und herzlos ist?

Wie sie so in dem warmen, getüpfelten Schatten lag, durchlief sie ein Schauder. Denn falls Wilkie sie nicht liebte und sie ihn auch nicht, war alles von Grund auf anders und verkehrt.

Vielleicht hatte er es ja nicht so gemeint, wie es geklungen hatte, redete sie sich ein. Vielleicht reagierte sie überempfindlich, weil sie sexuell frustriert war. Schließlich war es schon fast zwei Wochen her, daß Wilkie mit ihr schlafen wollte, und davor hatte es noch länger gedauert.

Jenny war es nicht gewohnt, daß ihr Verlangen ihr zu

schaffen machte. Die meiste Zeit ihrer Ehe über war Wilkie der leidenschaftlichere von beiden gewesen, derjenige, der stärker und häufiger danach verlangt hatte. Dann, vor etwa fünfzehn Jahren, hatte seine Begierde sich allmählich abgeschwächt, bis sie endlich vollkommen aufeinander abgestimmt waren: einmal die Woche. Es waren wunderbare Jahre gewesen, Jahre der Eintracht, in denen Jenny nie der lieblose Gedanke gekommen war (nicht, daß sie ihn je ausgesprochen hätte, natürlich nicht): Ach nein, Liebling, bitte nicht schon wieder.

Dann aber, im vergangenen Herbst... Es lag daran, daß er älter wurde, hatte Wilkie behauptet. Eines Nachts, es war sehr regnerisch, hatte er diese Worte vor sich hin gemurmelt und Jenny gefragt, ob sie etwas dagegen hätte, noch ein paar Tage abzuwarten. Er hatte sie sogar gefragt, ob er sie, wie er es nannte, »stimulieren« solle. »Würde dir das gefallen?« hatte er sich erkundigt.

»Ach nein, danke«, hatte sie mit einem verlegenen kleinen Lachen erwidert, froh darüber, daß Wilkie im Dunkeln nicht sah, wie sie zurückwich und errötete. Nein, das würde mir ganz und gar nicht gefallen, hatte sie gedacht. Wenn er selbst nicht wollte, würde es schrecklich mechanisch werden.

»Ich frage ja nur«, hatte Wilkie gesagt und ebenfalls gelacht, allerdings unbekümmerter. »Ich schätze, auch du wirst älter.«

Aber sie wurde nicht älter, jedenfalls nicht so, wie er gemeint hatte, dachte Jenny. Besonders nicht hier in Key West, wo, wie in den meisten Ferienorten, alles darauf ausgerichtet schien, Sinnenfreuden nahezulegen und zu begünstigen.

An einem solchen Ort machte man entweder alles mit oder wurde, wie Wilkie, immer ärgerlicher, verkniffener und in sich gekehrter.

Mit Ausnahme einiger weniger Tage in der vergangenen Woche hat er sich mir gegenüber sogar noch kälter verhalten – hier in Key West, das uns doch aufwärmen sollte, dachte Jenny. Ich wünschte, ich wäre nie hierhergekommen…

Doch das durfte sie nicht wünschen, denn wenn sie nicht nach Key West gekommen wäre, hätte sie Lee Weiss nicht kennengelernt. Und bei dem Gedanken an Lee Weiss mußte sie trotz ihrer Verwirrung und Niedergeschlagenheit lächeln.

Wenn sie Lee nicht sehen konnte, war es angenehm, an sie zu denken: Lees tiefes Lachen, Lees glatte, braune Arme, Lee, die breitbeinig dastand – auf kräftigen, gebräunten Beinen und Füßen unter verwaschenen, abgeschnittenen Jeans. Lee, die in ihrer großen Mahagonischüssel Salat anmachte: Um die Salatblätter zu wenden, benutzte sie nicht etwa Gabel oder Messer, vielmehr vermengte sie den Kopfsalat, die Gurken und Tomaten mit ihren breiten, gebräunten Händen in einem Wirbel aus Grün, Weiß und Rot. Bei diesem Anblick hätte Jenny am liebsten ihre Hände zusammen mit Lees in den Salat getan.

Es hatte keinen Sinn, sich etwas vorzumachen, sagte sie sich und runzelte die Stirn. Sie liebte nicht nur Lees Klugheit, Güte und Wärme, sie liebte auch ihr Äußeres. Sie fühlte sich körperlich angezogen von einer Angehörigen des eigenen Geschlechts.

Und das war eigentlich nichts Neues. Der einzige Unterschied bestand darin, daß ihr Gefühl viel stärker war denn je zuvor. Schon immer war Jenny der Meinung gewesen, daß Frauen im allgemeinen schöner waren als Männer. Die meisten Männer, selbst gutaussehende wie Wilkie, hatten an den falschen Stellen – manchmal sogar auf dem Rücken – sprießende Haare, hatten grobe Haut, rauhe Hände, blasse, knorrige Füße und ein unästhetisches rotes Gebaumele, das anders hätte entworfen werden müssen, privater. Frauen waren anmutiger, eleganter, zierlicher gebaut.

Frauenkörper hatte sie stets gern betrachtet, erinnerte sich Jenny. Was ihr zum Beispiel beim Schwimmen im Swimmingpool des College mit am besten gefallen hatte, war, anderen Leuten beim Duschen und in den Umkleideräumen zuzusehen: Frauen in allen Formen und Farben, Frauen aller Altersgruppen vom Kleinkind bis zur Großmutter. Alle so verschieden und meistens eigentlich sehr schön, selbst wenn sie nicht überall gebräunt waren, wenn sie Sommersprossen oder lange Strähnen dunklen, nassen, ungekämmten Haars hatten, große Hängebrüste oder fast gar keine. Sie beugten sich vor, um ihre Badeanzüge überzustreifen, verdrehten sich, um sich einen schmalen, knubbeligen oder einen breiten, fleischigen Rücken einzuseifen, und hoben lange, muskulöse Beine, um sich vor ihren Runden aufzulockern.

Jahrelang hatte Jenny ihnen zugesehen, ohne sich je Gedanken darüber zu machen oder irgend jemandem davon zu erzählen. Hätte Wilkie davon gewußt, hätte er sich nur noch mehr über sie entrüstet, als er es wahrscheinlich ohnehin tat. Wilkie zufolge war die Liebe zum eigenen Geschlecht entweder eine Laune der Natur oder ein Zeichen der Unreife, eine egoistische Weigerung, die Verantwortung eines Erwachsenen zu übernehmen.

Aber das war doch Unsinn, wenn sie an Lee dachte, die reifer und verantwortungsbewußter war als alle anderen, die Jenny kannte. Und es gab eine Menge reifer, verantwortungsbewußter Menschen wie Lee oder Jacko, jeder zehnte, hatte sie irgendwo gelesen, und sie konnten nichts dafür, ebensowenig, wie man etwas dafür konnte, wenn man groß, klein, lahm oder blind war.

Wenn jemand auf diese Weise benachteiligt war, verhielt sich Wilkie einfühlsam, oft großzügig. Er spendete Geld für die Herausgabe seiner Bücher in Blindenschrift und auf Kassette und zeigte sich körperbehinderten Menschen gegenüber hilfsbereit. Einer ihrer Freunde von der Williams University, ein Biologe, war Spastiker, und auf Konferenzen und Empfängen war Wilkie immer zur Stelle, um seinen Rollstuhl unter freundlichen Scherzen die Treppe hinaufzutragen oder um Hindernisse herumzuwuchten.

Was jedoch sexuelle Abweichungen anging, war mit ihm kein vernünftiges Wort zu reden gewesen. Schon in der Vergangenheit war seine Unvernunft in Gesellschaft manchmal unangenehm, um so mehr hier in Key West, wo etliche der interessantesten Wintergäste homosexuell waren. »Den brauche ich nun wirklich nicht kennenzulernen«, hatte Wilkie über einen berühmten ältlichen Biographen und Kritiker gesagt. »Du weißt, daß ich mich mit schwulen Früchtchen nicht verstehe.«

›Schwule Früchtchen‹ war ein merkwürdiger Ausdruck, ohne jeden ersichtlichen Bezug zur Wirklichkeit, dachte Jenny, während sie in der Sonne vor sich hin döste – ein Ausdruck, den sonst niemand verwendete, den sie kannte. Lee zufolge war Jacko *gay*, und auf ihn traf die Bezeichnung zu, da er meistens fröhlich war. Aber nichts an ihm erinnerte sie an eine Frucht.

Obwohl, wenn Jacko eine Frucht wäre, dachte sie schläfrig, dann vermutlich ein Pfirsich, wegen des warmen Schmelzes seiner gebräunten Haut und des leichten Flaums auf Armen und Beinen. Wohingegen sie, Jenny, wenn überhaupt eine Frucht, dann ein Apfel wäre: ein McIntosh oder einer dieser Cortlands mit dem weißen Fruchtfleisch, die sich so vorzüglich für Salate eigneten. Und Lee wäre etwas Exotischeres: vielleicht eine Papaya oder eine dieser südamerikanischen Melonen, wie sie manchmal im Waterfront Market feilgeboten wurden. Sie dufteten himmlisch und lagen schwer und warm in der Hand; wenn man sie aufschnitt, offenbarten sie festes, leuchtend rotoranges Fruchtfleisch und verströmten einen schweren Duft. Wie Lee, falls…

Jenny lächelte im Halbschlaf. Dann, schockiert über sich selbst, setzte sie sich auf. Nein, das war ja entsetzlich, so durfte sie nicht denken. Sie sprang auf, schleuderte das dicke flamingofarbene Badetuch von sich und stürzte sich in das mit Laub bestreute Schwimmbecken.

Die ersten von der Sonne gewärmten Zentimeter waren angenehm; doch nach einer Woche Schlechtwetter war das Wasser darunter eiskalt. Jenny erschauerte vor Schreck, widerstand jedoch dem Drang, wieder hinauszuklettern. Vielleicht würde es ihr guttun: Schließlich galt kaltes Wasser seit jeher als Heilmittel gegen unerwünschte sexuelle Begierde. Sie schob das Kinn vor und kraulte platschend in raschem Tempo los.

Als Jenny, abgefallene Blätter in den Haaren, aus der Tiefe auftauchte, um nach Luft zu schnappen, und wendete, um zurückzuschwimmen, merkte sie, daß sich jemand anders innerhalb der Einfriedung des Schwimmbassins aufhielt: ein Mann in weißer Hose und rotem Hemd. Sie blinzelte, tauchte erneut auf und schwamm zögernd weiter.

»Hallo«, sagte der Mann und blickte von oben auf sie herab, die sie bis zur Hüfte im Eiswasser stand und sich fröstelnd das klatschnasse Haar und Laub aus dem Gesicht strich. Es war Gerry Grass. Er hielt ein großes Paket in der Hand.

»Oh, hallo.« Jennys Stimme klang ausdruckslos. Durchnäßt, fröstelnd, spärlich bekleidet und mit ihren triefenden Haaren auf einer Höhe mit Gerrys trockenen Sandalen, fühlte sie sich entschieden im Nachteil. Sie watete zu den Stufen und kletterte hinaus. Jetzt befand sie sich zumindest auf gleicher Höhe; doch obwohl sie einen dezent geschnittenen grünen Badeanzug von Land's End trug, kam sie sich nackt vor. Es hat damit zu tun, wie er mich ansieht, dachte sie, dieses überfreundliche Lächeln. Vorsichtig ging sie an ihm vorbei, schlang das Strandtuch um sich und ließ sich nieder.

»Ich habe Ihnen ein Geschenk mitgebracht«, sagte Gerry, der ihr gefolgt war. »Zum Valentinstag.« Er hielt ihr eine große, rote, herzförmige Schachtel hin.

»Ach, wirklich?« rief Jenny aus. »Ich hatte ganz vergessen, daß heute…« Sie lachte gekünstelt. »Danke schön.« Die Schachtel war prall gepolstert und mit einem roten Seidenband verziert. »Damit hatte ich gar nicht gerechnet… Es ist schon Jahre her, daß ich…« Jedenfalls mehr als zehn Jahre, dachte sie – damals war Billy noch jung genug, um seiner Mutter eine selbstgebastelte, aus rotem Karton ausgeschnittene und mit Glitzerstaub geschmückte Valentinskarte zu überreichen. Zu Hause verwahrte sie immer noch fünf oder sechs davon in seiner Mappe. Wilkie hatte ihr zum 14. Februar noch nie etwas geschenkt; es war keiner der von ihm anerkannten Feiertage.

»Weil Sie beim Mittagessen so nett zu mir waren«, sagte Gerry. »Ein offenes Ohr für meine Sorgen hatten.«

»Danke, aber das war wirklich nicht… Sie hätten sich keine Umstände…«, murmelte Jenny. In ihren Augen waren Gerrys Sorgen nicht eben von äußerster Wichtigkeit. Sein Laptop funktionierte nicht, sein Verleger hatte eines seiner Bücher nicht mehr aufgelegt – die gewöhnlichen Ärgernisse des Literaturbetriebs, mit denen sich selbst Wilkie gelegentlich herumschlug. Gewiß, Gerrys Freundin hatte ihn verlassen, aber das hatte sich offensichtlich schon seit langem abgezeichnet.

Gerry, der momentan ziemlich sorglos wirkte, zog sich einen anderen Stuhl heran. »Wenn Sie mögen, können Sie sie jetzt gleich aufmachen«, schlug er mit einem Blick auf die herzförmige Schachtel vor.

»Na gut.« Sie streifte das Seidenband ab und hob den wattierten Deckel, der eine Mischung feinster Pralinen in dunkelbraunen geriffelten Wachspapierförmchen freigab. »Oh, wie schön«, sagte sie ziemlich ausdruckslos. »Bitte, nehmen Sie eine.«

Gerry streckte die Hand aus, dann zog er sie zurück. »Aber nein; zuerst Sie.«

Jenny wählte eine kleine, mandelförmige Praline und

stellte die Schachtel auf die Fußstütze ihres Stuhls. Er nahm sich ebenfalls eine Praline.

»Ah. Karamel«, sagte er voller Genugtuung und kaute lächelnd.

»Nehmen Sie sich doch noch eine. Nehmen Sie, so viele Sie wollen.«

»Aber nicht doch.«

»Ach, nun machen Sie schon«, sagte sie, erstaunt darüber, daß er, der immerhin gute Fünfzig war und einer der bekanntesten Lyriker Amerikas, so zwischen Gier und guten Manieren schwankte.

»Aber das Geschenk war für Sie«, wandte Gerry ein.

»Geschenke soll man teilen, hat meine Mutter immer gesagt.«

»Aber schwergefallen ist es Ihnen, nicht wahr?« Gerry grinste und warf seine dichten, graumelierten Locken zurück. »Besonders, wenn Sie all die anderen Kinder nicht mochten.«

»Nun ja, ein wenig«, räumte Jenny ein und mußte zum ersten Mal lächeln. Es war erholsam, hier in der Sonne zu liegen und dieses völlig kindische Gespräch zu führen.

»Das ist genau die krankhafte Gesellschaft, in der wir aufgewachsen sind«, verkündete Gerry. »Ich glaube fest daran, daß man alles teilen sollte, aber nur mit Leuten, die man liebt und bewundert.« Er griff wieder nach den Pralinen und warf ihr einen grinsenden Seitenblick zu. Höflich schob sie sie näher zu ihm hin.

»Ich hoffe, das bedeutet, daß Sie mich lieben und bewundern«, sagte er und löste einen in Goldfolie gewickelten Würfel heraus.

Mit Mühe unterdrückte Jenny den Wunsch, die Schachtel an sich zu nehmen. »Ich habe nicht behauptet, daß ich an Ihre Verhaltensregel glaube«, erwiderte sie kühl. Aber Gerry lachte nur, wobei er eine Goldfüllung entblößte, die zu der Folie paßte.

Der flirtet ja, dachte sie; und er bildet sich ein, daß ich zurückflirte. Aber warum sollte er sich das auch nicht einbilden? Mit seinem stattlichen Wuchs, seinen breiten Schultern und ebenmäßigen Gesichtszügen ist er ein attraktiver Mann, und das weiß er. Die meisten Leute fänden es ganz natürlich, wenn ich mit ihm flirten würde, zumal wenn sie wüßten, wie seltsam Wilkie sich seit Monaten aufführt.

»Wissen Sie, was ein Freund von mir sagt«, sinnierte Gerry. »Er sagt, daß selbst negative Erfahrungen wie das, was zwischen mir und Tiffany vorgefallen ist, für einen Schriftsteller produktiv sein können. Denn am Ende ist alles Nährstoff für Poesie.«

»Mm«, erwiderte Jenny ohne Überzeugung und sogar leicht angewidert. Vor ihrem geistigen Auge tauchte das Bild eines großen, schweren Ackergauls auf, der in seinem Stall stand und gierig den Hafer und das Heu menschlichen Unglücks mampfte. Entschiedener denn je nahm sie sich vor, Gerry nichts von sich anzuvertrauen. Womöglich beschloß er noch, ihr Unglück ebenso wie seins dem dicken Gaul vorzusetzen, der ihm zufolge bestimmt den Namen Pegasus trug.

»...hat sich gelohnt für mich, hier in Key West zu sein«, sagte Gerry gerade, als sie ihm wieder zuzuhören begann. »Jetzt, wo Tiffany fort ist, kann ich richtig gut arbeiten. In Kalifornien war ich irgendwie ausgelutscht. Sogar zynisch.

Das ist mir verhaßt.« Er runzelte die Stirn, indem er seine buschigen grauen Augenbrauen herabzog; dann lächelte er ihr zu und beugte sich zu ihr. Sie konnte den dichten graublonden Haarwuchs sehen, der aus seinem feuerroten Hemd hervorsproß.

»Ja?« sagte sie und lächelte sehr verhalten zurück.

»Die Atmosphäre war mir nicht sehr zuträglich in L. A. Tiffany und ihre Freundinnen sprachen immer nur über Geld. Manchmal taten sie so, als interessierten sie sich für Kunst, Politik oder die Umwelt, aber wofür sie sich wirklich interessierten, war vor allem der Saldo, verstehen Sie?«

»Mm«, äußerte sich Jenny. Eine von Gerrys positiven Seiten war, daß er sich ernstlich Sorgen um die Umwelt machte. Vor wenigen Jahren hatte er ein Buch über die Natur und die damalige Männerbewegung namens *Männer von Eiche* veröffentlicht, das mehrere Zitate aus Wilkies Arbeiten enthielt. Wilkie hatte sich für die Gefälligkeit erkenntlich gezeigt und in einem Artikel im *Atlantic* aus einem von Gerrys Gedichten zitiert.

»Scheißtypen die meisten, Entschuldigung«, murmelte Gerry wie zu sich selbst und lehnte sich zurück.

»Schon in Ordnung«, sagte Jenny freundlich; doch eigentlich verspürte sie Ärger und Enttäuschung. Gerry flirtete nicht mehr, wenn er denn je geflirtet hatte. Aber so hatte sie es doch gewollt, weshalb war sie darüber verärgert?

»Aber nicht alle«, fuhr er fort. »Vergangenen Monat habe ich einen wirklich bemerkenswerten Typ aus Oregon kennengelernt. Er ist dabei, ein Windenergiesystem zu konstruieren, das Gott weiß wieviel Gas und Öl sparen wird. Er war beeindruckend. Manchmal entmutigt es mich, wie die Welt sich entwickelt, verstehen Sie? Dann unterhalte ich mich mit jemandem wie ihm und denke, daß wir doch noch eine Chance haben. Aber Tiff und ihre Freundinnen... Die wollten nur herausfinden, ob seine Windmühlen Gewinn abwerfen würden, und falls ja, ob sie sich finanziell daran beteiligen könnten, verstehen Sie?«

»Ja, solche Leute habe ich auch schon kennengelernt«, sagte Jenny.

»Es ist schön, dieser Atmosphäre entronnen zu sein. Mit jemandem wie Wilkie zusammenzusein. Ich habe ihn stets bewundert, noch bevor wir uns kennenlernten. Verdammt, ich habe mich so gefreut, als er die Zeilen aus ›Stimmen der verlorenen Wälder‹ in seinem Artikel zitieren wollte. Wissen Sie, zu mir kommen immer noch Leute, Leute, die noch nie Lyrik gelesen haben, und sagen...«

Er hat gar nicht geflirtet, sagte sich Jenny. Er war nur liebenswürdig zu mir, weil ich mit Wilkie verheiratet bin, wie alle anderen auch. Alle anderen außer Lee.

»Er ist integer, hat sich nie auf Kompromisse eingelassen, nie etwas getan, dessen er sich schämen müßte oder wofür man ihn verspotten könnte.«

Nein, wahrscheinlich nicht, dachte Jenny und hörte nicht mehr zu, als Gerrys Lob für Wilkie in ein Bedauern über den Lauf der Welt und seine eigene schuldhafte Verwicklung in ihren Niedergang überging.

»...eine Werbeannonce für Laptop-Computer; vielleicht haben Sie sie gesehen, letzten Sommer war sie in zahlreichen Zeitschriften«, sagte Gerry, als sie ihm wieder zuhörte. »Eine Frau aus Tiffanys Bekanntschaft hat mir den Auftrag vermittelt. Mir gefiel die Idee nicht sehr, aber ich mußte die Studiengebühren berappen für Gaia – das ist meine jüngste Tochter, sie ist in Stanford –, und da habe ich zugestimmt, und sie haben mich mit einem Footballspieler abfotografiert. Der war über zwei Meter groß und muß mehr als hundert Kilo gewogen haben. So, wie wir beide abgelichtet wurden, sah er aus wie ein großer, gesunder, glücklicher Sportler und ich wie ein bekloppter Ästhet. Ich erhielt einen Scheck über fünftausend Dollar und einen neuen Laptop, aber dafür habe ich einen gut Teil meiner Glaubwürdigkeit eingebüßt. Tiff wollte einfach nicht begreifen. Sie sagte immer nur: ›Alle Publicity ist gute Publicity.‹«

»Mm.« Jenny hatte diesen dubiosen Spruch schon oft gehört; er zählte zu den Lieblingssätzen von Wilkies neuem Agenten.

»Wenn Sie mich fragen, so ist das, als würde man sagen: Alle Pralinen sind gute Pralinen. In Wahrheit könnten sich einige als giftig erweisen.« Er stieß ein kurzes, unglückliches Lachen aus und griff zu einer weiteren, vermutlich ungiftigen Praline. »Ich wette, Wilkie hat so etwas wie diese Werbeannonce noch nie gemacht.«

»Nun, er… Nein, so etwas nicht«, stimmte Jenny zu. Sie beschloß, den Spendenaufruf, in dem ein dummes, ungestelltes Foto von Wilkie erschienen war, nicht zu erwähnen. Auf diesem Foto stand Wilkie der Mund offen, und er entblößte sein künstliches Gebiß. Er wurde, offenkundig gegen seinen Willen, mit einem riesigen Stofftier abgebildet, einem Pandabären, dem Maskottchen von World Wildlife.

»Aber wissen Sie, die Leute vergessen so eine Annonce auch wieder«, sagte sie. »Ich meine, falls sie sie überhaupt zu

Gesicht bekommen haben. Ich zum Beispiel kenne sie nicht.«

Automatisch befleißigte sie sich des besänftigenden, fast gurrenden Tonfalls, den sie im Laufe der Jahre vervollkommnet hatte, wenn sie auf eine öffentliche Kränkung Wilkies reagierte oder ihm aus einer Verlegenheit half. »Die meisten Leute können sich an Werbeannoncen nicht erinnern.«

»Ich möchte es hoffen.« Gerry starrte ins Becken hinab, dann hob er wieder den Kopf. »Erinnern Sie sich noch an den weißen Reiher, von dem ich Ihnen am Freitag erzählt habe? Den ich auf der Straße gesehen hatte und der so verloren wirkte?« fragte er. »Ich habe ihn in ein Gedicht aufgenommen. Ich fände es schön, wenn Sie es sich einmal anschauen könnten.«

»Aber gerne«, sagte Jenny in dem Bewußtsein, daß es für einen Schriftsteller stets eine tödliche Beleidigung ist, wenn man sich weigert, einen Blick auf seine Arbeit zu werfen.

»Großartig.« Gerry beugte sich zu ihr, legte seine warme Hand auf ihren kühleren Arm und sah ihr erregt in die Augen. »Es befindet sich in meinem Arbeitszimmer, wenn es Ihnen nichts ausmacht, Treppen zu steigen... Es wird mir hier ein bißchen heiß.«

Ja, merkte Jenny, es war heiß – besonders unter Gerrys Hand. Vielleicht hatte sie sich ja doch nicht getäuscht.

»Ich serviere Ihnen einen Drink«, fügte er hinzu und zog seine Hand zurück, nicht jedoch seinen Blick.

»Oh... Danke, aber ich brauche eigentlich...« Er flirtet schon wieder, sagte sie sich; vielleicht ist es mehr als ein Flirt. Wenigstens gehe ich nicht halb nackt hinauf. »Ich mache

Ihnen einen Vorschlag«, meinte sie. »Ich ziehe mir trockene Kleider an und bin in zehn Minuten bei Ihnen.«

»Großartig«, wiederholte Gerry. »He, vergessen Sie Ihre Pralinen nicht. Hier draußen werden sie schmelzen.«

Jenny trug die überdimensionale, herzförmige, rote Pralinenschachtel hinein, durchquerte das Wohnzimmer und blickte im Vorübergehen aus dem Vorderfenster, um zu sehen, ob Wilkie bereits auf dem Nachhauseweg war.

Am Tor stand jemand, aber es war nur Jackos Cousine Barbie, eine große, dümmliche, blonde junge Frau, die sich als einer von Wilkies Fans entpuppt hatte und »total begeistert« war, daß sie auf demselben Anwesen wohnte. Zweimal schon hatte sie Jenny mitgeteilt, wie wunderbar es sein mußte, mit einem solchen Mann verheiratet zu sein. Ja, früher schon, hatte Jenny gedacht. Barbie, die vermutlich auf ihren Cousin Jacko wartete, trug heute besonders alberne Sachen: eine rosa gerüschte, schulterfreie Bluse und kurze weiße Shorts, wie eine Country-Western-Sängerin.

Barbies Tante dagegen war eine ruhige, angenehme Frau, dachte Jenny, während sie die Treppe hinaufging. Gestern hatte sie mit ihr ein angeregtes Gespräch über Pflanzen geführt. Dorrie Jackson zufolge war die üppige, elefantenohrige Kletterpflanze am Tor ein gemeines Baumlieb. Wenn es in diesem tropischen Klima einen geeigneten Baum fand, verwandelte es sich von Grund auf. Als Mrs. Jackson Jennys höflichen, aber ungläubigen Gesichtsausdruck registrierte, zeigte sie ihr zum Beweis im Boden neben dem Baum einen Seitentrieb derselben Pflanze in ihrer kleineren, nördlichen Form.

Barbies Mutter wiederum, Myra Mumpson, war eine sehr unangenehme Person, dachte Jenny, während sie ihren

Badeanzug abstreifte. Gestern zum Beispiel hatte sie sich unter dem Vorwand, es für Jacko, den künftigen Besitzer des Anwesens, »besichtigen« zu wollen, mehr oder weniger gewaltsam Zutritt in ihr Haus verschafft. »Wissen Sie, ich bin Grundstücksmaklerin«, hatte sie erklärt und sich an Jenny vorbei in die Diele gedrängt. Daraufhin hatte sie einen raschen Gang durchs Haus gemacht und immer wieder Ausdrücke fallenlassen, die einer Maklerbroschüre hätten entstammen können, Ausdrücke wie »topmoderne Wohnküche« und »großes Schlafzimmer mit luxuriösem eigenem Badezimmer«.

Vergebens hatte Jenny versucht, Mrs. Mumpson von Wilkies Arbeitszimmer fernzuhalten. »Ich will nur einen flüchtigen Blick hineinwerfen, es dauert keine Sekunde«, hatte sie gerufen und auch schon die Tür geöffnet. Wilkie, der im Schaukelstuhl saß und aus dem Fenster sah, hatte aufgeschaut, und die Überraschung in seiner Miene verwandelte sich schnell in Feindseligkeit. Wie sie vorhergesehen hatte, fragte er Jenny später aufgebracht: »Wer zum Teufel war denn dieses fürchterliche Weibsbild?«

Jenny öffnete die Tür des »eleganten Einbauschranks« (so Mrs. Mumpson) und suchte Kleidungsstücke aus, die ihr für einen Umtrunk mit Gerry Grass in seiner jetzigen Gemütsverfassung angemessen erschienen: Segeltuchschuhe, maßgeschneiderte Freizeithose und ein Männerhemd aus einem dichten Gewebe, das erotische Avancen, sollte ihm der Sinn nach diesen stehen, weder nahelegte noch erleichterte.

Angekleidet schritt sie die Treppe hinab und schaute wieder aus dem Fenster. Wie sie sah, war Wilkie nicht erst auf dem Nachhauseweg. Er war bereits da. In seiner Badehose stand er am Tor und unterhielt sich mit Barbie Mumpson, die sich dicht vor ihm aufgebaut hatte und mit einem hingebungsvollen Gesichtsausdruck, wie er Wilkies Fans gemein war, zu ihm aufblickte.

Als sich Jenny jedoch von diesem vertrauten Anblick eben abwenden wollte, geschah etwas Unerwartetes. Barbie stellte sich auf die Zehenspitzen, schlang die Arme um Wilkie und küßte ihn mitten auf den Mund. Jenny hatte früher schon manchmal mitbekommen, wie übereifrige Frauen Wilkie zu küssen versuchten, und ihr Mann hatte stets so darauf reagiert, daß er zusammenzuckte und sich höflich, aber schleunigst zurückzog. Doch diesmal zog er sich durchaus nicht zurück; vielleicht erwiderte er den Kuß sogar, obwohl sie sich dessen nicht sicher sein konnte. Jedenfalls blieb er einfach stehen.

Vielleicht war ja auch nichts Unerwartetes geschehen, dachte Jenny, als Barbie ihren Mann endlich losließ: nichts, wozu es nicht auch schon vorher gekommen war. Vielleicht hatte sich Wilkie deshalb in letzter Zeit so seltsam, so distanziert verhalten. Als er ihr im vergangenen Jahr gesagt hatte, daß sie älter würden, hatte er vielleicht ihr Alter im Sinn gehabt, nicht seines. Damit wollte er sagen, daß Jenny ihn als Liebhaberin nicht mehr interessierte, daß er eine Jüngere wollte. Bitte, ich bin an dir auch nicht mehr interessiert, dachte Jenny. Ich hasse dich.

Unterdessen stand Wilkie immer noch dicht vor Barbie Mumpson und starrte sie dümmlich an. Vermutlich würde er bald ins Haus kommen und Jenny mit demselben raschen, kalten, distanzierten Blick bedenken, den er ihr zugeworfen hatte, als er zum Baden gegangen war.

Sie konnte es nicht ertragen, nicht jetzt. Jenny wandte sich ab und rannte durchs Zimmer, lief durch die gläserne Schiebetür, zu Gerrys Apartment.

Eine Stunde zuvor war Wilkie Walker auf der Flucht vor seiner Frau und seinem Haus den rissigen Gehsteig entlang zum Ozean gehastet. Er atmete heftig, und sein Herz klopfte, als sei er knapp einer Katastrophe entronnen. Nein, zwei Katastrophen. Als Jenny ihn angesehen, ihre weiche Hand auf seinen Arm gelegt und leichthin und doch so liebevoll gesagt hatte, daß sie gern mit ihm schwimmen gehen würde, hatten zwei fast unkontrollierbare, unvereinbare Regungen von ihm Besitz ergriffen: einerseits, sie zu umarmen und auszurufen: »Rette mich!«, andererseits aber, sie wegzustoßen und zu schreien: »Laß mich in Frieden, rühr mich nicht an!« Beiden hatte er eben noch widerstehen können und war entkommen.

Alle Augenblicke drehte er sich um, weil er sehen wollte, ob Jenny etwa doch in ihren Badeanzug geschlüpft war und ihm folgte. Das wäre verhängnisvoll – oder eher das Gegenteil, denn selbst wenn er als erster im Wasser wäre, würde er seinen Plan nicht ausführen können. Er konnte nicht gut verschwinden, wenn seine Frau ihm nachschaute, hinter ihm herschwamm, ihm zurief zurückzukommen, er habe sich zu weit hinausgewagt... Aber genau das würde Jenny tun, wenn er sich weigerte, auf sie zu hören, und weiterschwamm. Womöglich würde es damit enden, daß er sie retten mußte, denn obwohl sie sich anmutig im Wasser bewegte, eine ausdauernde Schwimmerin war sie nicht.

Wieder blickte Wilkie über die Schulter zurück. Die

Straße, gewissermaßen blutbespritzt mit den nassen, karmesinroten Blütenblättern der Bougainvillea, war immer noch menschenleer. Vielleicht kam Jenny ja doch nicht. Vielleicht würde es ihm diesmal gelingen. Er eilte weiter.

Jetzt bot sich vor ihm der Ozean dar. Die Sonne am Himmel stand niedrig, eine flache, blasse Apfelsine; bis zum Sonnenuntergang war es nicht mehr lange hin. Die Bedingungen waren ideal: Von Süden blies ein starker Wind, es herrschte Flut, und das Meer war von cremigen Schaumkronen überzogen, die unregelmäßig auf und nieder tanzten und ihn verbergen würden.

Wilkie kam – wie er hoffte, zum letzten Mal – an der Tafel mit den Badevorschriften von Higgs Beach vorbei. Gemächlich schritt er durch den groben Sand zum Landungssteg und scherte sich nicht um die Menschen, die sich dort versammelt hatten. Am äußersten Ende des Landungsstegs ließ er Sandalen, Hemd und Badetuch auf die Bohlen fallen. Er stieg die nasse Treppe hinab und hielt sich, als die Wogen gegen ihn klatschten, an dem salzverkrusteten Holzgeländer fest. Er durfte jetzt nicht ausrutschen und sich einfach nur verletzen.

Nach einer Woche Regen war die See kühl, fast kalt. Mit kräftigen Stößen entfernte sich Wilkie vom Landungssteg, dann hielt er inne, trat Wasser und beobachtete, wie die Sonne in ihren Schlitz zwischen Meer und Himmel fiel. Er wartete darauf, daß die Zuschauer des Sonnenuntergangs sich zerstreuten und die Luft sich zum letzten Mal von Gold zu Grau verfärbte. Der Horizont war fast bis zum Zenit mit Gewitterwolken angefüllt, die womöglich von nahe bevorstehendem Regen kündeten. Das war gut: ein plötzlicher

Sturm würde seinen Tod durch Ertrinken plausibler erscheinen lassen.

Bald blieben nur noch fünf Personen auf dem Landungssteg zurück: ein Teenager nahe dem Strand, der sich den Kopfhöhrer eines Walkmans in die Ohren gestöpselt hatte; ein Paar mittleren bis vorgerückten Alters in seiner Nähe; und am äußersten Ende ein Mann in einem elektrisch betriebenen Rollstuhl und sein schmächtiger, schwarzhaariger chinesischer (vielleicht auch japanischer) Helfer. Wilkie hatte das Paar schon vorher gesehen: Vor dem Wetterumschwung hatten sie sich bei Sonnenuntergang fast jeden Tag hier aufgehalten. Der Invalide war jung, schmerzlich dürr und atmete durch einen Schlauch. Molly Hopkins zufolge handelte es sich womöglich um eines der vielen AIDS-Opfer, die nach Key West kamen, um hier zu sterben. Gegen Ende ihres Lebens kehrten sie an den Ort zurück, wo sie am glücklichsten gewesen waren – und wo sie möglicherweise sich und andere infiziert hatten.

Während Wilkie wartete und die kleinen, kabbeligen Wellen abwehrte, trat der asiatische Helfer vor den Rollstuhl und beugte sich zu dem Invaliden. Sie blickten einander ohne eine Bewegung an und schienen miteinander zu sprechen. Dann lehnte sich der Helfer vor, entfernte den Atemschlauch, legte dem anderen die Hände auf die Schultern und küßte ihn leidenschaftlich. Schließlich hängte er den Schlauch wieder ein, richtete sich auf und bewegte sich den Landungssteg entlang, zurück zu dem Lieferwagen, mit dem sie stets fuhren. Dabei stolperte er wie blind ein- oder zweimal.

Wilkie, den die Szene peinlich berührt hatte, kehrte sich ab. Einen Augenblick lang fuhr er fort, Wasser zu treten und das Schwinden des roten Lichts in der Ferne zu betrachten. Er ärgerte sich über die Verzögerung, ärgerte sich über die Gegenwart des Sterbenden. Die Sonne war versunken, die rosafarbenen Wolken verblaßten: Warum zum Teufel hauten die Leute nicht ab? Wilkies Miene verfinsterte sich: Obwohl nie jemand davon erfahren würde, berührte es ihn unangenehm, daß die letzten starken Empfindungen seines Lebens Verärgerung und Widerwille gewesen waren. Er schüttelte den Kopf und schwamm hinaus, dem eindunkelnden Horizont entgegen.

Plötzlich hörte er im Wasser hinter sich einen lauten, schweren, explosiven Platscher. Wilkie hörte auf zu schwimmen und sah sich um. Bis auf die drei Touristen in Ufernähe war der Landungssteg leer. Der kranke Mann im Rollstuhl war verschwunden, als sei er mit einem Schwamm von der Sonnenuntergangsszene getilgt worden.

Auch die Touristen hatten den Platscher vernommen: Sie rappelten sich auf, rannten schreiend den Landungssteg entlang und starrten zusammengeschart am äußersten Ende ins Wasser hinab. Einer von ihnen winkte und rief Wilkie etwas Unverständliches zu.

Seine erste Reaktion war blanke Wut. Verdammt noch einmal, warum mußte das ausgerechnet jetzt passieren? Dann aber hielt er automatisch auf den Landungssteg zu.

Dies war kein Unfall, dachte er plötzlich, als er das feuchte Geländer umklammerte und sich daran hinaufzog. Dies war Selbstmord, geplant mit Vorbedacht und Mut. Es herrschte Flut, und ein schwerer Rollstuhl mit einem angeschnallten Mann darin würde geradewegs auf den felsigen Meeresgrund in drei, vier Meter Tiefe hinabsinken – war bereits hinabgesunken. Vier Minuten – so lange konnte niemand ohne Atemluft überleben, und dieser Typ war ja nicht irgendwer, er war todkrank.

Vom Strand her begann schreiend der asiatische Helfer – nein, der Liebhaber, wie Wilkie jetzt wußte – auf sie zuzulaufen. Ich habe gesehen, wie sie Abschied nahmen, dachte er. Ich habe ihren letzten Kuß gesehen. Er versuchte, auf den glitschigen Stufen, über denen inzwischen, herumgieksend und mit den Fingern zeigend, die Touristen standen, nicht abzurutschen. Zeugen, dachte er, zur Hand, um zu beweisen, daß der andere Typ – der Liebhaber – nicht in seinen Tod verwickelt war. Und ich bin ebenfalls Zeuge.

Wir werden ihn nicht heraufhieven können, und das wollte er auch nicht; aber wir müssen uns den Anschein geben, als ob wir es versuchten, sagte sich Wilkie, als der Teenager und der Asiate die nasse Treppe hinabstiegen. Und es wird ein widerwärtiges, hoffnungsloses Unterfangen sein. Unterdessen stampften die beiden mittelaltrigen Touristen über den hölzernen Steg zurück, vermutlich, um die Polizei herbeizurufen.

Wie Wilkie vorhergesehen hatte, waren die nächsten fünfzehn Minuten äußerst unangenehm. Unter großen Anstrengungen zwängten er und die beiden anderen Männer sich planschend zwischen den verrosteten, muschelverkrusteten Streben des Landungsstegs hindurch. Der dahintreibende nasse, gummiartige Seetang und die starke Brandung erschwerten es ihnen, zu dem sperrigen Rollstuhl zu gelangen; das nachlassende Licht hinderte sie daran, ihn deutlich zu sehen. Als Wilkie zum dritten Mal tauchte, bekam er etwas Knochiges und Schlaffes zu fassen, das ein Arm sein mußte, dann entglitt es ihm wieder. Bald verspürte er einen Schmerz in der Hüfte, hatte er sich an der Schulter eine lange, blutende Schürfwunde zugezogen.

Inzwischen waren Polizei und Krankenwagen eingetroffen, gefolgt von einem Abschleppwagen mit Winde. Schon hatte sich eine kleine Gruppe jener menschlichen Ghule versammelt, auf die Unglücksfälle jeder Art eine magnetische Anziehungskraft ausüben. Männer mit schwerer Ausrüstung rannten den Landungssteg entlang, daß die Bohlen zitterten.

Wilkie und die anderen Mitglieder der Amateur-Rettungsmannschaft folgten ihren geschrienen Anweisungen und kamen wieder unter dem Steg hervor. Wilkie schleppte sich aus dem Wasser, in einen kalten Wind; er merkte, daß er erschöpft war und zitterte. Sein Arm blutete, aber er hatte nichts bei sich, womit er die Blutung stillen konnte: sein Badetuch, sein Hemd und eine seiner Sandalen waren verschwunden; bestimmt waren sie in dem Durcheinander von irgendeinem Tölpel ins Wasser gestoßen worden.

Müde tappte er den Landungssteg entlang. Einer der Polizisten hielt ihn an, stellte ihm wiederholt dümmliche Fragen und notierte unbeholfen seinen Namen, seine Adresse und seine Telefonnummer.

»In Ordnung, Alter, Sie gehen jetzt besser nach Hause und wärmen sich auf«, sagte der Polizist übertrieben diensteifrig zu ihm. »Wegen der Zeugenaussage melden wir uns später bei Ihnen.«

Erschöpft und zornentbrannt humpelte Wilkie in der ihm verbliebenen Sandale über den Strand und machte sich in der windigen Abenddämmerung auf den Weg die Reynolds

Street hinauf. Es war gegen jede Vernunft, gegen jede Gerechtigkeit, daß sein Plan immer wieder vereitelt wurde. Es war, als gäbe es eine unsichtbare, aber tückische Macht, die sich ihm in den Weg stellen wollte; die sich ihm ein ums andere Mal in den Weg gestellt hatte. Die wünschte, daß er langsam, gedemütigt, unter Qualen stürbe.

Als er den ersten Block zur Hälfte zurückgelegt hatte, hielt er an. Was zum Teufel tue ich da? dachte er. Ich könnte doch zurückgehen und die Sache zu Ende bringen. Er drehte sich um. Der Abschleppwagen und die Ambulanz standen noch da, ihre roten und weißen Lichter blitzten in ungleichem Takt auf. Er würde abwarten müssen, bis sie losgefahren wären, und inzwischen zitterte er fast ununterbrochen, aber was hatte das schon zu sagen? Er wäre tot, bevor er sich irgend etwas zuziehen würde.

Doch wenn er heute abend starb, würde sein Tod willkürlich, aber unweigerlich mit dem des Mannes im Rollstuhl in Verbindung gebracht werden. Wilkie sah schon die Schlagzeile im *Key West Citizen* vor sich: ZWEI MENSCHEN AM HIGGS BEACH ERTRUNKEN. Schlimmer noch, wahrscheinlich würde es die *Times* in ihrem Nachruf auf ihn melden. Für alle Zeiten würde ein Leben der Achtbarkeit und Leistung mit dem bemitleidenswerten Tod dieses anderen in Verbindung gebracht werden.

Ja, und manche würden sich sogar fragen, ob es nicht wirklich eine Verbindung zwischen ihnen gab. Ein zufälliges Zusammentreffen verwirrt den menschlichen Geist, so daß er einen ursächlichen Zusammenhang vermutet und falsche Erklärungen formuliert. Bei Jung (einem Denker, für den Wilkie nicht viel übrig hatte) hieß das Synchronizität.

Handelte es sich bei Professor Wilkies gleichzeitigem Tod ebenfalls um Selbstmord? Das war eine solche Frage, wie sie Kritikern und Biographen einfallen würde, die stets einen Skandal witterten, auch dort, wo es keinen gab.

Er hatte miterlebt, wie mit anderen umgesprungen wurde, mit Freunden, die längst nicht mehr lebten. Mit Bill Lumkin beispielsweise, der bei dem Versuch, den alten Kater seines Nachbarn zu retten, in einem Feuer umgekommen war. Hinterher begannen die Leute sich zu fragen, was der Kater überhaupt in Lumkins Schuppen zu suchen hatte, was das Ganze bedeutete. Wo doch die Antwort auf der Hand lag: Er war auf Mäusefang gewesen.

Vielleicht kannte Wilkie Walker den Mann im Rollstuhl, würden die Skandaljäger spekulieren. Vielleicht waren sie früher miteinander intim gewesen.

Nein. Das durfte nicht geschehen. Er mußte seinen »Unfall« verschieben, bis keinerlei Verbindung mehr herstellbar war zwischen diesem und jenem, dessen Zeuge er soeben geworden war. Er mußte einen Tag warten, vielleicht – um ganz sicherzugehen – zwei. Zwei Tage, in denen er vortäuschen mußte zu essen. Zu schlafen. Zu reden. Tage, in denen er versprechen mußte, Vorträge zu halten und zu schreiben – Versprechen, die er niemals halten könnte, die aber als Beweis dafür dienen würden, daß er für die Zukunft plante und ein guter, großherziger Mensch war. Wilkie spürte, daß ihn die Last dieser Tage erdrückte, wie Steine, die vom düster werdenden Himmel fielen. Bis auf die Knochen durchgefroren, vor Verzweiflung und Erschöpfung fast benommen und eingedenk einer vollen Blase, machte er kehrt und humpelte weiter durch den kalten Abend.

Um Jenny auf das Eintreffen der Polizei vorzubereiten, würde er ihr von dem Vorfall erzählen müssen. Aber jetzt noch nicht. Zuerst brauchte er eine heiße Dusche und einen Schuß Bourbon. Die Fenster ihres Hauses waren dunkel: Vielleicht war niemand daheim.

Pech gehabt! Am Tor stand eine weibliche Gestalt, halb erhellt von der Außenbeleuchtung, die sich, sobald es dämmerte, automatisch einschaltete. Nicht Jenny, sondern die Freundin der Rundschwanzseekuh, Barbie Mumpson.

»Oh! Professor Walker!« rief sie gehetzt und ergriff seinen schmerzenden Arm. »Ich habe auf Sie gewartet, ich habe Ihnen soviel zu erzählen! Heute nachmittag habe ich einen reizenden Mann am Strand kennengelernt, und er sagt, daß es auf den Key Islands eine Menge wunderbarer Menschen gibt, die sich für das Überleben des Manati einsetzen. Und ich habe ihm erzählt, daß Sie sich vielleicht dafür interessieren würden, und er war völlig begeistert. Nächste Woche halten sie hier eine große Versammlung ab, und ich habe gesagt, ich würde Sie bitten, eine Rede zu halten. Bitte, bitte, sagen Sie zu, ich habe nämlich versprochen, daß ich mir alle Mühe geben würde…«

Das Mädchen stellte sich dicht neben Wilkie, umklammerte seinen verletzten Arm, schaute mit ihrem runden, dümmlichen Babygesicht keuchend zu ihm auf und verstellte ihm den Weg ins Haus. Du mußt sie loswerden, dachte er.

»Gut, in Ordnung«, knurrte er, denn in zwei Wochen wäre er nicht mehr am Leben. Erschöpft versuchte er, sie wegzustoßen, doch Barbie ließ ihn nicht los.

»Oh, danke, danke!« winselte sie, und plötzlich stellte sie

sich auf die Zehenspitzen und drückte ihm einen langen, feuchten, warmen Schmatzer auf den Mund. »Ach, das ist ja wunderbar. Die werden ganz hingerissen sein, das weiß ich. Ich hoffe nur, daß ich noch hier sein werde, um Sie zu hören, das wäre phantastisch!«

»Ja, gut, wenn Sie mich jetzt entschuldigen würden«, sagte Wilkie und löste sich endlich ziemlich grob aus der Umarmung. »Ich muß…«

»O Gott, natürlich, es tut mir leid…« Endlich gab sie ihm den Weg frei. »Ich habe gar nicht gemerkt, ich habe nur gedacht…« Aber der Rest ihres Wortschwalls ging unter, abgeschnitten von der zuschlagenden Haustür.

11

Am Dienstag vormittag, Lee saß gerade auf ihrer Veranda und besetzte einige handgewebte Servietten mit Fransen, bog ein Kleinlastwagen in die Auffahrt. Heraus sprang Jacko, gefolgt von seiner flaumigen weißen Katze Marlene. Er trug eine Unmenge weißer Treibhausblumen im Arm.

»He«, rief Lee. »Was bringst du denn da?«

»Die sind von Dennis«, sagte er und kam die Stufen herauf. »Dauernd schicken die Leute welche, und er wollte sie aus dem Haus haben.«

»Aus dem Haus haben?« Sie betrachtete das Blättergewirr: Farne wie Spitzen, Maßliebchensträuße, porzellanige Lilien, zerzauste Nelken, hochgewachsene Gladiolen und Rosen in sämtlichen Weißtönen von Schneeweiß bis zu satter Cremefarbe. »Aber morgen ist doch die Beerdigung. Bis dahin halten sie sich noch.«

»Er mag die weißen nicht. Für Chinesen ist Weiß die Farbe des Todes.«

»Ja, das habe ich auch irgendwo gelesen, aber... Teufel noch eins, schließlich ist Tommy tot.«

»Dennis sagt, sie jagen ihm Angst ein. Außerdem soll der Gottesdienst eine Feier von Tommys Leben sein. Da habe ich mir gedacht, vielleicht könntest du sie gebrauchen.«

»Nun ja... Klar kann ich sie gebrauchen, ich bin ja keine

Chinesin. Danke, prima.« Sie zog die bloßen braunen Füße von dem ramponierten Couchtisch aus Flechtwerk und stand auf. »Bring sie in die Küche; ein paar Vasen werde ich schon noch finden.«

»Und wie geht's Dennis?« fragte Lee, als sie ihre tiefe Spüle mit kühlem Wasser füllte und die Blumenpracht hineinstellte.

»Irgendwie seltsam.« Jacko setzte sich auf das knarrende Korbsofa und nahm Marlene auf den Schoß. »Ich glaube, er steht immer noch unter Schock.«

»Kann ich mir denken.« Lee begann damit, die festen, holzigen Nelkenstiele im Wasser anzuschneiden.

»Gestern abend hat er bei mir angerufen und mich gebeten, bei ihm vorbeizukommen. Er hörte sich nicht allzu schlimm an, aber als ich zu ihm kam, ging's ihm wirklich dreckig. Er hat wieder davon angefangen, daß sein Leben zu Ende sei und er nie wieder jemanden so lieben könne wie Tommy. Dann hat er gesagt, ebensogut könnte er auch tot sein, und wenn er Tommy nicht versprochen hätte weiterzuleben, würde er sich vermutlich früher oder später umbringen.«

»Tommy hat sich von Dennis versprechen lassen, daß er weiterleben wird? Ganz schön gerissen von ihm.« Lee begann, einen glasierten blauen Krug aus der White Street Pottery mit weißen Nelken zu füllen.

»O ja. Tommy hat ihm gesagt, weil er HIV-negativ sei, wäre es von jetzt an seine Aufgabe, all die Dinge zu genießen, die Tommy genossen habe, nur doppelt so intensiv. Er müsse Dubonnet mit Limettensirup trinken, sich ihre Callas-Platten anhören und mindestens einmal im Monat

Artischocken mit selbstgemachter Sauce hollandaise essen. Er werde ihn im Auge behalten, und wenn er von oben zusehe und merke, daß Dennis sich nicht glänzend amüsiere, werde er sehr böse werden.«

»Von wo oben?«

Jacko zeigte an die Zimmerdecke.

»Dann war er also davon überzeugt, daß er in den Himmel kommt?« Lee holte tief Luft. Im Inneren des Hauses wirkte der Duft der Treibhausblumen, besonders der Lilien, beinahe bedrückend.

»Ja. Du kennst doch Tommy. Ganz Optimist, bis zum bitteren Ende.«

»Dann soll sich also Dennis mit Essen, Trinken und Musik vergnügen«, sagte Lee. »Aber nicht mit Sex.« Sie schob die Nelken beiseite und machte sich an einigen elfenbeinfarbenen Rosen mit dunkelroten, dornbesetzten Stielen zu schaffen.

»O doch. Mit Sex auch. Tommy hat Dennis gesagt, er habe Zeit bis Ostern, um sich aufs Kreuz legen zu lassen.«

Lee lachte. »Er war ein süßer Kerl, Tommy, findest du nicht? Auch wenn viele seiner politischen Ansichten dämlich waren. Die meisten Menschen denken nicht so gern daran, wie ihr Partner nach ihrem Tod weitervögeln wird.«

»Ja«, sagte Jacko nach einer Pause. Er strich sich eine dichte, dunkle Haarlocke aus den Augen.

»Glaubst du, Dennis wird die Frist einhalten?« fragte Lee und stellte eine zerbeulte, aber elegante silberne Kaffeekanne voll weißer Rosen beiseite.

Jacko hob die Schultern und ließ sie wieder sinken. »Wer weiß? Er ist so romantisch. Am liebsten ständig ›verliebt‹.«

Er krümmte die Zeigefinger beider Hände und setzte den Ausdruck in imaginäre Anführungsstriche. »Möchte jemanden ›wirklich gründlich kennen‹.«

»Das macht die Sache mühsamer«, pflichtete Lee ihm bei und betrachtete eine Rose, deren Blütenblätter so fleischig und vollkommen waren, daß sie wie aus weißem Wildleder geformt schienen.

»Weißt du«, sagte Jacko, »ich verstehe einfach nicht, daß die Leute Sex immer mit allem möglichen befrachten müssen. Wenn ich jemanden sehe, den ich geil finde, wird mir womöglich alles verdorben, wenn ich zuviel über ihn weiß.«

»Ich weiß, was du meinst«, sagte Lee. »Ich kann gar nicht sagen, wie oft ich das Interesse an einer wirklich attraktiven Frau verloren habe, wenn sich herausstellte, daß sie eine erzkonservative Republikanerin war oder an Seelenwanderung glaubte.«

»Richtig. Man will, daß sie einem fremd bleiben. Am besten ist es, wenn ich gar nicht weiß, wo jemand herstammt oder auch nur, wie er mit Nachnamen heißt. Er muß nur stark und schön und sexy sein, so wie die Blumen da.« Er zeigte auf die hohe kupferne Vase mit Lilien, deren goldene Staubfäden beinahe zu pulsieren schienen.

»Aber es muß doch noch mehr dransein«, sagte Lee und runzelte die Stirn.

»Für mich nicht. Am besten gefällt es mir, wenn ich einen Typ anschaue und er schaut zurück, das ist alles. Knall auf Fall. Das erste Mal ist es immer am besten. Wenn ich nicht schnell genug wegkomme, erzählt er mir womöglich noch, daß er unter Migräne leidet oder tagsüber auf der Arbeit Ärger hatte. Dann möchte ich am liebsten sagen: Hör mal, könntest du bitte den Mund halten? Du verdirbst mir noch alles. Aber wenn ich das tue, fühlt der Typ sich gekränkt oder versucht, mich umzubringen. Also hänge ich aus Höflichkeit noch eine Weile herum, und dann setzt er mir auseinander, daß er in New Jersey aufgewachsen ist und sich mit seinem Vater nicht verstanden hat, daß er sich zum Programmierer ausbilden läßt oder einen von Flöhen befallenen Terrier namens Oscar hat oder sonstwas.«

»Aber Teufel noch eins, das gehört doch zum Spaß dazu.« Lächelnd begann Lee, spitzenartiges Venushaar zwischen die Rosen zu stecken. »Jedenfalls für mich. Jemanden kennenzulernen, wer sie wirklich ist und woher sie kommt, sich in ihrem Beisein immer wohler zu fühlen, zu wissen, daß sie eine Weile bleiben wird, das gehört doch alles dazu. Willst du so etwas denn nie?«

»Du bist wie meine Mutter, du willst, daß ich einen netten Mann kennenlerne«, entgegnete Jacko lächelnd. Das Dumme ist, ich habe zu viele nette Männer kennengelernt. Je besser ich jemanden kenne, desto weniger erregt er mich. Bald ist er kein fabelhafter Fick mehr, sondern nur noch irgend so ein Typ, den ich kenne.«

»Ja, aber…«

»Das letzte, was ich will, ist eine dauerhafte Beziehung, einen Mitbewohner; das wäre wie im Gefängnis. Du willst das doch auch nicht, sonst hättest du längst eine.«

»So einfach ist das nicht«, sagte Lee. »Nicht, wenn du Liebeskummer hast.« Sie zog ein bekümmertes Gesicht.

Jenny Walker liebte sie, dessen war sie sich fast sicher. Daß Jenny sie nur als Freundin liebte – davor hatte sie Angst. Wenn sie sich trafen, lächelte Jenny vor Freude. Dann durfte

Lee sie umarmen, sie sogar flüchtig küssen, und Jenny erwiderte Kuß und Umarmung, aber mehr auch nicht. Manchmal, wenn sie zusammen waren, dicht nebeneinandersaßen, sich über den Webstuhl, ein Buch oder einen Topf mit Limettenmarmelade beugten, konnte Lee nicht anders: Sie mußte Jenny wie zufällig berühren. Jenny zuckte nie zusammen oder wich zurück; meistens lächelte sie, rückte aber auch nicht näher.

Ein Dutzend Male war Lee drauf und dran gewesen, den ersten Schritt zu tun, dann hatte sie gekniffen. Was, wenn sie Jenny erschreckte, sie vertrieb? Dann wäre alles vorbei, und sie hätte nichts. Nie wieder würde Jenny so schlank und schön in dieser Küche sitzen, nie wieder neben ihr am Ofen stehen und lachen, wenn sie Kürbissuppe kochten und sich gegenseitig die Finger ableckten.

»Wie geht's denn so mit Mrs. Walker?« fragte Jacko, womit er wieder einmal seine Fähigkeit unter Beweis stellte, Gedanken zu lesen.

»Es geht so«, erwiderte Lee ausweichend.

»Willst du damit sagen, du hast ihr immer noch keinen reinen Wein eingeschenkt?«

Lee zuckte die Achseln und antwortete nicht. Auch Jack verstummte; er saß da und streichelte langsam Marlene, bis sie noch vernehmlicher schnurrte und mit ihren blaßgrünen Augen blinzelte. Aber Lee wußte, was er dachte. Er dachte, wenn die Liebe etwas so Großartiges ist, wie kommt es dann, daß sie einen elend macht? Ich bin nicht elend, sagte sie sich. Immer, wenn ich Jenny sehe, bin ich wunderbar glücklich.

»Kapiere ich nicht«, sagte Jacko. »Menschenskinder noch

mal, ich meine, wo sie doch die ganze Zeit hier ist. Und wie sie dich ansieht. Ich wette, sie wartet nur darauf, daß du den ersten Schritt tust.«

Wieder sagte Lee nichts, doch ihr Gesicht drohte sie zu verraten. Um ihre Miene zu verbergen, blickte sie von Jacko weg auf die Fülle cremefarbener Rosen, deren dunkelste fast denselben Farbton hatte wie die Haut in Jennys Nacken, wenn sie sich das Haar hochsteckte.

»Ich gehe jetzt besser nach Hause«, sagte er schließlich. »Mal sehen, wie Mumsie sich hält.«

»Geht es ihr nicht gut?«

»Als ich losgefahren bin, ging es ihr ganz ordentlich. Aber sie hat mit Tante Myra zu Mittag gegessen; das reicht, um jeden fertigzumachen.« Er lachte kurz. »Soll ich dir was sagen? Seit Myra weiß, daß ich krank bin, rührt sie mich nicht an. Schüttelt mir nicht einmal die Hand, um sich nur ja nichts zu holen.«

»Das ist ja abscheulich. Und idiotisch.«

»Gestern kam mir plötzlich der Einfall, Myras Hand zu nehmen, als wollte ich sie küssen, und dann hineinzubeißen, um ihr einen ordentlichen Schreck einzujagen. Aber wahrscheinlich würde ich mir eine Blutvergiftung zuziehen, gemein, wie sie ist.«

Lee lachte.

»Weißt du, es ist schon komisch, diese Krankheit zu haben. Als führte ich heimlich eine Waffe bei mir. Wahrscheinlich führe ich sie schon seit Jahren bei mir, nur wußte ich es nicht. Wollte es nicht wissen.«

»Mm-mm.« Lee zog die Stirn in Falten.

»Die Sache ist die, zuerst redest du dir ein, daß es nicht

wahr ist, so etwas haben sie nur auf Haiti. Du denkst: Mir kann das nicht passieren. Ich bin so jung, so schön, so gesund und stark... Aber die ganze Zeit bin ich irgendwie schlafgewandelt und habe Leute umgebracht, ohne es zu wissen, wie ein Zombie in einem alten Horrorfilm.«

»Aber das weißt du doch gar nicht«, beharrte Lee. »Du weißt doch gar nicht, ob du es an irgend jemanden weitergegeben hast.«

»Nein. Aber die Gefahr ist verdammt groß, daß ich es an jemanden weitergegeben habe, so wie es jemand an mich weitergegeben hat. Manchmal bin ich richtig deprimiert. Ich sage mir, ein paar Jahre lang warst du ein Mörder. Du wirst in der Hölle braten.« Er lachte beklommen.

»Nicht, wenn du es aufrichtig bereust«, sagte Lee. »Ist das nicht die Regel für Christen?«

»Ich weiß nicht«, sagte Jacko. »Selbst jetzt, wenn ich an die herrlichen Zeiten denke, die ich verbracht habe, kann ich mir nicht wünschen, es wäre nie geschehen. Manchmal denke ich, sie waren es wert, diese Jahre. Daß ich Glück habe, zu meiner Zeit geboren worden zu sein. Die jüngeren Typen scheißen sich doch vor Angst alle in die Hosen, oder sie treiben's wirklich wild und sind selbstzerstörerisch.« Er schüttelte den Kopf. »Na ja.« Er stand auf. »Du wirst morgen dabeisein«, sagte er in leicht fragendem Tonfall.

»Ja, ganz bestimmt«, sagte Lee. »Manchmal hat Tommy mich auf die Palme gebracht, er war so rechthaberisch und so selbstherrlich. Aber er war ein kluger Kopf und ein verdammt guter Grundstücksmakler. Ich weiß nicht, ob ich ohne ihn den Nerv hierzu gehabt hätte.«

»Den Nerv hättest du jederzeit gehabt«, erwiderte Jacko.

»Du brauchstest nur einen kleinen Anstoß. Komm, Marlene. Zeit für ein paar Körner.«

Den Rücken steif unter dem weißen Strandkleid aus Piqué, die Hände am Steuerrad heiß und feucht, fuhr Jenny Walker in Richtung Artemis Lodge. Es war Dienstag nachmittag, und eigentlich sollte sie nicht vor Mittwoch vormittag dasein, aber sie konnte nicht länger warten: Sie mußte einfach mit Lee reden. Jedenfalls mußte sie mit irgend jemandem reden, und Lee – so herzlich, so liebenswürdig, so unparteiisch – war der einzige Mensch, der dafür in Frage kam.

Seit sie Sonntag nachmittag hatte mit ansehen müssen, wie ihr Mann Barbie Mumpson küßte, befand sich Jenny in einem Zustand verwirrter Niedergeschlagenheit, die allmählich zur Verzweiflung anwuchs. Sie hatte vorgehabt, Lee gleich am nächsten Tag davon zu erzählen, aber es war unmöglich gewesen. Als sie am Montag vormittag hinkam, hatte die Pension nur so von Trauergästen gewimmelt, die den Tod eines örtlichen Grundstücksmaklers namens Tommy Lewis beklagten. Auf der ersten Seite des *Key West Citizen* war darüber berichtet worden. Selbst Jenny hatte sich ins Gespräch ziehen lassen, als sie merkte, daß es sich um den Mann im Rollstuhl handelte, den Wilkie am Vortag am Higgs Beach hatte ertrinken sehen.

Lees Freunden zufolge handelte es sich durchaus nicht um einen Unfall. Tommy, der unheilbar krank war – AIDS – und unter ständigen Schmerzen litt, hatte vorsätzlich die Bremse an seinem Rollstuhl gelöst und sich vom Landungssteg in das drei Meter tiefe Wasser rollen lassen. Er war angeschnallt, so daß er nicht auftauchen konnte, und als endlich

Polizei und Rettungswagen eintrafen, war er bereits tot. Tommys Freund Dennis hatte gewußt, was bevorstand, und war kurz davor unter dem Vorwand, Tommy einen Sweater holen zu wollen, zum Auto zurückgegangen, damit ihn hinterher niemand des Mordes verdächtigte.

Wäre Wilkie noch Jennys vertrauter und geliebter Mann gewesen, so hätte sie versucht, sich sämtliche Einzelheiten einzuprägen, um sie ihm mitzuteilen, sobald sie zu Hause wäre. Doch seit Wochen hatte er sich nicht mehr richtig mit ihr unterhalten; und seit sie ihn hatte Barbie Mumpson küssen sehen, hatte sie Angst davor, daß er mit ihr reden würde; Angst davor, was er sagen würde.

Seit mehr als fünfundzwanzig Jahren hatte Jenny jedes ernste Problem, mit dem sie sich herumschlug, Wilkie vorgetragen. Er hatte ihr geduldig zugehört, sie getröstet, ihr geraten. Nach einer Weile hatte das, was ihr »wirklich schwer« vorgekommen war, wie ihr Sohn Billy sich ausdrückte, an Gewicht verloren. Unter Wilkies nüchternem Blick verlor das Problem wie ein Eisblock, der allmählich zu Wasser und Dunst zerschmolz, an Substanz. Als ungemein hilfreich erwies sich, daß Wilkie alles auf lange Sicht betrachtete. Verglichen mit der Erwärmung der Erdatmosphäre oder der Ausrottung von Tierarten verloren sogar schreckliche Dinge – wie die tödliche Krankheit von Jennys Lieblingstante oder daß Billy in der Cornell University im Fach Chemie durchgerasselt war – an Bedeutung und begannen sich in nichts aufzulösen. Derlei Geschehnisse, legte Wilkies Reaktion nahe, waren ein natürlicher Bestandteil des Lebens. Sie würden vorübergehen oder auch nicht, aber man würde sie überleben.

Inzwischen allerdings konnte sich Jenny mit ihrer Pein und ihrem Problem nicht mehr an Wilkie wenden: Er selbst war das Problem. Was sie am Sonntag gesehen hatte, galt ihr als Beweis für etwas, das sie seit Monaten befürchtet hatte, aber nicht hatte wahrhaben wollen: daß ihre Ehe wahrscheinlich gescheitert war.

Und jetzt tauchte vor Jenny wie ein häßlicher Katzenfisch, der an die Oberfläche eines klaren Waldsees schwimmt, ein unangenehmer, längst vergessener Zwischenfall aus den ersten Jahren ihrer Ehe auf. Er hatte sich in Manhattan zugetragen, als sie sich auf einer Literatenparty mit einer nervösen, glotzäugigen Frau unterhielt, die behauptete, eine enge Freundin von Wilkies erster Gattin zu sein. »Sie tun mir leid«, hatte die Frau ihr zugeflüstert oder eher zugezischt. »Sie sehen aus, als wären Sie ein nettes Mädel. Nehmen Sie sich lieber in acht. Bei Ihnen wird er es auch nicht lange aushalten.«

Nach all den Jahren des Eheglücks sollte sich die Vorhersage oder der Fluch der Katzenfischfrau erfüllen, dachte Jenny. Es lag auf der Hand, daß Wilkie sie nicht mehr liebte – sie vielleicht nicht einmal mehr mochte. Sie war sich noch nicht sicher, ob er statt dessen Barbie Mumpson liebte, denn er hatte sich schon merkwürdig und kalt verhalten, lange bevor er Barbie kennengelernt hatte. Und im übrigen! Wie konnte jemand, der so intelligent und ernsthaft war wie Wilkie, einen Dussel wie Barbie lieben?

Aber viele Männer liebten Frauen dieser Art, dachte Jenny. Mitunter sogar intelligente, berühmte Männer. Sie kannte mehrere, die ihre Frau wegen eines Mädchens, halb so alt wie sie selbst, verlassen hatten, wegen alberner Blondinen wie Barbie – die, wie Jenny sich jetzt erinnerte, sechsunddreißig war, etwa halb so alt wie Wilkie.

Natürlich waren nicht alle Männer so. Soweit Jenny wußte, war ihr Vater noch nie dummen Blondinen nachgelaufen. Und gestern hatte Gerry Grass geradeheraus gesagt, daß Mädchen wie Barbie ihn anödeten. Er kannte den Typus: »Kunst-Groupies« nannte er sie. In den sechziger und siebziger Jahren, als er anfing, an politischen Demonstrationen und Schriftstellertreffen teilzunehmen, habe es viele solcher Mädchen gegeben. Die meisten waren völlig uninteressant; sie konnten ein Gedicht oder einen Dichter nicht vom anderen unterscheiden und besaßen keine Tiefe. Sie hatten keine »Substanz«.

Jenny hatte sich über die Äußerung gefreut, auch wenn sie für ihre Lage möglicherweise belanglos war. Gerry gegenüber hatte sie Dankbarkeit und Herzlichkeit empfunden, aber jetzt wollte sie ihn nicht einmal sehen, denn bald darauf war er Teil ihres Problems geworden.

Zuerst war es ihr eine Erleichterung und Zerstreuung gewesen, sich mit Gerry in seinem unordentlichen Apartment über der Garage zu unterhalten – oder vielmehr, ihm zuzuhören, denn das wollten und brauchten die Männer. Natürlich hatte sie ihm nicht erzählt, was sie soeben gesehen hatte. Statt dessen hatte sie sich Gerrys Gedicht über den Reiher angehört, in dem er sich ausmalte, wie er selbst sich in den Vogel verwandelte und sich über dem »pulsierenden« Ozean in die Lüfte schwang. Sie hörte ihm auch noch zu, als er dazu überging, die gegenwärtige Verfassung der Poesie und ihres Publikums zu bedauern. Noch vor zehn Jahren, sagte er, habe er sich regelrechte Hoffnungen auf die Alphabetisierung unserer Zivilisation gemacht. Doch inzwischen lasse seine Energie oft nach, obwohl er sich bemühe, den Mut nicht sinken zu lassen, und sich einrede, irgendwo dort draußen müsse es doch Leser geben.

»Ich kämpfe weiter, ich schreibe weiter. Ich halte durch«, sagte er. »Aber manchmal fällt es mir verdammt schwer.«

»Mm«, erwiderte Jenny mit einem mechanisch mitfühlenden Lächeln.

»Wir leben in ungünstigen Zeiten.« Gerry nahm einen weiteren Schluck Wodka-Tonic.

»Mm.«

Es erschwere die Sache, fuhr er fort, daß er zu Hause keinerlei Unterstützung bekomme – daß er, offen gestanden, im eigenen Haus einen Feind sitzen habe. Ja, er meine Tiffany.

»Aber sie ist doch sicherlich...«, setzte Jenny an, doch dann verlor sich ihre Stimme. Weshalb sollte sie Tiff in Schutz nehmen, die sie weder mochte noch billigte – die im Grunde auch nur so eine Barbie Mumpson war, wenn auch mit mehr Selbstvertrauen und einem Abschluß in Buchführung. Schließlich war auch Gerry einer jener berühmten Männer, der eine sehr angenehme Gattin verlassen hatte, in seinem Fall, wie sich herausstellte, wegen einer ganzen Reihe jüngerer Frauen.

»Verdammt noch mal, um die Wahrheit zu sagen«, fuhr Gerry fort, »heute stehen uns doch die Frauen, jedenfalls die meisten, nicht zur Seite.«

»Mm«, machte Jenny und dachte an Cynthia, Gerrys süße Exfrau, die ihm ganz gewiß zur Seite gestanden hatte, auch wenn sie keine allzu gute Köchin war und ein bißchen ausgeflippt – Wilkie hatte einmal gesagt, sie sei der Typ, der sämtlichen Drogen, selbst Marihuana, aus dem Weg gehen müsse. Warum also hast du sie verlassen? dachte sie.

»Dieser Argwohn gegen die Männer; die sind doch alle vom wilden Affen gebissen worden...«, sagte Gerry und rief bei Jenny ein Bild von Tiff und Cynthia hervor, beide mit einem Affen auf der Schulter. »Wenn man sie um Hilfe bittet, um etwas Wärme oder Sympathie, glauben sie gleich, man versucht sie auszubeuten oder herabzuwürdigen. Wollen Sie wissen, was Tiff zu mir gesagt hat, bevor sie sich aus dem Staub gemacht hat?«

Nein, eigentlich nicht, dachte Jenny, aber Gerry wartete ihre Antwort nicht ab.

»Sie hat gesagt: ›Wenn du jemanden zum Korrekturlesen brauchst, kannst du dir einen professionellen Korrektor besorgen. Im Urlaub möchte ich mich entspannen.‹«

»Wirklich?« sagte Jenny, ohne erstaunt zu sein.

»Ich muß Ihnen sagen, ich beneide Wilkie«, fuhr Gerry fort. »Es gibt heutzutage nicht viele Frauen wie Sie, so verständnisvoll, so wunderbar hilfsbereit – und dazu noch so wunderschön«, fügte er an und warf ihr einen schwärmerisch-anerkennenden Blick zu. »Ich hoffe, er weiß, wie gut er dran ist. Ich hoffe, er ist dankbar.«

»Das ist aber... Danke«, sagte Jenny nervös lächelnd und senkte den Blick. Sie unterdrückte den Drang, Gerry mitzuteilen, wie dankbar Wilkie in letzter Zeit gewesen war.

»Ich meine es im Ernst.« Diesmal griff Gerry nicht nach seinem Glas, sondern nach ihrer Hand. Teils aus Höflichkeit entzog sie sie ihm nicht. Schließlich sah er sehr gut aus, und sie schätzte (was irrational war) Komplimente höher, wenn sie von gutaussehenden Männern stammten.

»Das brauche ich: jemanden wie Sie. Das ist mir jetzt klar.« Er fixierte sie mit seinen langbewimperten, dunklen Augen.

»Ach, wirklich, ich...«, murmelte Jenny. Männer hatten ihr derartige Komplimente schon oft gemacht, und stets hatte sie sie sanft, bestimmt, fast automatisch abgewehrt und eine Miene aufgesetzt, die jemand (wenn auch nicht ihr gegenüber) einmal als »Jennys Rühr-mich-nicht-an-Miene« bezeichnet hatte. Aber heute war ihre Reaktion langsamer; etwas Schmerzlich-Einsames in ihr wollte den Augenblick auskosten.

»Wenn Sie möchten, daß ich mir Ihre Korrekturfahnen anschaue, das tue ich gern«, sagte sie und entzog ihm sanft, aber bestimmt ihre Hand.

»Danke.« Ohne sich abschrecken zu lassen, beugte Gerry sich näher an sie heran und verlagerte seinen Griff auf Jennys nackten Arm oberhalb des Handgelenks. »Das kann ich von Ihnen nicht verlangen. Aber es bedeutet mir viel, daß Sie sich anerbieten.«

»Nein, wirklich. Ich helfe Ihnen gern.«

»Sie sind eine wunderbare Frau.«

»Ganz und gar nicht, das ist gar keine Mühe«, stammelte Jenny. Ihr wurde warm ums Herz, zugleich aber war sie peinlich berührt von dem Gefühlserguß, der ihr galt.

»Wilkie braucht mich jetzt nicht die ganze Zeit.« Sie schluckte schmerzhaft und dachte: Er braucht mich, ja will mich überhaupt nicht mehr. »Ich meine, ich bin sicher, daß er sich freuen würde, wenn er mich mit jemandem teilen kann«, fügte sie mit einem leicht verlegenen Lachen hinzu.

»Ja?« Gerry legte ihr die andere Hand auf den Arm – weiter oben. »So würde ich nicht reagieren«, sagte er. »Wenn Sie mein wären, würde ich Sie mit niemandem teilen wollen.«

»Ach, ich weiß nicht…«, hörte sie sich matt antworten. Siehst du, sagte sie innerlich zu Wilkie, einige Leute wollen mich immer noch und finden mich wunderbar. »Wilkie sagt…« Sie wußte nicht, wie sie den Satz zu Ende führen sollte; sie wußte nur, daß sie seinen Namen noch einmal erwähnen mußte, um sich und Gerry daran zu erinnern, daß sie verheiratet war.

Aber eigentlich war es Wilkie, der daran erinnert werden mußte, dachte Jenny. Er war derjenige, der es vergessen hatte. Und wenn er es vergessen hatte, weshalb dann nicht auch sie? Sie mochte Gerry: seine Begeisterungsfähigkeit, seinen Ernst, sein dichtes, lockiges, graumeliertes Haar. Und er war ein berühmter amerikanischer Lyriker. Ihre Mutter sagte immer, Unrecht mal Unrecht ergibt längst kein Recht. Aber wieso nicht? Wäre das nicht fair?

»Sie meinen doch wohl nicht…«, sagte sie geistesabwesend.

Gerry, der ihren Wortfetzen keine Beachtung schenkte, ließ seine Hände Jennys Arm hinaufwandern, wie ein Knabe, der begierig ein weiches, weißes Seil hochklettert. »Sie sind die Frau, nach der ich mein ganzes Leben lang gesucht habe«, sagte er. »Wissen Sie das?«

»Nein, bin ich nicht…«, setzte Jenny an, doch der Rest ihres Satzes wurde in einer leidenschaftlichen Umarmung erstickt. Gerry, der immer noch ihren Arm umklammerte, warf sich auf sie. Er drückte ihr einen warmen, feuchten Kuß auf den Mund – erwartungsgemäß schmeckte er nach Wodka-Tonic. Dann drang er seitlich vor und vergrub endlich sein Gesicht in ihrem Haar, während Jenny, wie betäubt von der plötzlichen Aufwallung, nichts tat.

»Jenny, meine süße Jenny«, murmelte er. »Ich liebe dich so sehr.«

Jenny schnappte nach Luft. Zum ersten Mal seit Monaten umarmte sie jemand, küßte sie und flüsterte ihr zärtliche Koseworte zu. Aber es war alles grundverkehrt, weil sie ihn nicht liebte.

»Bitte nicht!« brachte sie hervor und stieß die schweren, warmen Arme, das Gesicht fort. Vor Anstrengung und Enttäuschung hätte sie fast geweint. »Ich kann nicht... Ich meine, ich liebe meinen Mann, und er liebt mich.« Das hatte sie schon einmal gesagt; immer mal wieder, wenn ein Bekannter es mit einem Flirt oder einer Freundschaft zu weit trieb.

Waren diese Worte in der Vergangenheit geäußert worden, hatten sie sich wie durch einen Zauber zu einer zarten, aber undurchdringlichen Dornenhecke verwandelt. Inzwischen aber fielen sie, weil sie eine Lüge darstellten, zu Boden, lagerten sich dort ab wie draußen um den Swimmingpool die abgefallenen Blätter und Zweige, vermodert und verblaßt.

Aber das wußte Gerry nicht. Er zog sich zurück und starrte sie an, wobei er mit seinen langen Wimpern klimperte. »O Jenny. Gott, das tut mir leid. Es ist über mich gekommen...«

»Schon gut«, sagte sie schwach und versuchte, wieder zu Atem zu kommen.

»Ich schätze, ich mußte es einfach versuchen.« Er grinste. »Ich meine, so wie ich es verstehe, muß man einfach drauflosgehen, wenn man etwas wirklich will.«

»Mm«, äußerte Jenny, obwohl das auf sie noch nie zutraf.

»Sie sind bestimmt böse mit mir.«

»Nein. Natürlich nicht.« Jenny lächelte liebenswürdig.

»Gott, Sie sind wunderbar.« Gerry breitete die Arme aus, als wolle er sie, diesmal nur theoretisch, erneut umarmen. »Heute würden die meisten Frauen die Aufpasser in Sachen politische Korrektheit auf mich hetzen.«

Inzwischen atmete sie regelmäßiger und brachte ein Lächeln zuwege. »Ach, das würde ich nie tun.«

»Und Sie werden auch Wilkie nichts davon erzählen?« fügte er ängstlich hinzu.

»Natürlich nicht«, erklärte sich Jenny bereit, die derartige Zwischenfälle in der Vergangenheit noch nie preisgegeben hatte. »Ich möchte ihn nicht beunruhigen.«

Das stimmt nicht, dachte sie. Ich würde Wilkie liebend gern beunruhigen. Ich hätte es gern, wenn er wüßte, daß ein anderer berühmter und begabter Mann für mich schwärmt.

Gerry seufzte. »Ihre Loyalität ihm gegenüber stimmt mich zutiefst unglücklich«, sagte er. »Mißverstehen Sie mich nicht. Ich achte sie; ich ehre sie. Aber verdammt noch mal, ich glaube, sie ist unangebracht.« Wieder beugte er sich zu Jenny und legte seine Hand auf ihre.

»Bitte nicht…«

»Wilkie braucht Sie nicht mehr, nicht so wie ich. Das müssen Sie begreifen. Er hat schon seit, ich weiß nicht, vielleicht seit zehn Jahren nichts Bedeutendes mehr veröffentlicht. Seine Karriere ist ziemlich am Ende. Jetzt kann sich jemand anders um ihn kümmern.«

»Das ist nicht wahr«, rief Jenny mit zitternder Stimme aus. »Er ist gerade dabei, ein wichtiges neues Buch zu vollenden…«

»Und auf Sie nimmt er auch nicht gerade Rücksicht. Ich habe es bemerkt... Das sieht doch jeder. Kürzlich beim Abendessen hat er Sie mitten im Satz unterbrochen und sich beschwert, weil der Kaffee noch nicht auf dem Tisch stand...«

Wieder unterdrückte Jenny die Regung, sich Gerry anzuvertrauen. »Das war nichts weiter«, sagte sie. »Und Wilkie braucht mich doch«, fügte sie hinzu. »Jedenfalls, sobald sein Buch vollendet ist.«

»Aber ich brauche Sie noch mehr«, sagte Gerry lächelnd. »Ich habe so viele Projekte... Außerdem brauche ich Sie als Frau.«

Jenny weigerte sich, die Andeutung zur Kenntnis zu nehmen, und sagte: »Wilkie hat genauso viele Projekte. Sobald er mit seinem Buch fertig ist, gibt es soviel zu tun... Er hat so viele Ansprachen und Artikel zugesagt... Zeit für Ihre Korrekturfahnen habe ich nur jetzt, solange er noch schreibt.«

»Heißt das, Ihr Angebot gilt noch?« Gerry belauerte sie mit dem Ausdruck eines großen, ausgehungerten Hundes.

»Ja, warum nicht?«

»Das ist ja großartig.« Er lächelte breit. »Gott, Sie sind eine wunderbare Frau«, fügte er zum dritten Mal hinzu, und diesmal widersprach Jenny nicht.

Aber die Wärme, die Gerrys schwärmerische Begeisterung in ihr wachgerufen hatte, war nicht von Dauer gewesen. Als Jenny am Abend die Korrekturabzüge seiner gesammelten Essays und Lyrikbesprechungen *Spiel mit dem Feuer* durchgegangen war, kamen ihr immer wieder Zweifel, gefolgt von einer Niedergeschlagenheit, die sie noch nicht hatte abschütteln können. Ein sehr bekannter und attraktiver amerikanischer Dichter hatte sie umarmt und geküßt, und wiewohl flüchtig belustigt und geschmeichelt, hatte sie sich eigentlich nichts daraus gemacht, weil sie ihn nicht liebte.

Aber sie liebte auch Wilkie nicht, dachte Jenny jetzt. Vielleicht haßte sie ihn sogar. Der einzige Mensch in Key West, den sie wirklich liebte und den sie sehen wollte, war Lee Weiss.

Als Jenny in die Auffahrt bog, sah sie, daß Lee sich auf der Vorderveranda aufhielt, eingerahmt vom Orange und Gold ihrer Trompetenwinde, und – Gott sei Dank – allein war. Sie trug ein scharlachrotes Muumuu, das sich in ihrem Schoß karmesinrot bauschte; doch in dem gleißenden Sonnenlicht wirkten die Farben, die sich normalerweise bissen, irgendwie schön, wie ein Schwarm tropischer Vögel.

»Hallo aber auch«, rief sie, als Jenny die Treppe emporstieg. »Wie steht's?«

»Es ist – es ist entsetzlich.« Zu ihrer großen Verlegenheit begann Jennys Stimme zu zittern. »Ich muß mit Ihnen reden«, sagte sie hastig. »Ich will es schon seit Tagen, aber dann ist Ihr Freund gestorben, und ich konnte nicht… Gestern waren so viele Leute hier, daß es unpassend schien.« Sie schluckte.

»Ach, Jenny. Das tut mir leid, ich wußte nicht… Worum handelt es sich denn?« Lee stand auf, trat näher und legte ihre warme Hand auf Jennys bloße Schulter.

»Es ist, ach, Wilkie. Am Sonntag nachmittag… Er kam spät vom Strand nach Hause zurück, und als ich aus dem Fenster schaute, sah ich ihn am Tor…« Sie schluchzte und mußte schlucken. »Er stand einfach da, wo ihn jeder sehen konnte, und hat Barbie Mumpson geküßt.«

»Am Sonntag nachmittag? Sie meinen, nachdem Tommy ertrunken ist? Aber Ihr Mann war doch dort, er war einer von denen, die versucht hatten, Tommy zu retten.«

»Ich glaube schon. Ja.« Du begreifst nicht, worauf es ankommt, dachte sie. Aber vielleicht gehörte es ja mit dazu, daß Wilkie, gleich nachdem er zugesehen hatte, wie jemand starb, so etwas Entsetzliches tat.

»Gott, was für ein Widerling!« rief Lee aus. »Tut mir leid«, fügte sie in einem anderen Tonfall hinzu. »So war's nicht gemeint... He, Sie dürfen nicht weinen.« Sie setzte sich neben Jenny und legte den Arm um sie. »Ich meine, Teufel noch eins, machen Sie nur, weinen Sie, wenn Ihnen danach zumute ist.« Sie zog Jenny fest an sich und küßte ihre feuchte Wange.

»Ich kann nicht... Ich kann nicht...« Jenny begann ungehemmt zu weinen. Es war eine Erleichterung, offen herausschluchzen zu können, eine Erleichterung und ein Vergnügen, sich so eng an Lees warmen, kräftigen Körper schmiegen zu können. »Die Sache ist die«, sagte sie endlich und drängte sich an ihre Freundin. »Ich hätte nie gedacht, daß Wilkie genauso sein könnte wie all die anderen Männer, die ihre Frauen nach einer Weile leid sind und einfach wegwerfen. Ich dachte, er sei anders.«

»Hat er gesagt, daß er Sie wegwerfen will?«

»Nein«, erwiderte Jenny und hob den Kopf. »Noch nicht.«

»Vielleicht ist die Sache mit Barbie nur eine vorübergehende Tollheit«, vermutete Lee.

»Vielleicht.« Jenny lächelte schwach.

»Könnte doch sein. Teufel noch eins, in ein paar Tagen fährt sie ohnehin zurück nach Tulsa. Außerdem muß jemand schon ganz schön verrückt sein, sich nach einem solchen Hohlkopf auch nur umzudrehen, wenn er Sie hat.« Lee drückte Jenny jetzt sanft, aber eng an sich und streichelte ihr durch ihr dünnes Baumwollkleid den Rücken.

»Aber es geht nicht nur um Barbie. Wie ich Ihnen schon gesagt hatte, verhält sich Wilkie schon seit Monaten so merkwürdig, und wenn ich versuche, ihn danach zu fragen, hört er mir nicht zu, wird ganz eisig, böse und erschreckend, und dann geht er in sein Arbeitszimmer oder ins Bad und schlägt die Tür hinter sich zu. Ich glaube, er mag mich schon seit geraumer Zeit nicht mehr.«

»Das ist ja abscheulich. Irgend etwas fehlt ihm.«

»Ich dachte, ich wäre daran schuld«, sagte Jenny schluchzend.

»Natürlich nicht.« Lee lachte. »Es gibt nichts in der Welt, was Ihnen fehlen würde.«

»Was glauben Sie denn, was Wilkie fehlt?«

Lee zuckte die Achseln. »Wer weiß? Männer sind manchmal so. Sie merken, daß die Zeit knapp wird, irgend etwas in ihren Hormonen redet ihnen ein, jüngeren Frauen nachzulaufen, und eine Zeitlang werden sie gemein und verrückt und langweilig.«

»Dann glauben Sie, daß er darüber hinwegkommen wird?«

»Ich weiß nicht«, sagte Lee. »Vielleicht.«

»Aber was, wenn ich nicht darüber hinwegkomme?« jammerte Jenny. »Ich meine, im Augenblick bin ich mir nicht sicher, ob ich Wilkie überhaupt noch liebe. Ich glaube, eigentlich hasse ich ihn vielleicht sogar.« Sie unterdrückte ihre Tränen.

»Das klingt nur natürlich.« Lee lächelte. »Das kann jedem passieren.« Sie strich Jenny eine lange, leicht feuchte Strähne ihres fahlen Haars aus dem Gesicht.

»Aber es liegt ja auch an mir. Ich bin so verwirrt; ich weiß gar nicht, was ich tue. Und Gerry Grass, wissen Sie, der Dichter, von dem ich Ihnen erzählt habe, der über der Garage wohnt?«

»Mm-mm«, machte Lee.

»Ich habe mich bereit erklärt, die Korrekturfahnen für sein neues Buch zu lesen, und jetzt kommt er vorbei und sagt mir, ich soll Wilkie verlassen, mit ihm nach Los Angeles gehen und ihm bei der Arbeit helfen. Er sagte, Wilkie wisse mich nicht zu schätzen, und er sei in mich verliebt, und wir würden sehr glücklich miteinander werden.«

»Wirklich?« Lee zog ein finsteres Gesicht, setzte sich zurück und musterte Jenny. »Und, sind Sie in ihn verliebt?«

»Nein, natürlich nicht.« Jenny lachte unsicher. »Aber zuerst dachte ich, vielleicht sollte ich genau das tun, weil ich so in der Welt wenigstens zu etwas nütze wäre. Aber dann fand ich es albern, weil Gerrys Buch für die Welt nicht den leisesten Unterschied machen wird, es handelt nur von ihm und davon, was er von anderen Lyrikern hält.«

»Verstehe.« Lee lächelte fein. »Das klingt plausibel«, sagte sie und zog Jenny wieder an sich. »Ich fände es nicht gut, wenn Sie mit jemandem nach Los Angeles gingen, den Sie nicht lieben. Besonders seit ich weiß, daß Sie die Stadt scheußlich gefunden haben, als Sie dort wohnten.«

»Ach, Lee.« Jenny schluckte zum letzten Mal ihre Tränen hinunter, rückte ein wenig ab und sah zu ihrer Freundin auf. »Ich bin so erleichtert, daß ich mit jemandem reden kann. Ich bin so froh, daß ich Sie – daß ich dich kenne...«

»Ich bin auch froh, daß ich dich kenne.« Lee küßte Jenny erneut, doch diesmal landete der Kuß wie zufällig auf dem Mund. Es war ein sanfter, weicher Kuß, und Jenny erwiderte ihn dankbar.

»Du bist so lieb«, sagte sie lächelnd. »Daß du dir mein Geschwätz anhörst.«

»Und du bist so wunderschön.« Lee küßte Jenny abermals, doch diesmal war der Kuß inniger und länger als der einer Freundin.

»Oh!« murmelte Jenny, als sie wieder sprechen konnte. Ihr war schwindelig, als befände sie sich im Innern einer Schneekugel, die plötzlich auf den Kopf gestellt würde und sie mit glitzernden Flocken überstreute. Sie zwinkerte und griff sich mit der Hand an den Kopf, um sich zu besinnen.

»Du weißt gar nicht, wie lange ich mir das schon gewünscht habe«, sagte Lee.

»N-nein«, gestand Jenny.

»Praktisch seit ich dir am Strand begegnet bin.«

»Wirklich? Ich hätte nicht gedacht...« Jenny lächelte unsicher. »Ich meine, ich dachte nur...« Die Luft schien immer noch voller paillettenartiger Schneeflocken, die in irgendeiner Substanz umherwirbelten, die dicker war als Luft: ein feines, durchsichtiges Öl oder eine berauschende, golden getönte Parfümlösung. »Ich auch«, gestand sie. »Aber ich hätte nie gedacht...«

»Ich liebe dich, weißt du«, sagte Lee und trat einen Schritt zurück, um ihr ins Gesicht zu sehen. Jenny, noch ganz matt, konnte sie nur anstarren und lächeln.

»Ach, Teufel noch eins«, setzte Lee in einem anderen Tonfall hinzu und blickte an Jenny vorbei zur Straße, wo ein rosa Taxi aus Key West vorgefahren war. »Das ist bestimmt die Frau, die das Turmzimmer gemietet hat; sie wollte um fünf hier sein.«

»Oh.« Langsam, wie benommen, löste sich Jenny von ihr. »Ich muß ohnehin nach Hause«, sagte sie. »Wir haben all diese Leute zum Abendessen da, und ich habe noch nicht einmal mit dem Kochen angefangen. Ich wünschte, ich hätte sie nie eingeladen.«

»Aber du kommst ja morgen wieder«, mahnte Lee sie.

»Aber ja.«

Lee beugte sich zu ihr und küßte sie erneut; und Jenny erwiderte den Kuß, aus Liebe, aus Dankbarkeit und aus Verlangen.

»Ruf mich an, wenn du zu Hause bist, ja?« sagte Lee.

»Abgemacht«, flüsterte Jenny. »Ich werd's versuchen.«

12

Am folgenden Morgen schlug Wilkie Walker im Haus in der Hibiscus Street die Zeit tot, bis es soweit wäre, sich selber – umzubringen. Die Tat selbst, soviel hatte er inzwischen begriffen, ließ sich verhältnismäßig leicht bewerkstelligen; schwierig war es, sie als Unfall erscheinen zu lassen. Dreimal war sie bereits vereitelt worden: von Gerry Grass, vom Wetter und durch den Tod des Mannes im Rollstuhl. Allmählich war er davon überzeugt, daß sich ihm die Schicksalsgöttin selbst in den Weg stellte. Doch die imaginäre Gottheit (die er sich als ältliche, häßliche Version klassischer Standbilder der Justitia in einem gebauschten Chiton vorstellte) würde nicht obsiegen. Noch heute würde er sterben; er brauchte nur noch die nächsten sechs Stunden zu überstehen.

Er hatte bereits so viele Vorkehrungen getroffen, wie ihm möglich waren, ohne seine Absicht preiszugeben, und alle möglichen Maßnahmen ergriffen, die geeignet waren, sie zu verhehlen. Er hatte die Tagespost geöffnet und die Rechnungen beiseite gelegt, die Jenny wie üblich bezahlen mußte. Er hatte Zusagen gekritzelt, die sie abtippen und an zwei Verleger schicken mußte, die ihn dafür gewinnen wollten, Gutachten für Bücher zu verfassen. Er hatte sich sogar bereit erklärt, auf der Konferenz »Der Schriftsteller und die Natur« in Key West ohne Vergütung zu dem Thema »Das

Leben unter der Oberfläche« zu sprechen – eine Veranstaltung, die zu besuchen, geschweige denn mitzugestalten er sich unter normalen Umständen geweigert hätte. Jetzt hingegen konnte er ohne alle Folgen zusagen – höchstens, daß sein Ruf, großzügig und gutwillig zu sein, postum eher noch wachsen würde.

Doch all dies hatte nur eine gute Stunde in Anspruch genommen, und noch immer dehnte sich der Rest des Tages vor ihm aus wie die endlosen kahlen Salzmarschen des Südwestens, in die er seine heikelsten Exkursionen als Naturforscher unternommen hatte. Um Normalität vorzutäuschen, war er wie gewöhnlich zu Valadarez' Zeitungsstand in der Duval Street gegangen und hatte sich die *Times* gekauft. Wie gewöhnlich hatte er sich mit dem Inhaber unterhalten und als letzte Worte seines Lebens ihm gegenüber die Lüge geäußert: »Danke, gut.«

Wieder zu Hause, hatte er die Zeitung Seite um Seite systematisch auseinander- und wieder zusammengefaltet – eine weitere Lüge, eine Lüge durch Taten –, damit es so aussah, als habe er sie gelesen. Dabei hatte es gar keinen Sinn, sie zu lesen. Er würde nie herausfinden, wie die morgige Kongreßabstimmung über das Steuerpaket ausgehen würde, noch würde er die Steuern jemals zahlen; er würde sich auch nicht die neuesten von den Kritikern empfohlenen Theaterstücke oder Filme ansehen.

Einige Männer prassen, wenn sie an der Schwelle des Todes stehen, da es für ihre Gesundheit folgenlos bleibt. »Der zum Tode Verurteilte verzehrte eine herzhafte Mahlzeit.« Aber die Vorstellung eines besinnungslosen Freß- oder Saufgelages – ja überhaupt irgend etwas zu essen und zu trinken – stieß Wilkie ab. Er hatte keinen Hunger; er hatte schon lange keinen richtigen Hunger mehr gehabt. Wenn er sich jedoch den Anschein von Normalität geben wollte, mußte er das Sandwich, das seine Frau ihm bereitgemacht hatte, verzehren oder wenigstens so tun, als habe er es verzehrt.

Vor diese Notwendigkeit gestellt, öffnete er den Kühlschrank und holte zögernd das Sandwich hervor, das, garniert mit einem Salatblatt, einer aufgeschnittenen Tomate und einer Gewürzgurke, auf einem orangen Plastikteller lag, das Ganze eingewickelt in Klarsichtfolie. Er verspürte den Drang, alles in den Abfalleimer zu werfen. Aber wenn er das tat, würde Jenny es vielleicht später finden und sich über seinen Gesundheits- oder Geisteszustand wundern. Es wäre besser, das Sandwich in den Mülleimern draußen vor der Tür zu verstecken.

Wilkie blickte zum Küchenfenster. Barbie Mumpson saß immer noch in dem Klubsessel am überheizten gemeinschaftlichen Swimmingpool und las. Sie hatte die Beine in ein rosa Handtuch gewickelt und ein weiteres Handtuch auf Kopf und Schultern gelegt. Das kam Wilkie völlig idiotisch vor. Wenn sie sich keinen Sonnenbrand holen wollte, weshalb blieb sie dann nicht im Haus?

Die Antwort lag nahe: Barbie war nicht im Haus geblieben, weil sie ihm auflauern wollte, wie sie es schon so oft getan hatte. Wenn er jetzt auf die Mülleimer zuging, würde sie ihn zu sich rufen, würde sich mit ihm über den gefährdeten Manati unterhalten wollen. Und wenn er ihr nicht besonnen und herzlich antwortete, würde sie Jenny und allen anderen später vermelden, daß er ein seltsames Gebaren an den Tag gelegt habe.

Wilkie hatte an und für sich nichts gegen Seekühe und auch nichts gegen Barbie – die, wie er jetzt fand, eine gewisse Ähnlichkeit mit einer Seekuh hatte. Der Meeressäuger war wie sie etwas schwergewichtig, etwas korpulent, etwas behäbig; für die moderne Welt nicht eben sehr gut ausgestattet. Der Manati jedoch tat niemandem etwas; er hielt sich in flachen, warmen Gewässern auf und nährte sich von Algen. Wie er sie so betrachtete, wurde Barbies großbusige, in Tücher eingeschlagene (und daher offenbar halslose und einbeinige) Gestalt vor seinen kurzsichtigen Augen eins mit einem jener Manati-Weibchen, die sexuell ausgehungerte Matrosen des 18. Jahrhunderts auf ihren langen Fahrten für Seejungfrauen gehalten hatten. Und natürlich gehörte auch Barbie selbst einer aussterbenden Spezies an: der der Walker-Fans.

Augenblicklich hatte Wilkie nicht die Energie, sich zu unterhalten, weder mit einer Seekuh noch über eine Seekuh. Er wagte auch nicht, sich zu den Mülleimern zu schleichen, in der Hoffnung, daß die Kreatur ihn nicht bemerken würde. Außerdem kam ihm in den Sinn, daß es für den Fall einer Autopsie am besten wäre, wenn sein Magen die Rückstände eines normalen Mittagessens enthielte. Er öffnete wieder den Kühlschrank, goß sich ein Glas Selterswasser ein, stellte den Teller mit dem Sandwich (offenbar Hühnchen) auf die Küchentheke, setzte sich auf einen Küchenhocker aus Chrom und Plastik und versuchte zu essen. Brot und Fleisch schmeckten wie gekühlte Pappe.

Den ersten Bissen bekam er hinunter, dann einen zweiten. Der dritte jedoch schien ihm irgendwo in der Speiseröhre steckenzubleiben und löste einen jähen, stechenden Schmerz aus. Vergebens versuchte Wilkie zu schlucken. Statt sich abzuschwächen, nahm der Schmerz zu und breitete sich aus.

Ein Schluck Selterswasser verschlimmerte die Sache nur noch, statt sie zu lindern. Unter wachsenden Schmerzen schob er den Teller weg und stolperte zum Kühlschrank, wo er sich erinnerte, eine geöffnete Schachtel Natriumbikarbonat gesehen zu haben. Schwer atmend mischte er sich eine Dosis und würgte sie hinunter.

Sie brachte ihm keine Erleichterung. Statt dessen nahmen die Schmerzen mit jeder Sekunde zu, breiteten sich in seiner Brust aus und verwandelten sich rasch in Höllenqualen. Das ist keine Verdauungsstörung, dachte er, während er nach Luft schnappte. Das ist ein Herzinfarkt.

Zitternd umkrampfte Wilkie einen Stuhl und ließ sich darauf nieder. Ja, dachte er. Die Schicksalsgöttin, die ihm den selbstgewählten, den Freitod dreimal versagt hatte, verordnete ihm jetzt einen häßlichen, schmerzhaften Tod ihrer Wahl – einen Tod, der wahrscheinlich schon seit Jahren über ihm geschwebt hatte, obwohl der dumme Arzt in Convers gesagt hatte, sein Herz sei völlig in Ordnung und werde noch durchhalten, bis er neunzig sei.

Die Schmerzen nahmen weiter zu und marterten ihn. Es war, als sei er angeschossen oder, wie es ihm in der fünften Klasse wirklich einmal widerfahren war, von einem Baseballschläger auf die Brust getroffen worden. Damals jedoch hatte die Wirkung allmählich nachgelassen; diesmal steigerte sie sich so sehr, daß es ihm schwerfiel, sich aufzurichten. Schwerfällig brach er auf dem gefliesten Küchenfußboden zusammen, und obwohl er es zu unterdrücken versuchte, entrang sich seinem Mund ein beschämender

Laut – halb Stöhnen, halb Schrei. Ich will so nicht sterben, dachte Wilkie. Zu dumm, sprach unwirsch zu ihm die Göttin der Gerechtigkeit und klapperte mit ihrer Waage.

Warte nur, sagte er zu sich, als er in fötaler Lage auf dem kalten Fußboden lag und mühsam atmete. Es kann nicht mehr lange dauern. Bald ist alles vorüber, bin ich tot in diesem häßlichen Mietshaus, wo Jenny mich finden wird, wenn sie von ihrem blöden Teilzeitjob zurückkommt…

Aber das wäre ja entsetzlich. Seine geliebte Frau würde zur Küche hereinkommen und ihn auf dem kalten, häßlichen grün-weißen Marmorfußboden liegen sehen – einem Fußboden, der aus echten, antiken kubanischen Fliesen gelegt war, hatte ihnen Kenneth Foster voller Bewunderung erzählt, obwohl sie in Wilkies Augen eher einem widerwärtigen Gericht aus zerkochtem Kohl und Schlagrahm ähnelten. Jenny würde ihn hier liegen sehen, tot, das Gesicht verzerrt, in einer Lache aus Kot und Urin. Ein ekelhafter, entsetzlicher Anblick; eine ekelhafte, entsetzliche Erinnerung bis an ihr Lebensende.

Nein, nein. Irgendwie mußte er hier raus, woanders sterben. Langsam kam Wilkie, vor Schmerzen stöhnend und die Hände zu Hilfe nehmend, auf die Knie und wieder auf die Füße. Er hangelte sich an der Küchentheke entlang und gelangte zur Hintertür. Er öffnete sie mit letzter Kraft und rief etwas zu der in Tücher gewickelten Seekuh am Swimmingpool hinüber.

Im Vorderzimmer des Artemis Lodge lief Jenny Walker unruhig zwischen Schreibtisch, Sofa und dem breiten Fenstersitz auf und ab, wo sie sich endlich auf den handgewebten rot-violetten Kissen niederließ, auf die Straße hinausstarrte und darauf wartete, daß Lee zurückkäme, darauf wartete, daß sie wieder mit ihr allein wäre. Als sie morgens eingetroffen war, hatten sich schon andere Leute eingefunden, die sich anschickten, Lee zu Tommys Beerdigung und dem anschließenden Empfang zu begleiten.

Obschon es jetzt still war im Haus – sämtliche Gäste waren ebenfalls ausgegangen –, waren Jennys Gedanken laut und stürmisch. Lee hatte gesagt, daß sie sie liebe, aber was bedeutete das? Bedeutete es ihr ebensoviel wie Jenny? Sie hätte es in Erfahrung bringen können, wenn sie Lee, wie versprochen, angerufen hätte, aber als sie nach Hause kam, war Wilkie da, und wenn sie anrief, benutzte er womöglich, wie er es manchmal tat, den Zweitanschluß, um sie zu belauschen. War Lee verärgert, daß sie nicht angerufen hatte, hatte sie deswegen heute morgen mit Jenny kaum gesprochen?

Zwar hatten sich die Gäste offensichtlich wohl gefühlt, doch Jenny hatte das gestrige Abendessen beinahe unerträglich gefunden – langweilig und angespannt zugleich. Sie hatte die ganze Zeit an Lee denken müssen, bei ihr sein wollen. Wilkie hatte ziemlich viel getrunken und war abwechselnd beinahe ausschweifend redselig und dann wieder stumm gewesen. Am Ende hatte er plötzlich allen verkündet, *Die Blutbuche* sei vollendet – davon hatte er Jenny noch gar nichts gesagt.

Wenn sie sich auch betrübt und gekränkt fühlte, ihre Überraschung hatte sie verbergen können. Und nachdem die Gäste ihn beglückwünscht hatten und gegangen waren, hatte sie nur gesagt, wie froh sie sei, daß das Buch fertig war, und wie sehr sie sich darauf freue, das Schlußkapitel mit ihm durchzusprechen.

»Ja«, hatte Wilkie ausweichend geantwortet. »Wir unterhalten uns morgen darüber. Jetzt bin ich zu müde.« Er hatte ihr einen seltsam verschwommenen Blick zugeworfen und dabei den Mund geöffnet, als wolle er noch etwas hinzufügen.

»Ja?« hatte Jenny gemurmelt. Doch Wilkie hatte den Mund wieder geschlossen und war in ein mürrisches, störrisches Schweigen verfallen.

Es war wunderbar, daß das Buch, ihr Buch, beendet war. Aber weshalb hatte er ihr nichts davon gesagt? Was, wenn er gar nicht vorhatte, sich von ihr dabei helfen zu lassen? Was, wenn er statt dessen Barbie Mumpson bat, ihm von nun an zu helfen?

Das wäre katastrophal. Barbie würde das Buch völlig verhunzen. Sie würde gar nicht mitbekommen, wie sehr Wilkies Aufzeichnungen auf redaktionelle Überarbeitung angewiesen waren. Wahrscheinlich wäre sie nicht einmal in der Lage, seine Handschrift zu entziffern – außer Jenny waren nur wenige dazu imstande. Ihre Rechtschreibung war möglicherweise verheerend. Sie würde nicht wissen, wie und wo sie die Illustrationen beschaffen sollte oder die Statistiken und Zitate überprüfen konnte – Dinge, mit denen Wilkie, weil er sich auf Jenny verlassen konnte, eher liederlich umging.

Bei seinem Erscheinen würde das Buch von Fehlern wimmeln, und die Rezensenten würden darauf hinweisen. Das geschähe Wilkie recht, aber sie durfte es nicht zulassen, denn dafür war *Die Blutbuche* viel zu bedeutsam, es war auch ihr

Buch. Sie mußte mit ihm reden, mußte ihn überreden, das Manuskript ihr zu überlassen.

Aber was, wenn Wilkie, darauf angesprochen, ihr antworten würde: Danke, nein. Was, wenn er ihr sagen würde: Tut mir leid, aber ich habe jemand anderen gefunden, der mir hilft. Ich liebe dich nicht mehr.

Na schön, könnte sie ihm erwidern. Ich liebe dich auch nicht mehr. Ich habe auch jemand anderen gefunden.

Draußen bog jemand in die Auffahrt und kam den Weg unter den Palmen herauf, aber es war nur Perry Jackson. Zuerst erkannte Jenny ihn kaum, so fein hatte er sich gemacht: schwarze Hose, graues Sportjackett, weißes Hemd und feierlich-ernste Miene.

»Hallo«, sagte er und lehnte sich gegen den Türrahmen. »Lee läßt Ihnen ausrichten, daß sie etwas später kommen wird. Falls Sie jetzt gehen möchten, kann ich mir hier die Zeit vertreiben, bis sie kommt.«

»Nein, ist schon gut«, sagte Jenny, entschlossen, nicht von der Stelle zu weichen. »Ich muß nirgendwohin.«

»Es dauert nicht lange. Sie ist noch bei Tommys Eltern geblieben.«

»In Ordnung«, beruhigte ihn Jenny und mußte wieder daran denken, wie freundlich Lee war, wie warmherzig und großzügig. »War der Gedenkgottesdienst schön?«

»Ja, ich glaube schon«, sagte Jacko ausdruckslos. »Die Musik war gut, und es waren viele Leute da. Aber Ihr Mann ist nicht gekommen.«

»O nein«, sagte Jenny erstaunt. »Haben Sie ihn denn erwartet?«

»Eigentlich schon. Von den Leuten, die Tommy retten

wollten, waren die meisten da. Der Polizist, die beiden Sanitäter und ein paar Touristen.«

»Wirklich?« Jenny, die sich daran erinnerte, wie distanziert und erschöpft Wilkie von dem Zwischenfall gesprochen hatte, wußte, daß es ihm niemals in den Sinn gekommen wäre, dem Gottesdienst beizuwohnen. Betreten senkte sie den Blick.

»He, machen Sie sich keine Sorgen.« Jacko lächelte flüchtig. »Hören Sie«, setzte er hinzu, »ich würde Sie gern um einen Gefallen bitten.«

»Ja?« fragte Jenny höflich, aber auf eine Art und Weise, die ihm ihre Zustimmung vorenthielt. In diesem Tonfall hatte man sie schon oft um einen Gefallen gebeten; meistens wollten sich die Leute Zugang zu Wilkie verschaffen, etwas, das sie nicht immer versprechen konnte und bald nie wieder würde versprechen können.

»Ich möchte gern, daß Sie und Ihr Mann mein Testament beglaubigen.«

»Oh. Ja, natürlich«, sagte Jenny überrascht.

»Weil alle anderen, die ich kenne, mehr oder weniger darin vorkommen und Sie nicht.« Er lächelte und hob die Schultern.

»Aber Sie sind doch nicht...« Jenny schluckte den Rest ihres Satzes hinunter, weil ihr gerade noch einfiel, daß Jacko seinem äußeren Erscheinungsbild zum Trotz krank war, vielleicht sogar schon bald sterben würde.

»Sie müssen zur Anwaltskanzlei kommen. Vielleicht irgendwann diese Woche, wenn es Ihnen möglich ist.«

»Ja, natürlich... Ich meine, ich frage meinen Mann und gebe Ihnen Bescheid«, sagte Jenny. Sie überlegte, ob Wilkie sich wirklich dazu bereit finden würde, Jackos Testament zu beglaubigen – ob er sich überhaupt noch zu irgend etwas bereit finden würde, das sie ihm vorschlug.

»Danke. Bis später dann.«

Als Jenny fünfzehn angespannte Minuten später aufschaute, sah sie, wie Lee die Vordertreppe heraufkam und auf die Veranda trat. Auch sie war in Trauerkleidung: schwarzes Kleid, schwarze Espadrillen, ein schwarz-violetter handgewebter Chenilleschal und eine düstere, brütende Miene.

»Hallo, tut mir leid, daß ich so spät komme«, sagte sie und würdigte Jenny kaum eines Blickes. »Wie steht's?«

»Ach, es geht«, erwiderte Jenny mit dünner Stimme. »Vicki und Sara aus Zimmer drei sind abgereist, und die Frau, die heute ankommt, hat angerufen, daß sie gegen sechs hier sein wird. Es gab einige Anrufe wegen Übernachtungspreisen und freien Zimmern im März, und Marie-Claire möchte im April wiederkommen. Ich habe alles aufgeschrieben und gesagt, daß du dich melden wirst. Wie war der Gedenkgottesdienst?«

»Ich glaube, schön. Falls so etwas überhaupt schön sein kann.« Lee blickte nicht Jenny, sondern die kahle Wand neben ihr an. »Die Kirche war voll, es wurde ein Maria-Callas-Band abgespielt, und Allen Ingram hat ein Gedicht vorgelesen. Leuten, die Tommy oder Dennis nicht sehr gut kannten, dürfte es besser gehen.« Ihre Stimme brach.

»Ach, Lee.« Jenny ging auf sie zu. »Es tut mir so leid.«

»Ich will, daß niemand mehr stirbt. Ich verkrafte es einfach nicht mehr.« Lee begann zu schluchzen. Anders als Jenny weinte sie nicht ungezwungen und graziös, sondern laut und ruckartig. »Dennis ist am Boden zerstört. Tommy war mehr oder weniger sein Lebensinhalt. Jetzt weiß er nicht, was zum Teufel er mit sich anfangen soll.«

Wie ich, dachte Jenny.

»Und Tommys Eltern«, fuhr Lee fort und unterdrückte Zornestränen. »Das war vielleicht schlimm.«

»Ich schätze, selbst wenn man weiß, daß es bevorsteht...«, vermutete Jenny.

»So war es nicht. Es hat sie schon ziemlich mitgenommen, aber am meisten haben sie sich selber leid getan. Als Tommy krank war, haben sie nichts für ihn getan, außer ihm Geld zu schicken. Sie haben ihn vielleicht zweimal für ein paar Tage besucht. Die ganze Szene heute war ihnen peinlich, Tommys weinende Freunde und einer der Kellner von Henry's Beach House, der im Fummel zur Kirche kam und so laut geschluchzt hat, daß ihm vor lauter Tränen die Schminke verlief.«

»Mm«, murmelte Jenny und dachte, daß es vielleicht auch ihr peinlich gewesen wäre.

»Und jetzt wollen Tommys Eltern seine Asche, damit sie sie im Familiengrab in Raleigh beisetzen können. Damit glauben sie alles wiedergutmachen zu können, beweisen zu können, daß sie ihn akzeptieren. Sie kapieren einfach nicht, warum alle wütend sind und Dennis nicht einmal mit ihnen reden will.«

»Was wird geschehen?«

Lee zuckte mit den Schultern. »Wir kümmern uns darum. Tommy wollte auf dem Friedhof von Key West beerdigt werden, er hat dort eine Grabstelle gekauft, in der genügend Platz für sie beide ist. Aber sein Anwalt meint, daß Dennis sich das aus dem Kopf schlagen soll und die Asche in alle Winde verstreuen soll, bevor sich die Eltern einen eigenen Anwalt nehmen. Das Ganze ist idiotisch – daß man sich streitet wegen eines Pappkartons voller Staub und Asche. Ich habe zu Dennis gesagt: Das kann dir doch gleich sein; wenn Tommy überhaupt irgendwo ist, dann hier bei dir. Aber zur Zeit kann er nicht rational denken.«

Ich auch nicht, dachte Jenny. Sieh mich an, dachte sie und ließ ihre Freundin nicht los. Rede mit mir. Und endlich redete Lee mit ihr.

»Und wie steht's mit dir?« fragte sie.

»Ach, es geht, glaube ich. Und ich glaube, Wilkie geht es besser. Jedenfalls hat er seine Teilnahme an der Konferenz über ›Der Schriftsteller und die Natur‹ zugesagt, die nächste Woche hier veranstaltet wird, weißt du?«

»Ja, ich habe davon gehört. Mein Cousin Lennie Zimmern wird auch daran teilnehmen.«

»Der aus New York, der immer alles kritisiert?«

»Mm-mm.« Lee lächelte. »He, ich bin froh, daß du da bist«, sagte sie in verändertem Ton. »Als du gestern abend nicht angerufen hast, dachte ich schon...«

»Ich konnte nicht, ich habe mich nicht getraut.«

»Macht nichts. Jetzt bist du ja hier.« Jenny und Lee sahen einander aus geringer Entfernung an mit dem ängstlich spähenden Ausdruck von jemandem, der kurz davor ist, in einen dunklen, schnell dahinströmenden Fluß zu springen. »Verrate mir eins«, sagte Lee. »Hast du wirklich gemeint, was du gestern abend gesagt hast?«

»Ja. O ja.« Jetzt waren sie einander so nahe, daß Jenny die einzelnen gebogenen Härchen in Lees schweren, vollen

Augenbrauen und die blassen Sommersprossen auf ihrem starken Nasenrücken erkennen konnte. »Und du?«

»Ja.« Lee rückte noch näher heran und gab Jenny einen langen, weichen Kuß, den diese erwiderte. »Du kannst doch zum Mittagessen bleiben, ja?« fragte sie schließlich und wich zurück.

»O ja«, wiederholte Jenny.

»Fabelhaft. Allerdings habe ich nicht viel da, nur Brot und Käse. Ich hatte keine Zeit einzukaufen.«

»Macht nichts. Ich liebe Brot und Käse.« Jenny lächelte und hob die Hand, um Lees dichtes, dunkles Haar zu streicheln. Jetzt kann ich sie berühren, dachte sie. Ich kann sie berühren, sooft ich will.

»Vielleicht habe ich noch ein paar Tomaten da. Komm, wir schauen mal nach.« Lee ging zur Küche, dann machte sie abrupt kehrt, so daß sie beinahe mit Jenny zusammengeprallt wäre.

»Was ist?«

»Nichts. Ich will nur den Anrufbeantworter einschalten.« Lee lächelte. »Wir wollen nicht gestört werden.«

»An beide Apparate geht niemand dran«, berichtete Barbie, als sie wieder in den Krankensaal trat, in dem Wilkie lag – er hatte keine akuten Schmerzen mehr, war aber benommen, erschöpft und übel zugerichtet von den Schmerzen und von den vielen Injektionen, Tests und Prozeduren, die er in den vergangenen Stunden hatte über sich ergehen lassen müssen. Eine dieser Prozeduren bestand darin, daß er ein Glas mit dicker, unangenehm süßer, ekelerregend flüssiger Kreide austrinken mußte. Barbie hatte schon zum vierten oder fünften Mal versucht, seine Frau anzurufen, erst im Artemis Lodge, dann zu Hause.

»Ich verstehe das nicht«, sagte er, und es hörte sich an, als spräche er vom Grund eines kalten, nebligen Brunnens. »Jenny hätte schon vor Stunden zu Hause sein müssen.«

»Wie fühlen Sie sich?«

»Besser«, brachte er hervor. Was seinen Körper betraf, entsprach dies der Wahrheit. Innerlich aber war Wilkie frustriert und zornentbrannt. Warum war er immer noch am Leben? Welchen Sinn hatten diese Höllenqualen, wenn sie nicht der Vorspann zu einem raschen Ende waren?

»Nach einem Herzinfarkt sieht es mir nicht aus«, hatte der diensthabende Arzt (ein kleiner, spindeldürrer, vermutlich inkompetenter junger Mann) gesagt. »Aber ich würde Sie gern über Nacht hierbehalten, um weitere Tests durchzuführen, einverstanden?«

»Na gut«, hatte Wilkie sich, verwirrt von Schmerzen, bereit erklärt und gedacht: Sie werden herausfinden, daß Sie sich geirrt haben. Ein Irrtum. Wenn er heute nicht starb, sollte er sich lieber so schnell wie möglich aus dem Krankenhaus davonmachen, bevor man ihn in einen jener halben Leichname verwandelte, die auf Intensivstationen wochen- und monatelang künstlich am Leben erhalten wurden, um den Krankenhäusern Gewinn einzubringen. An Schläuche angeschlossen und mit einem Monitor, der seinen Herzschlag überwachte.

Und selbst wenn ich heute nicht entlassen werde, dachte Wilkie matt, ist es zu spät zum Schwimmen. Das heißt, ich muß noch einen ganzen Tag durchstehen, bevor alles vorbei ist. Wieder sah er, wie so oft in den letzten Wochen, wie der

Tod sich ihm am Meeresufer entzog. Er stellte sich ihn als klassische Gestalt wie in einem Film von Ingmar Bergman vor: hochgewachsen, bleich, mit strenger Miene, bis aufs Skelett abgemagert. Er trug einen schwarzen Umhang mit Kapuze und hatte eine Sense und ein Stundenglas voll dunklem Sand bei sich. Aber das stimmte ja gar nicht, dachte er. Der Tod entzog sich ihm nicht länger, sondern blickte über die Schulter und wartete darauf, daß Wilkie ihm folgte.

»Kann ich Ihnen irgend etwas bringen?« unterbrach Barbie seinen Gedankengang.

»Nein«, murmelte Wilkie. »Danke«, fügte er hinzu. Er brachte es nicht fertig, Barbie anzulächeln, obwohl er ihr dankbar war oder es zumindest sein sollte. Als sie erst einmal begriffen hatte, was los war, hatte sie sich als ziemlich kompetent erwiesen. Sie hatte ein Taxi bestellt, daran gedacht, daß er seine Brieftasche und seine Versicherungskarte benötigte, ihm ins Taxi geholfen und ihn zum Krankenhaus begleitet. Dort angekommen, hatte sie darauf bestanden, daß er behandelt wurde.

»Das ist Professor Wilkie Walker, eine berühmte, hochbedeutende Persönlichkeit. Sie müssen sich auf der Stelle um ihn kümmern, auf der Stelle!« hatte sie das Personal in der Notaufnahme mehr oder weniger angebrüllt, während Wilkie, vor Schmerzen halb ohnmächtig und kaum in der Lage zu sprechen, auf einem Plastikstuhl zusammensackte. »Wenn Sie ihn sterben lassen, kommt es ins Fernsehen und in die Zeitungen. Ich werde alles erzählen, und alle Amerikaner, denen Tiere am Herzen liegen, werden Sie für immer hassen.« Und beinahe umgehend hatte jemand einen Arzt aufgetrieben.

Falls ich nicht sterben sollte, dachte Wilkie, werde ich etwas für sie tun, etwas für die Seekuh. (In seinem drogenumnebelten Hirn waren die beiden immer noch eins.) Wie wäre es mit einem bewegenden, aber wissenschaftlich fundierten Aufsatz im *Atlantic*? Etwas, das der öffentlichen Geringschätzung für häßliche bedrohte Arten – nicht fotogen, nicht knuddelig – entgegenwirkt.

»...vielleicht ist Mrs. Walker ja einkaufen gegangen«, hörte er Barbie sagen; anscheinend hatte sie schon seit längerem gesprochen.

»Gut möglich«, stimmte Wilkie ihr schwach zu und schlug halb die Augen auf. Wieder verspürte er Ärger über die idiotische, untergeordnete Stelle seiner Frau. Es lag auf der Hand, daß sie ausgebeutet, nicht viel besser als ihre Putzfrau zu Hause entlohnt wurde. Normalerweise hätte er Jenny stärkstens davon abgeraten, in irgendeiner Pension zu arbeiten. Da er jedoch wollte, daß sie im Ort Kontakte knüpfte, hatte er beschlossen, sich nicht einzumischen.

»Ich versuche es in fünfzehn Minuten noch einmal bei Mrs. Walker, ja?«

»Danke«, wiederholte er. Ihm wollte scheinen, daß Barbie Mumpson, von schräg unten betrachtet, wie er sie jetzt sah, gleich der Seekuh, an die sie ihn erinnert hatte, eher »süß« oder »knuddelig« wirkte als pummelig und plump. Auch der Manati hatte natürlich kein Übergewicht; er wirkte nur so angesichts seines gerundeten, mit Fett abgepolsterten Körpers. Aber das gleiche traf auch auf Seehunde und Pinguine zu, deren Bilder in allen Museums- und Greenpeace-Läden hingen. Wenn man sich seiner annahm und die richtigen Illustrationen – Zeichnungen, keine Fotos –

auftrieb, konnte man den Manati so abbilden, daß er niedlich, ja knuddelig wirkte.

»Ich weiß Ihre Hilfe zu schätzen«, setzte er hinzu in dem Bewußtsein, daß eine derartige Äußerung angebracht war.

»Mensch, ist doch gern geschehen«, entfuhr es Barbie. »Es ist mir eine Ehre, wirklich. Ich meine, es ist phantastisch, daß ich überhaupt jemandem nützlich sein kann, vor allem jemandem wie Ihnen.« Sie schluckte hörbar.

»Mm«, sagte Wilkie und ließ seine Aufmerksamkeit wieder wandern. Ein Bilderbuch für Kinder mit einem Geleitwort für ihre Eltern; vielleicht wäre das eine gute Idee, dachte er. Vielleicht konnte er morgen früh etwas zu Papier bringen und es Jenny hinlegen. Manny, der Manati. Oder klang das zu jüdisch? Heutzutage mußte man auch die Frage der politischen Korrektheit berücksichtigen. Vielleicht Manny und Annie. Er konnte sich die Stofftiere schon lebhaft ausmalen, obwohl er sie Gott sei Dank nicht mehr zu Gesicht bekommen würde. Jenny und sein Agent würden den passenden Künstler und den passenden Verlag schon finden und den Gewinn der Kampagne »Rettet den Manati« zugute kommen lassen.

»…und ich schätze, in gewisser Hinsicht hatte mein Mann eine passende Ausrede«, sprach Barbie mit eintöniger Stimme. »Ich habe ihm immer alles versaut mit den Reportern und konnte ihm nicht einmal ein Kind schenken.«

Verärgert darüber, daß Barbie ihn bei seinen Gedanken störte, warf Wilkie ihr einen ungeduldigen Blick zu, der ihr freilich entging, weil sie auf den Fußboden starrte. »Vielleicht konnte *er* Ihnen kein Kind schenken; haben Sie schon einmal daran gedacht?« fragte er.

»Nein, ich...« Ratlos zuckte sie die Achseln. »Wir wollten uns in Washington einer Untersuchung unterziehen, aber dann wurde alles schlimm, und ich habe ihn verlassen. Aber wahrscheinlich war es meine Schuld. Ich meine, normalerweise ist alles immer meine Schuld.« Ihre Stimme bebte. »Ich war also richtig niedergeschlagen, als ich hierherkam. Aber Mama sagt, daß ich einfach egoistisch bin.«

»Egoistisch?«

»Nun ja. Daß ich nur an mich denke und nicht an Bob, er brauche es, daß ich ihn unterstütze und für ihn da bin. Eine Frau gehört an die Seite ihres Mannes, sagt Mama.«

Obwohl Wilkie diesem Prinzip im allgemeinen zustimmte, sagte er nichts. Weshalb erzählte Barbie ihm das alles? dachte er. Weshalb bildete sie sich ein, er sei daran interessiert? Wenn sie endlich ginge, könnte er sich etwas ausruhen.

»Jedenfalls sagt Mama, wenn ich nicht zurückgehe, stürze ich ihn ins Verderben, ob ich das denn wolle? Ob ich ihn denn nicht liebe, wie ich es bei den Ersten Vereinigten Methodisten gelobt habe?« Sie stieß einen feuchten Seufzer aus.

»Mm.«

»Da habe ich gesagt, ich wüßte nicht, ob ich Bob noch liebe, eigentlich nicht. Aber sie sagte, das sei egal, und es sei meine christliche Pflicht, ihm seine Sünden zu vergeben und ihm zur Seite zu stehen.«

»Mm-mm.« Wilkies Blick wurde noch finsterer. Er verachtete religiöses Gewäsch und Frauen, die das Heft in der Hand hatten, und während ihrer einzigen Begegnung hatte er eine Abneigung gegen Myra Mumpson entwickelt, die gefragt hatte, ob er der Autor »dieses niedlichen, alten Büchleins über die Maus« sei.

»Die Sache ist nur die, allein den Gedanken, daß ich nach Washington zurücksoll, kann ich nicht ertragen. Aber wenn ich nicht gehe, dann ist es geradeso, als wäre ich niemandem nützlich, ebensogut könnte ich zu Higgs Beach gehen und mich ertränken, wissen Sie?«

»Um Gottes willen«, sagte Wilkie. Hatte denn in Key West jeder vor, ihn auf diese groteske Weise nachzuahmen? Er warf Barbie einen äußerst gereizten Blick zu, der ihr wiederum entging, weil sie diesmal aus dem Fenster in den heißen, fahlen Himmel starrte.

»Es wäre ein leichtes«, fuhr sie fort, »es gibt da nämlich keine Rettungsschwimmer. Da habe ich mir gedacht, ich könnte irgendwann frühmorgens losgehen, so um fünf oder sechs, wenn es noch ziemlich dunkel und niemand da ist.«

»Ich hoffe, Sie haben dieses alberne Vorhaben aufgegeben«, sagte Wilkie, so nachdrücklich er konnte. »Sie sind doch eine gesunde junge Frau; Sie haben ihr ganzes Leben noch vor sich.«

»Na, Sie können es gern haben. Es ist völlig verkorkst.«

»Na und? Sie können es ändern.«

»Ich weiß nicht«, erwiderte Barbie unbestimmt, ohne ihm recht zu geben. »Jedenfalls bin ich irgendwie froh, daß ich mich noch nicht ertränkt habe, sonst wäre ich heute nicht nach Hause gekommen.«

»Nein«, bekräftigte Wilkie.

»Ich meine, dann hat sich das Gefühl eingestellt, daß es doch etwas gibt, was ich tun kann, wissen Sie? Normalerweise denke ich, ich lebe zwar, aber wozu?«

Wilkie wandte den Kopf auf dem steifen Krankenhauskissen, um Barbie zu mustern. Ihr dichtes, ungekämmtes, gelbliches Haar, ihre plumpen, gekrümmten Schultern in dem rosa T-Shirt, ihren verwirrten, niedergeschlagenen Gesichtsausdruck. Das sähe ihr ähnlich, sich am Higgs Beach zu ertränken, bevor er es tun konnte. Wenn er es dann endlich tat, wäre es Teil eines Trends.

»Es gibt allerlei, was Sie tun könnten«, brummelte er ärgerlich und suchte nach Beispielen.

»Ich weiß nicht«, murmelte Barbie und hob ein wenig den Kopf.

»Zum Beispiel könnten Sie hier in Key West bleiben und sich einen nützlichen Job suchen.«

»Was denn?« Sie schniefte und starrte Wilkie hoffnungsvoll an. Erschöpft und außerstande, sie weiter zu ermutigen, schloß er die Augen.

»Vieleicht sollte ich es noch einmal bei Mrs. Walker versuchen?« sagte Barbie endlich. Wilkie tat so, als sei er eingeschlafen, und antwortete nicht. Nach einer Weile hörte er, wie sie aus dem Zimmer ging.

Je eher ich hier herauskomme, desto besser, dachte Wilkie, als er so dalag. Schon lange flößten ihm Krankenhäuser nichts als Haß und Mißtrauen ein. Das System täuschte eine öffentliche Dienstleistung vor, dabei war es in Wahrheit ein kommerzielles Unternehmen, das die Patienten zu Kindern degradierte. Wenn man zu schwach und verängstigt war und zu sehr Schmerzen litt, um Einspruch zu erheben, wurden einem die Kleider abgenommen, und man wurde in einen Kittel gesteckt, der ihn an die Babykleidung erinnerte, die seine Kinder in den ersten Monaten ihres Lebens getragen hatten:

dünne, schlaffe Baumwollkittel, die mit Bändern zugeschnürt wurden. Und für das Krankenhaus war das Geld entscheidend. Obwohl er bei seiner Einlieferung sichtlich Qualen gelitten hatte, wollte man, noch ehe irgend jemand mit ihm sprach, zunächst einmal seine Versicherungskarte sehen.

»So, so, Professor Walker.« Wilkie, bereits im Halbschlaf, schlug widerstrebend die Augen auf. Vor ihm stand der memmenhafte kleine Arzt und blickte auf ihn herab. »Wie geht es uns?«

»Nicht schlecht«, gab Wilkie zu.

»So, so. Wissen Sie, ich hatte doch vollkommen recht. Ihr Herz macht uns keine Sorgen. Nicht der geringste Anhaltspunkt. Ihr Herz ist kräftig genug, um noch zwanzig Jahre seinen Dienst zu tun.«

»Wirklich?« murmelte Wilkie skeptisch.

»Meines Erachtens haben Sie eine Gallensteinkolik gehabt. Jedenfalls den Testergebnissen nach zu schließen.«

»Wirklich?« Wilkie runzelte die Stirn. Er war nicht überzeugt. »Aber die Schmerzen...«

»Ach, das ist normal. Gallensteine können ziemlich garstig sein. Sind dafür bekannt.« Der Arzt lächelte, wobei er eine Reihe kleiner, gleichmäßiger, gelblicher Zähne entblößte. »Aber gestorben ist daran noch niemand.«

»Ach ja?«

»Haben Sie noch nie so eine Kolik gehabt?«

»Nein. Habe ich Ihnen doch schon gesagt.«

»So, so. Wenn Sie Glück haben, werden Sie auch nie wieder eine haben. Nebenbei gesagt, Professor Walker, Sie werden sich freuen, daß die Barium-Röntgenaufnahme einen äußerst gesunden Verdauungsapparat zeigt.«

»Was wollen Sie damit sagen?« Wilkie konnte nicht verhindern, daß seine Stimme lauter wurde.

»Ohne Befund. Keinerlei Anzeichen für irgendeine Blockierung.« Der Arzt hielt inne und suchte, offenbar ohne Erfolg, in Wilkies Gesicht nach einer Spur von Verständnis. »Zum Beispiel kein Anzeichen für Malignität«, fügte er hinzu, wobei er bei der Aussprache des gefüchteten Wortes die Stimme senkte. »Natürlich haben wir uns wegen der rektalen Blutung etwas Sorgen gemacht.«

»Blutung?« blökte Wilkie. Man ist mir auf die Schliche gekommen, dachte er.

»Ist Ihnen das nicht aufgefallen?«

»Nein«, log er.

Er versuchte, einen klaren Kopf zu bekommen. Dann sagte er langsam: »Wollen Sie damit sagen, daß ich zwar rektale Blutungen habe, aber Ihrer Auffassung nach keinen… zum Beispiel…«, er schöpfte Atem, »…keinen Darm- oder Dickdarmkrebs?«

»Ganz richtig.« Der kleine Arzt grinste eindeutig. »Aber es würde Ihnen nichts schaden, wenn Sie, sobald Sie wieder zu Hause sind, etwas gegen Ihre Hämorrhoiden unternehmen würden, besonders wenn Sie in Ihrem Stuhl noch mehr Blut entdecken. In Ihrem Alter sollten Sie ihn regelmäßig daraufhin überprüfen.«

»Ah«, murmelte Wilkie und versuchte die Informationen, die er soeben erhalten hatte, zu verarbeiten. Das Key Memorial war ein zweitklassiges Provinzkrankenhaus und der Arzt ein Waschlappen und ein Arschloch. Womöglich war er zu blöd, um die Testergebnisse richtig zu lesen und zu erkennen, daß Wilkie todkrank war, weil er ein Herzleiden hatte oder Darmkrebs oder vermutlich beides. »Dann kann ich jetzt also nach Hause gehen?« fragte er.

»So, so. Nein, das würde ich Ihnen nicht empfehlen. Ich würde Ihnen sehr empfehlen, daß Sie über Nacht hierbleiben und sich gut ausruhen.«

»Pah«, machte Wilkie und wunderte sich erneut über den Glauben der Mediziner, daß man sich in einem Krankenhaus gut ausruhen könne. Aber er hielt sich mit dem Paradox nicht auf. Er mußte darüber nachdenken, daß er womöglich doch nicht an einem Herzleiden zugrunde gehen würde, jedenfalls nicht sogleich. Er konnte mit seinem Leben fortfahren: das hieß, mit seinem Sterben. Aber heute noch nicht. Es war schon später Nachmittag, und nach allem, was er durchgemacht hatte, bezweifelte er, daß er das Durchhaltevermögen besaß, weit genug hinauszuschwimmen. Schließlich eilte es ja nicht.

»Also, ich schaue morgen früh wieder vorbei«, sagte der kleine Arzt. »Ach, und bevor ich es vergesse, Professor Walker. Könnte ich ein Autogramm haben? Eine meiner Krankenschwestern ist offenbar ein großer Fan von Ihnen.«

»Was? Ja, natürlich.«

»Schön.« Der Arzt holte einen Kugelschreiber und einen Rezeptblock hervor. »Ihr Name ist Bessie.«

Unbeholfen stützte Wilkie sich auf einen Ellbogen, was ein Schwindelgefühl auslöste. Wie so viele Male zuvor, heute aber vielleicht zum letzten Mal, kritzelte er den Namen der Betreffenden hin und setzte die bedeutungslose Wendung »Mit den besten Wünschen« und seine Unterschrift hinzu.

»Danke«, sagte der kleine Arzt und nahm ihm Block und Kugelschreiber ab. »Da wird sie sich aber freuen.«

13

Am folgenden Tag saß Lee Weiss an der Rezeption im Artemis Lodge und versuchte, Gäste und Zimmer für die Monate April und Mai aufeinander abzustimmen. Normalerweise war dies nicht schwierig, denn der Ansturm derer, die vor dem Winter flüchteten, begann nachzulassen, und ab Mitte April waren es meist nur noch Kanadierinnen, die anreisen wollten.

Jetzt allerdings fand Lee es mühsam, sich zu konzentrieren. Alle paar Minuten sah sie von ihrem Belegungsplan auf, um aus dem Fenster in den grünen Dschungel davor zu starren und an Jenny zu denken. Manchmal, wenn sie sich an ihre kühle, sanfte Stimme erinnerte, an ihre kühle, sanfte Haut und die jähe Wärme ihres letzten Kusses, lächelte sie. Dann aber, bei der Erinnerung an Jennys panische Angst am Telefon, als sie vor einer Stunde angerufen hatte, verfinsterte sich ihre Miene.

»Ich hätte bei ihm bleiben sollen«, hatte sie gejammert, so wie sie es gestern abend getan hatte, als sie vom Krankenhaus aus anrief, »und ich tat es nicht.«

»Nein«, sagte Lee zu ihr. »Du warst bei mir. Willst du damit sagen, daß das die Sache schlimmer macht? Wäre es besser, wenn du im Lebensmittelgeschäft gewesen wärst?«

»Nein... Ja... Ich weiß nicht.« Jenny lachte nervös.

»Das ist doch magisches Denken. Wenn du so weitermachst, wirst du mir als nächstes noch weismachen wollen, daß es deinem Mann einen Stich in die Brust versetzt hat, als du sagtest, daß du mich liebst.«

»Ich weiß, es klingt albern«, räumte Jenny ein. »Aber ich fühle mich scheußlich. Ich wünschte, ich könnte dich sehen.«

»Dann komm doch vorbei, warum tust du es nicht?«

»Ich kann nicht, noch nicht«, hatte Jenny halb gejammert, halb geflüstert. »Ich muß hierbleiben, falls Wilkie aufwacht und mich braucht.«

Warum sollte er dich jetzt brauchen, er hat dich doch schon seit Monaten nicht mehr gebraucht, hatte Lee gedacht, aber nicht gesagt.

Sie wußte, sie mußte Geduld haben. Was immer Wilkie Walker fehlte, etwas wirklich Ernstes war es offenkundig nicht. Ein Gallenstein, hatte Jenny gesagt. Das machte Sinn – soviel Gift und Galle, wie er nach allem, was sie hörte, gespuckt hatte. Er war am Morgen aus dem Krankenhaus entlassen worden, und bald würde er zu seinem unleidlichen Normalzustand zurückfinden.

Angenommen, es wäre ernst gewesen, dachte Lee. Angenommen, Wilkie Walker wäre wirklich krank; angenommen, sein Zustand hätte sich immer mehr verschlimmert, angenommen, er wäre gestorben. Das wäre kein Verlust, denn wozu taugte er überhaupt? Nie hatte er irgend etwas anderes getan, als schwülstige Artikel zu schreiben, zersetzende Ratschläge zu erteilen und die Frau, die sie innig liebte, unglücklich zu machen.

Aber ob er nun krank war oder nicht, Jenny würde bald wieder hier sein; Lee würde sie wieder in ihren Armen halten, sie trösten, sie küssen und spüren, wie Jenny immer weicher und wärmer würde.

Jetzt allerdings mußte sie aufhören zu phantasieren und sich von neuem dem Belegungsplan für April und Mai zuwenden. Lee beugte sich über ihren Schreibtisch, wurde aber sofort wieder abgelenkt, diesmal nicht von innerem Tumult, sondern von einem Geschrei draußen: Auf der Vorderveranda, wo sie auf Jacko und seine Mutter warteten, stritt sich Myra Mumpson mit ihrer Tochter. Einiges von dem, was sie sagten, war unverständlich, aber der Ton war vertraut: Lee hatte ihn des öfteren bei Paaren gehört, die in dem Versuch, in letzter Minute eine langfristige Beziehung zu reparieren, in ihrer Pension abstiegen.

»Du machst einen großen Fehler«, sagte Myra mit einer Stimme, die etliche Merkmale einer Laubzerkleinerungsmaschine aufwies. »Wenn du die Rundschwanzseekuh wirklich retten willst, kannst du das in Washington viel wirksamer betreiben.«

»In Washington gibt es keine Seekühe«, versetzte Barbie schwach, aber halsstarrig.

»Sei doch nicht töricht, Liebling. Wenn du es ernst damit meinst, diesen sonderbaren Tieren zu helfen, an denen du so interessiert bist, mußt du dorthin, wo der Sitz der Macht ist. Nach Washington. So Gott will, kannst du dort etwas bewegen. Es könnte sogar deine Spezialität werden, gefährdete Tierarten, warum nicht?« Ihr Ton modulierte von dem einer Laubzerkleinerungsmaschine zu dem eines Rasenmähers und wurde sinnend. »Ich könnte dir die Unterstützung von Experten besorgen. Ausgebildete Lobbyisten und einen guten Publicitymanager. Vielleicht würde Bob im Kongreß am Ende sogar einen kleinen Gesetzesentwurf einbringen.«

Barbie gab eine Antwort, die unverständlich blieb bis auf die Worte »gesprenkelte Eule«.

»Natürlich würde er nichts unterstützen, was der Produktivität zuwiderläuft oder Arbeitsplätze gefährdet. Aber es gibt ja bestimmt noch viele andere gefährdete Tierarten. In Washington könntest du soviel für sie tun, bei deinen Beziehungen.« Myras Stimme klang beinahe schnurrend. »Aber in diesem rückständigen Nest, was kannst du da als unerfahrenes Mädchen schon ausrichten? Eigentlich nichts.«

Ihre Tochter brummelte ein paar Worte.

»Für mich hören die sich an wie ein Haufen von Spinnern und Amateuren. Außerdem würde ich mir dauernd Sorgen um dich machen, wenn du hierbliebest. Key West mag ja aussehen wie ein hübscher Erholungsort, aber dahinter verbirgt sich eine verworfene, gottlose Stadt. Straßen voller Gammler, Penner und Perverser; das sieht doch jeder. Und wovon willst du leben, hast du schon einmal daran gedacht, Liebling? Du bist ein so komfortables Leben gewohnt. Noch nie hast du auch nur eine Sekunde lang an Geld denken müssen.«

Wieder blieb Barbies Antwort unverständlich, doch der störrische Tonfall war unverkennbar.

»Das ist doch lächerlich«, erklärte Myra und stellte wieder die Laubzerkleinerungsmaschine an. »Du hast doch gar keine Erfahrungen im Einzelhandel und kannst nicht einmal tippen. So nimm doch endlich Vernunft an, Liebling.«

Eine Sekunde lang herrschte Schweigen; dann hörte Lee, wie Barbie rief: »Nein, das tue ich nicht!« Ein Verandastuhl scharrte und kippte um.

»Um Himmels willen, wo willst du denn hin?«

Keine Antwort, nur das Getrampel von Füßen, die die Vordertreppe hinunterstürzten.

»Meine arme, hysterische Tochter ist auf und davon«, verkündete Myra wenige Augenblicke später und ließ die Fliegentür hinter sich zuknallen. »Gestern abend ist sie auf eine Versammlung gegangen, und jetzt hat sie plötzlich diese Flausen im Kopf, daß sie in Key West bleiben will.«

»Ach ja?« fragte Lee gleichmütig.

»Ja.« Myra begann auf und ab zu gehen. »Und ich sage, soll sie's doch versuchen. Sie wird schon noch früh genug nach Hause gerannt kommen. Die Stadt ist teuer. Barbies Geld wird nicht einmal für eine Woche reichen. Und ich glaube nicht, daß Perry Lust hat, für sie aufzukommen.«

Da hast du recht, dachte Lee, gab aber keinen Kommentar von sich.

Myra ließ sich auf der Kante eines Schaukelstuhls aus spanischem Rohr nieder und bewegte ihn geräuschvoll hin und her. Sie trug ein Ensemble, das sich für Fluggäste erster Klasse geeignet hätte: einen teuren Blazer aus limettengrünem Polyester und eine maßgeschneiderte Hose, dazu passende Schnürschuhe und eine glänzende, mit Goldketten behangene Seidenbluse. Zwischen Lees handgewebten Stoffen, haitischen Gemälden und ramponierten tropischen Pflanzen wirkte sie äußerst fehl am Platz.

»Verzogen«, sagte sie schaukelnd zu Lee. »Ihr Vater hat sie völlig verzogen. Eigentlich alle beide. Anders als mein Papa, der war das genaue Gegenteil. Dem konnte man es nie recht machen, wie man es auch anstellte.«

»Mm.« Lee hob nur flüchtig den Kopf.

»Er war ein Schwächling«, fuhr Myra fort, ohne sich abhalten zu lassen. »Ein leichtes Opfer für jeden, der ihm mit einer rührseligen Geschichte kam, nicht nur seine eigenen Kinder. Wenn etwas im Haus nicht niet- und nagelfest war, schenkte er es weg. Sie kennen den Typ.«

»Mm«, murmelte Lee, die selber auch schon bezichtigt worden war, dieser Typ zu sein.

»Ich habe einen schwerwiegenden Fehler begangen, als ich ihn heiratete. Ich redete mir ein, er würde in der Politik bestimmt Karriere machen, weil er klug war und bei allen beliebt. Er war der stattlichste Mann, den ich je gesehen hatte, und im Grunde der liebenswürdigste. Zu liebenswürdig für dieses Leben. Man muß sich weich und hart zugleich geben, stimmt's?«

»Mm«, sagte Lee. Wenn sie Myra nicht direkt ansah und nur einsilbig antwortete, würde die Frau vielleicht endlich den Mund halten und gehen.

»Das Problem war nur, daß er nicht den gottgegebenen Ehrgeiz hatte, den man in der Politik braucht. Wenn Sie die Wahrheit wissen wollen, hatte er eigentlich keinerlei Ambitionen. Und keinen Verstand. Konnte nicht vorausschauen. Das letzte, was er in seinem Leben unternommen hat, war diese wirklich anstrengende Reise nach England, wo er nach seinen Vorfahren suchen wollte, obwohl er wußte, daß er ein angegriffenes Herz hatte. Hat nicht ein einziges Mal an seine Christenpflicht seiner Familie gegenüber gedacht – was aus uns wird, wenn er stirbt. Richtig selbstsüchtig.«

»Mm.« Lee zog die Stirn in Falten. Ihre Versuche, Myra zum Verstummen zu bringen, bewirkten das Gegenteil; ihre dahingebrummelten Einwürfe luden wie das gleichmütige

Gemurmel der Therapeutin, die sie einst gewesen war, zu vertraulichen Mitteilungen ein.

»Natürlich bedarf es einer besonderen Begabung, wenn man es in der Politik zu etwas bringen will«, fuhr Myra fort, fast so, als spräche sie zu sich selbst. »Man muß die Persönlichkeit dazu haben und das Spezialwissen. Mein Sohn Gary zum Beispiel, der ist zwar gewieft, hat aber nicht die richtige Persönlichkeit. Er ist nicht liebenswert. Manchmal liebe ich ihn selber nicht.« Sie schaukelte noch schneller und schüttelte im Takt dazu den Kopf.

»Gary kann, bis zu einem gewissen Grade, gut mit Geld umgehen«, fügte sie hinzu. »Aber er geht zu viele Risiken ein. Ein Gauner von einem Rechtsanwalt, den er beim Training kennengelernt hatte, überredete ihn dazu, sich an einem verdächtigen Landkauf zu beteiligen. Gary hätte den Braten riechen müssen. Herrgott, es stank zum Himmel – der Braten war schon angebrannt. Das hätte ich ihm gleich sagen können, wenn er nur soviel Verstand gehabt hätte, mich zu fragen. Aber die Gewinnaussichten hörten sich verheißungsvoll an, und er wurde habgierig.«

»Ja?« sagte Lee, die gegen ihren Willen neugierig wurde. »Und was ist passiert?«

»Ach, am Ende nicht soviel, Gott sei Dank. Die meisten Anklagepunkte wurden abgewiesen, und man hat sich außergerichtlich geeinigt. Aber was öffentliche Ämter angeht, war Gary erledigt. Das habe ich von Anfang an kommen sehen, und es hätte mir fast das Herz gebrochen. Aber man muß realistisch sein, stimmt's?«

»Ich denke schon«, sagte Lee, die sich selber so einstufte.

»Zum Beispiel Barbies Mann, Bob Hickock. Potentiell ist

er ein Siegertyp, aber er schlägt über die Stränge. Impulsiv. Er macht sich nichts aus Geld. In solche Schwierigkeiten gerät er nie. Aber die Wildsau, entschuldigen Sie meine Ausdrucksweise, ist heißblütig. Als er noch im Kapitol war, wußte ich, was gespielt wird. Ich hab's ihm auf den Kopf zugesagt. Hör mir mal gut zu, Junge, habe ich gesagt, wenn du dich noch einmal hinter dem Rücken meiner Tochter mit einer anderen einlassen möchtest, verschwindest du von hier. Und du zahlst im voraus; mit Parteiangestellten, die sich in dich verlieben und einen Skandal verursachen oder sich schwängern lassen und den Medien gegenüber alles ausplaudern, läßt du dich nicht mehr ein. Geh nach Dallas, habe ich zu ihm gesagt. Bitte jemanden, dem du vertraust, um eine Telefonnummer.« Myra seufzte.

»Natürlich hat Bob nicht auf mich gehört«, fügte sie hinzu. »Und bald darauf hatte ihn dieses ehemalige Revuegirl aus Las Vegas, die ihre besten Jahre schon hinter sich hatte, in den Klauen. Ich dachte, die Sache wäre schnell vorbei, aber er ist immer noch ganz verrückt nach ihr. Völlig aus dem Häuschen. Vorgestern habe ich ihn angerufen, ob er bitte meine arme Barbie anrufen und sie ganz lieb bitten würde, wieder nach Hause zu kommen. Sie wartet nur darauf, daß du dich meldest, habe ich gesagt. Sag ihr, daß du wie heißt sie gleich – ach ja, Laverna – aufgegeben hast. Ich habe ihm gesagt, hör mir zu, Freundchen, Laverna ist bei deinem Beruf reiner Selbstmord. Wenn ihre Vergangenheit und ein paar alte Fotos von ihr in die Zeitung kommen, bist du politisch erledigt.«

»Und was hat er gesagt?«

»Ach, er war völlig unvernünftig. Hat gesagt, das sei vielleicht besser als die Art, wie er jetzt lebe. Hat gesagt, er wünsche bei Gott, er wäre in North Gulch geblieben und hätte eine Anwaltspraxis. Vielleicht werde er sein Mandat niederlegen und dorthin zurückkehren. Es seien anständige Leute, sie würden Laverna akzeptieren. Der spinnt!« Myra lachte säuerlich. »Ich kenne diese Kleinstädte.« Und sie fügte hinzu: »Natürlich hat Bob nur geblufft. Nach einer Weile wird er sich beruhigen, zur Vernunft kommen. Wenn er weiter im Kongreß bleiben will, wird er am Ende tun, was ich ihm sage, weil er zuviel Dreck am Stecken hat. Aber es hat keinen Sinn, noch einmal mit ihm zu reden, solange Barbie nicht zur Besinnung kommt.«

»Mm«, äußerte Lee.

»Herrgott, manchmal kotzt mich die ganze Geschichte an.« Myra hörte auf zu schaukeln und starrte zum Fenster hinaus auf das blasse Grün der im warmen Wind wogenden Palmen. »Ich lasse mein Leben an mir vorüberziehen, wissen Sie, und ich sehe so genau, was ich verkehrt gemacht habe. All die Zeit, die ich darauf verschwendet habe, einem Mann zur Wahl zu verhelfen. Hinter irgendeinem Schwachkopf zu stehen, der nicht lernen konnte, was wir ihm beibringen mußten, der die Zeit und, bei Gott, das Geld nicht zu würdigen wußte, das wir in seine Kampagne hineingesteckt haben. Wenn mir die Augen eher geöffnet worden wären, hätte ich mich vor Jahren schon selbst aufstellen lassen. Ich schätze, zur Staatssenatorin hätte ich's allemal gebracht. Vielleicht sogar noch weiter.«

»Vielleicht können Sie's ja noch«, legte Lee ihr nahe.

»Nein. Jetzt ist es zu spät. Vielleicht sieht man's mir nicht an, aber ich bin fünfundsechzig.«

»Wirklich?« Lee prüfte Myras Erscheinungsbild: die gerade Körperhaltung, das eckige Kinn, die straffe Haut, den Helm rötlichbraunen Haars. Sie hatte Jackos Tante um mindestens zehn Jahre jünger geschätzt.

»Ich hätte Jura studieren sollen, aber damals in den fünfziger Jahren taten nette christliche Mädels das nicht. Die Fudd-Töchter ließen sich meist direkt vom College weg heiraten. Manchmal noch vor der Abschlußprüfung, so wie ich. Danach arbeiteten sie nicht mehr außer Haus, das war die Idee, obwohl meine Tante Sophie eine Ranch mit zweitausend Morgen Land betrieb. Ich wurde einer Gehirnwäsche unterzogen, wie die verrückten Feministinnen sich ausdrücken. Manchmal sind sie ja doch nicht ganz auf den Kopf gefallen.«

»Nein«, sagte Lee. Wieder empfand sie Mitgefühl und mußte sich in Erinnerung rufen, daß sich Myra Mumpson, falls sie in die Politik gegangen wäre, gegen all das ausgesprochen hätte, wofür Lee eintrat. Gegen Homosexuelle, gegen Abtreibung, gegen jede Quotenregelung. Dies war einer der Gründe gewesen, weswegen Lee ihre Praxis als Therapeutin aufgegeben hatte: die Erkenntnis, daß sie gewöhnlich Leuten half, die sie gar nicht stark und selbstsicher machen wollte, weil sie Dinge trieben, die ihr mißfielen, wie verlogene Werbespots schreiben oder schlampig gebaute Eigentumswohnungen verkaufen.

»Ich muß meinen Belegungsplan für die nächsten beiden Monate ausarbeiten«, verkündete sie in der Annahme, daß Myra diesen Wink mit dem Zaunpfahl begreifen und den Mund halten würde.

Doch offenbar war der Zaunpfahl nicht dick genug. »Im

Hotelgewerbe kommt man nicht zur Ruhe«, sagte Myra. »Ich weiß. Bei uns zu Hause habe ich eine Freundin, die eine Bed-and-Breakfast-Pension führt. Unglaublich, die Zahl der Diebstähle, der Beschädigungen, der Stornierungen in letzter Minute... Nun, Sie können wahrscheinlich auch ein Lied davon singen. Immerhin haben Sie's vermutlich leichter. Das war ein raffinierter Einfall von Ihnen, nur an Frauen zu vermieten. Ich wette, die Abnutzung hält sich in Grenzen.«

»Mm«, gab Lee zu und beugte sich über die Kalenderseite für die dritte Aprilwoche.

»Ich schätze mal, Sie kriegen auch lesbische Paare«, fuhr Myra fort.

»Ja.« Lee knurrte beinahe. Du vermittelst den Leuten einen falschen Eindruck, sagte sie sich; du siehst zu hetero aus. Aber was zum Teufel konnte sie dagegen tun? Sollte sie etwa Overalls und schwere Lederstiefel tragen und sich einen Bürstenhaarschnitt verpassen lassen? Solche Klamotten wären in Key West unerträglich heiß; außerdem mochte Lee ihr langes, dichtes, fast schwarzes Zigeunerhaar, und andere Frauen auch. Zum Beispiel Jenny...

»Verstehen Sie mich nicht falsch, ich sage nicht, daß Sie sie abweisen sollen«, meinte Myra, die Lees verärgerten Gesichtsausdruck gesehen hatte. »Schließlich ist es ein gutes Geschäft. Und unter uns gesagt, ich finde nichts dabei.« Sie schaukelte etwas gemächlicher. »Was anderes ist es bei den Männern. Wie die's miteinander treiben, daran möchte ich nicht einmal denken. Ekelhaft.« Sie schüttelte sich.

»Bei Frauen ist es anders«, fuhr Myra fort. »Meine Tante Sophie Fudd, von der ich Ihnen schon erzählt habe, hat nie geheiratet. Hat fast ihr ganzes Leben lang in einem großen Bungalow auf der Ranch gewohnt – mit ihrer besten Freundin Rose, die in der Stadt die fünfte Klasse unterrichtete. Dann und wann gab's Gerede, Scherze über alte Jungfern. Aber sie wurden respektiert. Und so wie ich die Sache sehe, was kann es schon schaden, wenn sie sich ein bißchen zusammenkuschelten und sich gegenseitig glücklich machten, stimmt's?«

»Ja«, stimmte Lee ihr zu. Jetzt wußte sie, was Jacko gemeint hatte, als er davon sprach, daß seine Tante »einen mit ihren Meinungen platt walzte«. In dem Bewußtsein, daß sie sich einer schweren Straßenbaumaschine entgegenstellte, setzte sie hinzu: »Eigentlich bin ich auch so.«

»Ach ja?« Myra warf Lee einen langen, interessierten Blick zu, der bei dieser die Frage aufkommen ließ, ob Myra drauf und dran war, eine ähnliche Erklärung abzugeben. »Nun ja, meine Devise lautet: leben und leben lassen.« Sie schaukelte vor und zurück, dann sah sie auf ihre teure Uhr. »Was ist denn nur mit Perry und meiner Schwester? Die hätten schon vor einer halben Stunde hiersein sollen. Haben Sie nicht gehört, wie ich ihm gesagt habe, daß wir die Maschine um 17.30 Uhr erreichen müssen?«

»Doch«, räumte Lee ein.

Myra hörte auf zu schaukeln. »Ich warte nicht länger«, verkündete sie. »Ich gehe wieder ins Hotel. Sagen Sie Perry, wenn er kommt, daß ich ihn um vier Uhr dort erwarte. Pünktlich. Und das gleiche gilt für Barbie, falls sie auftaucht.«

Zehn Minuten lang konnte Lee ungestört an ihrem Belegungsplan arbeiten. Dann kam – sehr viel leiser, als ihre

Schwester abgetreten war – Dorrie Jackson die Veranda heraufgeschwebt. Sie trug ein ausgeblichenes, viel zu großes weißes Hemd, das Jacko gehört hatte, und ihren grünen Schlapphut.

»Perry muß Orchideen wegbringen«, erklärte sie. »Er ist gleich wieder da. Wo stecken Myra und Barbie?«

»Gegangen.« Lee beschloß, nicht näher darauf einzugehen. »Myra hatte keine Lust mehr zu warten.«

»Ach du lieber Schwan«, quiekte Dorrie, die sich offenbar nicht davon hatte täuschen lassen, wie Lee die Botschaft abgemildert hatte. »War Myra furchtbar böse?«

»Nein, eigentlich nicht. Sie sagte, er soll sie um vier am Hotel abholen.«

»Ach, Perry weiß Bescheid. Haben Sie etwas dagegen, daß ich hier auf ihn warte?«

»Nein, natürlich nicht.«

Wie ihre Schwester suchte Dorrie sich den Schaukelstuhl aus; doch lehnte sie sich ganz an das handgewebte violette Kissen, und die Bewegungen und die Geräusche, die von ihr ausgingen, wirkten nicht störend.

»Sie sind Perry eine wirklich gute Freundin gewesen; er hat es mir erzählt«, murmelte sie gleich darauf. »Ich bin so froh. Und natürlich nehmen *Sie* es ihm nicht übel, daß er so ist, wie er ist.«

»Nein, natürlich nicht«, antwortete Lee. Sie begriff, daß Dorrie Jackson im Gegensatz zu ihrer Schwester nicht annahm, daß sie hetero war.

»Er ist ein braver Junge«, fuhr Dorrie fort. »Anders als Myra glaube ich nicht, daß seine Krankheit eine Strafe ist. So verhält Gott sich nicht. Als der Geistliche bei uns zu

Hause, bei den Ersten Methodisten, all diese Gemeinheiten über Burschen wie Perry von sich gab, bin ich nicht mehr hingegangen, wissen Sie? Ich bin richtig wütend geworden. Ich habe ihm gesagt, Gott sieht in unsere Herzen, und Er weiß, daß Perry ein gutes Herz hat.«

»Mm-mm«, bemerkte Lee und dachte, wenn es denn einen Gott gab, dann wußte er dies wohl auch tatsächlich.

»Natürlich fängt jeder gut an«, sagte Dorrie einige Augenblicke später. »Wir alle werden im Stand der Unschuld geboren; nur sind wir schwach, und deshalb fehlen wir. In unser Leben treten oft die falschen Leute und Dinge, und wir können uns ihrer nicht erwehren.«

»Ja.« Lee mußte an einige falsche Leute und Dinge denken, die ihr begegnet waren.

»So wie Bob Hickock, Barbies Mann. Das war ein armer Provinzler mit einem Juradiplom, der bei der Staatsanwaltschaft gearbeitet hat. Aber meine Schwester hat erkannt, was in ihm steckt. Sie hat angefangen, ihn zu Veranstaltungen und zu sich nach Hause einzuladen. Nach seiner Verlobung mit Barbie hat sie sich für ihn richtig stark gemacht. Und jetzt hat er natürlich riesigen Erfolg und ist sogar fast berühmt. Aber als er der Familie das erste Mal seine Aufwartung machte, hat er mir besser gefallen. Damals war er ein richtig süßer Bengel, mit netten Umgangsformen und schüchtern. Aber es war schon abzusehen, daß er die Mädchen anziehen würde wie der Sirup die Fliegen.«

Ein paar Minuten schaukelte Dorrie schweigend vor sich hin. Dann fragte sie: »Ist Barbie mit meiner Schwester ins Hotel zurückgegangen?«

»Eh, nein«, antwortete Lee. »Ich glaube nicht.«

»Nein? Wo ist sie dann?«

»Ich weiß nicht. Aber ich schätze, wenn sie nicht bald auftaucht, wird sie das Flugzeug verpassen.«

»Oh, ich hoffe bei Gott, daß sie es verpaßt«, sagte Dorrie.

Erstaunt sah Lee auf. Doch Jackos Mutter hatte die Augen geschlossen, auch wenn ihr Stuhl immer noch leicht schaukelte.

14

Jenny saß im schattigen Wohnzimmer des Hauses in der Hibiscus Street auf einem glatten orangen Ledersofa, strickte nervös an einem grauen Chenille-Pullover für ihren Mann und wartete darauf, daß er aufwachte. Er lag im Obergeschoß und erholte sich von den Strapazen der vergangenen vierundzwanzig Stunden. Auf der Heimfahrt am Morgen hatte er sich – bis auf ein paar gereizte Bemerkungen über die Routine des Krankensaals und die Dummheit der Schwestern – ausgeschwiegen. War Wilkie auch wacher als am Vorabend, so war er doch weder freundlicher noch gesprächiger. Aber das war er ja schon seit Monaten nicht mehr, dachte sie. Er hatte sich gewandelt, sie verworfen, eine andere erwählt.

Und auch sie war eine andere geworden, dachte Jenny. Zumal seit gestern, als alles in ihrem Leben auf den Kopf gestellt worden war. Sie hatte in Lees Armen gelegen und hatte ein tiefes und warmes Glück empfunden. Anschließend war sie nach Hause gefahren und hatte das Haus seltsam leer vorgefunden: ein halbverzehrtes Sandwich auf der Küchentheke und zwei umgestürzte Küchenhocker. Bevor sie begriff, was das zu bedeuten hatte, war der schreckliche Anruf von Barbie Mumpson erfolgt. Schließlich hatte sie im Krankenhaus auf Stock Island jenen kalten, in sich gekehrten Menschen erblickt, der früher ihr liebevoller Mann Wilkie Walker gewesen war.

Als hätte ihr Unbewußtes geahnt, was ihr bevorstand, war Jenny, eine Segeltuchtasche von L. L. Bean an die Brust gepreßt, furchtsam die Krankenhauskorridore entlanggegangen. In der Tasche befanden sich Wilkie Walkers Pyjama, Morgenmantel und Zahnbürste sowie die Bücher aus der Bibliothek, die sie ihm mitbringen sollte. Gleich drei Stück, obwohl der Arzt ihr am Telefon versichert hatte, daß er auf dem Weg der Genesung sei und am nächsten Tag nach Hause gehen könne. Wilkies Bitte hatte sie nicht weiter erstaunt: Es war typisch für ihn, sich mit Lektüre zu versehen, selbst bei einem Zahnarztbesuch.

Wovor Jenny sich fürchtete, als sie den Korridor entlangging, war nicht so sehr der bedrückende Anblick ihres Gatten in einem Krankenhausbett als vielmehr ein Verhör. Weshalb war sie nicht dagewesen, als er den Anfall erlitten hatte? Weshalb war sie so spät nach Hause gekommen?

Als Jenny zu Wilkies Saal gelangte, atmete sie schwer und zitterte ein wenig. Sie betrachtete die krankenhausgrüne Metalltür und stellte sich dahinter ihren Mann vor, der steif in seinem Bett aufsaß, wie er es immer tat, wenn er nicht schlief, und sie mit einem finsteren Blick durchbohrte, als wäre sie ein mißratenes Exemplar ihrer Gattung. Jenny hatte fast nie erlebt, daß Wilkie ihr diesen Blick zuwarf – doch hatte sie erlebt, daß er ihn anderen zuwarf. Im Geiste vernahm sie schon die Worte aus seinem Mund, wenn er je erführe, was sie getrieben hatte, als sie bei ihm hätte sein sollen: wie sie zusammengebrochen war und in Lees Armen geschluchzt hatte, wie sie ihn des Ehebruchs bezichtigt und Dinge enthüllt hatte, die ein Ehepaar lieber für sich behalten sollte. Wenn er davon erführe, dachte Jenny, während sie in dem breiten Korridor stand, der stark nach Desinfektionsmittel roch, würde Wilkie Wörter wie »untreu« und »hysterisch« verwenden. »Ich bin von dir enttäuscht«, würde er sagen, wie er es manchmal zu den Kindern sagte.

Sie stieß die schwere Tür auf. In dem kahlen Zimmer stand ein Krankenhausbett. Darin lag jemand, dem das Laken übers Gesicht gezogen worden war, als wäre er gestorben. Das Herz rutschte ihr in die Hose. Dann merkte sie, daß die Person im Bett mit einer Art verhaltenem Schnarchen atmete, das ihr vertraut war.

»Hallo?« sagte sie.

Die Gestalt im Bett drehte sich schwerfällig um, zog das Laken herab und wurde zu einem schwerfälligen, ältlichen Mann mit markanten Gesichtszügen, schütterem Haar und einer sauertöpfischen Miene. Er betrachtete sie ohne sichtliche Begeisterung und blinzelte nur, statt zu sprechen.

»Wie geht es dir?« trötete sie.

»Jenny«, sagte der Mann in einem hingenuschelten Abklatsch von Wilkies Stimme. Sein Tonfall war neutral, als identifiziere er einen Gegenstand, der ohne sonderliches Interesse, ohne große Anziehungskraft für ihn war.

»Ich habe die Sachen mitgebracht, die du haben wolltest«, sagte sie.

Wilkie erwiderte nichts.

»Tut mir leid, daß ich nicht zu Hause war, als du deinen Anfall hattest«, plapperte sie weiter. »Lee kam zu spät von der Beerdigung zurück, und dann mußte ich zum Supermarkt nach Searstown fahren...«

»Macht nichts«, unterbrach Wilkie sie. »Es war ja nichts. Ich war nicht ernstlich krank, ich dachte nur...«

»Ich weiß, Barbie Mumpson hat's mir erzählt, du dachtest, du hättest einen Herzanfall. Das muß schrecklich gewesen sein.« Aus Pflichtgefühl, Gewohnheit und den guten Manieren zuliebe trat Jenny auf das Bett zu, beugte sich vor und berührte mit geschlossenen Lippen die trockene, aufgedunsene Wange des Mannes, der da lag: ein reizbarer, kaltherziger Mann, der seine Frau mit dummen jungen Weibern betrog.

»Ja... Nein. Eigentlich dachte ich...« Wilkie schluckte. »Ist ja jetzt auch egal. Ich bin wieder auf dem Damm, nur ganz benommen von den Drogen, die sie mir verabreicht haben.« Er schloß die Augen, dann schlug er sie wieder auf. »Hast du mir die Bücher mitgebracht, um die ich dich gebeten hatte?«

»Ja, sie liegen hier, auf dem Tisch.«

»Du bist eine liebe Frau.«

Das war eine Aussage, die Jenny früher oft von Wilkie gehört hatte, allerdings schon seit vielen Monaten nicht mehr. Früher hatte sie sich mit einem frohen, zutraulichen Lächeln bedankt und manchmal mit der entsprechenden Wendung: »Und du ein lieber Mann.« Aber jetzt wäre die Wendung eine Lüge. »Kann ich sonst noch etwas für dich tun?« fragte sie statt dessen.

»Nein, danke. Dieser dämliche Arzt besteht darauf, daß ich die Nacht hier verbringe. Ich nehme an, damit er der Versicherung einen weiteren Tag in Rechnung stellen kann. Könntest du mich morgen früh um neun abholen?«

»Ja, natürlich.«

»Gut. Du kannst jetzt nach Hause fahren und dich ein bißchen ausruhen. Ich sollte auch versuchen, noch ein wenig

Schlaf zu finden. In einem Krankenhaus muß man jede Gelegenheit nutzen – alle zwei Stunden wecken sie dich, um deine Temperatur zu messen oder für sonst einen verdammten Unsinn.«

»Ich komme heute abend wieder, nach dem Abendessen.«

»Brauchst du nicht.« Wilkie warf seiner Frau einen stumpfen, gleichgültigen Blick zu, dann drehte er sich auf die andere Seite, von ihr weg.

Wäre sie wirklich eine liebe Frau gewesen, hätte Jenny getan, wie Wilkie sie geheißen hatte, und wäre nach Hause gefahren. Statt dessen fuhr sie geradewegs zum Artemis Lodge.

Lee hatte sie begrüßt, sie angehört, sie getröstet; sie hatte eine Flasche Chianti geöffnet und Fettuccine mit Tomaten-Pesto und gerösteter Paprika zubereitet, gefolgt von einem Limettensorbet.

Jennys Schuldgefühl sei völlig irrational, hatte Lee erklärt, als ihre Freundin Atem schöpfte. Es sei doch nicht ihre Schuld, daß Barbie Mumpson dagewesen sei und sie selbst nicht. Schließlich habe sie doch selbst gesagt, daß Wilkie ihr immer wieder geraten habe, auszugehen und Leute zu treffen? Offensichtlich hatte er sie nicht um sich haben wollen.

Ja, so habe es sich angefühlt, sagte Jenny kläglich.

Und vermutlich habe Wilkie Walker, während sie aus dem Haus gewesen sei, mit Barbie Mumpson geschlafen, fuhr Lee fort. Er mache sich auch nichts daraus, wer davon wußte, sonst hätte er sie nicht mitten auf der Straße geküßt, wo jeder, einschließlich Jenny, ihn sehen konnte. Wer sich hier schuldig fühlen solle, das sei Wilkie, sagte Lee. Und es könne ja sein, daß er bereits bestraft werde. Sein Anfall, ob nun Gallenstein, Herz oder was immer, könne durchaus Folge einer sogenannten »Überanstrengung« mit Barbie sein; man lese darüber oft in den Zeitungen.

Während Lee sprach, traten Jenny Tränen des Ärgers und der Hoffnungslosigkeit in die Augen und flossen in ihre Schale mit Limettensorbet. Lee stand auf und kam um den Tisch herum; sie nahm Jenny in die Arme, küßte sie sanft und strich ihr übers Haar. Es sei schwer, sagte Lee. Das wisse sie. Aber es sei das beste, diesen Dingen ins Auge zu sehen. Jenny müsse akzeptieren, daß es möglicherweise aus sei mit ihrer Ehe.

»Aber das ist...«, schluchzte Jenny. »Aber ich habe mir soviel Mühe gegeben. So viele Jahre lang habe ich alles getan, was von mir erwartet wurde.«

»Natürlich hast du das«, stimmte Lee ihr zu. »Es ist nicht deine Schuld, nicht im geringsten. Hier, trink noch etwas Wein.«

»Aber ich habe doch immer alles für ihn getan. Ihm nicht nur den Haushalt geführt, sondern für ihn getippt, seine Bücher recherchiert und Teile davon geschrieben, die Artikel und Vorträge... Ich meine, das ist meine Arbeit«, fuhr Jenny zwischen lauten Schluchzern fort. »Wenn ich nicht mit Wilkie zusammenarbeite, was soll ich denn dann tun? Ich werde nicht wissen, was ich mit mir anstellen soll. Ich werde nicht einmal mehr wissen, wer ich bin.«

»Natürlich wirst du das«, sagte Lee zu ihr und streichelte ihr, als sie erneut zu weinen begann, den Rücken und die Schultern. »Es braucht einfach Zeit. Nach so vielen Jahren ist es schwer, die alten Gewohnheiten, die alten Schuldgefühle abzulegen.«

Am Ende war Jenny erst gegen Mitternacht nach Hause gefahren, und dann auch nur deswegen, weil sie fürchtete, daß Wilkie, ein Arzt oder eine Krankenschwester anrufen könnte. Als sie vorschlug, nach dem Abendessen aufzubrechen, hatte Lee sie zu Recht darauf hingewiesen, daß sie in ihrem Zustand nicht fahren könne. Daraufhin war sie, erschöpft und von Wein und Tränen ganz benommen, irgendwie in Lees Schlafzimmer gelandet.

Wahrscheinlich hatte Wilkie vergangene Nacht auch nicht viel geschlafen, dachte Jenny, während sie an das hubbelige Ende einer Reihe gelangte und die Rückreihe begann. Während er jedoch unbequem und wach in einem harten Krankenhausbett lag, von Lärm und Unterbrechungen im Schlaf gestört, hatte sie unter einer orangefarbenen, mit riesigen rosa und roten Blumen gemusterten indischen Decke in einem anderen, breiteren und weicheren Bett gelegen und sich in tränenreichem Halbschlaf von Lee umarmen, streicheln und küssen lassen.

Es hatte sich vertraut und tröstlich, aber auch befremdlich angefühlt, denn was Lee nach einer Weile tat, hatte Wilkie noch nie getan – oder falls doch, tat Lee es um so vieles langsamer und weicher, daß Jenny, wenn sie nicht in einen Dämmer sank, zumute war, als träume sie.

Aber sie hatte nicht unentwegt geträumt, dachte Jenny. Manchmal, hin und wieder, hatte sie alles mitbekommen: wie der Wind die Blätter gegen das Fliegengitter vor Lees Fenster drückte und sie zusammenpreßte, wie das Glockenspiel aus Buntglas in der Verandabeleuchtung erglänzte und erklang. Lees weiche, sonnengebräunte Haut und die Fülle ihres dunklen, elastischen Haars, das wie aufgetrennte rohe Seide auf den Laken lag – sie hatte alles, was passierte, gewollt, weil Lee so freundlich war, weil Lee sie liebte und sie Lee. Und weil Wilkie sich in einen Menschen verwandelt hatte, der sie nicht mochte und von dem sie nicht wußte, ob sie selbst ihn überhaupt noch mochte.

Es traf zu, was Lee gesagt hatte: Sie mußte sich an die Vorstellung gewöhnen, daß es aus war mit ihrer Ehe und daß Wilkie, sobald er wiederhergestellt wäre, ihr genau dies mitteilen würde. Sie mußte sich an die Vorstellung gewöhnen, daß er Barbie Mumpson liebte, so lächerlich es schien, denn wie konnte jemand eine so alberne Person lieben?

Aber solche Dinge folgten keiner Logik, hatte Lee gestern abend gesagt. »Rational betrachtet«, hatte sie gesagt, »ist es ziemlich unwahrscheinlich, daß zwei Menschen in der Welt einander soviel bedeuten. Das geschieht nicht oft.«

»Aber ist es manchmal nicht, ich weiß nicht, irgendwie lächerlich?« hatte Jenny gefragt. »Ich meine, nimm uns zum Beispiel. Zwei mittelaltrige Frauen.«

»Natürlich ist die Liebe irgendwie lächerlich«, hatte Lee gesagt, »andererseits aber auch wieder nicht. So wie ich die Dinge sehe, hat jeder das Recht, verliebt zu sein. Es ist doch nur eine dumme Konvention, daß man dasselbe Alter haben oder derselben Rasse, Religion und Klasse angehören muß, aber nicht demselben Geschlecht angehören darf. Verdammt, wenn wir jemanden lieben und von ihm wiedergeliebt werden, haben wir einfach Glück.«

Als Jenny ihr Strickzeug erneut umdrehte, sah sie, daß die letzten zwölf Reihen schief und ungleichmäßig waren, so als hätte sie das Garn abwechselnd zu fest und zu locker gestrickt. Jetzt sah der Pullover genauso aus, wie sie sich fühlte, voller Hubbel und unbrauchbar.

»Jenny!« rief von oben eine Stimme.

»Komme schon!« Sie ließ ihre Handarbeit auf den gefliesten Boden fallen und stieg die Treppe hinauf.

Wilkie lächelte nicht, als sie eintrat. Mit bleicher, in sich gekehrter Miene lag er unter dem Gemälde einer untergehenden Sonne, vor der rosa Flamingos flogen. »Hast du die *Times* besorgt?« fragte er.

»Ja, hier ist sie.«

»Du könntest mir daraus vorlesen. Geh die Schlagzeilen durch, dann sage ich dir, was ich hören möchte.«

»Einverstanden«, sagte Jenny. Es war keine neue Bitte – Wilkie hatte sie auch früher schon vorgebracht, wenn seine Augen übermüdet waren, jedoch seit vielen Monaten nicht. »DEMOKRATEN VOR DEM STÄRKETEST«, las sie mit ausdrucksloser Stimme. »HANDELSSTREIT ZWISCHEN USA UND KANADA VERSCHÄRFT SICH. NEUER PLAN FÜR MARODE BANKEN. DAS WERBEN DER DELPHINE.«

»Ja, lies mir das vor.«

»›Wie Hündchen, Pandas oder auch Kinder sind Delphine allseits beliebt‹«, las Jenny. »›Beim geringsten Anlaß toben und tanzen sie ausgelassen herum.‹« Es ist wie damals, als die Kinder noch klein waren und er so konzentriert an seinem Buch *Flüstern im Dunkeln* arbeitete, dachte sie; nächtelang war er auf, um die Geschöpfe, die sich erst hervorwagen, wenn die Sonne untergegangen ist, mit überanstrengten Augen durch einen besonderen Feldstecher zu beobachten. Im Morgengrauen kam er dann nach Hause, ich hatte das

Frühstück für ihn bereitgestellt, Haferbrei mit Sahne und braunem Zucker oder Rührei mit Speck, und nachdem er mir erzählt hatte, wie die Nacht verlaufen war, las ich ihm immer aus der *Times* vor. Damals waren wir noch glücklich.

»›Ihre Schnauzen wirken wie zu einem Zustand immerwährender Heiterkeit erstarrt‹«, fuhr sie monoton fort. Sie versuchte, die Bedeutung des Satzes nicht in sich aufzunehmen, bemerkte aber, daß auch Wilkie ganz leise lächelte. Wir tun zwar noch dasselbe, dachte sie, sind aber nicht mehr dieselben. Es ist aus zwischen uns; du brauchst es nur noch zu sagen. Von nun an wird Barbie Mumpson dir aus der *Times* vorlesen.

Wilkie hatte die Augen halb geschlossen. »›Ihr Verhalten und ihr riesiges Hirn lassen auf einen Grad von Intelligenz schließen, der an den des Menschen heranreicht...«, fuhr Jenny fort und senkte die Stimme zu einem Murmeln, »...oder gar, wie einige behaupten, diesen übertreffen.‹«

»Der übliche Quatsch«, brummelte Wilkie. »Danke, das genügt. Ich glaube, ich schlafe noch ein bißchen.«

»Eine gute Idee. Ach, ich habe ganz vergessen, vorhin hat Gerry Grass vorbeigeschaut.«

»Mm«, sagte Wilkie ohne Interesse.

»Er läßt ausrichten, wie leid es ihm tut, daß du krank geworden bist, und hofft, daß es dir bald bessergeht«, sagte Jenny. Sie gab zwar Gerrys Worte wieder, aber nicht seine Gesten oder das, was sonst noch mitschwang.

Gerry hatte ihre Hand in seinen großen warmen Händen gehalten, sie mit seinen großen Augen innig angeblickt und ihr versichert, daß er ihr, falls sie ihn für irgend etwas benötige, jederzeit zur Verfügung stehe. Selbst in ihrem angespannten Zustand war Jenny klar gewesen, daß er sein früheres Angebot wieder aufgriff. Nun, hatte sie düster und ziemlich trübselig gedacht, vielleicht ist es ja das, was ich mit meinem Leben als nächstes tun sollte.

Das Problem war, sie mochte Gerry Grass, aber lieben konnte sie ihn nicht. Zum einen konnte sie nicht glauben, daß er ein guter Lyriker war. Jenny hatte sich von Lyrik oft ergreifen lassen: von Wordsworth, Robert Frost und namentlich von Emily Dickinson. »Die Seele wählt ihre eigne Gesellschaft...« Gestern hatte sie Lee diese Verszeile zitiert, und Lee hatte mit eingestimmt, so daß sie das Gedicht weich und traulich im Chor zu Ende sprachen. Gerrys Gedichte hatten weder Reim noch Rhythmus, und die Essaysammlung, deren Korrekturfahnen sie für ihn gelesen hatte, war noch schlimmer, weil er sich darin nur mit sich selbst und seinen Eindrücken und Ansichten von anderen Lyrikern befaßte. Es war kein Buch, das für die Welt von Bedeutung wäre.

Aber was Lee tat, das war von großer Bedeutung und würde es auch weiterhin sein. Wie die Therapeutin, die sie einst gewesen war, hörte sie stundenlang den Frauen zu, die in der Pension übernachteten, jedoch ohne es ihnen zu berechnen. Und wenn eine in der Klemme saß oder nicht zahlen konnte, ließ sie diese recht oft für wenig Geld oder ganz umsonst dort wohnen.

»Kann ich sonst noch etwas für dich tun?« fragte sie Wilkie. Für den Fall, daß er bereits schlief, senkte sie die Stimme.

»Nein, danke. Warte... Da ist noch etwas. Du kannst mir dieses alberne Mädchen vom Leib halten.«

»Mädchen?«

»Du weißt schon. Meinen neuen Fan. Sie hat heute morgen zweimal bei mir im Zimmer angerufen, bevor du ins Krankenhaus gekommen bist.«

Jenny saß schweigend, mit halbgeöffnetem Mund da.

»Du weißt schon, wen ich meine. Sie hat mich ins Krankenhaus gebracht. Möchte unbedingt Rundschwanzseekühe retten.«

»Barbie? Du willst Barbie nicht mehr sehen?«

»Nein. Gewiß nicht jetzt.«

»Ich dachte, du...« Jenny hörte ihre eigene Stimme, eine Art hysterisches Japsen, und verschluckte den Rest des Satzes.

»Was?« murmelte ihr Mann schläfrig.

»Ich dachte, du magst sie.«

»Ich schätze, ich bin ihr dankbar. Jedenfalls sollte ich es sein. Aber sie ermüdet mich. Und langweilt mich. Ich kann mich jetzt nicht mit Fans abgeben.«

Jenny schluckte erneut. Lügner, Lügner, dachte sie. »Barbie ist nicht nur ein Fan«, sagte sie mit bebender Stimme. »Ich weiß über alles Bescheid. Ich habe gesehen, wie du sie am Sonntag geküßt hast.«

»Was?« wiederholte Wilkie, doch diesmal knallte die Silbe wie ein Feuerwerkskörper.

»Ich habe euch gesehen. Genau vor dem Haus. Am Valentinstag.« Jenny breitete die Fakten in einem Tonfall aus, der jedes Wort in eine Anschuldigung verwandelte: Ehebruch; kaltblütige Heuchelei; eine eklatante Erregung öffentlichen Ärgernisses.

»Nichts dergleichen«, sagte ihr Mann, stützte sich auf den Ellbogen und zog die Stirn in tiefe Falten.

»Ich habe euch gesehen, vom Wohnzimmerfenster aus.«

»Das ist lächerlich, ich habe niemals... Warte einen Augenblick.« Wilkie richtete sich zu einer sitzenden Position auf. »War das an dem Tag, als der arme Kerl in dem Rollstuhl am Strand ertrunken ist?«

»Ich glaube, ja. Ja.«

»Ich erinnere mich.« Er starrte an Jenny vorbei, und die Falten zwischen seinen buschigen, melierten Augenbrauen vertieften sich. »Ja. Sie hat mich am Tor aufgehalten, hat versucht, mir ein paar Broschüren in die Hand zu drücken. Ich war erschöpft nach all der Aufregung wegen des Unfalls. Hatte Schüttelfrost. Ich wollte nur noch ins Haus und unter die heiße Dusche gehen. Da habe ich ihre Prospekte genommen, habe mir gedacht, so werde ich sie am ehesten los, und da hat sie mich umhalst und mir einen dicken Schmatzer gegeben.«

»O-oh«, stammelte Jenny. Vielleicht lügt er ja doch nicht, dachte sie. Oder er lügt ausgesprochen gut.

»Du hast doch wohl nicht gedacht, Liebling...«

»Doch«, sagte Jenny. »Jedenfalls habe ich mich gewundert... Ich meine, schon seit Monaten hast du dich so sonderbar aufgeführt, kaum mit mir gesprochen. Ich dachte, du wärest aus irgendeinem Grund böse auf mich. Aber seit Sonntag nahm ich an, daß du mit Barbie Mumpson womöglich ein Verhältnis hast.«

»Das ist doch völlig aberwitzig«, sagte Wilkie nachdrücklich. »Ich hatte keine Ahnung... Du mußt doch wissen, Jenny, daß ich mich nie ernstlich für eine andere Frau interessieren könnte. Das hättest du doch wissen können. Nach all den Jahren... Und dann noch so ein Trampel wie diese Puppe, wie hieß sie noch gleich? Bobbie... Wie konntest du das nur glauben?«

»Barbie«, berichtigte Jenny ihn. Angenommen, er spricht die Wahrheit, dachte sie. Angenommen, er hat mich auf irgendeine Weise immer noch gern. Aber wenn dem so ist, dann hat er sich ja gar nicht des Ehebruchs schuldig gemacht. Er hat sich überhaupt nicht schuldig gemacht, außer daß er seit Monaten unwirsch ist. Ich bin diejenige, die schuldig ist.

»Wie auch immer. Es tut mir sehr leid, daß du diesen Eindruck gewonnen hast. Ich gebe zu, daß ich möglicherweise mit anderen Dingen beschäftigt schien. Es scheint, ich war... Ich bin...« Er zog die Stirn in Falten und blickte weg, aus dem Fenster, als könnten die Worte, nach denen er suchte, wie Vögel vorbeischweben; dann sah er sie wieder an.

»Sonderbar«, ergänzte Jenny, als Wilkie nichts hinzufügte. »Äußerst sonderbar und kalt und unfreundlich.«

»Es tut mir leid«, sagte Wilkie zum zweiten Mal ziemlich stockend; es entsprach nicht seinen Gewohnheiten, sich zu entschuldigen. »Es ist wahr, Jenny, mir sind allerlei Dinge im Kopf herumgegangen. Ich wollte dich nicht damit belasten.«

»Was für Dinge?« wollte sie wissen.

»Verschiedene Dinge. Wie ich das Buch zu Ende bringen kann, und dann glaubte ich...« Wilkie schwieg fast eine Minute lang. Jenny sagte nichts, sondern wartete. »Ich glaubte, ich sei krank«, sagte er schließlich.

»Du warst ja auch krank, gestern«, sagte Jenny, inzwischen besorgt. Verlor ihr Mann den Kontakt mit der Wirklichkeit? Hatte er einen Schlaganfall, einen Gedächtnisverlust erlitten?

»Das meine ich nicht«, sagte Wilkie langsam und mit belegter Stimme, als schöpfe er die Worte aus einem alten Brunnen, mit langen Pausen zwischen den Sätzen, solange der Eimer wieder hinabgelassen wurde. »Ich meine vorher. Ich glaubte, ich sei schwer krank. Eine ganze Weile schon. Seit letztem Herbst. Ich glaubte, ich hätte...« Wieder verstummte er und mußte schlucken. »...nun ja, Krebs.«

»Oh, das ist ja furchtbar... Hast du das wirklich geglaubt? Aber Dr. Felch hat doch gesagt...«

»Ja, ich weiß. Es war ein Irrtum.« Er lächelte ihr schwach zu. »Wenigstens hoffe ich es. Der Oberarzt im Krankenhaus, der heute morgen vorbeikam, sagt genau das gleiche wie Dr. Felch. Sagt, ich sei gut in Schuß.«

»Aber die ganze Zeit, seit vergangenem Herbst, hast du geglaubt...«

»Ja. Deswegen habe ich wohl auch so – wie hast du dich ausgedrückt? –, so sonderbar gewirkt. So unfreundlich.« Ihm fielen die Augen zu, dann schlug er sie wieder auf. »Ich nehme an, deswegen bist du auch auf diese verrückte Idee mit dem Mädchen gekommen«, sagte er. Er stieß einen dünnen, pfeifenden Seufzer aus und schloß die Augen.

Jenny, die immer noch die *Times* in der Hand hielt, starrte ihren Mann an. Das sah ihm gar nicht ähnlich, sich zu entschuldigen, sich um seine Gesundheit zu sorgen. Er war wie ein anderer Mensch, ein ganz anderer Menschenschlag. Und während sie diesen Gedanken hatte, begann Wilkie sich vor ihren Augen zu verändern, von einem starken, stattlichen, gesunden, aber kalten und untreuen Ehemann in einen schwerfälligen, schlaffen, ältlichen Menschen mit grauen, dünnen Haaren und irrationalen Ängsten.

Sie betrachtete seine Hand, die schlaff auf das rosa, mit grellrosa Flamingos bedruckte Laken gesunken war: die viereckig geschnittenen Fingernägel, die blaßrote, wie ein zunehmender Mond geformte Narbe, die Unterwasseruhr. Das war Wilkies Uhr; und die Narbe auf der geäderten Hand hatte sich Wilkie in Kanada bei der Bekämpfung eines Buschfeuers zugezogen, als er für den *Smithsonian* einen Artikel über Wölfe recherchierte. Der Mann im Bett war ihr Ehegatte Wilkie Walker; aber gleichzeitig auch wieder nicht.

Es war wie vergangenen Herbst in Convers, dachte sie, nur schlimmer, denn als Wilkie nach einer Weile wieder die Augen halb aufschlug und Jenny anblickte, endete der Trug nicht. Sein Gesichtsausdruck blieb unbestimmt, schwach, ja verwirrt. Und auch sie war nicht mehr dieselbe, auch sie war schwach und verwirrt.

»Jenny?« sagte Wilkie und schlug die Augen ganz auf. »Komm her.« Er lächelte und deutete auf eine Stelle neben sich auf der glänzenden rosa Decke.

»Ich...« Sie zauderte, dann setzte sie sich automatisch in Bewegung, um sich auf der bezeichneten Stelle niederzulassen. Wilkie stemmte sich von seinem Kissen hoch, legte seinen schweren Arm um sie und umarmte sie halb.

»Das ist schon besser, Liebling, nicht wahr?« sagte er.

»Mm«, log Jenny. Weil es eindeutig von ihr erwartet wurde, lehnte sie sich langsam vor, um die Schulter zu berühren und die trockene, rötliche Wange des Mannes zu küssen, der einmal Wilkie Walker gewesen war.

»Alles wieder gut?« fragte er.

»Alles wieder gut«, bestätigte sie. Aber es war nicht alles

wieder gut, dachte sie. Alles hatte sich von Grund auf verändert.

»Warum versuchst du nicht, noch ein bißchen zu schlafen?« schlug sie ihm in dem sanften, beherrschten Tonfall vor, den sie gegenüber einem quengeligen Kind verwendet hätte. »Ich gehe jetzt aus, ich habe einiges zu erledigen.«

»Ja. Vielleicht«, stimmte Wilkie ihr zu und ließ sich wieder in die flamingofarbenen Kissen zurücksinken.

»Ich bin bald zurück«, log sie.

Diesmal kam keine Antwort. Jenny ging aus dem Schlafzimmer, stieg die Treppe hinunter, setzte sich ins Auto und fuhr zum Artemis Lodge.

Als Wilkie Walker allein im Haus war, schlief er nicht, sondern glitt in einen unruhigen Dämmer. Er hatte keine Schmerzen mehr, aber er fühlte sich schwer und mit Wasser vollgesaugt wie ein Stück Strandgut. Vergangene Nacht, als ihm trotz der Medikamente alles weh tat, hatte er die Diagnose des kleinen Arztes verworfen. Nachdem er allerdings am Morgen mit dem Oberarzt gesprochen hatte, mußte er in Betracht ziehen, daß sie beide recht haben mochten. Falls dem so war, hatte er keinen Herzanfall erlitten, sondern einen zwar schmerzhaften, aber nicht lebensgefährlichen Gallenstein ausgeschieden. Außerdem hatte er, wenn die Ärzte nicht irrten, auch keinen Dickdarmkrebs und würde deshalb nicht in ein paar Monaten tot sein, schimpflich und unter Qualen gestorben, wenn er sich denn nicht vorher umbrachte.

Nachdem der Arzt gegangen war, war eine kalte Woge des Zorns und der Niedergeschlagenheit über ihn hinweggespült. Wenn der Mann recht hatte, würde er nicht nur lange Jahre weiterleben, sondern auch den abgedroschenen Part des vormals berühmten Naturforschers und Umweltschützers Wilkie Walker spielen müssen. Er würde weiterhin schreiben und Vorträge halten müssen: hinausposaunen müssen, was alles in der Welt verkehrt war. Gier, Dummheit, Verschwendung, die Ausbeutung und Vernichtung der Arten, die Zerstörung der Umwelt – das alles geht in diesem Augenblick vor sich, ihr müßt etwas dagegen tun! hatte er fast fünfzig Jahre lang geschrien, und jedes Jahr war seine Stimme schwächer geworden. Die meisten Leute, die ihn hörten, scherten sich keinen Deut darum. Die wenigen, die sich Sorgen zu machen schienen, täuschten es meistens nur vor oder waren nicht sachkundig. Jetzt würde er jahrelang so weiterschreien können, während es mit der Welt weiter bergab ging, bis sie in Finsternis und Dreck versank.

Aber ich muß ja gar nicht weitermachen, dachte Wilkie. Ich weiß einen Ausweg; er befindet sich am Higgs Beach. Ich kann immer noch, wann immer ich möchte, vor dem Leben davonschwimmen, und niemand wird herausfinden, daß es kein Unfall war. Oder vielleicht werden sie denken, daß es ein Herzinfarkt war, der beweist, daß die Ärzte irrten. Und schließlich konnten sie irren. Heute hatte er nicht die Kraft dazu, aber morgen oder übermorgen…

Aber es wäre nicht dasselbe. Wenn man unheilbar krank war, war Selbstmord ein Akt des Mutes und der Großherzigkeit den Hinterbliebenen gegenüber; war man jedoch kerngesund, war es Feigheit. Natürlich, falls es ihm gelänge, würde niemand es wissen. Aber er würde es wissen, wenn auch nicht sehr lange. Wie er so im Bett lag und der warme

Wind die eleganten Schatten der Palmwedel auf der gegenüberliegenden flamingofarbenen Wand hin und her fächelte, hörte Wilkie flach und rasch seinen Atem gehen; ihm schwirrte der Kopf.

Wenn ich nicht unheilbar krank bin, dachte er, sollte ich mich vielleicht noch ein Weilchen länger herumtreiben, um letzte Hand an *Die Blutbuche* zu legen, die richtigen Graphiken, Tabellen und Illustrationen zu beschaffen. Das konnte einen, vielleicht zwei Monate in Anspruch nehmen...

Zu seiner Überraschung verspürte Wilkie bei dieser Vorstellung keine dunklere Woge der Depression, sondern eine Art schwindliger Euphorie, wie ein Häftling, dessen Hinrichtung vorübergehend ausgesetzt wird. Er würde leben, wenigstens eine kleine Weile überleben: Er würde morgen und übermorgen, nächste Woche und vermutlich nächsten Monat noch hiersein. Er schaute aus dem Fenster, wo unter einem hellblauen Himmel zwei hellgrüne Palmen schwankten. Sie waren am Leben, und er ebenfalls.

Vielleicht verhält es sich damit wie mit den Phasen des Sterbens von Elisabeth Kübler-Ross, dachte er. Wenn man seit Monaten mit dem Tod gerechnet und ihn gesucht hatte, rief die Nachricht, daß man nun doch nicht unbedingt bald sterben würde, dieselbe Abfolge von Emotionen hervor: zuerst Verneinung, dann Auflehnung gegen das Schicksal, sodann Verhandeln mit dem Schicksal. Nach der Depression blieb einem nur noch die fünfte Phase: Annahme des Todes.

Wenn er sich nicht ertränkte, würde er weiterleben müssen, mit allem, was dazugehörte. Die nächsten ein, zwei Monate würden höllisch werden, wegen der dummen und überflüssigen Aufgaben, die er in dem Glauben, sie nie wieder verrichten zu müssen, angenommen hatte: die Vorträge, die Versammlungen, die Artikel, Empfehlungsschreiben und Klappentexte, die abzufassen, die Konferenzen, die zu besuchen er versprochen hatte. Einige davon konnte Jenny unter einem Vorwand (welchem?) schriftlich absagen, aber jedesmal würde ein Vorwand, eine Absage bei jemandem in Amerika, in einigen Fällen auch im Ausland, Unmut erregen und böses Blut schaffen.

Und es gab Aufgaben, die er nicht mehr absagen konnte. So hatte er zum Beispiel versprochen, in wenigen Wochen hier in Key West an einer Podiumsdiskussion zu dem Thema »Der Schriftsteller und die Natur« teilzunehmen. Ein jüngerer Naturforscher, der mehr in Mode war, hatte abgesagt, und Wilkie hatte sich bereit erklärt einzuspringen, damals noch in dem Glauben, das einzige, in das er hineinspringen werde, sei ein feuchtes Grab.

Weiterhin galt es, auf Jenny Rücksicht zu nehmen: seine Frau, seine einzige wahre Liebe. Seit Monaten hatte er versucht, sie von seiner Krankheit, seinem Zorn, seiner Verzweiflung und seinem Vorhaben abzuschirmen. Unter großer Anstrengung hatte er sie gemieden, um nicht vor ihr zusammenzubrechen. Infolgedessen hatte er – wie hatte sie es mit dem ihr eigenen sanften Takt ausgedrückt? – »sehr sonderbar und unfreundlich« gewirkt. Und Jenny – Wilkie stöhnte auf und wälzte sich im heißen, zerknautschten Bett – war zu der Überzeugung gelangt, er liebe sie nicht mehr und vögle statt dessen diese dusselige Barbie Soundso.

Und es war ja nicht völlig irrational, daß Jenny es glaubte, erkannte Wilkie, wenn man bedachte, wie er sich benommen hatte. Und wenn man bedachte, wie es in der Welt zuging.

Statistisch, genetisch gesehen, soviel wußte er, hatte ein Mann seines Alters den Wunsch, seine alternde Frau zu verlassen und jüngere, vermutlich fruchtbarere Frauen zu schwängern. Seine egoistischen Gene, so hieß es, drängten ihn ständig, mehr und mehr Kinder hervorzubringen, damit sie, die Gene, ihres Fortlebens gewiß sein konnten. Über die Folgen für bestehende Ehen wurde die ganze Zeit in den Medien berichtet, und auch bei seinen Bekannten hatte er es häufig beobachten können. War ein Mann berühmt, wohlhabend und erfolgreich, wurde es fast schon von ihm erwartet.

Doch Wilkie Walker hatte kein Interesse am Fortleben seiner Gene. Es war das Fortleben seines Werkes, woran ihm gelegen war, nicht irgendeine zufällige, ziemlich unbefriedigende Konstellation von DNA wie die beiden, die er und Jenny bereits hervorgebracht hatten. Außerdem gab es seiner Meinung nach schon viel zu viele Menschen auf dem Planeten.

Natürlich glaubte Jenny nicht mehr, daß er mit Barbie ein Verhältnis hatte. Sie würde ihm verzeihen, daß er so schwierig und distanziert gewesen war, sie würde verstehen, weshalb er sich so benommen hatte. Nein, sie verstand es schon jetzt. Es sei alles wieder gut, hatte sie mit der ihr eigenen wunderbaren Großmut und Güte gesagt. Sie würde begreifen, daß es irrational von ihr gewesen war, ihn zu verdächtigen; wahrscheinlich würde sie es nie wieder erwähnen.

Aber er war nur mit knapper Not davongekommen, merkte Wilkie. Wäre er nicht erkrankt, hätte er gestern nachmittag Badehose, Bademantel und Sandalen angezogen, wäre zum Meer gegangen und hätte sein Bestes getan, sich zu ertränken. Wahrscheinlich wäre es ihm gelungen. Und Jenny hätte weiterhin gedacht, er habe sie nicht mehr geliebt und sich mit einem einfältigen, albernen Fan eingelassen.

Für den Rest ihres Lebens, womöglich dreißig oder vierzig Jahre lang, hätte seine geliebte Frau dieser Lüge Glauben geschenkt. Wenn der Schmerz groß genug gewesen wäre, hätte sie sich schließlich jemandem anvertraut; vielleicht mehr als einem Menschen. Allmählich wären Gerüchte in Umlauf gekommen – ein Flüstern und Kichern; die Geschichte wäre bis zu einem oder mehreren seiner Biographen vorgedrungen. Am Ende wäre die plausible Lüge als Wahrheit festgehalten worden: ein beschämender Makel in seinem ansonsten vergleichsweise achtbaren Leben.

»Gott im Himmel«, sagte Wilkie laut, als er die Möglichkeiten bedachte; aber er hörte sich nicht sprechen. Statt dessen vernahm er in seinem Kopf eine andere Stimme, die seines geliebten Großvaters, der nun schon beinahe sechzig Jahre tot war. »Willie, mein Junge«, sagte er in seinem starken Kentucky-Akzent, »du hast dich wie ein gottverdammter Narr benommen.«

15

Auf Stock Island ging im Arts Center eine Podiumsdiskussion zu dem Thema »Die Benennung der natürlichen Umwelt« ihrem Ende entgegen. Die vier Sprecher, die im grellen Scheinwerferlicht an einem langen Tisch auf der Bühne saßen (darunter Wilkie Walker und Gerry Grass), hörten sich Fragen aus dem Publikum an und beantworteten sie mehr oder weniger geduldig. Gerry hatte die Sitzung mit seinem neuen Gedicht »Weiße Kranichfrau« eingeleitet, in dem er einen dramatischen und bewegenden, glücklicherweise aber unverständlichen Vergleich zwischen seiner Liebe zu Jenny Walker und deren Verlust einerseits und dem Niedergang verschiedener pittoresker Vogelarten Floridas andererseits anstellte. Obwohl es weder Reim noch Rhythmus aufwies, erhielt das Gedicht Gestalt und Form durch zwei Refrains, die einander abwechselten: *Er verschwindet, er ist fort* und *Sie verschwindet, sie ist fort.*

Wie die meisten Anwesenden hatte Wilkie die Parallele nicht gesehen. Er hatte sich über Gerrys Werk mit höflicher Anerkennung geäußert und war dazu übergegangen, die Erhaltung nicht nur der Vogelwelt Floridas, sondern auch seiner Meeressäuger zu empfehlen – auf diese Weise hoffte er, ein für allemal seine Schuld Barbie Mumpson gegenüber abzutragen. Nicht, daß er ihr sehr viel schuldete: Zwar hatte sie ihn nach seiner Gallensteinkolik zum Krankenhaus gefahren, sich ihm aber auch in aller Öffentlichkeit an den Hals geworfen, so daß seine Frau tagelang argwöhnisch und unglücklich war.

Für Jenny dagegen war die Anspielung in Gerrys Gedicht nur allzu offensichtlich, zumal er während der Lesung mehrere Male feurige Blicke in ihre Richtung geworfen hatte. Sie hielt es auch für durchaus wahrscheinlich, daß viele Zuhörer – zumindest diejenigen, die sie kannten – die Verbindung ebenfalls hergestellt hatten. Aber darum konnte sie sich jetzt nicht kümmern; etwas anderes lastete schwerer auf ihr.

Heute morgen beim Frühstück hatte Wilkie ein belangloses Gespräch über die Vorzüge zweier Marmeladensorten abgebrochen und unerwartet das Thema Lee Weiss angesprochen.

»Die Frau da, für die du arbeitest und die ich gestern abend beim Empfang getroffen habe«, hatte er gesagt und ein Stück englisches Teegebäck auf den Teller gelegt.

»Ja?« sagte Jenny, und ihre Stimme zitterte leicht. Aus seinem Tonfall ging unverkennbar hervor, daß Lee ihm unsympathisch war – sie hatte es schon geahnt, als sie einander vorgestellt wurden. Lee war nicht die Sorte Frau, die Wilkie mochte: zu freimütig, zu direkt. Wunderschön hatte sie gestern abend ausgesehen, für den Geschmack ihres Mannes jedoch zu extravagant, das wußte Jenny. Die Party, die im Freien unter Palmen stattfand, in einem der großen Motels, war eine große Sache gewesen, und Lee hatte eine Art rauschendes Zigeunerkleid aus paillettenbesetzter Seide und mit goldenen Perlen getragen. Außerdem hatte Lee, auch wenn sie sich freundlich gab, Wilkie weder besonderen Respekt entgegengebracht noch ihm Bewunderung für seine Bücher gezollt.

»Ich mache mir aus ihr nicht viel. Ich weiß, sie hat dir zur Seite gestanden, als ich mich mit anderen Dingen herumschlagen mußte.« Wilkie hatte sich für diese Wendung entschieden, um seine Wochen und Monate währende Todesangst und das daraus resultierende kalte und unfreundliche Betragen seiner Frau gegenüber zu beschreiben. »Aber ich glaube, es wäre besser, wenn du die Beziehung jetzt abkühlen ließest.«

»Das geht nicht«, sagte Jenny. Obwohl sie innerlich in Panik geriet, gelang es ihr, seinen beiläufigen, liebevollen Ton nachzuahmen. »Lee ist meine Freundin.«

»Aber du mußt doch einsehen, daß sie keine passende Freundin für dich ist, Liebling.« Wilkie lächelte und nahm einen weiteren Bissen Teegebäck mit grobgeschnittener Orangenmarmelade zu sich. Seit seiner Entlassung aus dem Krankenhaus vor zwei Wochen hatte sich Wilkie Jenny gegenüber erstaunlich rücksichtsvoll und liebenswürdig verhalten. Was das Manuskript der *Blutbuche* anging, hatte er sie ständig um Rat ersucht und ihren Vorschlag (ursprünglich Lees Vorschlag) angenommen, jedes Kapitel mit einer Zeichnung von Molly Hopkins beginnen zu lassen. Hinsichtlich der Mahlzeiten und Speisenfolgen hatte er sich ihren Wünschen gebeugt; hatte sie oft seiner Zuneigung versichert und diese offen gezeigt, wenn auch nie leidenschaftlich. All dies, so schien er sagen zu wollen, war vorbei.

»Nein, das sehe ich nicht ein«, erklärte Jenny zitternd, aber laut. »Damals, als mich die Qualle verbrannte, hat sie mir praktisch das Leben gerettet. Ich meine, es hätte ernste

Folgen haben können... Ich hätte einen Schock davontragen, vielleicht sogar ertrinken können...«

»Das weiß ich, Liebling. Aber du mußt zugeben, daß Lee Weiss nicht zu den Menschen gehört, mit denen wir Umgang pflegen.« Wilkie lächelte versöhnlich. »Sie leitet eine Bed-and-Breakfast-Pension!«

Jenny, die sich nicht zutraute, gefaßt zu sprechen, blieb stumm.

»Und was mich noch mehr beunruhigt – ich habe erfahren, daß sie ihre Zimmer nur an Frauen vermietet, viele davon Lesbierinnen.«

»Ich habe dir doch gesagt, daß es sich um eine Frauenpension handelt«, sagte Jenny. »Und ich nehme an, einige von den Frauen, die dort absteigen, sind... Aber was hat das schon zu sagen?«

»Aus glaubwürdiger Quelle höre ich, daß deine Freundin vielleicht gar noch selber homosexuell ist, auch wenn sie verheiratet war. Oder zumindest hatte sie einige homosexuelle Beziehungen.« Wilkie hielt ihr seine Kaffeetasse hin, um sich nachschenken zu lassen.

»Ich weiß nicht«, log Jenny. Sie atmete schwer, konnte indes verhindern, daß ihre Hand zitterte, als sie den Kaffee eingoß. »Aber selbst wenn, was ist denn daran so schrecklich?«

»Ich habe nicht gesagt, daß es schrecklich ist, Liebling. Aber es legt nahe, daß sie nicht der Typ ist, den ich mir als enge Freundin von dir vorstellen möchte.« Wilkie lächelte und legte einen Moment lang seine Hand auf Jennys, dann zog er sie wieder an seine Kaffeetasse zurück.

»Ich – ich verstehe dich nicht, wirklich«, sagte sie und versuchte, das Thema zu wechseln, um einer Konfrontation aus dem Weg zu gehen. »Ich meine, wenn Homosexualität widernatürlich ist, warum gibt es dann so viele Homosexuelle? Warum sterben sie nicht einfach aus, durch natürliche Auslese?«

Wilkie lächelte. »Natürlich handelt es sich um eine genetische Anomalie, Liebling«, sagte er. »Aber wahrscheinlich hatte sie in der Vergangenheit, unter Primitiven, einen gewissen Überlebenswert.« Er lehnte sich in seinem Sessel zurück und befleißigte sich seines belehrenden Tonfalls – sprach tiefer, langsamer und selbstbewußter. »Ein Stamm oder eine Familie, denen überschüssige erwachsene Männer angehörten, Männer, die sich nicht fortpflanzten, hatte einen Wettbewerbsvorteil. Es gab weniger Kinder, um die man sich kümmern mußte, und mehr erwachsene Männer, die für sie jagen und kämpfen konnten. Wenn sich einige dieser Männer sexuell zueinander hingezogen fühlten, verringerte sich die Wahrscheinlichkeit, daß sie sich wegen der Frauen zerstritten oder die Gruppe verließen, um eigene Familien zu gründen.«

»Ja, das leuchtet mir ein«, murmelte Jenny und fiel in ihre gewohnte Studentinnenrolle zurück. Sie dachte an Jacko, der sich keine sonderliche Mühe gegeben zu haben schien, für seine Familie zu jagen oder zu kämpfen. Aber er hatte vor, für seine Mutter ein treuhänderisch verwaltetes Konto einzurichten; so stand es in dem Testament, das sie und Wilkie beglaubigt hatten.

»Das gleiche gilt natürlich auch für Frauen«, fuhr Wilkie fort. »Wenn einige von ihnen genetisch programmiert wären, daß sie sich sexuell zueinander hingezogen fühlen, würden sie weiter zur Verfügung stehen, um nach den Kindern ihrer Brüder und Schwestern zu sehen. Natürlich würde dies der Familie oder dem Stamm eine bessere Überlebenschance bieten. Wohingegen eine Familie oder ein Stamm ohne überschüssige Erwachsene es schwerer hätte, die Kinder zu schützen und zu ernähren.«

»Ja, das leuchtet mir ein«, wiederholte Jenny.

»In einigen Gesellschaften findet man dieses Verhaltensmuster selbst heute noch. Natürlich kann es sich auch ohne eigentliche Homosexualität ergeben. Späte Ehen, die wirtschaftliche Verantwortung unverheirateter Geschwister für ihre Neffen und Nichten. Aber in unserer Gesellschaft ist das ungewöhnlich. Die meisten amerikanischen Homosexuellen sind zu fast nichts zu gebrauchen. Sie übernehmen keinerlei Verantwortung für ihre Familien, ja viele brechen mit ihren Familien. Ihre Geldmittel verwenden sie ausschließlich auf aufwendige, überflüssige Anschaffungen für sich selbst, und oft neigen sie zu lasterhafter Verschwendungssucht. Ich meine, schau dir doch nur dieses Haus an. Goldene Wasserhähne in Form von Fischen, die es nie gegeben hat, und der Tisch, den du so verabscheust.« Wilkie lächelte breit und deutete auf den gläsernen Couchtisch im Nebenzimmer mit seinen Gipsaffen als Beinen. Jenny brachte ein entsprechendes, wenn auch schwächeres Lächeln zustande.

»Homosexualität nützt der Spezies nicht mehr soviel wie früher«, fuhr ihr Mann fort. »Vielleicht stirbt sie am Ende sogar aus, allerdings dauert genetischer Wandel lange. Aber schon heute nehmen die Zahlen ab. Teilweise natürlich infolge von AIDS und anderen Krankheiten. Die Natur mag uns grausam vorkommen, aber sie stellt das Gleichgewicht wieder her.« Er lehnte sich zurück, sein Vortrag war zu Ende.

»Aber Lee Weiss ist bei bester Gesundheit«, brach es trotz ihrer Vorsätze aus Jenny heraus. »Und sie ist nicht unnütz oder selbstsüchtig. Sie steht ihrer Tochter sehr nahe, gerade ermöglicht sie es ihr, in Boston ihren Magister zu machen. Und sie tut auch sonst viel Gutes, läßt die Frauen in ihrer Pension kostenlos übernachten, wenn sie nicht zahlen können.«

»Liebling«, sagte Wilkie, beugte sich vor und legte ihr die Hand auf den Arm. »Ich wollte dich nicht kränken; ich habe nur allgemein gesprochen. Ich weiß, daß du diese Frau als deine Freundin ansiehst, und ich bin sicher, daß sie auf ihre Art durchaus bewundernswürdig ist.«

»Sie ist äußerst bewundernswürdig«, beharrte Jenny. Erstaunt über ihre Verwegenheit, blickte sie Wilkie direkt an. Früher wäre er schon längst erkennbar ungeduldig oder gar aufgebracht gewesen; heute hingegen seufzte er nur leise.

»Vielleicht wäre es am leichtesten, wenn du die Beziehung nicht von heute auf morgen abbrechen würdest«, räumte er ein. »Laß sie einfach versanden, solange wir fort sind, und falls wir im nächsten Winter wieder nach Key West kommen sollten, brauchst du sie ja nicht wiederzubeleben.«

O doch, dachte Jenny.

»Aber am besten wäre es, wenn du deine Arbeit in ihrer Pension aufgeben würdest. Du brauchst doch nur zu sagen, daß du jetzt mit meinem Buch zu tun hast. Ich bin sicher, daß sie jemand anderen finden wird.«

»Nein, wird sie nicht«, sagte Jenny zu ihrer neuerlichen

Verblüffung. »Und ich kann sie jetzt nicht im Stich lassen. Außerdem handelt es sich nur um drei Vormittage in der Woche.«

»Na schön.« Wilkie seufzte wieder. »Wenn's denn unbedingt sein muß.«

»Ja, das muß es«, sagte sie.

Als Jenny im Zuhörersaal auf Stock Island saß und sich diesen Wortwechsel in Erinnerung rief, überkam sie ein seltsames Gefühl. Es war, als hätte sie sich einen Großteil ihres Erwachsenenlebens gegen eine schwere Steinmauer gelehnt, die sie sowohl einsperrte wie stützte. Plötzlich, fast versehentlich, hatte sie der Mauer einen Stoß versetzt, die Steine waren weggebröckelt und herabgefallen und hatten eine klaffende Lücke hinterlassen. War die Mauer schon immer so brüchig gewesen? Oder war sie erst vor kurzem anfällig geworden – seit Wilkie aus dem Krankenhaus zurückgekommen war, ein anderer, schwächerer Mensch?

Vielleicht traf ja zu, was Lee gesagt hatte, als Jenny ihr erzählte, wie sonderbar, ja ängstlich ihr zumute war, seit Wilkie nicht mehr den Befehl führte und wußte, was recht war. »Ich mache mir Sorgen«, hatte Jenny gesagt. »Ich meine, angenommen, er wird wieder krank und kann keine Entscheidungen mehr treffen, oder sein Gedächtnis läßt ihn im Stich, was soll ich nur tun?«

»Du wirst für ihn sorgen«, hatte Lee entgegnet. »Das hast du doch ohnehin die ganze Zeit getan, oder etwa nicht?«

Nach dem Schlußwort des Moderators brach das vierhundert Köpfe zählende Publikum in Beifall aus; einige Zuhörer standen sogar auf und wollten gar nicht aufhören zu klatschen. Dann bewegten sie sich langsam – denn viele waren längst im Rentenalter – auf die Ausgänge zu.

Eine der ersten, die in die geräumige, sonnige Vorhalle traten, war Barbie Mumpson. Sie trug neue rosa Jeans und ein T-Shirt mit dem stilisierten Abbild einer lächelnden Seekuh. Sie wich den anderen Zuhörern aus und stürzte zu einem Tisch, auf dem sich die gleichen T-Shirts und verwandtes Werbematerial zugunsten der Manatis und Delphine stapelte.

»Alles in Ordnung, Liz?« fragte sie eine Frau am benachbarten Büchertisch.

»Klar. Hier ist deine Geldkassette.«

»Danke. War nett von dir, ein Auge auf meine Sachen zu haben. Ich wäre umgekommen, wenn ich diese Sitzung nicht gehört hätte.«

»Wie war's denn?«

»Ach, sie waren wunderbar.« Barbie stieß einen solchen Japser der Begeisterung aus, daß die Seekuh auf ihrem T-Shirt stieg und sank, als schwömme sie gemächlich über ihre Brüste. »Vor allem Professor Walker.«

Die Vorhalle füllte sich rasch; Barbies Tisch näherten sich Käufer, die sich nach Größen und Preisen erkundigten. Unterdessen nahmen die Redner ihre Plätze an einem anderen Tisch ein, um Exemplare der Bücher zu signieren, die Liz verkauft hatte. Es bildeten sich bereits Schlangen; die längste vor Wilkie Walker.

Aus der Menge, die zum Ausgang drängte, ragte Molly Hopkins dank ihrer hageren Körpergröße und eines neuen weißen, mit Gardenien aus weißer Seide verzierten Strohhuts heraus. Leicht humpelnd bewegte sie sich auf die Türen zu und wechselte Grüße mit Freundinnen und Bekannten. Eine davon war Barbies Tante Dorrie, der Molly anbot, sie nach Key West mitzunehmen.

»Nein, danke.« Dorrie lächelte. »Perry holt mich ab.« Als sie in die Mittagssonne hinaustrat, mußte sie blinzeln und setzte ihren eigenen neuen Hut auf. Er war grün wie der alte, jedoch nicht schlapp, sondern steif. Ein Straßenhändler hatte ihn aus Palmwedeln gefertigt. »Aber vielleicht möchte ja Barbie eine Mitfahrgelegenheit.«

»Nein. Sie und die anderen Manatischützer wollen den ganzen Tag über hier bleiben«, sagte Molly. »Ich glaube, sie besorgen sich Sandwiches.«

»Wie schön.«

»Und gefällt es Ihnen immer noch in Key West?«

»O ja. Der Ort ist wunderschön. Und ich fühle mich hier so wohl, so energiegeladen. Ich brauche kaum noch ein Nickerchen. Ich bin so glücklich, daß ich's eigentlich selbst nicht fassen kann. Glücklicher, als ich es je für möglich gehalten hätte, daß ich es in dieser Welt noch einmal sein könnte. Dank sei dem Herrn.« Dankbar sah Dorrie zu dem bleichen, vor Hitze flimmernden Himmel auf.

»Ich habe eine wunderschöne Kirche gefunden«, fuhr sie fort. »Die Leute sind so verständnisvoll und tolerant, ganz anders als daheim. Wissen Sie, was der Geistliche am Sonntag gesagt hat? Er hat gesagt, daß Gott sich um Jungen wie Perry in dieser Welt manchmal nicht sehr gut zu kümmern scheint, aber daß er stets über sie wacht und sie, wenn es soweit ist, in den Himmel aufnimmt. War das nicht nett?«

»Sehr nett«, stimmte Molly ihr zu und fügte für sich

hinzu: Wenn du daran glaubst. »Und haben Sie vor, eine Weile zu bleiben?«

»O ja«, antwortete Dorrie. »Solange Perry mich braucht. Obwohl wir mit dem Gedanken spielen, im Mai oder Juni nach Europa zu fahren; ich bin noch nie dort gewesen, wissen Sie? Vielleicht buchen wir die Reise durch englische Gärten, von der Perry gelesen hat; die klingt sehr vielversprechend. Ach, da ist er ja.« Dorrie winkte, dann eilte sie dem Greenfire-Lastwagen entgegen.

Molly kam sehr viel langsamer auf ihren Wagen zugehumpelt, denn trotz des warmen Wetters war ihr Knie heute steif und schmerzte. Sie beschloß, schnurstracks nach Hause zu fahren. Dort würde sie zwei Schmerztabletten einnehmen und sich langlegen. Die Nachmittagssitzung zu »Ökologie und Ökonomie«, die ohnehin nicht sehr anregend klang, würde sie auslassen.

Falls sie sich dem gewachsen fühlte, würde sie sich gleich nach ihrem Nachmittagsschläfchen wieder an ihre Zeichnung der beiden Eichhörnchen setzen, mit der sie gestern begonnen hatte – eine von zwei Dutzend, die sie Wilkie Walker für sein neues Buch versprochen hatte. Genau der Auftrag, der Molly Spaß machte; das einzige Problem bestand darin, daß sie nie wußte, wie lange sie noch arbeiten konnte, ehe ihr Hand und Arm weh taten oder sie von der Überanstrengung der Augen Kopfschmerzen bekam.

Eigentlich lautete die Frage: Würde sie die Aufgabe erfüllen und abschließen können, oder war sie zu alt, zu krank, dem Tod zu nahe? Sie erinnerte sich daran, was Jacko vergangene Woche an einem ungemein heißen Tag zu ihr gesagt hatte, als sie gemeinsam eine unter Schatten leidende rosa und zinnoberrote Bougainvillea ausgegraben und an eine sonnigere Stelle versetzt hatten. Hinterher waren sie beide verschwitzt und erschöpft gewesen. »Es war furchtbar da in der Sonne«, hatte sie bemerkt, als sie unter dem Schatten ihres Balsambaums Selters tranken. »Mir ist so schwach und schwindelig, als müßte ich sterben. Na ja, auf gewisse Weise sterbe ich ja auch.« Sie lachte unglücklich.

»Ja«, sagte Jacko plötzlich. »Wenn man es so betrachtet, stirbst du, und ich sterbe ebenfalls. Aber im Augenblick leben wir noch. Also, was denn nun, leben wir, sterben wir oder beides?«

»Ich weiß nicht«, gestand Molly.

»So wie ich es sehe, leben alle und sterben alle.«

Das stimmt, dachte sie. Aber wenigstens hatten sie die Bougainvillea umgepflanzt. Dieses Jahr und in den kommenden Jahren, wenn sie und Jacko längst hin wären, würde sie gedeihen und prächtig erblühen.

Dabei war Molly gar nicht mehr so häufig erschöpft, denn vor zwei Wochen hatte Barbie Mumpson ihr Gästezimmer bezogen, und gegen Kost und Logis half sie Molly tatkräftig beim Putzen, Waschen und Einkaufen. Barbie hatte auch zwei kaputte Fliegengitter geflickt, die Toilette im Erdgeschoß repariert und die durchgebrannten Glühbirnen der Außenbeleuchtung ersetzt. Während Molly ihr zusah, wie sie die Trittleiter über die Veranda trug, hatte sie sich daran erinnert, daß früher dergleichen auch ihr leichtgefallen war; daß sie sich gefragt hatte, weshalb alte Leute sich so langsam bewegten.

Als Molly sich bereit erklärt hatte, Barbie bei sich aufzunehmen, hatte sie damit gerechnet, noch mehr über deren unglückliche Ehe, ihre Ratlosigkeit und ihre Selbstzweifel anhören zu müssen. Doch in Wahrheit hatten Glory Green und die anderen Manati- und Delphinschützer sich dieser Aufgabe angenommen. Desgleichen hatten sie ihr einen Anwalt besorgt, der Barbies Scheidungsklage gegen ihren Mann, den wilden Bob Hickock, in die Hand nehmen sollte.

»Erst habe ich mich deswegen schrecklich gefühlt«, hatte Barbie erklärt. »Aber Glory und Stewart – das ist mein Anwalt – halten es für das Beste. Ich meine, Bob und ich haben nie so recht zueinander gepaßt. Zum Beispiel hat er Tiere außer seinen Hunden noch nie richtig leiden können.«

Wie zu erwarten war, hatte sich Barbies Mutter der Scheidung vehement widersetzt. Mehrere Tage lang hatte sie Mollys Haus mit Anrufen bestürmt, von denen einige bei ihrer Tochter zu Tränenausbrüchen geführt hatten. Auf Anraten der Manatischützer jedoch weigerte sich Barbie bis auf weiteres, mit Myra zu sprechen.

»Glory meint, wenn Mama anruft, sollst du doch bitte sagen, ich sei nicht da. Sie sagt, mit wutentbrannten Menschen zu reden führe zu nichts und sei schädlich für die Seele. Und sie sagt, allen sei aufgefallen, daß ich nach jedem Telefonat mit Mama zu aufgelöst bin, um noch irgendwem zu irgend etwas nütze zu sein.«

Dank dieser Politik hatte Molly in den nächsten paar Tagen täglich Gespräche mit Myra Mumpson geführt. Anfangs waren diese Gespräche sehr unangenehm gewesen. Myra hatte sie (mitunter nicht ganz zu Unrecht) beschuldigt, ihr Barbies Aufenthaltsort zu verschweigen. Sie hatte sich über die Undankbarkeit all ihrer Verwandten verbreitet, über die Hohlköpfigkeit ihrer Schwester Dorrie, über

Barbies Unreife und ihre Unfähigkeit, sich, wie Myra es nannte, in der »wirklichen Welt« zu behaupten.

Bei ihrem letzten Anruf hingegen hatte sich Myra mehr mit ihrer eigenen Situation befaßt. Sie hatte Molly anvertraut, sie habe beschlossen, für die Vorwahlen der Republikanischen Partei als »Wahlmann« zu kandidieren. »In meinem Alter, ist das die Möglichkeit?« Myra gab ein heiseres Kichern von sich. »Aber als Redner ist der andere Kandidat eine völlige Niete, außerdem tritt er für die Freigabe der Abtreibung ein. In diesem Wahlbezirk hat er keine Chance. Da habe ich gedacht, warum nicht? Ich spüre, daß Gott mich dazu anhält. Und außerdem lenkt es mich davon ab, daß meine arme, dumme Tochter ihr Leben verpfuscht hat, stimmt's?«

Hat sie doch gar nicht, hatte Molly gedacht, aber nicht gesagt. Soweit ich sehe, ist ihr Leben inzwischen viel weniger verpfuscht, und meines ebensowenig.

Jetzt, wo Barbie offenbar vorhatte, sich auf unbestimmte Zeit in Key West aufzuhalten, spielte auch Molly ernstlich mit dem Gedanken, dieses Jahr länger zu bleiben: den ganzen Juni hindurch, vielleicht sogar bis in den Juli hinein. Vielleicht würde sie einsam sein, wenn die anderen Wintergäste abgereist waren; aber dieser Tage war sie allenthalben einsam. Der Tod hatte sie allmählich ihrer Freunde in aller Welt beraubt. Und eines Tages, vielleicht schon recht bald, würde auch sie gehen müssen. Doch selbst der Tod, stellte Molly sich vor, würde hier anders, leichter sein – eine Art langsamer Selbstauflösung in der beinahe immerwährenden Hitze und Feuchtigkeit von Key West.

Mit einem starren, im Grunde genommen aber zufriedenen Lächeln signierte Wilkie Walker das letzte der vielen Bücher, die ihm gereicht wurden, und stand auf. Eine Handvoll Fans trödelte in der Hoffnung auf eine Handvoll persönlicher Worte noch herum, lobte wiederholt seine Reden und Schriften und erbot sich, ihn zum Mittagessen einzuladen. Doch Wilkie entschuldigte sich und sagte der Wahrheit entsprechend, er habe versprochen, mit den anderen Seminarteilnehmern zu speisen, und müsse jetzt gehen (dabei wies er vage in Richtung Toilette). Seine Fans, von denen viele Prostatabeschwerden hatten oder mit jemandem verwandt waren, der an dieser Krankheit litt, traten unter vielen Entschuldigungen beiseite.

Obwohl er die Teilnahme an der Konferenz lediglich in dem Glauben zugesagt hatte, daß er, wenn sie abgehalten würde, bereits tot wäre, dachte Wilkie, als er die Eingangshalle durchschritt, daß sie bisher gar nicht so schlecht gewesen war. Anders als einige, denen er in der Vergangenheit über den Weg gelaufen war, hatten sich die jüngeren Diskussionsteilnehmer liebenswürdig, ja ehrerbietig verhalten. Wilkie begriff, was das bedeutete: Es bedeutete, daß er für sie kein Rivale mehr war, sondern eine Art *elder statesman*. Daß er eine Weile aus dem Verkehr gezogen gewesen war, hatte ihm zum Vorteil gereicht. Er und seine Bücher waren zu veraltet, als daß man sie angreifen mußte; statt dessen wurden sie gönnerhaft behandelt oder als historische Dokumente gepriesen.

Infolgedessen erlebte er zum ersten Mal seit Jahren wieder das Gewühle und Gedränge der Popularität, die langen Schlangen, ein vom vielen Signieren schmerzendes Handgelenk – all die Symptome des Ruhms, der ihn einst umgeben hatte. Was war die Ursache dafür? fragte sich Wilkie, als er in der Toilette stand. War es etwas, das er gesagt hatte? Es war eine gute Rede gewesen, aber auch nicht besser als viele andere, die er früher gehalten hatte.

Oder war es bezeichnend für das Publikum? Definitionsgemäß waren die Konferenzteilnehmer Leute, die willens und in der Lage waren, mehrere hundert Dollar zu bezahlen, um an einem sonnigen Wochenende zwei Tage lang in einem Saal in Florida zu sitzen und sich die Ausführungen anderer Leute anzuhören. Also keine gewöhnlichen Touristen; keine Studenten oder Arbeiter und Arbeiterinnen, die Ferien machten. Das Publikum mußte betucht sein und mittleren Alters oder noch älter – viele waren im Ruhestand. In der Tat bestand es zu einem großen Teil aus alten Menschen, die sich ihre alten Passionen bewahrt hatten; dazu zählten auch Wilkie Walker und seine Bücher.

Und natürlich waren auch diese Leute eine gefährdete Spezies – gefährdet durch Alter, Krankheit und Bedeutungslosigkeit, am deutlichsten und unmittelbarsten aber durch den Tod. Als Wilkie erklärte, daß ein Meeressäuger, obwohl weder produktiv, attraktiv noch seiner gegenwärtigen Umwelt angepaßt, immer noch sehr wertvoll, interessant und erhaltenswert war, fühlten sie sich natürlich besser. Denn das gleiche galt auch für sie.

Als Ruheständler waren die meisten Zuhörer definitionsgemäß unattraktiv und unproduktiv. Aber bei alledem waren sie vielleicht doch nicht ganz überflüssig, dachte Wilkie, während er seinen Reißverschluß zumachte. Viele waren begütert und die meisten wohlmeinend. Wenn sich zugunsten der Seekuh, des Delphins und der anderen aussterbenden Arten Süd-Floridas überhaupt etwas tun ließ, dann hier.

Es wäre nicht einfach, denn wie Wilkie aufgrund von Selbst- und Fremdbeobachtung wußte, trennten sich reiche alte Menschen nur ungern von ihrem Geld. Bewußt oder unbewußt erkannten sie oft, daß lediglich ihr Reichtum sie attraktiv erscheinen ließ – auch wenn sich einige wenige wie er ein gewisses Maß an Macht und Einfluß bewahrt hatten. Und es gab so viele andere Anliegen, die um Aufmerksamkeit wetteiferten: Tiere, Vögel, Pflanzen, die Künste, Krankheiten, Universitäten... Ganz zu schweigen von den konkurrierenden Interessen der Landwirtschaft, der Fischerei und des Angelsports. Es würde ein mühsamer Kampf werden.

Aber Wilkie hatte an einem guten Kampf schon immer Gefallen gefunden. Einige seiner angenehmsten Erinnerungen galten der Zeit, als er selbstgefällige Vertreter kommerzieller Interessen oder (auf der anderen Seite des politischen Spektrums) Maschinenstürmer und Vegetarier mit Argumenten bezwungen hatte. War er in Form, gelang es ihm oft, die miteinander streitenden Fanatiker gegeneinander auszuspielen, während er gelassen zwischen ihnen saß und die Stimme der Vernunft repräsentierte.

Es wäre interessant, herauszufinden, wie Barbie Mumpson und ihre neuen Freunde mit ihrer Kampagne vorankamen. Vielleicht konnte er ihnen die Namen einiger begüterter Fans in Key West geben, die sich soeben um ihn gedrängt und ihm Visitenkarten und Telefonnummern in die Hand gedrückt hatten. Auch zog er ernsthaft die Möglichkeit eines

Artikels über die Rundschwanzseekuh für das *Atlantic Monthly* in Betracht – vielleicht sogar ein Buch.

Wenn er sich dafür entschied, in der übernächsten Woche doch noch nicht abzureisen, wenn er den ganzen März über oder sogar noch länger blieb, konnte Jenny jetzt mit den Recherchen beginnen. Und schließlich, warum sollten sie nicht bleiben? Das Haus stand ihnen zur Verfügung, und dem Wetterbericht zufolge war es daheim in Convers immer noch kalt, grau und eisig. Und seit er aus dem Krankenhaus entlassen worden war, hatte er nachts gut, ja tief schlafen können: manchmal neun oder zehn Stunden lang.

Jenny würde sich freuen, wenn sie noch blieben, das hatte sie erst kürzlich gesagt. Kaltes Wetter war ihr verhaßt, und hier hatte sie Freunde gewonnen, wenn auch nicht immer klug gewählt. Und mit Hilfe moderner Technologie – Telefax, E-Mail und Zugang zum Internet – konnte sie die meisten für *Die Blutbuche* erforderlichen Redaktions- und Recherchearbeiten hier vor Ort in Key West erledigen. Das würde sie auch für das dumme Mißverständnis wegen Barbie Mumpson entschädigen.

Vielleicht könnten sie von jetzt an jeden Winter nach Key West zurückkehren, fand Wilkie. Auch das würde Jenny gefallen. Wenn sie sich frühzeitig darum kümmerte, konnte sie womöglich ein Haus finden, das sie diesem vorziehen würde. Oder sie konnten sich, wie viele ihrer Bekannten, ein Haus kaufen. Es war eine gute Investition, das sagte jeder. Sie konnten sich sogar in Florida anmelden, wie Howard und Molly Hopkins und die Fosters, und mindestens sechs Monate und einen Tag in einem Staat ohne Einkommenssteuer wohnen. Warum eigentlich nicht? Seine Lektorin überschlug sich fast vor Lob für die *Blutbuche*, und der Rest seines Vorschusses würde eine stattliche Anzahlung auf ein stattliches Ferienhaus ermöglichen. Wenn die Vorabdrucksrechte, über die sein Agent zur Zeit verhandelte, verkauft würden, müßten sie vermutlich nicht einmal eine Hypothek aufnehmen.

Der Schlußteil des Buches war jetzt besser, dachte Wilkie. Statt den melodramatischen Tod der Blutbuche in einem großen Sturm zu beschreiben, hatte er das letzte Kapitel im Konditionalis abgefaßt, um mehrere mögliche Zukunftsperspektiven vorstellen zu können. Auf diese Weise konnte er alle gelungenen Passagen verwerten, die er sonst bedauerlicherweise hätte verwerfen müssen.

Buchen sind langlebig, hatte er geschrieben: einige erhaltene Exemplare mehr als dreihundert Jahre alt. Doch eines Tages wird die Blutbuche, wie alle Bäume und alle Menschen, sterben. Sie könnte vorzeitig untergehen; von Krankheit befallen, von menschlicher Dummheit zerstört oder in einem großen Sturm umgeknickt. Wenn wir sie hingegen hegen und wachsam sind, kann die Blutbuche die Welt und uns noch viele Jahre lang zieren und bereichern – und all die andere gefährdete Flora und Fauna auf Erden ebenfalls. Wahrscheinlich war der Schluß zu optimistisch ausgefallen; doch wenn man nicht Optimist blieb, bestand seiner Erfahrung nach nicht die geringste Aussicht, die Menschen überhaupt noch zum Handeln zu bewegen.

Obwohl nur wenige Wochen vergangen waren, fiel es Wilkie schwer, sich den bedrückten, verzweifelten, beinahe verrückten Geisteszustand ins Gedächtnis zu rufen, in dem er sich vor seiner Gallensteinkolik befunden hatte – ein Zustand, in dem ihm einzig ein Ausweg klar vor Augen gestanden hatte, der nicht nur sein eigenes Leben, sondern auch Jennys und möglicherweise das seiner Kinder zerstört hätte.

Dreimal hatte Wilkie alles darangesetzt, sich selbst auszulöschen, und jedesmal hatte die Schicksalsgöttin seine Absichten zunichte gemacht. Noch immer stellte er sie sich vor wie in diesem wahnsinnigen Geisteszustand: als untersetzte, ältliche Ausführung der Justitia. Doch statt maliziös über seine gescheiterten Versuche, Hand an sich zu legen, zu höhnen, lächelte die Göttin mittlerweile, wenn auch ziemlich selbstzufrieden.

Etwas später an demselben heißen Tag ließ sich L. D. Zimmern, der New Yorker Professor und Literaturkritiker, auf der Vorderveranda des Artemis Lodge auf einem knarrenden Korbstuhl nieder und streckte seine langen, dürren Beine von sich. Wie gewöhnlich trug er ein altes Jeanshemd und hatte eine skeptische, durchdringende Miene aufgesetzt.

»Na, Cousine Lelia«, sagte er. »Schön, dich wiederzusehen. Wie lange ist es her, fünf Jahre?«

»Ich denke schon«, bestätigte Lee.

»Du siehst ja richtig wie eine alteingesessene Insulanerin aus.«

Lee erwiderte nichts. Schon vor Jahren, als Teenager, hatte sie sich vorgenommen, sich von Lennie Zimmern nie wieder auf die Palme bringen zu lassen. Sie zog ihr karmesinrotes, besticktes Muumuu herunter und wünschte, sie hätte ihrer früheren Regung nachgegeben, vor seiner Ankunft in Jeans und ein T-Shirt zu schlüpfen.

»So wie ihr euch hier auf Key West verkriecht, sagt man doch zu allem *Conch* – zu den Schneckenmuscheln, den Häusern, den Menschen.« Er griff nach der Flasche Importbier, die er mitgebracht hatte. »Dr. Weiss, promovierte Psychotherapeutin, mit ihrer Aktentasche und ihrer Schachtel Kleenex für weinerliche Patientinnen, hat aber eine ganz schöne Wandlung durchgemacht.«

Wieder sagte Lee nichts, obwohl sie dachte, daß Lennie seinerseits unverändert geblieben war: immer noch schlank, dunkelhaarig, intelligent und verdrießlich. Sein dichtes Haar und sein gestutzter Bart waren grauer geworden, sein Gesicht hatte mehr hämische Lachfalten; das war alles.

»Dann gefällt's dir hier wohl?«

»Es gefällt mir«, gab sie zu und nahm all ihre Kraft zusammen. »Aber ich hätte nie damit gerechnet, dich hier zu sehen.«

»Warum denn nicht? Ich hatte zwei völlig triftige Gründe: Neugier und Bargeld. Außerdem war es eine Gelegenheit, meine kleine Lieblingscousine Merilee in ihrer neuen natürlichen Umgebung zu sehen.«

Trotz ihres Vorsatzes zuckte Lee sichtlich zusammen, als zum ersten Mal seit vielen Jahren der alberne Spitzname fiel, den sie als Halbwüchsige gehabt hatte.

»Tut mir leid. Ich hätte Lelia Weissfrau sagen sollen.« Lennie griente, hatte er sich doch einen alten Scherz erlaubt, der auf die Zeit zurückging, als Lee Feministin wurde und ihren ursprünglichen Familiennamen Weissmann in Weiss abänderte. Sie beherrschte sich mühsam.

»Im Ernst«, fügte er hinzu. »Wenn du erst einmal in mein Alter kommst, denkst du über deine Familie nach. Wie auf dem Gemälde, dem Gauguin den Titel ›Woher kommen wir, wer sind wir, wohin gehen wir?‹ gegeben hat. Manchmal spüre ich sogar das peinliche Verlangen, Leuten Fotos meiner Enkel zu zeigen.«

»Ach ja? Hast du sie bei dir?« fragte Lee.

»Ich gebe es zu. Alle drei.«

»Schön. Gib sie mir.«

Während der nächsten zehn Minuten tauschten Lennie und Lee Fotos und Familienneuigkeiten aus. Als er die Schnappschüsse weglegte, bemerkte sie, um einiges entspannter: »Weißt du, ich bin erstaunt, daß du an einer Konferenz zu dem Thema ›Der Schriftsteller und die Natur‹ teilnimmst. Ich dachte, du interessierst dich nicht für die Natur.«

»Da hast du recht, ich war noch nie ein großer Anhänger von ihr. Mir kommt's vor, als sei die Zivilisation dazu erfunden worden, von ihr wegzukommen. Aber hier gibt's ja nicht allzuviel von dem Zeug.«

»Na, na.« Lee zeigte mit einer Kopfbewegung auf ihre Trompetenwinde, die immer noch voll roter und goldener Blüten hing, und auf die belaubte Straße dahinter. »Und wie nennst du das?«

»Ach, das ist nur hübsche Szenerie. Ich habe nichts gegen Szenerie, solange sie an ihrem Platz bleibt.« Lennie hob sein Glas und prostete der Trompetenwinde zu.

»Und daß man dich eingeladen hat, überrascht mich echt.«

»Das ist leicht zu erklären. Ich bin hier als der Böse.« Er stellte sein Glas ab, formte sein noch immer dichtes, graumeliertes Haar zu zwei Hörnern und bedachte seine Cousine mit einem teuflischen Grinsen. »Die brauchen jemanden wie mich, über den sie sich ärgern können, gegen den sie ihre nutzlose Lieblingspflanze oder ihr nutzloses Lieblingstier verteidigen können, jemanden, der für erhitzte Gemüter sorgt. Sonst ist alles viel zu lieb und nett. Deswegen haben sie meine Podiumsdiskussion ›Natur und Anti-Natur‹ betitelt. Ich bin die Anti-Natur. Wenn ich morgen auftrete, wird sich die Debatte beleben, wart's nur ab.«

»Und was wirst du sagen?«

Lennie zuckte mit den Achseln. »Habe ich noch nicht entschieden. Vielleicht ziehe ich gegen eine ihrer Heldengestalten vom Leder, sagen wir Thoreau. Weißt du, daß er ein Muttersöhnchen war, wie so viele Naturschützer? Von Walden Pond hat er seine Wäsche immer nach Hause geschickt, wie ein Kind im Sommerlager.«

»Wirklich?«

»Die reine Wahrheit! Oder sollte ich sagen, die unreine Wahrheit?« Lee antwortete nicht. »Glaubst du eigentlich immer noch an den reinen Feminismus?«

Die Antwort lautete ja, in gewisser Hinsicht, aber Lee gab sie nicht. »Aber drei gegen einen«, sagte sie statt dessen.

»Na und?« Er zuckte die Schultern. »Das wird ein Kinderspiel, gegen diese berühmten Schwachköpfe anzutreten. Eigentlich macht's Spaß. Überraschungen wird's nicht geben; die meisten kenne ich schon.« Lennie lächelte. Insgesamt nahmen fünfzehn Redner an der Konferenz teil, und man konnte sagen, daß er jeden von ihnen in der Vergangenheit auf irgendeine Weise beleidigt oder verärgert hatte, sei es von Angesicht zu Angesicht oder in gedruckter Form – obwohl Lennie (anders als seine Opfer) es in vielen Fällen vergessen hatte.

»Wirklich?«

»Hör mal, ich kenne Gerry Grass, seit wir beide vor dreißig Jahren in einer Künstlerkolonie waren. Er ist kein schlechter Kerl, aber in den sechziger Jahren stehengeblieben, versucht, mit der Natur in Berührung zu kommen. Zieht in der Welt umher und sucht nach ihr wie nach einem verlorenen Schaf.«

»Ich dachte, er sei ein berühmter amerikanischer Lyriker.«

»Wieso auch nicht? Um ein berühmter amerikanischer Lyriker zu sein, braucht man nicht intellektuell zu brillieren. Manchmal ist es sogar ein Handicap. Unschuldiger Egoismus, gutes Aussehen, ein romantisches Empfindungsgefühl, eine hinreißende Stimme und eine nette kleine lyrische Begabung – so etwas kommt an, bei der Kritik und beim Publikum. Hast du ihn schon kennengelernt?«

»Erst gestern, bei der Eröffnung.«

»Ich höre, er hat sich von seiner Freundin getrennt, wie hieß sie doch gleich? Trarifani, Triefani, Tiffany oder so ähnlich. Der arme Irre. Man hätte ihn von vornherein warnen sollen, als sie einander vorgestellt wurden.«

Lee mußte lachen. »Wer sitzt denn nun noch mit dir auf dem Podium?«

»Da ist einmal Wilkie Walker, der Freund der Salzmarschmaus und aller anderen kleinen Pelztierchen.« (Lee öffnete den Mund, um ebenfalls einen negativen Kommentar abzugeben, doch dann schloß sie ihn wieder.) »Und natürlich Dilly Acker, die Verfasserin der *Walmusik*, laut Broschüre die berühmteste Naturschriftstellerin ihrer Generation.«

»Es klingt, als machtest du dir nicht viel aus ihr«, sagte Lee.

»Nicht gar soviel, nein. Ich mag keine schönen Frauen, die sich eher für Fische interessieren als für mich. Wenn ich Glück habe, kann ich sie zum Weinen bringen. Ich freue mich schon darauf.«

Wieder mußte Lee lachen. »Wenn du Dilly Acker zum Weinen bringst, wird dich das Publikum lynchen.«

»Meinst du?« Lennie zog seine buschigen, dichten Augenbrauen hoch. »Aber du wirst mich beschützen, Lelia, nicht wahr? Du wirst auf die Bühne stürmen und die Angreifer mit deinem Schirm verjagen, wie damals, als du mit Cousin Roger Robin Hood und die Dragoner gespielt hast, oder wie das hieß.«

Unterhalb der Veranda bog ein Wagen in Lees Auffahrt. Jenny Walker stieg aus, schlug die Tür nicht richtig zu und kam die Treppe heraufgerannt. Sie trug ihr langes, fahles Haar offen über einem grauen Baumwollkleid mit noch blasseren grauen Bambusblättern, und sie sah erhitzt, geängstigt und äußerst hübsch aus.

»Oh, Lee!« rief sie mit zitternder Stimme. »Ich bin ja so froh, daß du hier bist. Ich kann heute abend nicht kommen. Wilkie hat sich anders besonnen, er sagt, wir müssen zu der Vernissage gehen und morgen zum Abendessen. Ich kann dich unmöglich vor Sonntag sehen. Ich weiß, es ist schrecklich. Aber ich habe auch gute Neuigkeiten: Wir bleiben den ganzen April über, und wahrscheinlich kommen wir im Oktober wieder. Du wirst mir verzeihen, nicht wahr?«

»Mach dir keine Sorgen«, sagte Lee verlegen. »Jenny, das ist mein Cousin Lennie Zimmern, von dem ich dir erzählt habe. Jenny Walker.«

»Was?« keuchte Jenny. »Ach, hallo, ich habe Sie gar nicht gesehen.« Sie holte Luft, und es kostete sie sichtlich Mühe, sich gesellschaftlicher Umgangsformen zu befleißigen. »Ich meine, natürlich wußte ich, daß Sie kommen. Ich habe Ihren Namen im Programm gesehen. Aber Sie waren heute gar nicht zum Mittagessen im Rusty Anchor.«

»Nein«, räumte Lennie ein. »Ich habe es mir zum Prinzip gemacht, nie in Restaurants mit niedlichen Namen zu essen.«

»Und gefällt es Ihnen in Key West?«

»Das kann ich noch nicht sagen.«

»Ach, es wird Ihnen bestimmt gefallen. Das geht jedem so. Aber ich muß mich sputen.« Mit einem kurzen, hilflosen Blick auf Lee rannte sie die Treppe hinunter.

»So, so«, sagte Lennie, als Jennys Auto aus der Einfahrt bog. »Was sollte denn das? Nein, wenn ich es mir recht überlege, sag's mir nicht, laß mich raten. Du bist verliebt.«

»Sei doch nicht dumm«, sagte Lee ziemlich verkrampft. »Jenny ist nur ein bißchen hektisch und überdreht wegen der Konferenz. Manchmal ist sie so.«

»Na, na, na, Lelia. Ich sehe Jenny Walker seit Jahren bei den Festessen der Akademie, aber so habe ich sie noch nie erlebt. Sie ist stets die vollendete Dame. Ruhig, kühl und gesammelt.«

»Das beweist noch gar nichts...« Lee, die Lügen verabscheute, log mit Not. »Es ist nicht das, was du denkst.«

Lennie betrachtete sie stirnrunzelnd, dann lachte er. »Na, na, na, Lelia«, wiederholte er. »Inzwischen solltest du doch wissen, daß ich nichts verrate. Scheiße, jetzt sind's schon fünfzig Jahre, und ich bin immer noch der einzige, der weiß, wer das Badezimmerfenster im Haus deiner Tante in Queens zerbrochen hat.«

»Ich sollte dich beglückwünschen«, fügte er hinzu, als Lee nicht antwortete. »Eine äußerst attraktive, ja schöne Frau. Vielleicht ein bißchen fade für meinen Geschmack.«

»Jenny ist nicht fade«, hörte Lee sich wider bessere Einsicht protestieren, in einem Ton, der, wie sie zu spät merkte, alles preisgab.

»Nein? Na, du mußt es ja wissen.« Lennie gestattete sich ein aufreizendes Lächeln. »Ich habe sie noch nicht probiert.«

»Sie ist zu gutherzig, das ist alles«, sagte Lee, die sein Lächeln ignorierte und versuchte, beiläufig zu klingen. »Das Problem ist, daß sie alle zufriedenstellen will, darunter auch ihren Ehemann, der ein vollkommener Egoist und Chauvi ist.«

»Wirklich?«

»Er bildet sich ein, sie zu lieben, dabei nimmt er überhaupt keine Rücksicht auf sie. Behandelt sie, als wäre sie seine Sekretärin, obwohl er seine Bücher ohne sie gar nicht schreiben könnte. Aber sie will ihn einfach nicht verlassen.«

»Nein, kann ich verstehen. Schließlich, wer wäre sie, wenn sie nicht Mrs. Wilkie Walker wäre?«

Lee seufzte, unterdrückte aber eine Bemerkung, obwohl ihr nicht aus dem Kopf ging, was Jenny ihr erst gestern zugeflüstert hatte: »Ja, natürlich liebe ich dich. Aber Wilkies Werk ist mein Leben. Jedenfalls ist es etwas, was ich für die Welt tun kann, weißt du?«

»Sie scheint ziemlich beliebt zu sein«, bemerkte Lennie. »Ich habe den Eindruck, daß auch Gerry Grass in sie verknallt ist. Als er heute morgen auf dem Symposium ein ziemlich plattes Gedicht über aussterbende weiße Vögel und aussterbende weißhäutige Frauen las, hat er sie dauernd angeglotzt.«

»Er hat bei ihr keine Chance«, sagte Lee.

»Freut mich zu hören.« Lennie lächelte. »Aber weißt du, Wilkie Walker wird vielleicht nicht immer dasein. Gerry hat mir gestern abend erzählt, daß er vor zwei Wochen im Krankenhaus war.«

»Ja. Aber es war nichts weiter. Er hatte eine Art Gallenkolik. Ich glaube, es waren seine Nerven.«

»Könnte sein. Ich muß sagen, in der Öffentlichkeit zieht er immer noch eine gute Show ab. Vater Natur, ganz weise und gütig. Am Wochenende solltest du mal hingehen und ihm zuhören, dann siehst du, vor welcher schwierigen Aufgabe du stehst.«

»Nein, danke«, sagte Lee. Gestern abend, beim Empfang zur Eröffnung der Konferenz, war sie Wilkie Walker zum ersten und, wie sie hoffte, letzten Mal begegnet. Wie sie erwartet hatte, war er ebenso höflich wie herablassend gewesen. Er akzeptierte sie als Jennys Freundin, ließ aber nicht den Wunsch erkennen, sie näher kennenzulernen.

Was Lee überrascht hatte, war Wilkies Aussehen.

Nichts von dem, was Jenny gesagt hatte, keines der Zeitschriften- oder Umschlagfotos hatte sie darauf vorbereitet, wie schwerfällig, grauhaarig, abgespannt und langsam er war. Nun ja, er ist ein alter Mann, hatte sie gedacht und war von einer lästigen Welle des Mitgefühls erfaßt worden. Kein Wunder, daß er glaubte, krank zu sein, ja zu sterben.

Lennie hat recht, dachte sie jetzt. Wilkie wird nicht immer dasein. Aber ob er nun da war oder nicht, Jenny wäre entschlossen, sein Buch zur Veröffentlichung vorzubereiten. Es hatte keinen Sinn, dagegen angehen zu wollen, denn in Jennys Augen war es auch ihr Buch. Wenn er mit dem Manuskript nach Norden ginge, würde sie mitgehen. Und selbst wenn es ihr und Lee gelänge, sich diesen Sommer irgendwie, irgendwo zu treffen, wäre sie das nächste halbe Jahr nicht da.

Aber das stand ja noch nicht unmittelbar vor der Tür. Lee erinnerte sich, wie sie einmal gelesen hatte, daß man, wenn man älter wird und die Zukunft schrumpft, nur zwei Alternativen hat: Man kann in der schwindenden Vergangenheit leben oder, wie die Kinder, in Glanz und Fülle der Gegenwart.

Jenny würde noch fast zwei Monate bleiben – den restlichen März und den ganzen April über. Lees bevorzugte Jahreszeit in Key West war der Frühling: Anfang April wären die meisten Touristen abgereist, ebenso die Universitätsstudenten, die die Stadt mit ihren lärmenden gemieteten Mopeds und ihren ausgelassenen Trinkgelagen unsicher machten.

Das Wetter wäre gerade richtig: die Nächte warm und romantisch. Fast jeden Tag würde Jenny gleich nach Beendigung der Konferenz zur Pension kommen, mitunter auch spätnachts, wenn Wilkie bereits schlief – wie sie es schon mehrfach getan hatte.

Je stiller, schöner und blumenreicher die Insel, desto öfter würden sie zusammensein. Gemeinsam würden sie zuschauen, wie sich die roten und weißen Orchideen zur vollen Blüte entfalteten; sie würden sehen, wie die plumpen, gespreizten Finger des Jasmins die rosa, weißen und goldenen

Samtwirtel ihrer Blütenblätter entrollten und der Flamboyant über ihren Köpfen langsam zu einem scharlachroten Konfettigestöber explodierte.

Alison Lurie im Diogenes Verlag

Affären

Eine transatlantische Liebesgeschichte
Aus dem Amerikanischen von Otto Bayer

Vinnie Miner, Amerikanerin, nach ironischer Selbsteinschätzung ›alt, klein, unattraktiv und nicht verheiratet‹, reist mit einem Forschungsstipendium nach London. Dorthin ist auch ihr attraktiver junger Kollege Fred Turner unterwegs. Beide sind allein. Keiner der beiden ist auf eine *Affäre* aus.

»Ein gleichermaßen witzig-melancholischer wie intelligenter Unterhaltungsroman.« *Die Zeit, Hamburg*

»Eine literarische Komödie, in der es neben dem Gegensatz USA–England auch um viele menschliche Skurrilitäten geht.« *Die Welt, Bonn*

Liebe und Freundschaft

Roman. Deutsch von Otto Bayer

»Ein höchst unterhaltsamer, witziger und bisweilen komischer Roman.«
Volker Hage / Sender Freies Berlin

»Ein Ehebruch, bei dem gewissermaßen alles stimmt. Nach fünf, sechs angenehm verbrachten Ehejahren hat sich die schöne Frau entliebt. Sie ist in häuslicher Monotonie ermüdet und gekränkt von der zunehmenden Verschlossenheit, wohl auch Herablassung des Gatten. Was sie von seiner Arbeit hält, berührt ihn kaum. Kann er überhaupt noch zwischen Menschen und Einrichtungsgegenständen unterscheiden? Die Zeit für einen Liebhaber ist reif… Alison Lurie erreicht, was so oft verfehlt wird: die Wahrheit über das, was man ›das Leben‹ nennen könnte oder auch ›das Menschenherz‹.« *Christa Rotzoll / FAZ*

Varna
oder Imaginäre Freunde

Roman. Deutsch von Otto Bayer

Ein junger amerikanischer Soziologiedozent, etwas zu scheu und voller ethischer Grundsätze, stößt auf einen etwas zu selbstsicheren und ziemlich rücksichtslosen Professor und Mentor. Die beiden mischen sich, zwecks ›teilnehmender Beobachtung einer isolierten Kleingruppe‹, unter eine Vereinigung kleinstädtischer religiös-spiritistischer Fanatiker, die glaubt, von Ro, dem Herscher des Planeten *Varna*, erleuchtet zu sein. Eine hochexplosive Synthese, die Beziehungen köcheln, und das Durcheinander brodelt.

»Luries vollendetste Komödie, eine wunderschöne Metapher auf die unzähligen Schattierungen zwischenmenschlicher Beziehungen.«
Times Literary Supplement, London

Ein ganz privater kleiner Krieg

Roman. Deutsch von Hermann Stiehl

Bei der Familie Tate war noch bis vor kurzem alles in Ordnung: die Ehe so wenig getrübt wie die Freude an den Kindern, das Heim behaglich. Mit einem Mal ist nichts mehr in Ordnung. In der Nachbarschaft entstehen scheußliche Häuser, die Kinder benehmen sich unerträglich, und Erica Tate muß entdecken, daß ihr Mann Brian sie mit einer Studentin betrügt. Sie will klug, großzügig handeln, aber es gelingt ihr nicht…

»Stilvoll, komisch, distanziert und zärtlich, von seltenem Witz und Einfühlungsvermögen: Alison Lurie schreibt wie ein Engel. Sie ist sowohl von Truman Capote wie von Christopher Isherwood mit Jane Austen verglichen worden – eine kühne Behauptung, aber dieser Roman rechtfertigt sie durchaus. Ein großartiges Buch.« *Sunday Times, London*

Die Wahrheit über Lorin Jones

Roman. Deutsch von Otto Bayer

»Alison Lurie ist die literarische Verhaltensforscherin der Denkmoden, der Konkurrenz- und Sexualgewohnheiten ganz normaler mittelständischer Stadtneurotiker.
Diesmal geht's um die New Yorker Kunsthistorikerin Polly Alter, die über die verstorbene und vergessene Malerin Lorin Jones eine Biographie schreiben soll. Polly beginnt mit lauter fixen Vorurteilen und endet beschämt und verwirrt, denn *Die Wahrheit über Lorin Jones* ist peinlicher, widersprüchlicher und komplizierter, als Polly dachte. Alison Lurie hat nicht nur ein Spottporträt über die New Yorker Kunstszene geschrieben; nebstbei ist ihr auch noch eine hinterhältige Satire auf die Tücken des Biographengewerbes gelungen.« *profil, Wien*

Nowhere City

Roman. Deutsch von Otto Bayer

Ein Roman um Liebe und Leidenschaft, Stars und Starlets, Professoren und Privates, um das Auf und Ab und Kreuz und Quer des Lebens. In *Nowhere City* wird die ›folie humaine‹ wieder um eine Variante bereichert.

»Es gibt nur eine Alison Lurie, und mit *Nowhere City*, diesem gescheiten Roman voller Witz und Stil, läßt sie alle und alles weit hinter sich.« *Truman Capote*

»Unter dem Laserblick Alison Luries tanzen die Paare kreuz und quer durch das schwüle Kalifornien der 60er Jahre und bereiten dem Leser einen betörenden Cocktail aus sprühender Intelligenz und kitzelndem Witz.« *Le Figaro, Paris*

»Ein sehr sinnliches, rundes, fundiertes Buch. Herrliche Unterhaltung.« *The Sunday Times, London*

Von Kindern und Leuten

Roman. Deutsch von Otto Bayer

Zwei Mädchen fahren mit ihren Eltern aufs Land, um bei der Lehrerin der Kinder ein geruhsames Wochenende in den Catskill Mountains zu verbringen. Doch die Mädchen merken sehr schnell, daß zwischen den Elternpaaren etwas nicht stimmt: Lollys Vater Dan macht Mary Anns Mutter Avancen. Dank ihrer Phantasie und ihrem feinen Gespür für das, was sich hinter den Worten der Erwachsenen verbirgt, zeichnet die achtjährige Mary Ann ein ergreifendes Bild von der nach außen so harmlos wirkenden Landpartie…

»*Von Kindern und Leuten* ist dank seinem gepfefferten Humor und seiner Weitsicht ein phantastisches Buch von einer gewieften und einfühlsamen Autorin.«
Vogue, London

Frauen und Phantome

Erzählungen. Deutsch von Otto Bayer

Vernunftbetonte Frauen und ihre unvernünftigsten, geheimsten Wünsche sind das Thema in *Frauen und Phantome*. Sehen diese Frauen plötzlich Gespenster, oder ist es eine innere Stimme, die sie vor den Tücken der Existenz zu warnen versucht? Im gewöhnlichen Alltag sorgsam Verdrängtes wächst sich unmerklich zu Phantasmen aus, die auch den Leser zu verfolgen beginnen…

»Die Autorin erzählt mit Ironie und Bosheit, ihr Stil besitzt Leichtigkeit und Eleganz. Und in jeder Geschichte spürt der Leser Alison Luries ernsthafte Neugier: Sie interessiert sich für die sich widerstrebenden Kräfte in den Menschen, für ihre Irrungen und Wirrungen bei dem Versuch, die richtige Balance zu finden in einer absonderlichen Welt.«
Der Spiegel, Hamburg

Doris Dörrie im Diogenes Verlag

Liebe, Schmerz und das ganze verdammte Zeug

Geschichten

Vier großartige, liebevolle, traurige, grausame Geschichten: *Mitten ins Herz, Männer, Geld, Paradies.* Geschichten von befreiender Frische.

»Doris Dörrie ist eine beneidenswert phantasiebegabte Autorin, die mit ihrer unprätentiösen, aber sehr plastischen Erzählweise den Leser sofort in den Bann ihrer Geschichten schlägt, die alle so zauberhaft zwischen Alltag und Surrealismus oszillieren. Ironische Märchen der 80er Jahre – Kino im Kopf.«
Der Kurier, Wien

»Ihre Filme entstehen aus ihren Geschichten.«
Village Voice, New York

»Was wollen Sie von mir?«

Erzählungen

»Es ist vollkommen gleichgültig, ob Sie Doris Dörrie in der Badewanne, im Intercity-Großraumwagen, im Lehnstuhl oder in der Straßenbahn lesen, nur: Lesen Sie sie! Lassen Sie sich nicht irre machen von naserümpfenden Kritikern, diese sechzehn Short-Stories gehören durchweg in die Oberklasse dieser in Deutschland stets stiefmütterlich behandelten Gattung.« *Deutschlandfunk, Köln*

»Vor allem freut man sich, daß Doris Dörrie den eitlen Selbstbespiegelungen der neuen deutschen Weinerlichkeit eine frische, starke und sensible Prosa entgegenstellt.« *Kölnische Rundschau*

Der Mann meiner Träume

Erzählung

Doris Dörrie erzählt die Geschichte von Antonia, die den Mann ihrer Träume tatsächlich trifft. Sie erzählt eine moderne Liebesgeschichte, eine heutige Geschichte, deren Thema so alt ist wie die Weltliteratur, eine Geschichte von der Liebe.

»Ein erzählerisches Naturtalent mit einem beneidenswerten Vermögen, unkompliziert und gekonnt zu erzählen. Der Leser beendet die Lektüre mit höchst bewußtem Bedauern darüber, daß er diese kurzweilige, unprätentiöse Erzählung schon hinter sich hat.«
Frankfurter Allgemeine Zeitung

Für immer und ewig

Eine Art Reigen

Ein überschaubarer Kreis von Personen, darunter auch das Model Antonia, im ewigen Karussell des Lebens: Man begegnet sich, verliert sich wieder aus den Augen, liebt und leidet.

»Die Dörrie ist in diesem Buch auf der Höhe ihrer Männer- und Frauencharakterstudien. Ein Buch zum Lachen und zum Weinen. Zum genießerischen Wehmütigsein und zum sinnigen Nachdenken.«
Die Welt, Bonn

Love in Germany

Deutsche Paare im Gespräch
mit Doris Dörrie

»Doris Dörrie hat die *Love in Germany* erkundet – in 13 anrührenden und saukomischen Interviews mit deutschen Paaren zwischen Mittelmaß und Beziehungswahn. Ganz normale Leute, aber alle sind mit ihren Ramponiertheiten und unverwüstlichen Liebesträumen Persönlichkeiten. Aufschlußreicher als jede Statistik.« *stern, Hamburg*

Bin ich schön?

Erzählungen

Mit liebevoll-kritischem Blick nimmt Doris Dörrie die aufgeklärte, alternative Intellektuellenszene aufs Korn. Siebzehn tragisch-komische Geschichten, die nachdenklich stimmen, weil sie so hemmungslos ehrlich sind.

»Doris Dörrie ist eine ausgezeichnete Kurzgeschichten-Schreiberin mit der erforderlichen Prise Selbstironie und mit stilistischer Eleganz.«
Annemarie Stoltenberg/Die Zeit, Hamburg

Samsara

Erzählungen

Sie befragen das I Ging, versuchen es mit dem Buddhismus, lassen ihre Wohnungen auf gute oder böse Chi'is untersuchen, suchen ihr Glück bei Sushi-Dinners oder in Hollywood. Die Generation der heute Mittvierziger, die angetreten war, in Liebe, Familie und Beruf alles so viel toleranter, cooler, besser zu machen als ihre Eltern, sieht sich heute vor Fragen stehen, die sich nicht einfach mit einem lockeren ›think positive‹ lösen lassen.
Fünfzehn Geschichten über Gestern und Heute, die gar nicht so weit auseinanderliegen, wie wir oft glauben.

»Ernst, mitfühlend, dramatisch.«
Doja Hacker/Der Spiegel, Hamburg

Was machen wir jetzt?

Roman

Fred Kaufmann ist beruflich erfolgreich, hat endlich genug Geld – bloß glücklich ist er nicht. Er fürchtet, seine Familie zu verlieren. Seine Frau und er befinden sich seit einiger Zeit in einer Ehekrise, die Claudia mit der Hinwendung zum Buddhismus zu heilen sucht –

während er es mit einem Seitensprung versucht. Die siebzehnjährige Tochter Franka hat sich in einen tibetischen Lama verliebt und möchte mit ihm nach Indien auswandern. Als moderne Eltern vertrauen sie – aus eigener Erfahrung – mehr der desillusionierenden Wirkung des Alltags als Verboten.

Fred macht sich mit den schlimmsten Gefühlen auf diese gemeinsame Reise mit Franka. Doch die Fahrt und der Aufenthalt im Kloster bringen Vater und Tochter näher zusammen als je zuvor. Für Fred wird diese Reise, die er so widerwillig angetreten hat, vor allem eine Reise zu sich selbst.

»Eine der besten Erzählerinnen der deutschen Gegenwartsliteratur.« *Andreas Kilb / Die Zeit, Hamburg*